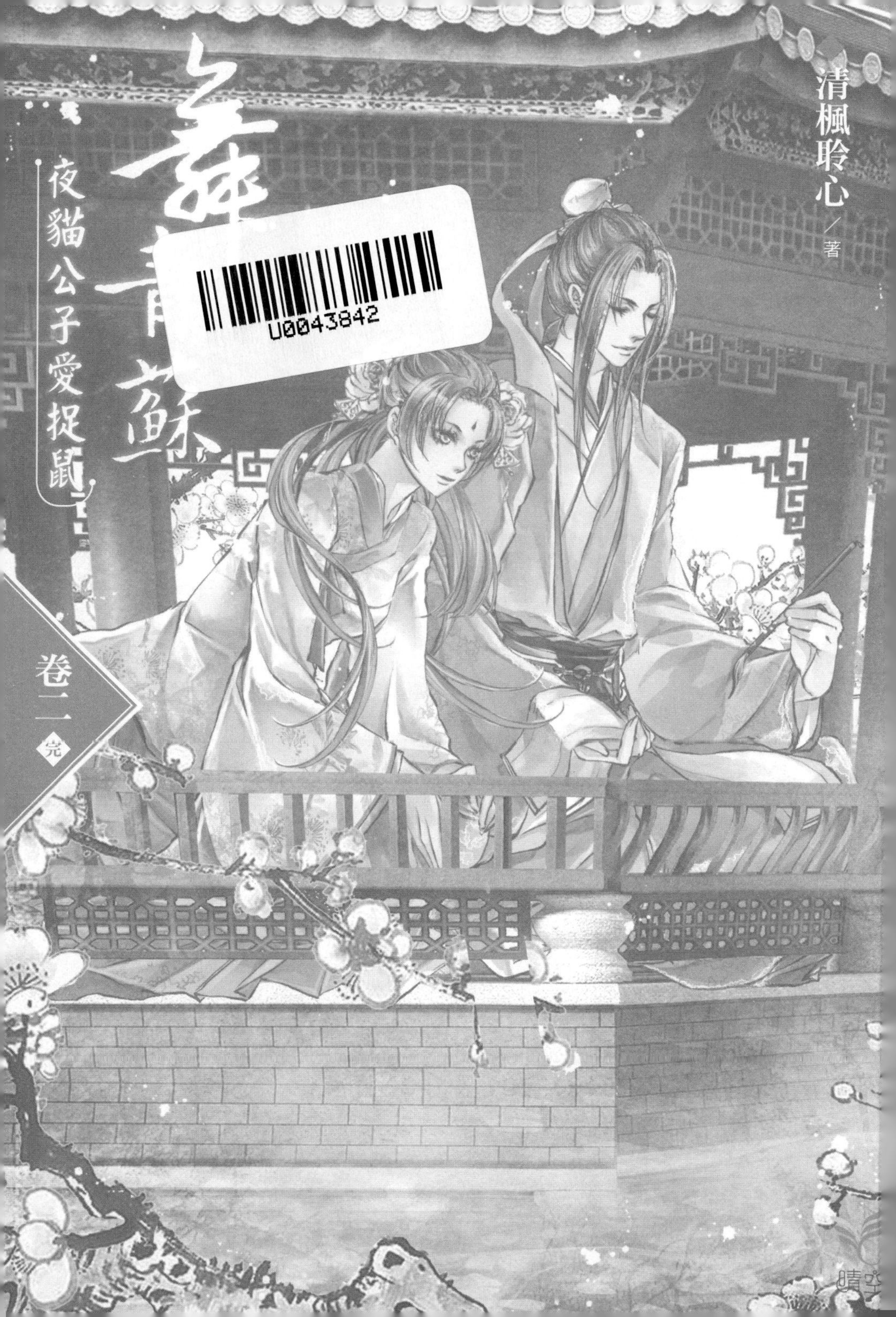
夜貓公子愛捉鼠
清楓聆心／著
卷二
完
晴空

Contents
目錄

卷二

青綠卷

第一片 幽火引彩

下夜。

長街寂，銷魂無聲。

擾攘如沸水的京師某處教坊中，酒香，脂粉更香。鶯燕之聲吹春風，百花齊放，任君挑選。美人們訓練有素，又各展千秋，惹得處處都是放蕩不羈的男人笑聲。

天子腳下，最不缺貴客，但今夜嬤嬤緊張得很，包下最好包廂的客人還未到，她便早早送上坊裡最討人喜歡的姑娘。

這群客人看似無官無權，卻與朝廷最有權力的一群高官息息相關，是一榮俱榮、一損俱損的裙帶關係，就那麼幾大家族，滲透天下每個最能賺錢的領域，富可敵國，說不定比皇帝還有錢。有人叫他們皇商、有人叫他們官商，出了京師，下了民間，則稱他們巨賈。他們從本質上與普通的商戶有所區分，自然不屬於一般士農工商的地位。

崔岩到時，見那個討厭的傢伙由教坊最出眾的兩大美姬伺候著，還裝一副興致索然的清高樣子。他即刻冷笑，毫不掩飾自己的厭惡神色，主動跟人打招呼。

「劉大公子來得早啊。」崔岩坐進對席，聲調抹油，語氣輕佻，「坊裡的姑娘自比不得

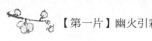

劉府美人多妖嬈，不過，既然是來做客，哪怕裝作享受也是好的。你這副模樣，實在像極了來討債的。」

劉徹言掀掀眼皮，無聲抿酒，不想理會。

「別這樣嘛，難得你我兩人有獨處的機會。」崔岩拋來「媚眼」，逗笑左右美人，卻逗不笑劉徹言的冷臉。

崔岩不以為意，知道劉徹言的性子壓根兒不懂什麼叫樂趣，繼續說道：「崔、劉兩家雖在生意上常交手，父輩們鬥得你死我活，連帶著我們這些小輩也互看不順眼，但仔細一想，與其兩家相鬥讓別人撿便宜，不如兩家聯手，叫別人無法插足，三百六十行，咱平分了它。」

劉徹言見崔岩越說越像回事，不禁撇出一抹冷笑，「九公子好大的野心，可惜比耑府崔大晚生十年，不然你我說不定真能聯手，各做一百八十行生意。而且，我聽說仙玉閣去年生意不大好，你爹就叫你到鄉下收租，學怎麼催帳。」

崔岩臉色一沉，這是在諷刺他不是長子、做不得主嗎？他手一揮，將美人斥退，不再嬉皮笑臉。

「劉徹言，別人看你，肯定是說運道太好，天生不足，後天補足，母雞群裡唯一一隻少壯公雞，人財兩得。不過，有些東西啊，就得靠天生的命數。我即便排到十九、二十九，那也是我爹的親兒子，讓我收租，卻真想我好。你義父如今不頂事了，但他到底還活著，劉家偌大家業會歸誰，還不一定吧。」

這是劉徹言最不愛聽的話，底氣稍泄，以陰鷙填補，「劉家家業不管歸誰，總不會給了外姓人。」

崔岩呵笑，「是，跟我家一樣，都有這規矩。可是劉家女兒多，招個女婿，生個姓劉的小公子，我就好奇了，誰才是真正劉家人。」又抬手，阻止劉徹言打岔，「我知道，你本事大，把你那些妹妹們飛快嫁出去了，最小那個最風光，猶記得正月十六滿城紅紙飛若春花。是給湖州鹽商續弦吧？厲害、厲害啊！老頭子兩腿蹬不動幾年了，他家又只有庶子，你小妹若一舉得男，湖州最大的鹽業買賣就會姓劉。別的不說，劉徹言，你這一肚子盤算功夫，實在了得，自己即可獨大，何須分他人一杯羹。只是，你那些妹妹要都嫁出去才行吧？」

劉徹言瞇了眼，「你究竟想說什麼？」

崔岩收起笑容。論外表，他不如劉徹言俊好；論心計，他不如劉徹言狠毒；論地位，他只是家中能幹的兒子之一，而劉徹言已儼然一家之主。他可以攻擊劉徹言的，原本只有天生的出身，如今，又多一樣——

「你家四妹妹幾年前得了重病，送到哪兒去養了？」不查不知道，一查嚇一跳。

劉家恒寶堂的生意一直比仙玉閣好，除卻劉老爺一雙識寶的好眼力，還有恆寶堂裡一位從不露面的鑑畫師，眼力與劉老爺不相上下。他祖父曾懷疑是劉家女兒中的一位，但父親叔叔他們卻不信女子有那麼大的本事，想不到還真是。

劉蘇兒，劉家庶出的四小姐，生母是波斯姬，三年前劉蘇兒因抵抗婚約而出逃，迄今未歸。不像劉府其他女眷常隨意出門，劉蘇兒甚少露面。聽說，她的舞姿美若飛仙，攝人三魂；聽說，她的身段柔媚若無骨，勾人六魄。

僅有一回，崔岩與她擦肩而過。

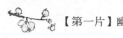

何時何地早模糊不清，三魂六魄好好留著，只對那張白玉面容上清邃如寶石般的眼睛記憶深刻。

而今，那張面容、那雙眼睛，竟在蘇州又現。

「那位妹妹當初是訂與你伯父為妾吧？」崔岩嘖嘖兩聲，神情卻無比厭惡，冷笑道：「劉公公深受皇上器重，特允宮中有妻、宮外有妾。而你妹妹本該為第四位，可惜病得不是時候，太沒福氣。」

只有劉徹言這種陰暗自卑的男人，才會將自家妹妹嫁給太監。

崔岩自覺處事雖也不擇手段，卻怎麼都不至於失了這點人性。

劉徹言臉色越發黑冷，「姓崔的，想罵我，儘管直言。」

「沒啊，我羨慕你一家人齊心協力……其實卻是這樣……」崔岩語氣稍頓，「我最近偶然瞧見一位姑娘，跟你四妹妹長得有九分相像，所以才想問你她在何處養病？說不準，真是同一個人。」

「在哪兒見到的？」劉徹言陰冷表情洩漏一絲熱烈，又立即懊惱，頓時狼狽。

崔岩看在眼裡，心中自然明白了，「難得見劉大公子這般緊張，莫非我瞧見的真是你家四妹妹？」

劉徹言坐起身，薄唇抿苛線，寒氣層層塗白了臉皮。

這時，請客的主人與多數客人一起進來，見崔、劉兩人已到，紛笑著來打招呼。劉徹言僵直的坐姿放緩，立身淡笑，同他人作禮說話。

崔岩的笑卻要大咧得多，他知道，剛才那事還沒完。

群宴近子夜才散，多數客人留宿美人居，平時十分風流的崔岩卻出乎意料規矩起來，居然要打道回府。

馬車才出教坊，崔岩就聽有人喊留步，他勾起得意的笑，眼睛卻瞇得十分尖厲。

車簾外，那人遞進一個信封，恭謹說道：「小的是劉府管事戚明，替我家大公子送信。九公子慢慢讀，小的等您回覆。」

崔岩拆信看了，冷笑一聲，「好個重金酬謝，只是我不信這種空話，你還是把你家大公子請來得好。」

戚明的腳步聲跑遠，一刻不到的工夫，換來劉徹言的冷冷話音：「難道還怕我賴你銀子不成？」

「我知道劉家最不缺的就是銀子，不過你若以為我要的是銀子，已然瞧扁了我。劉家有錢，崔家沒錢嗎？」崔岩隔著紗簾，盯瞧那道挺拔的身影。不肯彎腰、不肯低頭，是不是？

他瞥開視線，對外頭車夫輕飄飄一句：「走了。」

「你要什麼？」劉徹言脫口而出。

崔岩掀簾。

窗上的直影，隨簾子撩上，迅速縮矮下去。

「今年宮裡和內城官署茶葉絲絹的採買，轉給我做。」

劉徹言眉關攏陰霾，哼道：「好大的胃口，只怕你吞不下。」

「怎麼會？我嘴大肚子大，仙玉閣不夠塞我牙縫。也不是誰都像你那麼好命的，只要擔心四妹妹別招婿生個劉姓小外甥。我上頭兄長好幾個，將來分家真不知夠不夠我一口飯吃，當然要未雨綢繆自找財路。」崔岩打個呵欠，「你不用急著答覆，事關幾十萬兩銀子，我等得起。」等不起的，是這位劉大公子。

劉徹言甩袖轉身要走，面容似怒，卻並未說不行。

崔岩已穩操勝券，追加一句：「所謂轉做，仍以你的名義向宮裡朝廷交貨，卻由我負責採買，銀子進我的口袋。」

劉徹言沒回頭。當對方提出這樣的條件時，他就明白對方圖什麼。

劉家一直為宮中和內城官署指定採買，並不是他想要給誰就給誰，從提名到認定，一道比一道更高的坎。唯一可行、且又快又直接的方法，就是打著劉家的名義。

崔岩不是從他手裡討活做的第一人，但要他無償提供名頭的，獨崔岩一個。獅子大開口，風險他來頂，姓崔的穩賺錢，仗得不過是一則消息。

劉徹言很憤怒，不是心疼要白給崔岩幾十萬兩進帳，而是自己一定會為這則消息妥協的挫敗感。

過了幾日，崔岩收到一份劉徹言按印的密契，附加條件是他的消息一經證實確鑿，契約中的內容就生效。而崔岩自有一套，不直接告訴劉徹言某人的下落，而是派了自己的親信管事，領著劉家到蘇州某府去，以確保劉徹言不耍花樣反悔。

從北到南，路途遙遠，一去一返將花數月。

儘管北方寒流仍不間斷，南方卻是春江水暖，猶綠猶紅，好風光美不勝數。這年暖得還特別快，人們已開始踏青早春，凡是勝景地，比年節還要熱鬧，欣欣向榮。

即將進入四月的名門趙府，歷經正月裡管事自盡的凶事，二月裡全府盤查得驚駭，彷彿

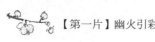

更麻煩的事還在後頭，卻因九姑娘的出嫁，中斷了這片人心惶惶，讓大家好不容易平靜度過了大半個月。

至少，表面上看起來如此。

雨季跟著今年的春，也來得早了。

從趙九娘院子裡「借」來幾本書，夏蘇一身黑衣，飄忽若影，閃過幽夜深深的園林，聽雨絲打著嫩青的芭蕉葉，行進卻慢。春雨如油，落在她的髮間，讓偶爾掛在廊簷的燈照得忽然晶亮。

趙青河的身世水落石出，她這個義妹的身分也水漲船高，可以大大方方在府中行走，但卻過於習慣黑夜披黑色，即便多了一季新衣，仍不改初衷。

大太太堅持夏蘇和岑雪敏同一個待遇，而岑雪敏和趙府姑娘們又是同一個待遇，以此類推，不僅給她做了春衣，還為她添了不少佩戴的花飾，顏色亮麗，款式也新。她晚上雖穿不著，至少每回讓大太太請去時，泰嬸和喬大媳婦不會犯愁沒體面的衣裝了。

夏蘇沒有搬到大太太的住處，甚至都不用常過去，皆因魯管事自盡一事引起趙府軒然大波，大太太也好、大老爺也罷，都把趙青河認祖歸宗之事往後挪，更沒精力管她搬不搬這樣的小事了。

說起這個吊死的魯管事，一直在庫房做事，雖非主副總管，也待了多年，平時的口碑就是兢兢業業，很老實很仔細的一個人。然而，在他上吊的房裡，留有一封遺書，說他外頭欠了錢，不得已才對〈暮江漁父圖〉動歪腦筋，以蘇州片替代，將真跡賣掉還債，如今東窗事發，無面目見主家，只求一死免去生前罪責。

人死得乾脆，活人們卻不能滿足死人所願，事情非但沒有就此平息，反而越演越烈。凡是魯管事經手的東西，再徹底驗查一遍。庫房之中，但凡跟魯管事要好的人，遭到反覆盤問，檢驗他們經手之事物。全府範圍內，同魯管事交情不錯的人，都被搜過了住處。從而追查魯管事是否有同謀同夥。

二月那一輪搜屋大掃蕩下來，沒掃出魯管事的同謀同夥，卻拎出好幾個手腳不乾淨的僕婢，都是主母能力稍遜的三房、四房、五房裡的。因此，連累三位老爺和太太，讓老太爺、老太太狠狠訓了一番，叫他們嚴加管教下人。

而一向能幹的二老爺、二太太，卻是最早挨老太爺罵的兩個。魯管事居然早先是二房的人，而大老爺不喜爭權，多年研究學問，任二老爺、二太太明裡暗裡往庫房安插勢力，皆因魯管事這一吊，一下子就暴露在老太爺面前。

老太爺罵二房夫妻居心不良，命大兒子接手，要將庫房大大整頓一番。

老太太卻是敢罵兒媳婦的大脾氣，一句「你們還想殺父母、弑兄嫂不成」，暗示魯管事之死與二房有關，讓二太太當場哭暈了過去，二老爺趴在地上苦苦喊冤。

時機若不對，長年累月的蓄謀也無用，瞬間能毀於一旦。用趙青河的話來說，二房接下來就只好想著分家時怎麼多撈點，家主之位已絕。

同趙青河的想法一致，夏蘇認為，趙府各房明爭暗鬥不休，各打各的小算盤，但總體不傷根本。百年士族樹大枝多，一代代要知道「一榮俱榮，一損俱損」的道理，方能長存。

趙府雖然政緊縮，但家族名望一如從前，名貴非常。

要做到這一點，子孫至少對外爭氣。

再看魯管事換畫一事，照遺書上的說法，屬於個人行為，手法卻與馮保翳子一夥人更接近，而非受二房指使。說實話，為了銀子就讓管事偷畫賣，而且還是偷大老爺的畫，如同棄庫房的多年經營不顧，二老爺、二太太那麼會盤算，不可能短視至此，反而最不可能是這件事的主謀。

正因為與之前的換畫案相似，董霖也十分重視，甚至請仵作驗屍，結果卻差強人意，屍體沒有異樣，遺書也為親筆，那位辦事一向心急的蘇州知府很快判定為自殺。董霖氣得跳腳，但沒有任何可疑的證據，只好無可奈何地結案。

趙青河沒跳腳。不但不跳，也不像從前那樣幫著大老爺盡心辦事，好似與他無半點關係，不是悠哉出門結新友、會舊友，就是窩在家裡看書，與夏蘇調侃逗趣，聊些書畫界的人和事。要不是她已有些瞭解他說一不二的性子，也會同董霖一樣，以為他放棄尋找凶手了。

雨絲漸密，夏蘇從紛亂的思緒中回神，輕身縱到廊下，貼牆而走。忽見一點亮，幽火般飛快，不斷閃過園中的樹、花、石，十分鬼祟。

黑夜獨有的青彩，在夏蘇的淡褐眸裡，暈染開來。她細眉愉快一挑，身形剎那動起，比幽火還快，上廊簷，踩屋瓦，準確追著那點火。一如所有的夜間動物，黑暗對她施與最強大的保護，被追之人毫無所覺，出了趙府，經過一片擁擠的小院，進入一戶人家。

有趣的是，夏蘇無比熟悉這一片區域，就在半年前還是她的安居之地，這裡是趙家安置親戚和管事家眷的外家院落。

夏蘇沒時間懷舊，落在幽火消失的屋子上方，悄悄揭瓦。

屋裡一男一女，男的站著，女的坐著。

「不是讓你別來了麼？」女人保養得宜，看得出風韻，卻看不出年齡，模樣標緻，眼氣兒尖利，「萬一讓府裡人知道你我有來往，保不準就懷疑到你身上了。」

男人五十出頭，兩鬢斑白，卻眉清目朗，正臉方耳，長相十足正氣，行為卻全歪，將女人一把拉起，對準她的嘴香了兩口，笑得有色，「託妳死鬼丈夫的福，府裡如今入夜後沒有人敢亂走，我出府輕而易舉。」

女人曾在大太太那裡悲悲切切地為丈夫的死痛哭，是魯管事的未亡人。

夏蘇也記得那男人。正月十五那夜，大老爺率眾管事開庫房，她在屋頂上瞧熱鬧，見過這人站得遠，是庫房的人，但不是那些掌著大柄鑰匙的主管。

男人不規矩，女人卻也不甘寂寞，回勾對方的脖子，豔唇吐氣，嬌嗲迷人，「託死鬼福的又豈止這一樁？要不是他的死為咱們爭取時間，把那些字畫古董及時換回去，這事可就鬧大了。誰想得到，那幅〈暮江漁父圖〉偏偏讓大老爺送上不系園，又偏偏被人看出假來。當初老鬼就差拍胸脯保證，說這畫造得跟真的一樣，就算是大老爺，也分辨不出呢。」

男人的豬手稍緩，好奇道：「那老鬼到底什麼人？」

女人全身瑟縮一下，聲音好不畏懼，「勸你最好別問，否則，一旦你做事出紕漏，就和魯七一樣的下場。老鬼說過，失敗即死，絕不容情。更何況，老鬼戴著面具，魯七和我都不曾見過他真容。」

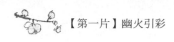

「我就不明白，你們為何那麼聽他的話？他給你們的報酬說多不算多。」男人問。

「因為魯七曾殺人越貨，入山為匪，老鬼是山寨大頭目。山寨雖散，過去的事卻不會就此作罷，官府仍在通緝魯七，如果不幫老鬼做事，老鬼就會密告官府，到時死罪難逃。而我嫁魯七前，曾騙婚毒夫……」

「欸？那我該離妳遠一點。」男人說歸說，卻將女人打橫抱起，直接按在桌臺上，用他偉岸的身體壓住，一手從她裙下探進。

女人輕呼，又嬌笑，昏黃的燈光交織她面上情潮，無比放浪的姿態，還故作矜持，捏拳打著男人的肩背，「來不及了，你已經上了這條賊船，老鬼自有辦法收你。」

男人呼吸粗重，呼嚕呼嚕，不知在拱什麼的聲音，「不用老鬼收，牡丹花下死，做鬼也風流，我就為妳豁出去啦。」

女人的臉上忽然浮出一抹得色，推開男人，自發寬衣解帶……

夏蘇看得目不轉睛，眼前卻忽然換成一隻大掌，隔開底下無限春光。她扭頭瞪，見一黑衣蒙面人蹲在身旁。那雙刀目既然凝不了冷，她當然更不可能感覺驚慌，反而看他裝模作樣豎起食指示意噤聲，令她翻個白眼，回頭慢騰騰將瓦片推回去，無聲立直了，點瓦速行。

黑衣人始終跟在後面，直到同夏蘇一道落入那座「趙三公子」的園裡，才摘掉面巾，笑開了口：「妹妹夜裡要是淨看那些偷雞摸狗的東西，哥哥今後可要設門禁了。」

夏蘇瞇起眼，沒好氣，「怎麼到哪兒都有你？你偷偷跟著我？」

趙青河一副要某人簽賣身契的狡詐神情，「妹妹莫扯遠話題，今晚這事需要好好表明妳的態度。」

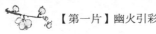

到底誰要扯遠話題？夏蘇往樹下的石桌一坐，「行，你弄罈酒，炒兩個下酒菜，我再聽你說話。」

趙青河呵然，這姑娘對自家人和外頭人的態度，真是天差地別，但抬頭看看天色，「天都快亮了，去睡吧。」

他肯放人，她還不應了，「你剛才在屋頂上聽到多少？」

「慚愧，只聽到不堪入耳，一室男盜女娼。」他其實亦知，她不會無緣無故趴人屋頂湊此等熱鬧。

那就是沒聽見。夏蘇不瞞，「魯七之妻恐涉換畫案，那名姦……魯妻雖然新寡，畢竟已沒了丈夫，能說姦夫麼？」

趙青河哈笑，「那便說情人罷，總不能教妹妹難受。」

又嘲笑她？夏蘇哼他。

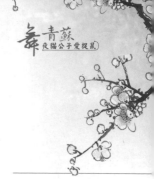

第二片 擱淺死船

夏蘇哼了一聲。

接著繼續說正事，「魯妻的情人是庫房管事，五十出頭，太陽穴有顆黑痣，耳垂後也有兩顆黑痣。他幫魯七夫婦換回那幅〈暮江漁父圖〉的真畫。魯七夫婦聽命於一個叫老鬼的人，魯七本是殺人越貨的通緝犯，加入山寨當強盜，魯七的妻子騙婚毒夫。兩人因此受老鬼要脅，不得不幫其辦事。老鬼戴面具，不以真面目示人。」

「知道那麼多密辛，妹妹會否午夜夢迴睡不著覺？」趙青河語氣調侃，腦中卻已迅速吸收這些消息，「如此看來，魯七夫婦與馮保那些人極可能是同一夥。馮保拳腳蠻橫，招招奪命，是豁出命的打法，而船上鬍子那一幫，同樣驃悍之極，他們都似盜賊響馬。這對董霖來說，可是大好消息，他能從歷年通緝的人犯名單著手，也許是這些案子唯一的突破口。」

夏蘇不評論，起身，推屋門進去，準備睡覺。

「九娘嫁了，想來妹妹突然覺得寂寞，夜裡越逛越似孤魂野鬼，好像沒了落腳之處。這種感覺，哥哥明白得很，但妳要記得，哥哥我一直在妳身旁，有煩心的事，一定跟哥哥說，哥哥幫妳找樂……」一只茶壺，從夏蘇的屋子裡狠狠飛出，趙青河接個正好，哈哈笑，「妹

妹這手勁，還得多練練。」

砰！屋門緊閉。

趙青河淡淡收了笑臉，回書房，倒茶入壺，抽出那本《溪山先生說墨笈》，又將各種關於古字畫的書冊攤了一地，一會兒翻這本，一會兒翻那本。他看得無比認真，直到天亮時，熱爐變冷，眼皮子累耷拉了，才想到回屋歇息。

砰砰砰！砰砰砰！有人拚命拍打著外門，連內園的他都聽得見。他一個箭步跨出屋，看天色就知太早，只有他能開門去。

他走得並不慢，但那門越發大聲，哐啷哐啷又要報廢的動靜，讓他不由來火，開門就衝敲門人低吼：「誰啊，大清早來報喪？」

董霖兩道眉毛發紅，狐狸眼全無風流倜儻，頭髮還散一捋蓬一簇的，袍襟都沒攏好，「趙青河……趙青河……」雙手往趙青河肩上要放。

趙青河一閃，任董霖踉蹌進門裡，倚著門板冷峭瞧他，說道：「大老爺們，有話就說，要命就拚，別動手動腳千呼萬喚的，爺我不搞斷袖。你可拍壞我家一扇門了，怎麼，還拍出念頭來了？」

董霖大罵：「滾你媽蛋！你想斷袖，我還不肯呢！我來通知你，襲擊你和蘇娘的那艘船，估計找到了！」

趙青河原本盹意的雙目一凜，「在哪兒？上面的人……」

董霖也正經了顏色，「在通往杭州的主河支流，淺灘上擱了一條漏底的貨船，一艙的死人，照文書的描述來看，與你之前的報案相合，我已經跟知府大人報備，今日就出發，你跟我認船去！」

趙青河大步往內園走，「等我一刻……」

夏蘇站在拱門那邊，晨風輕吹披肩烏髮，容顏似雪，又帶桃花的粉澈。

她道：「我也去。」

董霖眼睛亮亮稱讚夏蘇，「白光之下，妹妹更好看了啊！」邊說邊偷瞥趙青河，見他身形不頓，暗嘆自己勾嫉妒失敗，「但我和青河去看凶船和死人，不是遊山玩水……」正要拒絕夏蘇同行。

「跟去可以，路上卻不會因妳是姑娘家就特別照顧，更不能拖慢我們的行程。」趙青河打斷董霖，對他道：「蘇娘當日也在船上，或可幫忙。」

夏蘇立刻轉身，碎步子，人卻去得飛快，好似一方被風吹起的白帕。

董霖即便見過夏蘇的輕功，仍會為之驚豔，正想開口再讚幾句，卻讓趙青河一記冷眼瞧來閉了嘴。原來不是他勾不到嫉妒，而是有人當著夏蘇的面，要保持「大方」形象。

等兩人都走了，董霖才想起自己急著來報消息，家裡行李也沒收拾，實在不用糾結「一刻後就出發」這點。他猶豫要不要進園，又怕趙青河吼他大清早擾人清夢，這麼過了好一會兒，忽聽身後門響，轉臉一看，只見皓雪肌膚明眸，櫻花紛落如雲來，是位真能讓大雁掉下來的大美人。

她微蹙眉，輕斜流雲般的烏髮，似因他的陌生困擾，「你是……何人？」

那聲音，似鶯聲出谷；那模樣，似夏湖之蓮；聽之心動，入眼欲摘。

「敢問小姐芳名啊？」董霖自覺有點精神恍惚。

「放肆，我家姑娘之名是隨便說與你聽的麼？」大美人身旁一小美人，卻是丫鬟的裝束，眼睛精明打量著董霖，「你不是青園的人，卻為何在此？」

「你家小姐不說，我自然也不說。」

美人養眼，君子小人皆愛看，看著悅目，又不用繳錢。

大美人氣質出眾，非狹隘丫頭可比，落落大方向董霖行淺禮，「小女子姓岑，與三哥比鄰而居，適才聽聞撞門聲，特來看一看。」

大美人、小美人，還有幾個手腳粗壯的僕婦在後，好似真來助陣一般。

董霖聽到岑姓時，心裡一點迷濛恍惚也沒了，眼底剎那沉靜，嘻笑浮於表面，「原來是岑姑娘，久仰了，青河從前常提起妳。」呃，這姑娘的臉皮這麼薄？說紅就紅？「在下董霖，是青河的好友，粗人一個，也沒想到拍門會驚擾鄰居，下回一定留意，岑姑娘走好。」

當年趙青河迷戀岑雪敏之時，他只聽，不表達意見，卻覺岑雪敏的姨母固然愛貪小便宜，但口裡叫著三哥、對趙青河溫和的這位岑小姐也有不對之處。不喜歡，就不要黏黏糊糊。況且，她姨母收了趙青河那麼多好處，她難道真一無所知？

總之，董霖對岑雪敏的好感度極低。

岑雪敏卻似沒聽出趕她走之意，「你們要去杭州？」

董霖心裡又疙瘩起來，語氣明顯譏嘲，「岑姑娘耳聰目明，瞞不過妳。」別人家的事，她管得是否太多？

岑雪敏仍是白白的一張臉，表情天真美好，「董公子莫怪我多管閒事，若非聽僕人提到你們要去杭州，我也不來這趟。」聲音這才有稍稍委屈，「昨日大太太才答應請三哥陪十一娘和我去杭州楊家，一來看看九娘，二來還能遊西湖……」

明明岑雪敏的語調挺自然，董霖卻汗毛直凜，暗呼吃不消這種嬌弱美人，一連往後退了幾步，擺著手道：「岑姑娘不必跟我嘮叨家事，我管不著。妳要找的人在裡頭整理行李，我也不進去了，妳幫我傳個話，告訴他不急著出發，今晚酉時[1]的船，我準點在北城碼頭候著。」說罷，他就跑出大門，上馬急催，等馳遠了才自言自語，「趙青河，不是我不夠義氣，俗話說得好，好事要多磨，今後才長久，你會感激我的……」

趙青河聽岑雪敏傳話的時候，心裡卻沒有半點感激之情，恨不得立刻去暴揍某人一頓。

「……三哥，這樣行不行？」岑雪敏杏眼清澈，向對面的人們友好微笑著。

趙青河一見岑雪敏的時候，就把園子裡的人叫起來了，也不讓她和她的丫鬟進屋，就在園裡，站得遠遠地說話。所以，這會兒岑雪敏面對著泰氏夫婦、喬氏一家，還有大驢。

「什麼行不行？」趙青河光想著揍人，沒仔細聽岑雪敏中間那段話。

大驢湊過來，想在少爺耳邊提醒，卻被少爺推直了，只好大聲道：「岑姑娘問少爺，能否帶她和十一娘一道去，她保證不耽誤咱們上船。」

趙青河本想說不能，心思轉了又轉，出口卻是：「能，只要大太太同意，今晚酉時一刻出發，自己到碼頭去，我過時不候。」

「謝謝三哥。」岑雪敏笑得很甜，喚上丫鬟走了。

趙青河不看岑雪敏的背影一眼，將大驢、喬生、喬連叫進正屋，半晌沒出來。

倒是夏蘇換過衣服、整好行李，一出屋就讓泰嬸和喬大媳婦拉著，嘮叨這事。

「不知打什麼主意，非要跟你們一道去杭州。」喬大媳婦來的日子尚短，大宅子裡的那些事仍處於摸索階段。

「我看哪，說不定已知大老爺和大太太的心思。」泰嬸的懷疑顯然不輸給那些老謀深算的人，分析道：「少爺要是認了趙家，就是長子長孫，大老爺當初給四公子說的娃娃親，就順理成章說給少爺了。這麼著，少爺娶有錢人家的小姐，四公子娶有地位的小姐，富貴全齊，雙喜臨門。」

正月十五那日，趙大老爺來園子裡提起這件事，泰嬸已經去了廣和樓，卻仍能猜得八九不離十，果真，家有老，如有寶。夏蘇再想到自己的遲鈍，過了那麼久才明白，大太太與岑雪敏說對不住，與趙四郎婚事不成，還把自己也叫上的那回吃飯，其實大有暗示自己本分的意味，尤其最後趙家長子長孫的婚事「勢必要門當戶對，就算高攀，也得是趙家高攀」這句話，如同為她量身訂做。

趙青河若成了趙三公子，乾娘與她說過的事就可以不作數了吧？夏蘇笑了笑，說道：「我在屋裡聽到了岑姑娘的話，也未必是打什麼壞主意。她和大太太確實提過去杭州的事，加上十一娘和九姑娘是親姐妹，想去看看姐姐嫁得好不好，而我們本就打算四月到杭州訪友，大太太便想著湊到一起出發，人多好照應。可如今我們突然要提前走，岑姑娘來議，實屬情理之中。」

其實，一顆心早已沉谷底，她認得清自己的命運，只求今生遠離惡魔，平靜度日。婚事

注釋——

1 酉時：指下午五點到七點。

且隨緣吧，實在做不到積極進取，單從這一點來說，她還是挺佩服岑雪敏的果斷。

不知是岑雪敏口才好，還是大老爺、大太太想藉此機會將娃娃親坐實，決定這般倉促，卻也沒有半句反對。這兩位長輩將趙青河和夏蘇叫去，分別囑託一番。

夏蘇不知趙大老爺吩咐些什麼，自己則承載著大太太的千叮萬囑，因她年齡最大，要她當個長姐，出門在外，多多照顧妹妹們，一切以名節禮數為重。好在她個性偏私，看很多事情都淡然，一耳進一耳出，將大太太那些讓趙青河和岑雪敏有機會多相處的暗示，直接當作沒明白。她對自己的婚事沒打算，卻也無意當別人的紅娘。

夏蘇和趙青河到碼頭時，趙十一娘和岑雪敏居然還比他們兩人早到，已在船下等著搬行李了，而正同董霖說話的人竟是趙子朔，令兩人皆吃了一驚。

趙青河低咒：「兩個嬌滴滴的千金還不夠麻煩，再來一位公子哥兒，不信我，就別讓我帶著。」

夏蘇自覺理解趙青河這話是在指趙大老爺，就說句公道話，「趙子朔跟船其實是好事。你這個尚未正名的趙家公子，加上董霖是外人，照顧兩位待字閨中的大家姑娘，若有點什麼事都說不清楚。」

趙青河垂眼睨了笑意，「妹妹別落下自己。」兩位？

「我是小門戶裡的。」夏蘇慢搖兩下頭，引用趙青河早前的說法，「大戶人家的規矩放不到我身上來。」

「可在我眼裡，妹妹比哪家名門姑娘都貴重。」趙青河眼底的認真讓笑意遮掩，看著只是說好聽話。

他的口無遮攔由來已久，從明化暗，從暗化明，夏蘇都適應了，不會再輕易臉紅，白他一眼，「那是。我這會兒若抽身，別說工坊和搬家，你得回去求大老爺給你一份差事做，從此抬不起頭，要一直當孝子。」

趙青河想掐她臉，最終改從她身後拉髮梢，動作不落對面那些人的眼，沉聲笑道：「嘖嘖，這牙又尖了，只是妹妹別忘記，我可早把妳當成搖錢樹供著呢。」

他的這些小動作，她都習慣了不掙扎，橫豎對方皮太厚，釘子敲不進的地步，夏蘇轉而問道：「你打算帶他們看沉船死人？」

「我傻嗎？」趙青河笑侃的神色忽然斂沉，「到時找個碼頭停靠，咱們跟董霖辦事去。趙子朔當真來得好，在家帶孩子吧。」

夏蘇看著那位謙謙公子，不由說道：「這都快開考了，聽說趙六過年後沒回過家，趙子朔卻還悠哉，真是人一聰明就省好多力氣。」

趙青河眼瞳幽深，看不出他所想。

後來趙子朔的說法，算給夏蘇解了惑。原來並非天才倦怠，而是王爺舅父來函讓他早些到京師。趙大老爺說，十一娘要到杭州，讓他索性一道坐船，再從杭州入京，一來順路照應，二來可以和趙青河培養一下兄弟感情。當然，後頭這話，趙子朔沒有透露。

不說京師有趙氏的老宅老僕，王府也隨時歡迎外甥住，趙子朔無需帶太多行李，除了隨身帶些書看，也就一路上的換洗衣物，且早做好出門的準備，箱子一抬便能走。窮家背家當，富家輕裝行，正應此情此景，卻讓夏蘇想起當年一件破衣服捨不得丟，大包小包投奔趙府的情形來。

這躺雖然多了不請自來的人，一位公子加上兩位小姐，以及旅途照料他們的僕婢隨從十二、三人，搬行李、安排住艙，鬧哄哄了好一陣子，船最終沒有耽誤太久，子夜前就駛入大河，往杭州行去。

那時，夏蘇的心思還很簡單：認船認屍找線索，再到杭州看趙九娘，遊一遊西湖。

蘇杭水路暢通，快行也就一日餘，但今年雨季早來的緣故，急流增多，尤其夜間多險，故而趙子朔提出只在晝日行船。趙青河看過地圖，那條支流就在趙子朔提到的碼頭附近，心想正好，怎能不同意？

於是，出發的第二晚，船駛入一個挺大的河鎮歇一晚。

趙子朔帶了十一娘和岑雪敏上岸用膳，趙青河說晚些時候就與他們會合，卻同董霖、夏蘇和喬生，換乘小船，上支流找淺灘去了。

董霖笑趙青河騙死人不償命。

趙青河卻道：「騙又如何？我已告訴船大，最遲明日下午一定回轉。想那趙子朔又不傻，不可能一直等到天亮，只要回船便知。我就煩他問得仔細，『說來話長』四個字打發不了他。」

趙青河這回急著出來，也沒對趙峰夫婦交代清楚，理由幾乎敷衍，說什麼難得知府大人肯出借官船，過了這村沒這店。趙子朔卻不知從哪兒聽說董霖有官務在身，上船後就問起了，也不被糊弄，大有打破砂鍋問到底的堅持。

如此一看，在倔強這點上，趙峰、趙青河和趙子朔的血緣關係就凸顯了。

「要說煩，哪有你煩？蘇州那幾樁小偷案，都是你煩得我受不了，才重新翻出來的。」董霖憶及尚不算舊事的往事，扭頭跟夏蘇抱怨，「這位老兄總說有疑點，這不對、那不妥，讓知府大人起先恨得牙癢，偏偏每回結案後還有後續，搞得如今離了他都不行，大人真是……」怎麼說呢？

「對我又愛又恨。」趙青河一針見血。

董霖一拍大腿，喊道沒錯，然後就搓起手臂，渾身抖兩抖，「你噁心自己就行了。」

夏蘇看兩人說話堪比雜耍，噗嗤一笑。

「到了。」喬生卻從船頭傳聲。

夏蘇慢慢走上去，這夜運氣不錯，只是輕雨，因此火把不散，擺得出一條長龍，照亮淺灘上那艘歪歪斜斜的破船。她一下子認出，正是那夥賊人的貨船。

上了岸，兩名漢子走來，皆身穿捕衣，其中一個矮敦漢說話老大不客氣，卻透著熟識，「你小子再不來，我可就收隊了。」

「算了吧，老鄭昨日一早就跟我報了信，雖是你們杭州府地界，但此地離我們蘇州更近。我便是耽擱了一會兒，你也沒比我早到多久，收什麼隊。」董霖嘻嘻哈哈介紹起趙青河，「林總捕，認個臉，他就是趙青河。」又招呼那個老鄭。

林總捕是杭州府總捕頭，老鄭是管轄這片的縣衙捕頭。

趙青河抱拳，該講禮時從不含糊。

「你就是趙青河？讓蘇州知府大人給咱們大人發函，要求巡船和碼頭嚴加搜索，料定賊人走這條水路。聽說，蘇州的行竊凶命案也是你破的？」林總捕回抱拳，滿目欣賞，「久聞不如一見，當真是條頂天立地的好漢。到我杭州府來，我讓你當副總捕，怎麼樣？」

董霖連忙擠進來，向林總捕喊：「想都別想，趙青河是我們蘇州府的！」

夏蘇雖知趙青河挺受歡迎，卻不知這麼受歡迎，偷眼瞧他。

趙青河沒有半點得意，只問老鄭：「鄭捕頭，死人不在船上了吧？」

老鄭點頭，示意他們跟自己走，「這片區域本來船就少，先前還是凍住的，前些日子融了冰，才有船隻走動，前夜裡有船夫來報案。船底漏水嚴重，要不是水密隔艙，再加上老天幫忙，雨期水流變快，讓船擱淺，若是沉下去還找個鬼！屍體，呸，其實也不算屍體了，多數爛剩了骨頭。」

趙青河忽然停住腳步，對夏蘇道：「妹妹別跟著了，原本還想妳認屍，爛都爛了，應是沒什麼可看。若有需要，再喚妳。」

林總捕和老鄭這才發現趙青河身後居然有位姑娘，一齊驚訝。

林總捕脾氣稍急，好奇問道：「嘿，稀奇啊，我經辦那麼多凶案，少見姑娘家往前湊的。這誰啊？」

董霖見縫插針搗亂，「青河他媳……」腦後突然被輕搧一記，左右轉，卻沒見「凶手」，只有夏蘇靜立在側，但他見識過夏蘇的快，一吐舌頭，嘿嘿改口：「青河的義妹夏姑娘，那日也被劫持到船上去了，所以帶她來認一認船。」

身為經驗豐富的捕頭老大，自然不會漏過前頭四個字，衝趙青河也笑得嘿嘿聲起，「義妹啊，和你這個義兄般配，有江湖女兒的果敢無畏，能跟爺們上刀山下火海，比起會煮飯就囂起來的我家那口子，真是天地之差。」

趙青河隨林總捕調侃，只是笑，不承認卻也不否認。夏蘇要給自己正名，四個男人倒似有志一同，步子一下子拉開了，只有喬生留下。

「你不去？」

夏蘇的負面情緒來得快去得快，總不能因這些人的玩笑話，和自己生悶氣。

「少爺說了，不能讓姑娘一人沒有保護，妳留，我留。」喬生是趙青河的好幫手，和喬連一樣，拳腳功夫與日增進的同時，腦袋也好使得多了。

夏蘇朝船那邊張望，看到地上罩著一大片油布，就知下面是死人骨頭，雖說不畏懼，卻終究有些嫌厭，調轉開目光。

淺灘不遠處是大片農田，顯然附近就有村莊，除了十來名官差，還有看熱鬧的百姓，距前夜已兩日，所以此時人不多，三三兩兩，或蹲在田埂上說話，或背著農具經過，亦有小孩子的聲音。

夏蘇的目力和聽力在夜間極好，忽然留心到野林邊上有一人，戴著大邊草帽，不遠處的火把根本照不出他的樣貌，而身旁一匹高大青驄，聽得到牠蹬蹄噴氣，似剛趕完急路。

她正想看看仔細，卻被董霖人肆的嘔吐聲一時分了神，再回眼看，林邊已無人。

第三片 雙管齊下

過了半個時辰，趙青河才回來，「照衣物和武器來看，是那夥人不錯。」

「那個鬍子也在裡面？」夏蘇看一眼臉色發青、坐在河灘上表情頹唐的董霖。好好的師爺不當，非要親自管刑案，受打擊了吧？

「我瞧見他的刀鞘還掛在腰上，雖然看不出臉，多半人也掛了。」比起吐得腿軟的董霖，趙青河神情輕鬆，好似觀景遊客。

「他們怎麼死的？」夏蘇慶幸自己沒去，就算她不怕死人，還是會被噁心到的，光是想想就無法接受。

「仵作驗屍之前，我還不好確認，但骨架基本保存完好，沒有人為砍折的痕跡，皮肉尚存的地方也全似自然腐壞，據下巴骸骨、下顎和上顎的張合度，應無掙扎或大口呼吸，加之部分骨色呈青烏，推測遭人毒殺後再沉船滅屍。這等程度的腐壞，這些人約莫當夜上江面後就被幹掉了，而且極可能是船上的某人下手，才能做到神不知鬼不覺，掌握天時地利。只是那人再怎麼聰明，恐怕沒料到今年雨季來早了大半個月，水流湍急改向，能把沉船重新捲上了這處淺灘。有時，不信天命都不行。」

趙青河說這番話時，林總捕聽得一字不漏，眼珠子瞪得老大，語氣不自覺質疑：「猜猜誰不會，重要的是證據。」

「那就得讓仵作辛苦數骨頭了，看看有沒有少個人。」趙青河淡笑回應。

夏蘇問：「你同他們面對面打過一架，可還記得缺了哪個人？」

「妹妹高看我了，我既不是過目不忘，那晚又只顧保命，除了鬍了和他身邊的兩三人，其他的臉實在想不起來。」趙青河不誇大自身能力，「若那人是上頭派來監視鬍子的，只怕連鬍子都不知其身分。有一點可以肯定，皆因鬍子擅自為馮保報仇，事後不但沒殺了我們兩人，反而還暴露更多情報，才被滅口。妹妹和我，要對這群人的死負點責任哪。」

夏蘇卻冷然回應，「鬍子說過，敢走這條路，腦袋提在褲腰上，絕不會怕死。他們既有這等覺悟，想來化成白骨也無怨無悔，無需你我搶責任，一點點都不用。」

趙青河笑瞇了眼，「妹妹說的是，可惜船上沒有搜出半片古董字畫的物證，能讓妳過目……」猛然睜起眼，「老鄭，你確定船裡的東西都在灘上了？」

正在嘲笑董霖的老鄭嗯啊點頭。

「我可能猜錯了，也許沒猜錯，但絕不止一人犯案，還有卸貨的接應點。林總捕，請你讓人描下船樣，派人沿河打探，是否有人見過兩艘船在河面交接，或此船靠過岸，碼頭也可能。」趙青河道。

林總捕對趙青河的話十分信服，連忙吩咐仵作和手下人做事。

「妹妹可還記得前日夜裡，魯七媳婦確實說過把畫換回來了吧？」趙青河問夏蘇，眼裡彷彿沉著千絲萬縷，等著連線。

夏蘇說聲是，卻不解其意。

趙青河沉默好半晌，忽然對董霖喊：「回去了。」

董霖狀態不佳，但比夏蘇好奇得多，軟手趴腳挪過來，問得起勁：「這就完事啦？有線索了沒？到底誰幹的？那麼沒人性。」

「你特意跑來，就給我帶路以及嘔吐？」趙青河反問完畢，作答如下：「我只來認船認屍，所以一點沒錯，當初就是船上這些死人劫持我和蘇娘的。至於是他殺、自殺、事故？要由你們官家人操心。」

「我是頭暈，又不是耳聾，你剛才交代林總捕的話，還有問蘇娘的話，我可都聽得清清楚楚。你有所發現就趕緊說，不然老子強行徵召你當衙差！」董霖威脅。

趙青河不再逗他，一聳肩，「算不上重大發現，還是一貫瞎猜。主謀就在蘇州。到底有幾成把握，要等蘇娘的判定。」

她？夏蘇一怔。若是別人這麼說，她不會當回事，然而趙青河的猜測奇準，並非無依據胡亂臆斷。

林總捕見趙青河要走，趕緊又湊過來，「怎麼都不給我說話的機會？你們讓我查人口失蹤，我自已的地界還沒眉目，揚州那邊倒傳來了消息，證實那些被拐賣的女子說的是真話。其實這兩年出了不少瘦馬失蹤的事，各家嬤嬤一開始以為是受不得苦跑了，那些姑娘多又是從老遠的貧鄉窮縣買來的，誰也不願再追到她們家鄉去，更沒想跟官府打交道，如今一知道是被人販子拐走的，個個嚷嚷花了多少銀子養出來的，吵著非要把人討回去不可。」

趙青河點了點頭，「這些人做的雖是無本買賣，有一處相通，都是奇貨可居，轉手暴利。依我看，那幾個救出來的小孩子還要耐心詢問，官差也不要在江南附近，再往更南方尋查，也許有富戶家裡走失的小孩。」唉，兩三個月就這麼點進展，老牛拉車的資訊速度。

「這怨不得我，那幾個孩子中最大也就八歲，要麼哭，要麼不吭聲，問不出一句完整話來。」董霖表示沒轍。

「送到千斤堂……」心才轉，話已出，夏蘇收口不及。

趙青河即刻明瞭，接過話：「葛紹的妻子帶過一堆弟弟妹妹，請她來問話，肯定比你們這群凶神惡煞的大老爺們強。」

董霖心想，他一張討姑娘喜歡的桃花俊，怎是凶神惡煞，但哄不了娃兒已是事實，皺皺鼻子應下，「那些女子怎麼辦？」按理，這樣的事情無需請示趙青河，可他有點請示習慣了。

「想回哪裡就送回哪裡。」趙青河不覺得有何難辦，當不當瘦馬，未必都是自己的抉擇，卻一定是命運的抉擇，他又不做善人，救了還管一輩子順當，只能為她們再爭取一回重新選擇的機會罷了。

鄭捕頭又跑來，「如今缺官，還缺仵作，我們縣衙沒有專人驗屍，剛才那位只是馬醫，平時膽子挺大，這會兒卻讓太多腐屍嚇著了，比董師爺還厲害，直接給我暈了。沒了他，兄弟們不敢隨便動手搬那堆東西。」

林總捕低咒，「娘的，越是歌舞昇平，謀財害命的案子就越多，衙門裡的仵作老頭趁勢端架子。我跟他說命案，他卻回我一句兩個多月的死人不用當場驗，搬回去多少是多少，他會看著辦。」

趙青河一聽，與夏蘇說道：「這仵作老頭不像端架子，倒像高手。妹妹恐怕要再等會兒，我去瞧一瞧，不懂裝懂雖然要不得，懂裝不懂也是假清高，何況是我一直追著此案不放手，勞他們興師動眾。」

「我是不妨事，但你還是把喬生帶著。這等場面難得，他要跟你多看，才能多學。」夏蘇又指董霖，「這人不是閒著麼？」

趙青河瞧董霖敢怒不敢言又挫敗的土鱉樣，但覺好笑，只恨沒閒工夫哈拉，帶上喬生，同林總捕和老鄭一道過去了。

夏蘇也不理董霖碎碎念，撐著油傘，往田埂踱去。夜沉了，看熱鬧的農人已經走得一乾二淨，那個戴草帽的騎客也沒再出現。

也許只是偶爾路過的人，她如是想。

此時的蘇州尚喧嘩，即便郊區也尚有幾分熱鬧，喬連在一家很小很破的館子獨自吃酒。他是新客，而來這種地方的多是老客熟客，所以他顯得分外扎眼。

酒館老闆是個精瘦的老頭，編髫子，白頭髮一把抓在腦後如草窩，小眼睛賊精賊精的，但對人人會多看一眼的新客，他反倒視而不見，在櫃檯後面翻帳本。

喬連喝完酒，也不叫夥計，自己走到櫃檯給銀子，「這酒太淡，老闆可有私藏的醇酒？貴一點也無妨。」

老頭小眼上下打量，「哪來不知窮滋味的精小鬼，莫非館子外頭掛著廣和樓的招牌？要

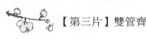

好酒，客官請進城找，小店伺候不起。」

喬連長得魁梧，膚色也黑，一笑森牙白齒，拿身板擋住，在櫃檯上放一錠白花花的銀元寶，壓低了聲音：「俗話說得好，小廟才落天仙。老闆放心，缺什麼，我也不缺這個。事成之後，再給你一錠。」忽然拔高聲音，「再給老子一罈好酒！」

老闆的小眼睇成了線，將銀子往櫃檯下一扔，嘴上卻吆喝：「放你娘的狗臭屁，我看你喝多了憋的吧，茅房在後頭，自己撒泡尿照照去。」

喬連粗口連篇，搖晃到館子後頭。

「喲，這位哥哥的身板惹人饞，老娘得誇誇我家那口子，讓他今後多放哥哥這般的客人進來。」素白的手擱上喬連的肩，緊接著身體也纏過來，原來這館子深處有蛇寮。此美人蛇寮，表面是夫妻老婆店，丈夫卻是擺設，做的是和青樓一樣的買賣，但不向官府登記，也不繳稅，是私寮。可不能因店小又窮而輕視它的攻擊力，館子裡幾個夥計，還有老闆本人，都是會家子。而前頭一有大動靜，後頭就聞風而逃。

喬連因而不動聲色，任那女人帶他進了屋子關了門窗，褪去遮不住春光的紗衣，上身不著一縷，坐到自己身上來。他跟著少爺開眼界，酒色財氣全部沾過，早非抬轎子的憨傻青年，看到姑娘就臉紅說不出話。

他大掌扣住水蛇腰，毫不憐惜地用力收緊，疼得女人變了臉色，才嘻嘻笑，「這兒就妳一個？哥哥我不能挑一挑？」

那女人亂扭腰肢，卻始終掙脫不去，一時口沒遮攔，抖出他想要聽的話，「你想找不要臉的新寡婦，也掂量掂量自己的命。她吃男人的，為了財什麼事都敢做，你不怕麼？」

喬連暗道，果然不出少爺所料，魯七的老婆不只偷情，更不是乖乖聽話的，她提到的那個老鬼，大有問題。

喬連這邊準備套出更多話，而大驢已在兩百里外的小客棧，兩天來頭一回沾枕，睡得雷打不動。兩人都非常忠誠地執行著趙青河的囑託。

第二日破曉，趙子朔一出艙門就找船大。

「董師爺和趙青河他們回來了嗎？」

江南水路亨通，官家養船不新鮮，官船的船夫要跟普通船夫多些脾性，說實話也好似搭架子，「不知道，我也剛起，好多事等著。公子閒，不如自己直接敲門哪。」

趙子朔正氣結無語，忽聽身後有人說話。

「回來了。」

他連忙轉身，見一纖美的姑娘，鵝黃襦裙，春綠短衫，烏髮如絲，一條綠緞的細辮垂在肩前，正是夏蘇。

「夏姑娘早。」

夏蘇淡然頷首，算是招呼過，側回身，恢復剛才懶靠著船欄的姿勢。

一個時辰前回來的，她倒下就睡，卻不怎麼安穩，一扭頭驚見趙青河趴在她艙房的桌上睡得香，頓時沒了睡意，心浮氣躁跑出來吹風。

還好沒有立刻弄醒趙青河來質問，腦中清醒之後，想起他說董霖不大舒服，他們的艙房又小，所以到她房裡借桌子睡了一會兒，而她竟是同意的，雖然現在想起來很不應該。

這姑娘在看什麼好景致嗎？趙子朔走到夏蘇旁邊，順著她的目光，不過是碼頭上的布衣百姓日常忙碌，庸庸無為。

「夏姑娘昨夜去了哪裡呢？」不如聊聊。

夏蘇目不斜視，盯著碼頭上的一個點，「董師爺要辦公務，請我義兄幫忙，我就跟著一道去了。」

「什麼公務，還用平民百姓幫忙？」趙子朔陳述一個自已的常識。

夏蘇聽來卻覺刺耳，「讀太多書也不盡是好事，最起碼的道理反倒無知了。天下為公，有幾樁公務與平民百姓無關，又有幾樁公務不是靠老百姓幫忙呢？」

她自然不是憂國憂民之人，但追求仿畫逼真的頂峰造詣，是必須要研究名家的心境和成就的，而歷史上著名的大家多從仕途，連唐寅都不例外。故而，她懂得這些道理。懂，卻不喜歡論。但這個趙家四郎一身天之驕子的優越感，讓她忍不出要刮刮他的薄臉皮。從情事到國事，這位實在需要歷練。

趙子朔果真赧然，神情微惱，「夏姑娘懂得真多。」

「好說。」夏蘇可不臉紅。

「夏姑娘如此，想來妳義兄也是不鳴則已，一鳴驚人了。」

她的義兄，卻是他的親兄，好不好？夏蘇從中感覺出未來狀元的醋酸味，不該回應，卻脫口而出：「同趙大老爺像極。」

她刻薄？呃……沒錯。這件事上，最委屈的人莫過於趙青河，而趙子朔父輩不缺，祖輩疼愛，是沒資格冒酸泡的，居然還暗諷趙青河張揚？

夏蘇全無意識到，曾讓她討厭的蠢狗熊，如今卻能自覺為其反擊防禦，不容他人詆毀趙青河半分，那麼堅定地與他並肩而戰。

趙青河如影子，倚在門裡的凹暗處，聽夏蘇說他像他爹，好笑看著趙子朔的臉紅一陣白一陣，剎那疲勞清空。他眸底沉著破曉，晨光慢慢浮起，攀上眼瞳，竟似正繁茂展葉擴枝的樹形。

他的世界荒蕪了多久？以為會一直孤冷，他也願意獨自待著，不惹別人，人也別來惹他，然後以無比壯烈的方式離開，紀念自己。

但現在，他遇到了她。

她有一半靈魂，像他的倒影，一樣拚命逃避出身，畏懼過往。可她另一半的靈魂，光芒四射，在新生活裡努力做自己，不似他輕易放棄。他說她是烏龜，自己卻還不如烏龜，烏龜慢但目標堅定，而他宅在殼裡當懦夫，怨天尤人，憤世嫉俗，還覺得都是別人的錯。

只是，當他的道路走寬了，卻貪心更多，想要放任自己去深愛一個人，可不可以？

「三哥？」

老天爺真諷刺！趙青河睨住廊道裡走來的美人身影，垂眼斂沒光華，對打擾自己好心情的女子，風度仍在，嘴角卻噙了一絲悄冷，「岑姑娘起得早。」美人身後有丫鬟，很好。

岑雪敏嬌柔問道：「三哥何時回來的？」

「一個多時辰前。」

他的身分公開後，他爹遭受的明暗指責最多，他其次。說他居心叵測，貪圖富貴，野心家主之位。唯有大太太，儘管有二太太這樣攜私心的，多數人都稱讚她大度隱忍，與夫君不知生死的髮妻平起平坐，如今更是連自己兒子的繼承權都願意拱手讓出。

大太太無論出於怎樣的心思而那麼大方賢良，趙青河不置一詞，因對他而言，私心人人有，只要不是太過分，算不得太大的事。後媽和繼子女，就跟婆媳一樣，千百年難以斷清誰是誰非的錯綜關係。反言之，趙子朔有這麼一個關心他的親媽，挺好。不過他也不怎麼羨慕就是，畢竟再拿孤兒套用自己身上，是很沒良心的舉動，會被泰嬸拿著掃把追。

在這點上，夏蘇大概和他有相同感受。他們有家人，感情不比任何一家親少。

「這麼晚？」岑雪敏立刻關心，「三哥該多睡一會兒才是。」

「正要再去睡個回籠覺。」他似乎聽話，但伸手，推開身側的門。

岑雪敏變了臉，氣質再好也難忍，聲音削尖，「那是夏姐姐的艙室。」

「是又如何？」趙青河不以為意，亦不解釋。

岑雪敏死死咬住唇，看著趙青河踏進去，開口叫住他，「三哥若對夏姐姐真心，雪敏不介意你納小。」

趙青河轉身，一臉要笑不笑，「岑姑娘說顛倒了吧？蘇娘與我早有婚約，納不納小，她說了算。但我自己是不主張納的，什麼天仙美人，嫁與人作妾之後，多數變成相似的嘴臉，納十個百個，男人就遭十倍百倍的罪，到頭來氣走了髮妻，何苦來哉？男人選老婆，往往頭一個就是最好的，只不過大都不明白而已。我看趙大老爺那樣，再看府裡其他老爺們，卻已十分明白了。」

「三哥與夏姐姐有婚約？」岑雪敏臉色煞白，同時因他那般直白不按常理的話，吃驚地用帕子捂了嘴。

「要不然，我們兩人豈會一個屋簷下住著？」他不知道「他」曾怎麼追過這姑娘，可現在是肯定對這姑娘沒興趣的。太不真實的性子，就跟樣板的禮儀小姐般，偏偏還挑不出毛病，偶爾讓他有毛骨悚然之感。

「我娘早相中了蘇娘，偏我那會兒不成器，怕她看不上我，我娘才先認她當乾女兒，讓我近水樓臺呢。」

岑雪敏聽到自己牙齒上下打架，咬牙道：「女子怎能如此輕浮？就算說定婚約，只要一日尚未成親，就得守緊禮數……你娘即便有心，可如今你身分不同，選妻要門當戶對，大老爺、大夫人……」

「岑姑娘。」趙青河神情一正，「我原以為妳對趙子朔一心一意，非他不嫁，這麼看來，倒是我小心眼了。」

岑雪敏耳根紅了，想開口說什麼。

「趁此機會說開也好。」趙青河卻不想聽她說，徑自說道：「聽老友們說起我從前追著岑姑娘的那些行徑，橫豎我也記不得了，再怎麼笑，不至於覺得丟人，就怕不瞭解的人還誤會，當我癡傻漢，不撞南牆不回頭。我這麼說，岑姑娘可別覺得自尊有損，可我如今對妳確確實實沒有半點兒非分之想。不管是因為失憶，還是因為過了年少輕狂的勁兒，總之與妳的好壞不相干，是我自己不願再幹吃力不討好的蠢事。妳不必左右為難，直接跟趙大老爺和夫人說看不上我即可。他兩人明明許了妳和趙子朔的親事，卻不斷推三阻四的，更離譜地隨便給妳換新郎官，欺人太甚。我要是妳，定要雙親過來理論，婚事不成，交情也絕，從此自行擇嫁，卻絕不會便宜了趙家人。天下好男人不多，可也不少。」

岑雪敏喉頭發乾發苦，愣說不出一個字。

倒是她丫頭忠心，急道：「三公子，哪有你這麼當面跟我家姑娘說婚事的規矩？不論拒絕還是答應，都是父母之命，媒妁之言。就算我家老爺夫人不在，那也要經過姑娘的姨母來商量才對。再說了，大太太已經同我家姨夫人說定，我家小姐就算難過，也顧全兩家這些年的交情點了頭，願意同你慢慢培養感情，故而待你和顏悅色。小姐尚忍得委屈，你倒好，與自己的義妹不合禮數，還自作主張……」

「住口！」岑雪敏看趙青河目光突然冷冽，連忙斥道。

「岑姑娘疼自己人，把不該說的都說完了，才道住口。」趙青河冷笑。

「……我……不是的……」岑雪敏眼中盈盈閃淚。

趙青河兩眼翻上，說他品味怪也好，最見不得靠眼淚打贏的女人，「我娘已故，我長這麼大，只知自己一出生就是沒爹的孩子。死者為大，我娘遺願要看我和蘇娘成親，誰能大過她去？岑姑娘，規矩不規矩，我都說清楚了，今後妳非不死心，我就兵來將擋水來土掩，什麼後果，就請妳自己擔著，別怨我。而我，可不是趙子朔，妳那點小伎倆，挑撥不了我和蘇娘。」

岑雪敏十分懵懂，泣眼望著，苦苦問道：「三哥何意？」

「用李四害張三灰頭土臉敗走，又讓李四心甘情願退避，不動聲色就清理掉威脅妳的對手，岑姑娘自以為很高明吧？」

那首豔情詩的真正主謀，岑雪敏是也。

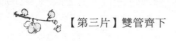

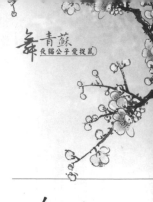

第四片 自薦為妻

岑雪敏走進艙室，命丫頭守在外面，自己關上了門。

趙青河抱臂退到一旁，靠牆，漠然觀色。

他可不在乎什麼男女共處一室的破禮教，她要是蠢到用這點來要脅他，那他就讓她身敗名裂。這個世道，對男人要偏心些，他未必覺得應該，卻不會傻到不利用。

「趙青河，你有何證據？」岑雪敏的聲音仍柔美。

有些人，天生在外表上占優勢，作惡也是純美的無辜模樣，真得並非做作。

「沒有證據，只有一些蛛絲馬跡。周小姐直到臨走時還對妳讚不絕口，只罵胡氏女兒不知羞恥。妳挺會交朋友的，專揀沒腦子的姑娘，小恩小惠，愚民又盲目，為自己製造興旺人氣，一有針對妳的言論或人物，立刻群起而攻之，妳要做的，或許只是委屈抱怨一聲。胡氏女兒被全詩社的人排擠已久，為了不讓她娘擔心，她一人獨吞苦水。周小姐原先與她交情還好，後來她被排擠，立刻生分了，但在情詩事件發生不久前，忽然又裝起閨蜜。都說周小姐對趙子朔有意，甚至本人都承認，可她三句裡必提一句雪敏，對男子深惡痛絕的樣子，就讓我想到點別的事。」

趙青河抬起劍眉，颯爽英俊，表情譏嘲至極，「想必岑姑娘應該也知道了吧？」

岑雪敏抿緊唇，雖然同樣也是彎下嘴角，夏蘇的扮相不起眼，她的扮相卻還美，冷美。

「來投奔趙府的親戚，哪家沒有點道不出口的事，這周小姐原來早先讓人退過親，自此之後憎恨天下男子，她娘才帶她來蘇州住，想換個環境能好一些。不料，沒轉好，還喜歡了女……」趙青河口下留德，「人都走了，不必再說。」

「還是這句話，你有何證據？」岑雪敏眼若月牙，清弱憐人。

趙青河搖頭，「岑姑娘妳還是沒弄明白啊。官府問案才需證據，看一個人的品性，需要什麼證據呢？我只要心中有數就可以了。」

岑雪敏想擠出笑臉，最終呈現苦楚，「我不過真心交朋友，無意中說起娃娃親，難免自怨自艾，但我並沒讓她去害別人，更沒想到她會為我做到那個地步。」

「我不殺伯仁，伯仁卻因我而死。」這樣撇清真容易，趙青河眼底幽冷，「岑姑娘怎麼交朋友，我管不著，不過岑姑娘絕對交不到我這樣的朋友。而夫妻，是要從朋友做起的。」

「那是因為你還不瞭解我……」岑雪敏實在心焦無力，說開吧，都說開吧。

大太太跟她說得那麼明白，她以為這回銀子真派不上用場的慌亂時，卻突然爆出趙青河的身世，同一刻她篤定，大太太有多在乎那份豐奩的嫁妝。

趙青河雖不是她以前心中想要的那種丈夫，可他本性不錯，又有大老爺的偏心，就算接任家主的路還很漫長，她卻有信心能扶持他。不，仔細掂量，趙青河也許是比趙子朔更好的丈夫人選，無錢無勢的他，想要坐穩主子身分，怎能不巴著她這樣的妻子呢？他會乖乖聽話，一切任她做主，然後家裡就不會有妾有庶子庶女，不用她在那種事上煞費苦心，還要保全名聲。她不想當壞人，只想自己過得好。

岑雪敏質問道：「夏姐姐有什麼？她可以給你什麼？又能幫你什麼？我便是有些小算計，父母不在身邊，為自己打算難道不是天經地義？而你得承認，即便當了趙家的主子，下人仍會輕視你。大太太再如何大度接納，也不會將本歸她親兒子們的財產給了你。我則能幫你掌家理家，日進斗金，也能幫你成為家主，管理家族各種事務，令親戚們讚不絕口。錢財和智慧、美貌和賢良，我一樣不缺，本來你高攀不上的，現在我願意下嫁，你也急需要我。至於感情，可以日後培養，世上多數夫妻如此。我不醜，也沒你想得那麼壞，你不傻，亦可贏得我的欽慕。」

少見這種開誠布公的自我推銷，趙青河神情不動。

「岑姑娘，妳又說顛倒了。我的順序是，成為夫妻之前要先有感情。妳不醜，那是肯定的。壞不壞？如妳所說，我還不瞭解妳。妳對我尚無感情，那最好，因我對妳沒有牽腸掛肚，沒有忽喜忽悲，沒有患得患失，愛妳愛得想掐死妳，恨妳恨得摟緊妳。聽起來很像神經病，我也剛剛開始體會，卻肯定自己必須娶讓我變成神經病的姑娘。」

岑雪敏呆怔著，彷彿對著一個白癡說話，她自己也變白癡了，竟完全聽不懂趙青河在說什麼。

趙青河打開門送客，「我心中的姑娘現在在外面跟妳原本要嫁的男人說話，我吃醋，想過去拉開她，又怕她嫌我小氣。岑姑娘好人，幫我過去插一足，讓兩人別站得那麼近。以後我和她單獨開府，請岑姑娘來當大管事，除了生娃這樣的事用不著妳，其餘會讓妳的能力得到最大展現。」

岑雪敏強調能力，但她不知道，男人要找能幹的管家不難，找心愛的老婆很難。

那個了不起的丫鬟又來囂張，「不許你羞辱我家姑娘！不管你和你義妹同房還是同床，到頭來她就只能給我家姑娘提鞋伺候！」

趙青河不打女人，用推的，一隻手過去，那丫頭整個人就貼上廊板，別說開口，連呼吸都快沒了。

岑雪敏雙眼迷濛，步履姍姍，踩出門去，「三哥，該說的，我都說了，你不認同，我卻亦有自己的堅持，最後你我的緣分，還是聽由天定。請你放開我的丫頭，你不喜她多嘴，可她待我真心，我自然不能棄她不顧。」

趙青河收回手，丫頭跌坐地上努力吸進幾口氣，又連忙起來扶住岑雪敏，急忙走回她們的艙房去了。無人幫他插足，他只好自己插足去，卻不見趙子朔，只有夏蘇走上舢板。

「白日不睡覺，非奸即盜。」趙青河笑著趕過去，再累，一看見她就不累了，也是神經的問題。

夏蘇睨來一眼，有點小刁的俏模樣，「我想睡，可有人堵著門口，而且我也不好妨礙人說悄悄話。」

「確實。」趙青河不是喇叭嘴，也因他知道夏蘇不是玻璃心，只道：「不過，顯然岑姑娘知道了趙大老爺和趙大太太的意思，正努力適應夫君人選的變化。」

「聽起來，岑姑娘的丫頭還沒適應。」早在意料之中，夏蘇一笑。她對待婚姻大事的態度仍是不改，有人爭取，有人放棄，無可褒貶，只看結果罷了。

「衝著那丫頭，我就避之不及，嚇煞人。」趙青河裝出沒出息的表情，其實不甚在意，他更關心眼前這個人，「妳餓了？」

他說笑，她還真應是，「我瞧見那邊有家粥鋪，生意興旺，看得眼饞。」

「妳應該叫上趙子朔，姑娘家獨行，易遭賊人惦記，何況已經惹了賊。」不能怪他草木皆兵。

夏蘇掀掀眼皮，慢條斯理，沒他著急上火，「四公子好品行，同我一齊聽到岑姑娘的丫鬟大呼小叫，果斷行君子風度，找船大問今日航程。」

「不是好品行，是嚇到了吧？」趙青河咧嘴一樂，笑道：「這會兒他肯定覺得自己有個親媽真好。」

「……」夏蘇欲言又止。

「怎麼？」趙青河是該問的一定要問清楚。

「他似乎對突然冒出一個兄長有些不滿，我就說你像大老爺，結果他半晌回一句，他也像父親。總感覺，他可能要做些一鳴驚人的事。」女子八卦不是缺德。

趙青河沉吟片刻，開口道：「他考上狀元還不夠一鳴驚人？」

這樣麼？夏蘇想想也是。

兩人慢悠悠下船、慢悠悠上岸，趙青河已經完全相信夏蘇是衝著粥鋪而去的時候，夏蘇卻忽然停步轉身，對著石臺上一直在釣魚的某個人說了句話。

「尊駕是喜歡釣魚，還是喜歡看熱鬧？」

戴斗笠的釣魚人頓時躍起，朝著夏蘇揮竿子，又急又勁。

夏蘇一邊拉著趙青河，一邊往後蹬步，躲開這一擊，才說出目的，「此人從沉船淺灘跟到這兒，十分鬼祟。」

趙青河又驚又氣，要不是時候不對，真想打夏蘇手心，「妳怎麼不早說？」

「我不確定，直到這會兒才確認。」不心虛，怎會動手！

「妹妹跑遠點吧。」趙青河揮揮，挽著袖子，衝釣魚人嘿嘿冷笑，「閣下又是馮保的哪位兄弟？還是鬍子的兄弟？」

釣魚人卻比馮保和鬍子懂得隱藏，一聲不吭，從竿底默默拔出一柄長劍，劍身吸收晨光，反射出一片藍寒。

「小心，是毒劍。」夏蘇沒有跑多遠，因為她對逃跑是很有自信的。

趙青河眼中一亮，「原來，幹掉那船人的凶手是你。」恐怕不但是毒劍，還是快劍。斗笠遮面，那人仍默然，劍卻動了，化成一道筆直的藍光，直奔趙青河胸口。

趙青河沒有武器，劍有毒，功夫再奇巧，也做不到空手奪白刃，下意識讓開，打算回身迴旋空踢。

誰知，轉回來一看，那人竟沒停步，劈里啪啦就往前跑，分明無心戀戰，只想跑路。

夏蘇身形飄起，居然要追。

趙青河想讓她別追，卻知他的聲音大概快不過她的輕巧，眼見她離釣魚人越來越近，他左右一看，立時搶上兩步抄了一根撐河的鐵篙，學跳高起跑，將篙尖一送一推，同時大喊夏蘇。事到如今，他選擇相信她的本事，借她一臂之力。

但那柄藍劍朝夏蘇回掃時，趙青河的心陡然停跳。

夏蘇卻沒讓趙青河失望，她只會輕功，卻聰穎不凡，藉輕盈的身姿，巧妙接過篙竿，藉力打力，以長制短。釣魚人斗笠太大，視線瞻前不顧後，功夫高強，卻對夏蘇估計不足，一竿子被打彎膝蓋，趴倒在地。他手中那道冷毒藍光，忽頓，怠慢，頹然，飛了出去，未傷到對手分毫。

對夏蘇而言，不過施展一回輕功。在趙青河眼中，那是天地滅了又生一回。碼頭上的人們看來，那是配合天衣無縫的漂亮接力，又是郎才女貌，好不賞心悅目。

就在夏蘇爭取到的眨眼工夫，趙青河已經趕至，一腳將欲爬起來的釣魚人踩趴，卻見夏蘇很積極地摘了對方斗笠，不禁好氣又好笑，「妹妹好歹讓我喘口氣，此人既用毒劍，只怕身上還有……」

夏蘇仰起臉，淡褐的眸裡些許無奈，「死了。」

斗笠下，白眼無神，烏青長臉，五官十分普通，嘴角一抹黑血。

趙青河雙眉一豎，鬆了腳，看清之後不由火冒三丈，「連豬都知道，好死不如賴活著，這人不但不如馮保和鬍子，還不如豬，一招不出就把自己幹掉了。」

夏蘇直起身，退開兩步，這麼近看死人，仍有點心驚，「算是有自知之明？」

趙青河看著夏蘇過白的臉色，「明明怕得要命，卻非要追。」這是他關心的方式。

夏蘇淺眸清澈，似沒聽出他的關心，慢道：「我在甲板上瞧見他牽馬進了一家客棧，青驄馬，又戴大草帽，與昨夜的裝束一樣，但他半晌沒出來。正以為是我多想，卻發現石臺那裡停了一葉扁舟，跳下一個跟他身形差不多的人，不過換了斗笠和外衫，釣魚卻不管魚竿動靜，斗笠一直轉向我們這邊。」

「哪家客棧？」趙青河問，不在意她聽不聽得出。

夏蘇指給他瞧。

趙青河將客棧和碼頭石臺反覆目測，不太明白的是，兩個點既然都看得到他們的船，此人為何繞過小半個河灣，特意選石臺來盯呢？難道只是為了換裝避人耳目？

「你倆又惹什麼事了？我睡個覺都不得清靜！」大概船大見勢不妙，就把董霖叫醒，他因此匆忙跑上岸來。

趙青河往董霖那兒走幾步，皮笑肉不笑，「董師爺，你又要收屍了。」

董霖一臉不可置信的表情，「你這個小子不會又要我給你擦……」瞄到夏蘇，頓時換口，「又死人啦？」

趙青河攤開雙手，「與我和蘇娘無關，不過問他今日釣魚可有收穫，他卻拔毒劍來殺我們，沒跑兩步又服毒自盡，好似我們拿捏了他見不得人的把柄。」

「那你拿到這把柄了嗎？」董霖歪頭一看，撇撇嘴，開始習慣死人。

「除了蘇娘昨晚在淺灘邊見過此人，別說把柄，連門都沒有。」趙青河自以為幽默，卻遭董霖翻白眼捧場。

「好笑嗎？」不但翻白眼，董霖還問夏蘇。

夏蘇耷拉著眼皮，淺化了平常深邃的眼窩。晨光很亮，她的皮膚又特別白皙，俏翹鼻子也因此虛化，整張臉像顆又白又滑的大桃子。

「她這是犯睏？」董霖眨眨眼，桃子不見了，只見蹲在那兒，胳膊撐著膝頭，手掌托著腦袋，對他的話毫不理睬的姑娘。

趙青河望著夏蘇，不由得嘴角勾笑，無意與他人分享她的小毛病，打著抱她起來的邪心思，正要走過去，卻突然，一陣驚天動地的急鑼聲。

鏘鏘鏘！鏘鏘鏘！還有人大喊走水——

趙青河回頭一望，不得了，他們的船上黑煙滾滾。

夏蘇再如何能打盹，也禁不起這麼鬧，立刻清醒，小步快如飛，驚訝問趙青河：「怎麼回事？」

董霖抬腳就跑，「管它怎麼回事呢，趕緊救火！」

趙青河沒有跟上，反而皺了眉，目光沉沉。

夏蘇卻不忘身後還有一具屍體，轉過去瞧，已經驚訝的神色進而大駭，簡直不敢相信自己的眼睛，拍著趙青河的胳膊喝道：「趙青河！快看！」

趙青河聽得夏蘇語氣不妙，連忙看去，也是大驚失色。

原先伏著屍體的地方，卻哪裡還有屍體的影子？

趙青河頓然想到那柄藍劍，一找之下，簡直哭笑不得。

撿藍劍的那道影子，可不就是剛才的釣魚人！他拾了劍就跑，本已離夏蘇和趙青河有兩丈遠，鑽進看火勢的人群裡，眨眼間失去了蹤影。

兩人你看看我，我看看你，無法不面面相覷！

他們都自覺做事謹慎仔細，卻不料老馬失蹄，居然完全沒想到那人會是假死的狀況。趙青河更為懊惱，他引以為榮的敏銳直覺和觀察力，在這一刻被打擊得無以復加，恥辱感深深刺激了他，自然不想任對方輕鬆逃脫，拔腿要追。

夏蘇卻一把拉住他，搖搖頭，「追不上了。我剛剛幾乎追平那人，知道他的腳力，隔了這麼遠，你並沒有優勢，而且還怕明槍易躲，暗箭難防。」

趙青河明白，夏蘇是對的。她常常在關鍵時刻顯得異常無畏和決斷，使他的好奇變成了心疼。他曾打聽京師劉家，人人都說它名滿都城，富貴雙全，劉姓子女享盡極致榮華，即便是朝廷高官，也要給劉家三分面子。但透過眼前女子，他只見到深不可測一泓虎穴龍潭。到底是怎樣險惡的環境，才會養得出這樣的女兒？總有防心，如履薄冰，咬牙慢行，彷彿已嘗盡世間無數的艱辛。

此時鑼聲還在催人滅火，喊聲換了，撕心裂肺，「來人哪！快救我家小姐啊！」

夏蘇鬆開他的衣袖，跑向著火的船。

趙青河卻反手拉了她的袖子，故意拖沉她的腳步，「妹妹跑慢點兒。讓妳離遠些，妳肯定不會聽，那就離我近些，一伸手碰得到。妳只管為國為民，我只管為己為妳，所以妳好歹讓我心安些，別不要命地往前衝。」

「我哪裡是為國為民了？不過擔心喬生。」已經不止一次，發現這人鬼話連篇，書上都找不到他的用詞，夏蘇沒好氣。

「連這點小火都逃不出，喬生不如買塊豆腐去撞死。」趙青河才說完，就見喬生拎著木桶從舢板跳下，「瞧，活著。」

喬生不知前言，當然搭不上後語，但也只知先顧自己人，「少爺、姑娘，你們暫時別上船。無人知道尾艙起火緣由，火勢雖然不小，好在人多，已在控制之中。」

「尾艙有什麼？」

「尾艙有什麼？」

夏蘇和趙青河同聲。

「喬生，別偷懶，快拎水上去，就差你那兩桶。」董霖一腳踩船櫞，臉上黑一道、白一道，看得出對滅火的貢獻。

喬生做個鬼臉，動作麻利，舀了水就衝上船去。

董霖又對船下的兩人道：「蘇娘是女子，我不說什麼，可是你趙青河，大難不伸援手，居然見死不救？」

趙青河抬手搖著夏蘇的衣袖，「怎見得我沒伸？這不是援手？這不是救人？」

董霖一哆嗦，雙手搓起胳膊，「你可以再肉麻些，敢情除了蘇娘，別人都不是人。」

趙青河竟是一臉「不錯」的表情，「誰及我妹妹的性命更重要呢？既然不及，是不是人，與我不痛不癢。」

這下，連夏蘇都起毛了，免得他繼續拿她標榜自己，她趕緊將釣魚人詐死且趁亂逃跑的事說了一遍，表示這才是耽擱救火的主因。

董霖不氣反笑，而且哈哈笑到抱肚子，「趙青河啊趙青河，你平時一派狄公、包公再世的模樣，屁大點事都要縝密推敲，把我們差遣得團團轉，動不動明嘲暗諷，可料到今日竟讓人裝死，詐了你。哈哈哈！你也有今日啊！哈哈哈！笑疼我肚子了！你不會沒探他鼻息？也沒探他脈搏吧？你平時怎麼說來著？基本常識都不懂，一群光吃飯不拉屎的沒腦子鳥人！」

夏蘇瞧著董霖歡笑的模樣，問趙青河，好奇得很，「他其實痛恨你。」

趙青河啼笑皆非，「不是痛恨，是嫉妒。」看到船大也冒了頭，他心知火勢滅得差不多了，走上舢板，又不忘轉身來扶夏蘇，「隨他笑，難道能笑掉我一塊肉去？更何況，他說得也不錯，今日我犯了基本常識的錯誤。」

夏蘇沒有把手遞給趙青河，自己走上舢板，經過仍然狂笑不止的董霖，對趙青河道：「這得是多麼嫉妒你，才能笑成瘋子。你以後口下留德得好，一個如此還行，一個個都如此，看著就太可憐。雖然說真話是應該的，但傷到人自尊就不好了。」

董霖頓消了笑音，輪到趙青河哈哈大笑。

「妹妹說得是，我今後注意口德。」

董霖口裡翻唾沫，捧心倒下，直道裝死去也。趙青河抬腳要踩，裝死的人就著甲板打滾，又喊殺人啦。趙青河就說，沒道理成了殺人犯還踢不到死人一腳，追著董霖不放。

夏蘇已知這兩人的兄弟交情是越深越吵越像無賴，自不去理他們胡鬧，就問船大：「剛才聽人喊救小姐？」

船大一頭汗珠子，也不敢在夏蘇面前解衫子涼快，用衣袖不斷抹著，解釋道：「我們只以為尾艙著火，其實旁邊堆放行李的小艙也起了火，趙小姐和丫頭去取物，被煙嚇到，丫頭自己跑了出來，才發現小姐還在裡面。要說岑小姐也是千金，卻十分了不起，一聽說趙小姐被困，竟然奮不顧身衝入救人。這會兒兩人已出來了，趙小姐只是嚇呆，岑小姐有些擦傷，都無大礙。」

岑雪敏救趙十一娘？夏蘇先覺人不可貌相，再覺難怪岑雪敏被大家喜愛。進火裡救人，可不是平素說話逢圓，慷慨解囊，需要有犧牲自己拯救他人的覺悟，非大善不可為。

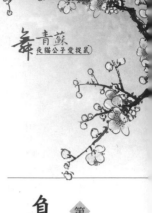

第五片 負負得正

「尾艙何故著火？」然而，同好兄弟打鬧完畢，走過來的趙青河神情卻無感慨。

「可能是哪個傢伙忘了熄燈，虧得小的一遍遍叮囑要小心火燭。所幸火勢不大，滅得也快，人平安，船仍能行駛，只是損失了伙房食物，要重新補給。」船大回道。

「尾艙裝的僅是食物？」趙青河又問。

「還有兩張鋪位，平時夜裡供伙房的人睡覺，白日就給值夜的人輪休。」不知為何，回答這位爺的話，船大感覺又要冒汗了，「小的一定徹查，到底哪個王八蛋不長記性。」

「放行李的小艙也著火了，損失如何？」趙青河到達船尾，就看見亂成一鍋粥的景象。

煙薰火燎中，船夫們累得坐在甲板上，水桶七倒八歪。

另一邊十幾個僕婦丫頭團團轉，趙十一娘嚶嚶哭泣，岑雪敏咬唇坐靠著船欄，還不時強行歡笑說著話，安慰淚人般的十一娘。

趙子朔站在包圍圈外，身形筆直，一副正人君子目不斜視的姿態，一見趙青河，約莫對他泰然自若的神情感覺不滿，馬上緊皺雙眉。

「發生這麼嚴重的災情，你卻下船用早膳？」

也許是被董霖帶壞，夏蘇第一反應竟感覺趙子朔好似怨婦，有點想笑。

趙青河以眼角瞄向董霖，見他一臉壞，就知他故意誤導，只是也不對趙子朔解釋，還火上澆油，「此話怎講？既不是我放的火，又不差我一個滅火的，難道餓著肚子跑上來，跟你一樣當柱子杵在這兒，就了不起了？」

趙子朔橫眉，「你……」

趙青河不給他機會繼續抱怨，對那些只會團團圍住的僕婦丫頭們道：「別愣著了，兩位姑娘受驚受傷，早該扶回艙房上藥休息。還是妳們覺著星星簇月，畫面挺美，所以故意要給人直勾眼看個過癮？」

女子們這才驚覺不妥，連忙扶起趙十一娘和岑雪敏。之前如一群呆鵝，現在如一群驚鳥，呼啦啦撲翅慌亂無章。人手太多也是禍，上一刻扶趙十一娘的有七八隻手，下一刻又同時抽回去，竟讓主子撲了地，重摔一記。趙十一年紀還小，有脾氣就發，有疼痛就喊，立刻吵鬧起來，一鍋粥炸了。

從夏蘇身旁經過的岑雪敏，柔聲柔氣地說：「夏姐姐，妳是我們之中最大的，麻煩妳照顧一下十一娘吧。」

趙青河瞇緊眼尾，冷笑著要替夏蘇回絕。

夏蘇卻搶先應了，上前扶住趙十一。那趙十一也有意思，碰到夏蘇就停止吵鬧了，剎那又成乖乖女。趙青河斂眸瞧著，直到那群女人全上了樓，哼了一聲。

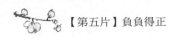

「哼什麼哼啊？難道你還怕蘇娘被她們吃了？」董霖這會兒哥倆好，搭上趙青河的肩。

趙青河將董霖的手爪抖落，也不怕趙子朔聽到，「她們大可以試試，我正想瞧瞧，自己到底能不能當一回打女人的混蛋。」

趙子朔看趙青河處事有條理，而自己面對災情竟束手無策，全然沒想到如何安排女眷。他原本還要反思，忽聽趙青河打女人這句，心裡才起來的那點認同就全沒了。

只是趙青河壓根不關心趙子朔對他認同還是反感，也全不在意濃煙還熏，一頭鑽進了尾艙。董霖一步不落跟著，捂鼻子捂嘴，「你又懷疑什麼？我告訴你，要是人為放火找咱們晦氣，不會只燒了一間艙。懷疑得恰到好處是包公，懷疑成疑神疑鬼是瘋癲，你別每回都把小事懷疑大了，行不行？兄弟我跟著你，累啊。」

趙青河沒說話，只環顧尾艙一圈就重新走了出去。

董霖難得見趙青河不還口，反而不習慣，追出來問：「你這就算看完了？」

趙青河頓步回問：「今日這船還能走嗎？」

「船大說尾艙需要修繕，但不影響行船，而且官船都有指定的船場修檢，照這情形，要麼回蘇州，要麼去杭州。」董霖答。

趙青河就問趙子朔，「四公子想回蘇州，還是繼續往杭州去？」

趙子朔倒還想過這個問題，「岑姑娘說她只是擦傷，十一妹不過受驚而已，兩人皆同意行程照舊。」趙青河點點頭，對董霖說：「聽到了？一切照常。」

董霖看他走得快，急問：「你幹什麼去？」

「睡覺。」趙青河已經拐不見，聲音清晰傳來，「到晚膳時候再叫我。」

不讓他疑神疑鬼，他就不疑吧，橫豎這一回交鋒，他已大意失荊州，再多疑也是徒然。經過夏蘇的房門，他反而比較猶豫，躊躇半晌，最終卻沒進去，回了他和董霖那間窄艙，就著混濁空氣裡某種不好道出的酸腐味道，和衣而眠。

兩個之中，總要有一個能睡好。

在趙十一房裡的夏蘇，這時也快熬到極限了。她知道自己睜著眼，看得見趙十一坐在岑雪敏身邊，對著自己動嘴皮子，岑雪敏那個極其厲害的丫頭邊哭邊給主子上藥。只是畫面感模糊朦朧，耳裡也只聽得到嗡嗡一片，直到趙十一忽然作出大喊的模樣，聲音方才清楚。

「三哥要是能娶到岑姐姐，真是十世修來的福氣。」

稱趙青河三哥的人，倒是越來越多了。夏蘇眼珠子緩緩轉動，一絲回魂，心想趙子朔和岑雪敏的娃娃親訂了十多年，沒幾個人知道，趙青河同岑雪敏的婚事八字沒一撇，卻連趙十一都來幫腔了。

「夏姐姐也一定會喜歡的吧？我要是能有岑姐姐這樣的嫂子，那該多好，真羡慕夏姐姐。」趙十一的眼睛還紅，臉上恬笑，驚魂記已過。

趙十一是趙九娘的親妹妹，卻與聰慧沉靜的九娘並不相像，嬌氣些，也不太有自己的想法，總跟在十二娘和岑雪敏的後頭，這些親近的人說什麼，她就聽什麼，耳根子很軟。十二娘不搭理夏蘇，十一娘也就不同夏蘇親近，只按輩分保持著禮節。

「十一妹別胡說，夏姐姐會笑話的。」岑雪敏紅著臉，忽然倒抽口涼氣，大概傷口疼。

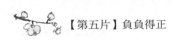

「是有些好笑。」自己融不進去的畫面不必強行融入，因為就算融入了，也只是添醜，「十一娘既喊了三哥，岑姑娘若嫁給趙青河，豈不就是妳的嫂子，實在無需羨慕我。」

趙十一愣了愣，頓時面紅耳赤。她娘親說，趙青河一日未上族譜，就一日不是她兄長，所以她喊了三哥，心裡卻未當成親三哥。結果讓夏蘇捉了語病，好似她十分虛偽一般，怎能好受？趙十一吶吶道：「岑姐姐，我不是這個意思。」

岑雪敏握了趙十一的手，親切安慰，「夏姐姐逗妳呢，我自然明白妳的好意。」

夏蘇決定到此為止，就算有人出萬金，讓她進到這幅畫裡去，她都一定拒絕。此畫風，萬分不適合她，簡直戳眼。「妳們慢聊，我回房了。」她起身要走。

特意把她請來的人，哪會那麼容易讓她抽身？岑雪敏也站起來，「夏姐姐莫急，我也要回去呢，我們搭個伴吧。」隨後叮囑趙十一好好休息，彷彿沒看到趙十一對夏蘇的冷眼，笑吟吟來挽夏蘇的臂彎。夏蘇挑眉，自顧自走出門去。

岑雪敏吐吐舌頭，再跟上來時，沒有作出挽手的舉動，聲音輕快地說：「夏姐姐一直不喜歡我，我是知道的。」

夏蘇神情淡淡，語速慢慢，「岑姑娘多想了，我對妳沒有喜惡之好。」真話。

「既然沒有喜惡，為何阻礙我與妳義兄的婚事呢？」岑雪敏有些不信、有些委屈。

夏蘇突然有點領悟，岑雪敏這個人為何總讓自己感覺怪怪的了。順著她的人，岑雪敏就對之溫柔和善大方，不順著她的人，岑雪敏就會以受害者對加害者的可憐悽楚，讓所有人以為那人是惡的、壞的。而最厲害之處在於，岑雪敏表現得一點都不做作，是真心覺得對方待她壞、待她惡，她為此感到無比委屈，又以她的大度和良善，想獲得對方的認可。

趙青河說，嚇煞人。

夏蘇現在也覺得，嚇煞人。她想到這兒，明智地閉緊了嘴，因為不管她怎麼說自己清白，到頭來都會變成對方控訴自己的罪源。

「夏姐姐，我跟三哥說過，願與妳姐妹同心，一起服侍他。三哥雖然不肯，皆因遵從他娘親的遺命，無論如何不願背棄對妳的承諾，但我以為，我們兩人是可以說服他的。我自知出身家世財富這些比不得世家望族，卻也強勝一般富家千金，性子還算溫和，討厭自己凶，而姐姐……」岑雪敏柳眉蹙得困擾，好像思考夏蘇的優點是件非常艱難的任務，最後愉悅道：「一定是個好姑娘了。我們效仿娥皇女英，讓三哥當上趙氏家主，好不好？」

要是應好，她就得勸趙青河娶兩個好姑娘；要是應不好，她就是害趙青河沒出息的罪魁禍首。說她傻笨也好，說她沒用也好，夏蘇在頭疼欲裂中陡然加快腳步，連一向慢背的龜殼都不要了，三步併作兩步竄下樓去，不管岑雪敏在身後如何柔婉呼喚，心裡直喊要命。

深夜，睡飽之後重新恢復滯慢狀態的夏蘇，同趙青河一起吃晚點心，說出對岑雪敏的一番領悟，惹得趙青河大笑。

「妹妹一語驚醒夢中人。明明在做壞事，卻不覺得自己在做壞事，那是惡之最高境界。惡之極惡，不知己惡，實在精闢啊！」

夏蘇一怔，「我沒說岑姑娘做壞事，只說她似乎把不順著她的人就當成欺負她，弄得我反倒不是好人。」

「但妳其實是好人，把好人冤枉成了壞人，她不就是壞人？」負負得正的道理。

「倒不至於惡之極惡，不過就是被家裡人寵壞的孩子罷了，以為自己想要的東西總能得到。」夏蘇又道。

趙青河撇笑，大不以為然，「想要的東西，就要得到，這人還不走歪了路？妹妹也真是，埋怨不到兩句，怎的又幫回去了？到底說岑雪敏好，還是不好？」

「……不是好不好的說法……」夏蘇呃了一聲，「……道不同不相為謀。」

「只怕妳客氣，別人卻不客氣，非但要跟妳謀，還要跟妳搶道，最後把妳踩死，還說是妳占了她的活路，讓人人以為妳咎由自取，死有餘辜。」趙青河徹底融會貫通。

夏蘇有些頭皮發麻，越想越覺這樣的結果未必是不可能的，不禁打個哆嗦。

趙青河原本只是在說笑，見夏蘇打顫，才想起她不定時膽小防備的毛病來，便抬手捉住她的雙肩，漸漸望深她的眼，「妹妹莫怕，橫豎有我。」

夏蘇推著桌沿，離開某人能夠動手動腳的範圍，瞇了眼，「怕的就是你。」

趙青河笑得白牙燦爛，神情半真半假，「妹妹這麼懂我？我正有此打算。」

啊？夏蘇再怔。

「這世上妳最怕的人，我會比他們可怕十倍百倍，那妳就無需再怕他們了，因為他們會怕我。」趙青河竟是這樣的打算。

夏蘇看了趙青河良久、良久，輕聲道：「照你的說法，我怕他們，他們怕你，所以我還多怕了一個你，你這是幫我，還是害我？」他又胡扯，但她的心到底跳個什麼勁啊？怦怦！怦怦怦！怦怦怦怦怦！

「果真如此。」趙青河好似自嘲，眼裡卻無反省之意，「妹妹知道我讀書少，難免詞不達意，妳自己領會話中的精神就好。」

什麼精神？夏蘇還沒明白，見趙青河遞來一張紙，因為全是畫名，立刻勾起她的興趣，看得目不轉睛。

「這是趙家府庫裡存放的古畫單子，妳當日在貨船上可曾見過這其中的畫？」

趙青河昨晚提到需要她幫忙，就是這個忙？夏蘇想了起來，卻問：「你何以篤定那船上的畫我都瞧過了？」

「妹妹能挑出〈暮江漁父圖〉，讓鬍子咬牙入肉不得不受要脅，難道只是憑隨手一抓的賭運？當時，哥哥我可是在上面苦苦撐著。」他應該慶幸這姑娘不愛鑑賞古玩，古字畫的數量還是偏少的。

她確實一幅幅瞧過了，但懶得說因為顧慮到他，根本沒有看第二眼，直接就將所有的畫當成真跡，照價值選了最大的籌碼。

夏蘇點了幾個畫名，示意見過。

趙青河將畫單重新收好，「妹妹已經幫我確認了一件事，換畫案的主謀可能不但在蘇州，還可能與趙府密切相關。」

夏蘇微愕，「為何？」

「從馮保那兒搜出的古董書畫經過查證，主要是蘇揚一帶的收藏品，但董霖聯絡失主之後，發現多數人竟還不知道畫被調包，可見除非驚動了人，這夥賊才會布置為小偷竊財的障眼法。還有，這些調包均屬單戶換單件，唯有趙府例外。」

夏蘇習慣凡事先想一想，再慢慢補充，「應該說迄今為止才對。再者，我要是兔子，不會吃窩邊草。」

趙青河眼中淡賞，「不錯，我的推斷尚不充分，兔子不吃窩邊草也是一般常理。魯七當日送畫上不系園，被妳識破那畫是偽作，下午不系園靠岸，告知魯七此事，魯七回府就死了，幾乎沒有間隙。而魯七娘子和另一名管事將其他的畫及時換回，避免事件擴大到不可收拾的地步。還有，魯七為何一定要死？他夫妻兩人顯然是調畫的直接經手人，別的畫能換回去，為何〈暮江漁父圖〉不能？即便被人說成偽作，大不了再鑑一回，大老爺頂多以為是不系園弄錯了，反正古畫真假本由得人說。」

「因那幅畫已有買家，應該不在魯七夫婦手中？」夏蘇記性很不錯。

趙青河微微頷首，「魯七娘子提到老鬼是他們原來山寨的頭兒，而其中有一點非常說不通，她說她不知老鬼的模樣，而一群匪類，窮凶極惡，居然服從連面都不曾見過的首領，這又不是說書，未免可笑。」

夏蘇沒法再跟上趙青河的思路，「你的意思是……」

「能下達滅口魯七，換回真畫，連帶滅口鬍子一船人，並將滿船的貨物搬空，送出買家訂下的貨，條條指令快速又直接，說明老鬼近在咫尺，與魯七等人同在趙府，而魯七娘子見過其真面目。這人正因為非常熟悉趙府的人和事，甚至皆在他的掌控中，才敢於吃窩邊草，魯七更可能是被殺，而不是自己吊死。」他的意思如上。

「是誰？」夏蘇不禁問道。

「趙府一百多口人，其中之一，也許。」趙青河聳聳肩。

夏蘇莞爾，「難怪董霖見你被詐，高興瘋了。你一邊可能也許大概地猜，他提心吊膽配合你，一邊又無奈自己不如你，因結果總能被你猜對。」

「猜，也是有講究的，若沒有六分以上把握，我不會隨便說與人聽。」趙青河扔了一粒梅子在嘴裡，蘇州的零嘴真是一絕，「斗笠人從客棧繞過半個河灣到石臺，我一直在想為什麼？看到尾艙的小窗，我就猜小舟停在下面，他從窗子進來點了蠟燭，算好火勢，是為了讓我們重補食物，好趁機加料，第三回滅我，也滅這一船子人……」

夏蘇本來正在吃芝麻核桃酥，立時嚼不動了，鼓著腮幫子、瞪著眼。

「……再一想，證據都不用找，自己就推翻了自己。那人既然能上得了船，直接加料更好，何需打草驚蛇？像這般禁不起推敲的猜測，我可一個字都沒同董師爺說。」趙青河吐出梅子核，所以才說話大喘氣。

但夏蘇卻吃著至今最費勁吞嚥的核桃酥，手裡還剩半塊，已全無食慾，不動聲色放回碟中，伸手拿過酒壺，倒滿小小瓷盞，對某人的凝視，漠視之，一口飲乾。誰讓他害她噎著了呢？吃不到美味的點心，喝杯小酒補償也可。

「慢些喝，我知妳酒量不淺，只是有我盯著，就省得妳邊喝邊當心，無法盡興。」他幫她倒酒，默數第二杯。

夜雨匯濤聲，沙沙作響，從漆黑的河上吹來暖冰的春風。

夏蘇捧杯抿著酒，垂眸悄思。若半年前有人說她會和趙青河共坐一船，她大概嗤之以鼻，但如今，竟越發習慣同他共坐共飲共聊了。她突然有點怕，怕有一天這人又閉了竅，恢復了記憶，變回那隻莽熊。

「咱們走時，老嬸給你把脈，說了什麼？」夏蘇狀似漫不經心。

趙青河卻是察言觀色的高手，刀眼瞇彎了，挺愉悅的表情，「說我一切正常，應該不會再重新傻回去的。」

夏蘇手一抖，速道：「我並非擔心你變回去。」

這姑娘越失常，他就越發愛逗她，「喲，習慣妹妹慢吞吞說話，突然語速變快了，我竟沒聽清楚，不妨再說一遍？」一意料之中，他收到她的白眼一枚。

人也真有意思，以前的他，是絕不會哄女人、逗女人的，儘管白天宅在家，晚上出沒，形形色色的女人仍見過無數，但他既然對親情友情已失望透頂，就不會對愛情有憧憬。而最無奈的是，那些明豔的、純真的、溫柔的、耐看的、小眾的、大眾的、內外兼修的、氣質本質優異的，白花紅花，綠葉黃葉，他觀察的興趣最多一個月，一旦事件結束，很快就會忘掉她們的臉，更別說心動了。

奇妙的是，他卻一直記得那張目瞪口呆玉瑩瑩的臉，然後一眨眼就消失掉，還記得她繞著柱子打轉，小烏龜地慢步，氣煞人地慢聲。

要是給他時間，他能說上三天三夜「夏姑娘的故事」。他因為她來到這裡，也因為她留在這裡，到如今，在她身邊，可以安居的狀態。

現在，他要搞清楚的是，明明他密切觀察著她，她也沒像一本翻不到底的書，大致的性子已被他熟悉掌握，但他為何還一直保持著孜孜不倦的狀態？他喜歡她，他早就心裡承認的。人一生可以產生無數次喜歡的情感，而他可以肯定自己不好同性，所以對異性有好感實屬正常，哪怕以前沒發生過，也不代表不會發生。他還心動，不止是親她的時候，甚至只是她的一些表情、動作、話語，用男性荷爾蒙無法說服自己，卻又找不到更為合理的說法。

他，就想一直抓著她，不管是以義兄妹的身分，還是以夫妻的身分，一直、一直，沒有第三、第四者，長夜同行。

第六片 西湖獨美

說到江南，蘇杭蘇杭，總放在一起，如蘇州片之盛名，杭州也有它的獨特之處。其中之一，當屬西湖，比太湖之美，有過之而無不及。

因此，夏蘇到杭州的第二日，楊夫人和趙九娘就帶她去逛西湖。西湖有十景，這日只逛斷橋附近，而且說是逛，也只稍微走了一下橋，然後就找一家水邊的館子坐了。

夏蘇客隨主便，也知趙九娘纏小腳，實在走不了遠路，不過化在嘴裡的糯甜蓮子糕令她心滿意足，眼睛也不閒著，興致盎然地看外頭的好景。

「等我家老爺得了空，咱們包條船到湖上逛，今日只先為妳們接風。水路雖近便，對不習慣坐船的人仍是累事，更何況還走水路時遇險。」楊夫人笑道。

這個「妳們」，包括夏蘇，還有趙十一娘和岑雪敏。十一娘的精神稍蔫兒，而岑雪敏正在喝茶，翡翠淺月色的寬袖褪至手肘，露出小臂密密實實的裹傷紗布，有些觸目驚心，但本人笑容柔柔，不甚在意的模樣。

夏蘇可以摸著良心說，對岑雪敏，她真沒有一點點偏見或不喜，只是挺有自知之明，不認為能同這位富家大小姐做朋友，保持些距離，才是明智之舉。

「昨日聽說之後，我都替妳們心慌，好在平安到了，岑姑娘的傷也不會留疤。」趙九娘並沒有像一般新媳婦那樣，在楊夫人面前立規矩，而與夏蘇鄰座。

她原本端秀的容顏，如今好似春風化了雨，水靈靈得明潤，神情再無當姑娘時的過分拘謹，多了幾分自信，一看就知嫁進了好人家。

「在家千日好，出門一日難，偏生我們這些在江南住慣了的人，不出門也煩，尤其大好的春光不去踏青，豈非浪費老天爺賜予的好山好水？」比起趙大太太的賢良寬厚，楊夫人更活躍隨興些，且沒有半點商家婦的精利，說話大方容度，十分討小輩的喜愛。

她這麼一說，她的一雙女兒楊雨芙、楊雪蓉連連點頭，九娘附和是，連十一娘都有了點精神，讓這歡樂自在的氣氛感染開懷。

楊夫人對夏蘇的印象極深，不自覺就找她說話，「上回寒山寺一行，夏姑娘救了九娘，那會兒我謝不得，今日補謝，記得等會兒讓夥計來點菜，愛吃什麼點什麼。」

楊雨芙嬌道：「娘好小氣，夏姐姐救了大嫂，一頓飯就算謝過了？」

楊夫人還受不得女兒一激，「館子旁邊有一家很大的珠寶鋪，讓夏姑娘隨便挑，算不算得謝了呢？」

楊雨芙這才滿意的模樣，對夏蘇眨眼，「夏姐姐等會兒可別客氣，我娘說話向來算數，妳一定要揀最貴的。要不要我幫妳看？」

夏蘇忙道：「楊夫人不必客氣，說來慚愧，我當時也是怕得腳軟，若不是官差及時趕到，我和九娘都性命難保。」

「但妳本來可以丟下我的。」趙九娘道。

「……」是她弄暈了趙九娘，儘管趙九娘不暈也於事無補。真要論救趙九娘的人，嚴格來說，是趙青河。

「我那日正好病著，沒能一道去，後來聽說了，就覺可怕。」岑雪敏輕拍心口，「比起寒山寺蘇娘和九娘的遭遇，我這點擦傷真是算不得什麼。十一妹妹，妳別再長吁短嘆，老說大恩無以為報這樣的話了，夏姐姐對妳姐姐的恩情，才是無價呢。」

趙十一嘟嘟嘴，「一樁歸一樁，如果沒有岑姐姐，我說不定就死在火裡了。」

楊夫人不愧是見慣場面的，處事八面玲瓏，當下就道：「夏姑娘要謝，岑姑娘也要謝，十一娘是九娘的親妹子，那就得寵，三人都有禮可收，儘管挑貴的。」

楊雪蓉正準備張口，楊夫人伸出食指堵女兒的嘴，「行啦、行啦，今日註定我要花錢買清靜，妳們六個，一人一件，這下，可以讓我吃完點心了麼？」這話說得大家都樂了。

吃罷飯，楊夫人還真不打誑語，帶她們去那家珠寶鋪挑首飾。岑雪敏顯然又討了楊家姐妹的喜歡，加上十一娘，一邊簇著楊夫人，一邊讓夥計拿這拿那。夏蘇是情願落在後頭，趙九娘也是趁機落在後頭，兩人各選一枝素雅的珠花，就坐在門邊的客座說話。

「楊夫人待妳好麼？」雖然一頓飯吃下來，只見楊夫人的和顏悅色，但夏蘇仍是問了一聲。不日日生活在一起，不能瞭解真正的品性。

「好。」趙九娘笑了笑，突然臉紅，「妳說得一點不錯，楊家適合我。」

夏蘇眼裡淨是促狹，「楊家適不適合妳，我不知道，我只知道楊琮煜肯定很不錯，不然嫁過來才幾日，滋養得妳珠圓玉潤。」來杭州最高興的事，莫過於再見到趙九娘了，兩人的友情雖然開始得晚，莫逆這種關係倒不是靠時日長短來定義的。

趙九娘作勢掐過去，臉更是熟透蘋果般的紅，「去妳的，竟說我胖了。」她亦不是不會開玩笑的沉悶性子，而是沒遇到能開玩笑的人罷。

趙九娘打心底感激夏蘇，不但因夏蘇救她於危難，而且在好些人明裡暗裡譏諷這樁婚事時，夏蘇對楊家中肯的評價，令她堅持了下來，所以母親向她確認兩回，她都是點頭。當然，她很清楚，新婚的甜蜜不可能維持一輩子，家家都有難念的經，但這個良好的開端，讓她有信心過好接下來的日子。

「妳夫君昨日一看到我，就給我臉色看呢。」夏蘇還會告狀。

趙九娘已知前因，「還不是因為他有眼不識妳的本事，大伯父覺得他毛躁，讓他在織綢作坊裡從底層做起。」

夏蘇讚個好字，緩然說道：「楊琮煜人品是不錯，富家公子的習氣卻不少，楊老爺練他，對妳有好處，他會成為更有擔當的丈夫。」

到底是新嫁娘，趙九娘的臉持續一層薄紅，美得耀眼，「說話老氣橫秋，不知道的，還以為妳嫁得比我早，說不定已是孩兒他娘了。」

夏蘇笑不出來，總不能說自己是逃婚出戶，原本婚期要比九娘早三年。只不過，孩兒他娘？跟太監能生得出孩子麼？

娘死後，她漸漸瞭解自己的處境和家裡那攤亂七八糟的事，裝聾作啞，忍氣吞聲，用自己的能力換取每一線生機。這種生機，不是指食物，不是身體好壞，是一定會逃出那個家的希望。她不願像姐姐妹妹們，只圖眼前安逸富貴，活如傀儡玩物，而她曾毫無計劃地逃過一回，讓劉徹言從此不但對她嚴密監視，還日日逼她喝酒，令她染上酒癮。

諷刺的是，她那利慾薰心的爹居然成了唯一的平安符，不管是昏聵極致之下的最後一絲清明，還是稱霸稱王的本能，這個爹不像爹、丈夫不像丈夫的男人，與他的義子突然各方面較勁，不甘願將他一生積蓄的財富雙手奉上。

雖然劉徹言優勢明顯，無論才智體力，還有後臺，但劉瑋幾十年的經營，一旦惹麻煩，絕不那麼容易解決。把夏蘇嫁給劉公公，就是劉徹言鞏固後臺的策略之一，定下婚期的時候，他因礦山鬧事而離開京師，她則決定放手一搏。那回，她成功了。

劉徹言以為她只會拿畫筆，迫使她與其他姐妹們一起學習如何獻媚，從波斯舞姬的娘親那兒繼承了出色舞技，卻不知她咬牙苦練十年，已身輕如燕，只為一朝，飛出樊籠。

「蘇娘？」趙九娘見夏蘇神色黯然，擔心自己說笑過了頭。

夏蘇立刻回神，微綻笑顏，「說不定妳已是孩兒他娘了呢。」

趙九娘的臉白不了了，來撕夏蘇的嘴，「還說！還說！」

夏蘇站起來躲，往後跳著，難得活潑歡脫，「啊，楊少奶奶，別驚著肚裡的小娃娃睡覺……」啊，腳下踩到了什麼、背部撞到了什麼。

有男子聲音微沉，似心情不佳，「請小心走路。」

夏蘇回頭一瞧，脫口而出，「吳二爺。」

翩翩公子，俊面若玉，一襲芙蓉白的水墨春湖衫，黑髮束唐髻，以一枝竹色銅簪穿了，銅簪頭上盤青鳥，雙翅欲振，而腰帶上掛一只無繡無紋的荷袋，荷袋雖素，掛線卻由五彩寶珠串起，搖曳生輝。吳其晗，走出江南，就是人傑地靈最好的明證。

「怎會是妳？」再出聲，音色輕揚，雙目頓然清亮。

夏蘇悠然退身施禮，「我與義兄昨日到杭州，今日同楊夫人和楊少奶奶出來賞玩，打算過幾日就給二爺遞名帖拜訪。方才一時笑鬧，撞了二爺，二爺見諒。」

吳其晗還了禮，眼裡的女子越發明美，即便適才的莽撞也轉化成一種活潑可愛，哪能不見諒，笑意深深，「原以為夏姑娘清明之後才會到，我還讓人清理別館，準備邀你們來住。如今卻在何處下榻？」

「有些急事要辦，就提早了行程。」想到身後趙九娘，夏蘇又道：「這位是趙家九姑娘，新嫁楊府公子，因我們與九娘的妹妹一道來的，都住在楊府裡。」

趙九娘也與吳其晗見了禮。

「杭州說大不大，趙、楊結親也算一件盛事，何況我還喝到楊大公子親手斟的一杯喜酒。」趙氏名門的姑娘總不可能嫁給無名楊氏，而杭州誰不知道絲綢的大儒商楊汝可呢？

要說趙家難得做一件像南方人的事，楊家大地主的底子，卻代代無官，如今又以經商聞名，實在說不上門當戶對，然而江南風氣不似北方拘束，名門巨賈攀親蔚然成風，趙府老太爺迂腐，不喜歡子孫經營鋪子買賣這些事，這回趙家與楊家結了親家，暗示著趙府的某種變化。吳其晗作為一名商人，嗅到了賺錢的機會，但他這時想著不貪趙府名門這塊牌子，卻完全沒意識到，自己早同趙家人合作了。趙青河是趙峰之子，此事尚未傳出趙府，他縱然熟悉蘇杭兩地，也聽不到一星半點風聲。

三人在門口說話，引起那頭楊夫人的注目。她同丈夫一樣喜交朋友，而女兒們也十四、五歲了，該給她們慢慢相看丈夫的人選，像吳其晗這般玉中貴品的年輕人，立時就有好感。正想著，見門外又進來幾人，這回居然是相識的，倒也不用再湊什麼時機，直接上前招呼，「吳老夫人、吳大太太，真巧。」

吳老夫人銀髮一盤，保養得宜，臉上不見老，目光湛湛，與福敦敦的趙府老太太相比，更有一種說一不二的盛氣威儀。

夏蘇後來才知吳老太爺過世早，吳府就靠老夫人當家，書香門第名望不落，同時還富甲一方，成為江南實至名歸的一大望族。

吳老太太生有三個兒子、兩個女兒，兒子做官，女兒做官太太，三個兒媳輪流來江南陪她，女兒們也極孝順，但老太太並不偏心當官的子孫，反倒因吳其晗自幼在她身邊長大，得她親自教養，最重視他。

在吳老夫人的強大氣質下，吳大太太顯得黯淡些，兒媳的身分，竟比趙九娘這個新媳婦還要清晰，跟在老夫人身後，小心伺候之感。

「秀芝啊。」看似威嚴的老夫人一開口，全無盛氣凌人，聲音爽朗明快，「妳這是當了婆婆心裡得意，一定要顯擺顯擺，所以出來掏銀子買小輩一聲好？」

楊夫人笑得雲髻搖，禮數卻做足，鞠彎了腰，才回道：「老夫人火眼金睛，我這點小心思瞞不過您，就怕銀子砸下去不見水花，如今的孩子刁著哪。」轉頭衝自家姑娘們招手，「且別挑了，快來給吳老夫人見禮。」

岑雪敏早跟著楊夫人過來了，最先作福禮，甜柔柔喊人。

吳老夫人淡然點頭，吳大太太卻瞧著岑雪敏很是喜歡，問楊夫人這是她大女兒否。原來吳大太太京裡杭州兩頭跑，平時又多與官太太打交道，不熟楊家，也不識楊夫人。

夏蘇分明見吳老夫人眉頭輕蹙而過，顯然對大兒媳這麼問法覺得不滿。

楊夫人涵養卻極好，簡單又不失親切，為吳老夫人和吳大太太一一介紹過去，最後說到夏蘇，「夏姑娘同她義兄也居趙府之內，她又與九娘十分知心，這回同來探望九娘。」

夏蘇頓然發現自己被盯，吳大太太的眼神幾乎生吞活剝了她，而吳老夫人的目光說不上嚴苛，也相當縝密，上上下下打量著自己，令她心裡不由起毛。

兩人神情變化得厲害，引起楊夫人側目，即便最遲鈍的人，都能感覺出氣氛僵滯，剎那冷場得莫名所以。唯有「罪魁禍首」吳其晗，含笑不語，立在夏蘇身旁，半寸不移。

「夏姑娘哪裡人？」吳大太太尖銳的音調雖打破了沉寂，卻只讓所有或好奇或疑竇的矛頭都明明白白指向夏蘇而已。

吳老夫人打斷兒媳的尖銳，將目光從夏蘇身上調開，與吳其晗的視線碰到又撞離，轉瞬神情波瀾不驚，對楊夫人笑道：「瞧瞧妳，一群漂亮女兒圍繞，挑個首飾都能說笑半晌，好不熱鬧。不似我，孫女離得遠，只得這個臭小子在身邊，逛綢緞莊子、成衣鋪子、首飾店，不到片刻就抱怨腳痠，煩得我趕人，簡直正中他下懷，溜得飛快。」

楊夫人終知吳其晗身分，心思還在他和夏蘇之間打轉，說話卻端穩了，「這就是您的二孫兒吧？吳府二公子，聞名遐邇，我更聽老爺提起過多次，每回都對他讚不絕口。您說他不愛逛這些鋪子，我瞧著卻比我家的耐心得多，這就陪著您不止片刻了。」

吳大太太忍不住，「他哪裡是陪著我們……」

吳老夫人再度打斷，看長媳的眼神包含嚴厲，語氣如常，「當著人面，好歹要做個孝順的樣子。今日遇到楊夫人正好，妳才挑過聘禮，幫我過過眼。如今時興什麼樣式？小姑娘們又喜歡什麼樣式？妳大概要比我知道得多。」

吳大太太臉色鐵青，「婆婆，您還當真順著他……」讓吳老夫人一眼削去尾話，但她脾性還挺大，「媳婦有些不舒服，容媳婦先回車上。」

吳老夫人點頭，吳大太太狠狠瞪過兒子，扭身走出店去。

楊夫人都看在眼裡，神情仍溫良，順著剛才吳老夫人的話，問道：「老夫人要選聘禮給孫媳婦吧？我記得吳府去年為六公子辦過喜事，那這回是……」

吳老夫人坦然指一旁的吳其晗，「此子。」答完又覺得太簡潔引人誤會，「算不得聘禮，難得是他拉著我來，可我要是最後就不送出去，他也只好眼巴巴乾看著。婚姻大事，爹娘做主，他爹忙做官，他娘已經不理他了，那就該由我這個祖母做主，秀芝，妳說是不是這個道理？」

楊夫人一聽，大概是吳其晗看上的姑娘，長輩看不上，才來這麼一齣，但別人的家務事，她不擅自加上主張，只當個勸好不勸惡的，「那是自然，而且咱們江南水暖人暖，對待兒女的終身大事多開明，當初我家琮煜也同九娘相看過後才訂婚約。要是嚴謹一點的大戶人家，成親當日新郎新娘方能見面，喜不喜歡都得過一輩子。」

「聽見沒？」吳老夫人朝吳其晗擲去這問。

吳其晗一直笑著，任他娘甩袖都神情自若，對祖母卻始終顯出尊重，「聽見了，別人我可不敢說，祖母您老人家卻是最開明最睿智的了。」

吳老夫人不再理孫子，拉著楊夫人到前頭去，大掌櫃這回親自出來接待，將一干人迎入裡間。夏蘇沒動。吳其晗也沒動。趙九娘想動，最後考慮到好姐妹的名聲，毅然留了下來，哪怕完全被忽略，至少也盡心了。

「那間書畫鋪子是新開的。」從他娘問夏蘇是哪裡人氏起，吳其晗就察覺夏蘇走神了，她一直瞧著對面，然後他毫不詫異，順著她的目光，找到一間書畫店。

這位姑娘說話慢、走路慢，與其說呆板，不如說不上心，什麼都不上心，唯獨對畫成癡。他，無聲嘆息。

「好像很熱鬧。」夏蘇不自覺微踮了腳，似乎這樣就能看得更清楚。

「我帶妳過去瞧瞧？」儘管江南女子少拘謹，一個兩個在外行走還是不太好的，有男子陪伴則無妨。

「有勞。」夏蘇的語氣充滿雀躍。

趙九娘卻好笑，人家是君子客氣，夏蘇卻是老大不客氣。當她回想到剛才吳家三代的尷尬氣氛和隱隱衝突，腦中靈光乍現，暗道原來如此，見兩人郎才女貌，就不禁存了看好的心思。只是，她接著往下聽兩人說話，不過寥寥幾句，卻令她啼笑皆非。

吳二問：「夏姑娘可還喜歡吳某的年禮？」

夏蘇面無表情，當人不知道她腦袋空白似的無比緩慢地回道：「啊……喜歡的。」

趙九娘想，若她是吳二，就不繼續問了。

偏偏傳聞中很聰明的吳二，此刻腦筋也打了死結，「那些珍珠不大，好在圓，綴上各種首飾髮飾都不錯，夏姑娘要是沒有相熟的製寶匠，我可介紹妳，價錢公道，手藝一流。」

夏蘇半晌沒說話，讓趙九娘暗暗點頭，沒錯，不好說實話時，最好是轉移話題……

「吃了。」夏蘇開口。

趙九娘繼續點著頭，說吃的話題好啊，民以食為天，江南更是美食遍地。

吳二居然重複問一遍：「吃了？」

趙九娘心想：吳二好似也沒有傳言中那麼善解人意，蘇娘開了頭，他直接聊西湖醋魚就好，何須多問呢？但夏蘇下一句，立刻叫她傻眼。

「珍珠磨成粉，養顏美白……」夏蘇慎揀合適的表述，「滋味……也不是太差。」

「珍珠磨成粉……」這回趙九娘重複著。她雖然沒見過那份年禮，吳二這等出身的富家公子所準備的，又能加工成體面首飾，想來不會是便宜珠子。磨成粉？磨成粉了！吳二的回應卻真正讓她見識了什麼叫君子名不虛傳。

吳二笑，「也對，是吳某考慮不周，夏姑娘手頭不寬裕，哪有閒錢打首飾呢？再者，轉賣了珠子卻又辜負送禮人的心意。至少珍珠磨了粉，夏姑娘受用得到。」

夏蘇一點不心虛，「正是如此。」

吳二接著笑，「那些珍珠粉如今吃完了否？」

離書畫鋪子幾步之遙，夏蘇自然心不在焉，「早吃完了。」

「吃完了就好。磨珍珠粉挺費工夫和力氣吧？」

趙九娘聽到吳二這麼說，不知怎麼，頭皮陣陣發麻。

「趙青河磨的。」夏蘇漏出。

吳其晗瞇了眼……

原來如此啊。

第七片

再贈珍珠

出了珠寶鋪子，吳老夫人與孫兒一起往馬車走去，突然發覺到他情緒不佳。

今日巧遇那位夏姑娘，這小子連首飾都不挑，就跟蜜蜂看到了最愛的那朵花一樣，光顧著繞來繞去，這會兒應該抓緊磨著她，請她幫他求親才對。怎麼反倒像打蔫兒的葉子，耷拉了呢？

「那姑娘並非窮出身。」既然如此，就由她先來論一論吧，「她的一套禮數刻意做淺了，但看得出家中非富則貴，朝中必有靠山，所以恰如其分的舉手投足，進退分明卻不突兀，面上清冷，實則講規矩使然，是經過嚴格教導的。虧你自幼跟我經商，這點眼力也沒有，說什麼小門戶的姑娘。」

吳其晗並未被打蔫兒，只是兀自沉思，這時聽到祖母的話，自然一怔，「可她和她義兄家境確實不好，為謀生計才拋頭露面……」

見祖母似笑非笑，他頓悟，「她定有不得已的苦衷。」

「那姑娘的品性顯然不錯，沉默寡言其實屬於智慧，一雙眼洞若觀火，非時下喜爭風頭愛出挑、自作聰明的女子。而物以類聚，我看得出她與趙九娘友情真摯，楊夫人又誇趙九娘

穩重，可見她也是沉穩人。我自希望你找個門當戶對的姑娘，卻也並非地位家世上高配高、矮配矮，而是男女之間一碗水端得平，誰也不比誰差了多少，除了一時貪圖美色家世而腦熱昏目，還能靠互相尊重、互相欣賞，過長久日子。能讓你自己開口求娶，想來真心不假，我亦不是你娘，恨不得你娶個公主光耀門楣，卻不知公主可不是咱們伺候得了的，我唯恐那姑娘身世糾葛難纏，將來招來禍事。你若執意認定了她，那就得查清她的來歷身分，不要稀里糊塗，影響你父叔兄弟們的官途，還有整個吳家的興衰。」吳老夫人語重心長，客觀，也主觀，句句在理。

吳其晗有點吃驚，祖母教過他很多不一般的道理，也知祖母自身很不一般，「本以為祖母同我娘一樣，只看夏姑娘出身就反對，想不到祖母十分公允。反倒是我眼界不開，但覺夏姑娘與眾不同，興許家道中落，卻完全不曾深想，只是見她就欣喜，才生求娶她之念。」

「誰說你絕對不能娶她了？我老婆子發話，你爹娘反對不了。我只讓你娶之前，不要對她一無所知。若只是尋常苦衷，而我們吳家能解決的，也能幫忙她，這是最好不過；若她的麻煩天大，要奉上吳家所有人的命，你就得帶她私奔去了。」吳老夫人不是說笑。

吳其晗苦笑，「您老人家開明，我卻已無自信，既不能給您娶到這個好孫媳，也勸不動她心甘情願與您孫兒私奔。」

吳老夫人何等厲害，「我看得出來，你雖見她欣喜，她見你卻無別樣情意。但凡正經好姑娘，就該有這等端莊的品德，既便天下最好的郎君在她跟前，也不心搖眼漾。喜歡一個人，並不意味輕浮，而她此時未對你動心，未必今後不會。所以，我猜你如此，不是因為她待你一般，而是情敵，且你自認爭不過他。」

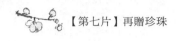

吳其晗可不是因兒女情就沒了出息的男子，笑呵呵地親昵捉扶老人家的肩，「好祖母，您要是年輕個幾十歲，並且不是我祖母，我非妳不娶。天下間的女子，能有哪一個比得妳大性情、大智慧，通達明曉，又知情知趣。」

吳老夫人道聲少來，臉上卻笑，讓她最喜愛的孫子哄得開心，「別給我來這套，我還瞧不得你不戰而退的鬥敗公雞相，你是我手把手教出來的，論人品、論才智，足以讓我自誇自得。再說，好姑娘自然有人爭。乏人問津的姑娘，你稀罕，我還不稀罕。你啊，就認真去打一仗，輸贏不論，千萬不可丟臉。」

吳其晗正經作揖，「孫兒遵命。」

第二日，楊府門房給夏蘇送進禮盒一只，紅紙寫明吳其晗所贈，整整齊齊六格珍珠粉。雖說楊家也是大戶人家，管教下人甚嚴，但口舌是非最難禁，尤其收禮的夏蘇只是客人，送禮的吳其晗與楊府男主人們往來不多，下人們當成新鮮事來聊，一下子就在府裡傳開了。

趙九娘歇了午覺起來，正梳頭，見楊琮煜笑得古怪走進來，「今日這麼早回來？」

「等會兒要同大伯會客，才進府門就聽到與妳好友有關的一則笑話，搶在丫頭多嘴前，先來告訴妳。」新婚半個月，楊琮煜喜愛他這位嫻靜體貼的妻子，光看著便覺得心美。大伯父說，娶妻之後若還能安然做自己，那就是娶對人了。他除了多一肩養家的責任，沒有感覺到別的不自在，九娘甚至支持他棄文經商，並非盲從，而是與他長談之後才這麼做。

趙九娘笑他，「都說好男不跟女鬥，蘇娘不曾說過你的笑話，你反而不肯甘休。」

楊琮煜一聽，轉身要走，「我看來是笑話，妳看來興許是好事，不過妳不想聽，那我就不說罷。」

趙九娘拉住他的衣袖，見他仍眉開眼笑，不為她那句好男不跟女鬥而惱，心中放下，「哪有這樣的？特意轉回來，不說豈非憋悶？」她也嫁了個能讓她十分自在的好丈夫。

楊琮煜本就是裝的，一讓自家娘子拽住，哪裡還邁得動步子，轉回來與她擠坐一張凳子，「今日一早有人給妳好姐妹送禮，妳猜猜是誰？」

趙九娘還真猜著了，「莫非是吳府二公子？」不待楊琮煜問，她又道：「昨日逛珠寶鋪時巧遇吳家一行人，還來不及跟你說。吳二公子與蘇娘和三哥似熟識，原本他們四月來杭州，吳二公子還準備張羅住處，可見交情不淺。既然如此，送禮有何大驚小怪。」

「吳二公子與趙青河也相熟，為何只送了夏姑娘禮物？」不用狗鼻子就聞得出曖昧。

「你又知只送她一人？禮盒上寫明了？」趙九娘純粹捍衛好姐妹，至於捍衛什麼，她也一筆糊塗帳。

「不但寫明夏姑娘敬納，就算不寫，難道趙青河還能用珍珠粉養顏？」

「珍……珍珠粉？」趙九娘手裡的梳子掉到地上，暗道果然，昨日頭皮發麻是先知先覺。

她卻仍有點不死心，想將吳其晗歸為謙謙君子，「禮盒都是包好的，怎看得出裡頭是什麼？哪個不懂規矩的僕人擅自拆禮？我要請婆婆查處。」

「要查處，就得找送禮的那位，居然拿薄如羽翼的綾絹當紙，盒子裡每一小格上都清楚寫了珍珠粉，生怕別人不明白他良苦用心。」楊琮煜笑聲又起，「不過吳其晗最周到之處，在於珍珠粉可敷可食，用完就不留念想，不同私相授受。」

趙九娘嗔丈夫一眼，珍珠粉自有淵源，但她不饒舌，只道：「授得光明，受得磊落，有何不可？再說了，窈窕淑女，君子好逑。」

「娘子說的在理，所以我嘴上雖說是笑話，其實卻是一則好消息。說不定，夏姑娘會嫁來杭州，妳與她就可常常走動。」

丫頭道外園隨從在請，楊琮煜這才起身走了。

趙九娘梳頭的心思也沒了，隨意綰了一朵雲髻，就往旁園偏廂去。那裡原本是給十一娘準備的住處，地方不大，勝在離她住的園子近，但十一娘非要同岑雪敏住荷塘客樓，就同夏蘇換了。如今看來，住得近確實好，走動方便。只不過，夏蘇與吳其晗？

趙九娘暗嘆，不是撲朔迷離，卻是琴鳴瑟不鳴，而且看昨日吳老夫人和大太太的樣子，也不是小輩兩廂情願就能成的事，不然蘇娘嫁吳其晗，她覺得好極了呢。

偏廂的兩個丫鬟在廳屋打掃，見了女主人，忙來行禮。

趙九娘看桌上果然擺著一只綾絹禮盒，裡頭貼著吳家生藥鋪子特有的菱花紙，清清楚楚寫了六遍珍珠粉，感覺在跟誰較勁。

「夏姑娘呢？」禮盒未拆，這裡又四處冷清，她就以為夏蘇不在。

丫鬟道：「夏姑娘好像還沒起。」

趙九娘一怔，此時已過晌午，蘇娘居然還沒起身？

她不知夏蘇的作息習慣，只覺異常，問那丫頭：「什麼叫好像？」

丫鬟期期艾艾，「昨夜敲過三更，夏姑娘還沒歇，反讓婢子們先睡，說她一向睡得晚，也不習慣旁人在。但婢子們今日一大早就起了，夏姑娘的房門卻一直關著，所以才想夏姑娘仍在睡。」她們來伺候客人的，卻比客人早睡，怕主母訓責。

趙九娘見丫鬟不似偷懶遮掩，也不多說，只怕她們疏忽，人一早出門都不知，便走到夏蘇房門前，正待敲問……

「九娘莫擾人好夢。」朗聲輕落，神清氣爽。

趙九娘回頭，看到趙青河一身松墨廣袖衫大步而來。那麼單調平樸的衣式，經他肩寬體闊的高大身材一撐，加之一副棱角分明的堅毅相貌，衣價頓增百倍。連她這個同父異母的妹妹，都不禁為有如此出色的兄長感到驕傲，然而奇怪的是，四哥就不會給她這種感覺。

「三哥，這裡是內園。」驕傲歸驕傲，規矩歸規矩，趙青河作為男客，住在外園客居，進內園需經僕婢稟報，趙九娘看他駕輕就熟的，真不知這位是來過幾回了。

「我找自家妹妹，難道還要經過一層層通報？」趙青河眼角一拐夏蘇的屋，並未停留，徑直走入廳堂，「九娘來坐。」

倒像她是客。

趙九娘跟進去，遣開兩個丫頭，只留自己娘家的大丫鬟，「我知你是自家兄長，別人卻不知。三哥以護送十一娘和岑姑娘的名義來楊家，這麼大剌剌跑入內園，實在不妥。」

趙青河雙手捧著禮盒，歪來斜去地盤玩，「九娘，妳能叫我一聲三哥，認我這個半吊子的兄長，我其實……呃……感懷於心。」這麼說，不會用詞不當吧？「不過，我剛說的自家妹妹，並非指妳。」

趙九娘半張著口，好一會兒，喔了一聲，滿面尷尬薄紅，「你找蘇娘……」

對於打擊到自己親妹妹這件事，趙青河似無所覺，還強調：「對，我找的是蘇娘。九娘若也找她，就請稍坐，她應該快起了。」

趙九娘乖順坐了，猛然想到：不對啊！他跟自己可是親兄妹，隨人怎麼搬弄，不怕閒話，但他和蘇娘，管什麼自家不自家，單單「義兄妹」三個字就足夠讓人浮想聯翩，還這般毫無顧忌直來直往，一旦傳出不好聽的話，蘇娘還要不要嫁人？

「找蘇娘才更不對。」趙九娘坐直。

趙青河刀眼微彎，笑，卻也淡漠，語調慵散，「喔？為何不對？難道只因為沒有血緣？」

趙九娘秉著為大家好的剛正信念，「三哥與蘇娘兄妹情好，且坐得直，行得正，無懼惡言搬弄，只是眾口鑠金，女子名節貴無價，一旦有損，一輩子難清白。三哥身正不怕影斜，卻要為蘇娘的將來多考慮些。蘇娘早過成婚年齡，母親曾同我提起，著急她的終身大事，應會幫她相看夫家。你們兩人即便在趙府，也該分開住，見面也需注重禮……」

趙青河笑聲呵然，打斷趙九娘，「九娘錯看了。」

趙九娘反應不過來，「錯看什麼？」

「我影子固然斜，身也沒坐直，行也不端正，蘇娘的將來同我的將來，那是已經綁了死結、加了鎖死，誰也解不開。這盒珍珠粉的舊主不能，妳更不能。」盒子一落，啪一聲，那張有棱有角很酷的臉，面色冷傲至不近人情，然而他眼裡洶湧的，是一腔柔腸。

趙九娘驚得站了起來，死死瞪住趙青河。

三哥對蘇娘的好，她曾羨慕過，卻隱隱覺得不同尋常，一旦三哥把話挑明，震驚之下，心底又出乎意料地平靜。撇開蘇娘與她同城而居的那一點點私心，她其實更喜而樂見這一對。吳其晗不是不好，只是三哥更好。

「三哥你……這樣的心思，蘇娘知道麼？」這兩人……怎麼說呢？不在一起，勝在一起；一人行動，如雙人行。她雖有這樣的感覺，又覺夏蘇的心尚不明顯。

趙青河不答，眉眼淡漠，並非答不出，而是不必答。他的戀愛是單戀、暗戀，還是互戀，不必別人關心。他亦無過剩的情感，應付七姑八婆一大堆親戚，包括眼前這個一半血緣的親妹子。

「知道他什麼心思？」夏蘇出現在廳堂外，春光剪出她纖細的身段，肌膚映光如盈雪，背著光的五官透出深刻明美。趙九娘有點看呆，不曾見過夏蘇這般雋豔的一面。

趙青河卻指著禮盒，語氣揚出紈絝的調調，「妹妹有禮收，哥哥羨慕得要命的心思。」

夏蘇進來一瞧，再遲鈍也知是昨日自己招惹來的，但道：「這吳二爺恁地心窄，我說上回的年禮珍珠磨粉吃了，他今日就送來一大盒。」

趙青河合臂伏桌，擱著下巴，要笑不笑，全然心領神會的表情。

趙九娘只能自己問：「吳二公子知妳珍珠粉用完了，特意再送來，怎會心窄？」

「若非心窄，怎會沒完沒了？他並不因我愛用珍珠粉，而是將珍珠磨了粉，才有今日這齣的。」夏蘇的遲慢，不是愚鈍，而是謹微，恰恰心思敏銳，「趙青河，都是因為你。」

趙青河咧開嘴，「所以一聽到消息，我就趕緊來給妹妹出氣啊！」

夏蘇哼了哼，對趙九娘道：「怕吳二爺誤會更深，我沒盡說實話，讓妳三哥磨成的粉我一點都沒用，全給家裡嬸嬸了。我實在不愛吃、不愛敷，這盒還請妹妹幫我消受了吧。」

趙九娘忙道不好。

趙青河幫腔，「有什麼不好？蘇娘皮膚夠白了，再用珍珠粉，豈不是跟死人臉有一拚？九娘不用客氣，我們這回來得倉促，不曾有禮物贈妳，厚著臉皮借花獻佛，妳再轉送也無妨，總比讓我扔了好。」話都說到這份上，趙九娘只好點頭。

趙青河眼望夏蘇，見她神色淡然，對「死人臉」一說毫不糾纏，又笑言，「妹妹也別怪吳二爺，壞心思肯定是不存的，更不可能針對妳。」

「那是當然。」那串磨珍珠的聲響，迄今餘音蕩耳，罪魁禍首不是她，她仍不認為吳其晗今日之舉有君子之度，只覺送出手的禮，說句沒心眼的話，就算扔進茅坑也不是送禮人能記仇的事。

「妹妹餓了吧？」趙青河問完，轉眼瞧著趙九娘。

趙九娘學乖了，知道這聲妹妹不是叫自己，喚丫頭們擺下午飯，又不動聲色轉移了話題，「蘇娘何故睡那麼晚？」

夏蘇不說自己作息不同常人，只道繪畫太專心，忘了時辰。

趙九娘就說回昨日，「蘇娘以為那家書畫鋪子真會出萬兩收購他們目錄上的古畫麼？」

趙青河抬眉，無聲詢問夏蘇。

夏蘇不會故意賣關子，「昨日見一家書畫鋪子人聲喧鬧，就過去瞧了，原來是夥計賣目錄冊子，冊裡每幅畫都明碼標價，百兩起購，總價超過萬兩，所以才引那麼多人爭相買冊。但我只覺得是噱頭，一冊二兩銀子，今後不用賣畫，直接賣冊子就賺夠了。」

趙九娘有異議，「也不是只寫著畫名和價碼的簡單冊子，還有每幅畫的粗摹和一些故事，好比經過了哪些人的手，最後一任主人是誰，流失前所在的地域。因為記載詳盡，若有心尋訪，比只聞其名的古畫要好找得多。」

「冊子拿來瞧瞧。」趙青河相當感興趣。

「沒買。」夏蘇有些嗤之以鼻，「那冊子上好些畫，我從不曾聽聞，也不知是否杜撰的，實不可信。」

趙九娘搖頭，只覺不對，「哪有人杜撰假畫，自己再高價收購？嫌錢多麼？」

夏蘇則精通此道，「沈周[2]的〈石泉圖〉，就是杜撰，根本憑空仿造，但說的人多了，便成為名畫，一位位鑑藏大家認可之下，已不容後人顛非。」

趙九娘知此畫之名，聽聞夏蘇言它杜撰，大吃一驚，「可……可妳怎知〈石泉圖〉是憑空杜撰？」

夏蘇默默吃起飯來。

趙青河抬眼朗笑，「九娘，古字畫裡的那些事，妳當趣聞軼典聽聽便罷，不用想得太深。連蘇娘這般天賦異稟，都只能摸摸鼻子認了，妳還要替沈大師喊冤嗎？」

趙九娘訕然，「那倒不是，只是從前聞所未聞，今日才算長了見識。我一直以為古董字畫這等死物，假的真不了，真的假不了，想不到竟也這麼曲折複雜。」

「死物，卻也是人造之物，自不會簡單。」趙青河話裡有深意，「蘇娘，吃完飯，妳我

注釋

2　沈周：明代傑出書畫家。字啟南，號石田、白石翁、玉田生、有竹居主人等。不應科舉，專事詩文、書畫，是明代中期文人畫「吳派」的開創者，與文徵明、唐寅、仇英並稱「明四家」。

出去逛逛。」

夏蘇點了頭，又問趙青河，「九娘能一道去麼？」

趙青河聳聳肩，「我們要去的昭慶寺，雖是杭府名勝，九娘卻未必好出門。」

趙九娘看天色，日光已偏過午後，「我正跟大伯母學習掌理府中膳食，這時報備要出門實在太遲。你們也別去了，昭慶寺來回費時，此刻出門天黑也回不來，還是改至明日。」

趙青河用完飯，洗過手，等夏蘇起身，全無改日的念頭，「九娘好好學習，要當大家主母，確實不能隨便偷懶玩耍。但我與妹妹，逛的就是良辰美景，不夜不美。日光下白燦燦一片，哪裡有妙趣可言。」

夏蘇歉然拉了趙九娘的手，「若能得楊夫人許可，叫上妳夫君，改日同我們夜裡逛去，別有一番不同滋味。」

兩人走了，趙九娘呆怔半晌，想到自己逢年過節也逛夜市，只覺他們說的妙趣和滋味，與自己的經歷截然不同。但她實在缺乏想像，恍神要走，大丫頭問那盒珍珠粉帶不帶？剎那又腦瓜子乾疼起來。三哥和蘇娘？吳二和蘇娘？為何感覺不管怎麼配，都讓她提心吊膽呢？

可憐趙九娘思前想後，憂左慮右，趙青河和夏蘇卻是毫無包袱，傍晚到了昭慶寺，悠哉閒逛。

昭慶寺，最鼎盛的不是香火，而是古玩書畫的交易市場，只要眼光夠銳，銀子夠多，絕不會讓人空手而回。

韶春之季，無日夜之分，佛像腳下，眾生不庸碌，來尋一片傳今的古心。

第八片 富春山居

夏蘇同趙青河逛了近一個時辰，才走進昭慶寺大觀閣，在臨時增設的茶鋪小憩。閣上幾乎滿座，倚闌可見半邊夜市，而閣裡有人展示他今晚購入的春秋周鼎，不但讓大家湊近觀賞，還邀有眼力的人再斷真假。

這是一方自由天地，高談闊論，低語輕談，論真論假，說古說今，隨便來。同意者，道是；附和者，喝采；反駁者，爭喧。

但有自信，就可發言。這也是江南獨有的景，令人鍾愛。

買周鼎之人，上前觀者十來位，斷真者滿十，那人好不滿意，多付半兩茶水錢，興沖沖走了。然後，再上一位老爺，讓管事展開一卷畫，道是唐寅真跡，請諸君欣賞鑑論。

「妹妹不上去瞧瞧？」趙青河看得津津有味。

多妙，聞唐寅，人人翹首，但沒有擁擠上前的蠻象，自第一排往後，三三兩兩，等前頭的人回桌，才離桌去看，自發自覺，秩序井然。

夏蘇瞥去一眼，聽不少人直道此作狂狷，非唐寅之筆莫屬，但笑，「真假已定，不用我再湊熱鬧。」

「我以為妹妹很喜歡湊熱鬧，逢假畫必指正。」趙青河有點出乎意料。

「隔得這麼遠，怎看得出真假？」夏蘇托著腮幫子，「我更非逢假必指正，除非有人問我。至於不系園那回，皆因保證幅幅真品的緣故，眼裡一時不容沙子。」

「妹妹原來還有這條原則。」趙青河發覺又瞭解她一分。

「不然，一看到別人把假畫說成真，我就要上前爭辯麼？事實本來就是真跡少仿作多，人們投千金拋萬金，十投卻有九空。既然已經損失了大筆銀子，何必再讓人心裡不痛快？買畫，最珍貴的是那份心頭好，摧之殘忍。」

要她說實話，昭慶寺這晚的集市中，十張畫裡連一張真畫的比例都沒有。不過，本朝名師才士的畫作倒是精品不少，值得收藏，就是沒銀子。至於這傢伙……夏蘇眼梢尾角擠出一絲冷光。

「妹妹這是在鄙視我嗎？」

她忘了，某人雖然鑑賞力差極，觀察力卻出色。

「沒，只是想起你賣了乾娘那箱子畫的事。」已經那麼遙遠了啊，隨即輕悄一句，「今後別再賣那箱字畫……」

「諸位且看。」一聲清脆，閣上登來一位女子，頭戴面紗笠帽，身穿布裙荊釵，手中展開一幅畫，「誰若出超過一千五百兩，我便賣與誰。」

這麼沒頭沒腦，擱在別處，會被人當病，或起賊心，但在昭慶寺，「老王賣瓜」是最尋常不過的情形了，而且還都是貴死人的瓜。

畫上山水靈秀逼人，有人問這是誰人誰作？

茶座中頓有笑聲，「連〈富春山居圖〉都不知道，尊駕還是免開口罷。」

趙青河眼睛冒光，「難得來了一幅我聽過的畫。」

夏蘇哼笑，「不得了。」

「妹妹別笑，〈富春山居圖〉這名字太耳熟。」

噗嗤笑出了聲，夏蘇作勢拍手，「能讓你聽過，此畫要再傳個百世千年。」

趙青河絲毫不臉紅，拱手無聲道謝，「好說、好說，只不知這畫又是真是假了？」

昭慶寺鑑藏的能人很多，不用夏蘇這雙好眼，又有人道：「這幅〈富春山居圖〉是何人摹作呢？」

議論很少，不是很明白的人，就是裝明白的人。

女子雖穿戴簡樸，並不顯得無知，「諸位還未近賞，已直言這幅畫非黃公望之作，是看我一介婦人，想壓畫價，抑或不信婦人能擁有真跡，可見這昭慶寺名過其實，在座實無君子。」婦人正欲轉身而下，離得她最近的數張桌子，有幾人紛紛立起，直道且慢。

趙青河道：「果真是想壓價。」

夏蘇微微傾身，好似那樣就能看得清楚一些，「但那婦人所言也不確實。黃公望為此畫揣摩觀察三四年之久，年近八旬方始畫，〈富春山居圖〉是他一生最大成就。一千五百兩，頂多買到名家摹本。」

如同應和夏蘇的話，有人這般說道：「若為沈周摹作，我願出一千六百兩。」

夏蘇點頭，「正是，沈師曾得到過〈富春山居圖〉，他的仿本是幾十個版本裡較為接近真跡的，哪怕是失去真跡之後憑記憶背摹。」

「聽妹妹十分熟悉此畫典故，莫非妳瞧過真跡？」即便知道了夏蘇的身世，趙青河仍覺得她神祕、劉家神祕。

「嗯。」夏蘇的回答真不讓趙青河失望，「不但瞧過，還摹過。」她爹豐富的藏品，以及來往皇宮大內的便利，如今想來，是一種別人羨慕不了的機緣。

趙青河開玩笑，「說不準，那婦人手上正是妳的摹本。」

「怎麼可能？」不再關注鑑別〈富春山居圖〉版本的人們，夏蘇望向夜市，眼裡燈火朦朧，「我的摹本已讓我爹燒了。」

趙青河見她不再絕口不提從前，不由替她輕鬆，「好吧，不管哪種版本，橫豎咱們也買不起，茶喝完了，要不要下去再逛逛？」

但經過那婦人時，夏蘇腳步一滯，神情萬分詫異。趙青河正要問怎麼了，她卻又重新挪步，直到離開大觀閣，才聽她冷冷且慢慢道：「趙青河，被你說中了，這張〈富春山居圖〉，還真是我畫的。」

趙青河一把拉住夏蘇，「什麼？」

「那時覺自己摹得不錯，如今再看，皴筆稚幼，臨摹顯著，難及黃公三分靈氣。只是我那位了不起的父親，造假的本事實在厲害，擅自加了黃公望的題款，還有大鑑藏家們的題跋。」她的好眼力，承繼自她父親，她的造假技藝亦如此。不用挖空心思，每日從其師，為之打下手，自然耳渲目染，經年之後融會貫通。

閣臺那裡的叫價已過兩千。

趙青河沉眸，「妳可認得那婦人？」或者，「她會認得妳嗎？」

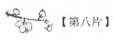

「我看不出婦人的樣貌，而她若認得我，剛才從她身旁經過，她又怎會毫無反應？」夏蘇回道。

但趙青河招來喬生，對他耳語兩句。

喬生轉回閣臺，往階底的牆邊一靠，竟是要盯梢的架式。

「並非不信妹妹的感覺，只是人心難測，會唱戲的人比看戲的人多，防著些好。」燈裡亂飄起細絨，趙青河打起油傘，朝夏蘇微傾，「既然來了名地，不如買幅畫回去？我今日帶了不少銀子，百兩以內，妹妹隨便花。」

細絨轉瞬成細絲，方才還人山人海的寺裡，似乎頓時少了一半遊客。沒有頂篷的書畫攤忙著收攤，有篷頂的臨搭鋪子也擔心雨勢不止，難免有再做一樁生意就好的心思，紛紛喊著價錢好談。

只有那把傘、那對人，在一片匆匆的夜色中，悠閒無比，如魚游水歡暢。

夜市結束，兩人意猶未盡，正商量要再去哪兒逛逛，喬生卻趕了回來。

「那婦人就住昭慶寺的香客居，獨身一人，聽小僧人稱她閔娘。那畫賣了兩千三百兩銀子，當場成交，只是小的跟在後面時，發現還有別人跟著她，樣貌凶惡，恐非善類。」

「閔娘？」夏蘇眼底微微浮光，「這姓倒是耳熟，我大姐乳母姓閔，年約四十五、六，大姐出嫁時，她也跟了去。」

「同一人？」趙青河認為有相當的可能性。

夏蘇不這麼猜，「大姐嫁在北方，閔氏又待她萬分忠心，怎會一人到江南來？」

「去看看不就知道了。」趙青河躍身上牆瓦，向夏蘇伸手作了邀請，「妹妹，與我再比一回腳力？」

夏蘇沒理他，往旁邊走兩步，就重回昭慶寺中，回頭看著牆頭的趙青河，似笑非笑，對喬生道：「你要是練成了飛簷走壁，切莫學他，天一黑就蠢蠢欲動，有好路不走，非得學小賊爬牆上頂，怕別人不知道他偷雞摸狗似的。」

喬生咧笑，「姑娘別罵，我其實挺想跟少爺一樣，學會攀簷踩瓦，瞧瞧月亮照千里的美景，在高處乘風。」

趙青河翻下，衝夏蘇眨眼，「聽見沒？妹妹一身卓絕輕功，能讓人人眼紅，卻非要藏著捂著，大夜裡都不施展，實在浪費。」

「等人射你一個萬箭穿心，你就知道何謂高處不勝寒了。」輕功可不是上屋頂賽跑用的，夏蘇往寺後走去，腳步不慢，轉眼數丈開外。

「高處寒歸寒，景色好啊，妹妹可以穿厚實些。」趙青河笑著跟上。

只苦了腳下功夫最普通的喬生，使出吃奶的力氣跑，卻始終與前方兩人差著一大段距離。好不容易追上，也是因為夏蘇和趙青河等他指路。

喬生氣喘吁吁，指著不遠處一間點燈的屋子。

夏蘇的輕功比趙青河好，但才要奔出去，就讓趙青河拽住了衣袖。

「跑得快可沒用。」

趙青河說歸說、拽歸拽，只是不讓夏蘇超前，自身速度並不慢。到了門前，忽聞裡頭有人呻吟，就一腳踹開屋門，但見裡頭一名大漢翻箱倒櫃，婦人捧著肚子滾地不起。

「佛門清靜地，竟敢逞凶行歹！」趙青河沉喝。

漢子看著五大三粗[3]，膽子卻似不大，跳了窗就走，哪知正碰上喬生的一記拳頭揮來。趙青河抱臂靠著門框，一邊盯喬生同漢子對打的戰況，一邊盯夏蘇與那婦人，隨時準備出手幫形勢不妙的那一邊。

「妳可要緊？」夏蘇的防心卻也不輕，看婦人蜷曲身子背對著自己，並沒有同情心氾濫，站離幾尺遠。

婦人翻轉了身，豆汗滿額，眼淚縱面，擠瞇雙目，努力望清了夏蘇，突然驚眼瞪圓，「四……四姑娘……」

趙青河一聽，這婦人恐怕就是夏蘇說的閔氏了。他即刻警惕，雖不會做出殺人滅口之事，但在有能力護住夏蘇周全之前，囚禁此婦並不涉及他的良心和道德。

夏蘇反而神色冷清，「真是妳。」

她一眼看清大漢翻過的箱子，很顯然，閔氏已將最好的行頭穿在身上。人生際遇，風水輪流，閔氏仗著劉莉兒跋扈囂張的記憶，刹那褪盡顏色。

而在閔氏眼裡，那位灰撲撲，任太太、姨娘、姐妹們欺負，總是不吭不響的四小姐，這時容顏靜美，明光難掩，幾乎成了另一個人。再想到大小姐，她心頭一酸，眼淚就掉了下來，咬緊牙關，匍匐上來磕頭，「四姑娘救命。」

夏蘇雙目閃寒星，她不記仇，可也不蠢善，「這話怎麼說？妳不是還在喘氣，哪兒需要

注釋——

3—五大三粗：形容人長得高大粗壯，體格魁梧。五大是指雙手、雙腳及頭大，三粗是指腿粗、腰粗、脖子粗。

我來救妳？」

劉府是個自顧自、人吃人，強者生存、弱者受辱的地方。劉莉兒長夏蘇六歲，因親娘是正室，以嫡大小姐的身分為所欲為，性子刁蠻至極，還野心十足，居然勾引劉徹言，意圖招婿掌家，結果劉徹言反設圈套，被劉峰捉她傷風敗俗，慌忙把最寵的大女兒嫁了出去。

閔氏身子一縮，「不是……不是救奴婢，而是……大小姐她……」她縱然藉主子的勢，當初對這位四姑娘沒少難堪，並不代表她沒臉沒皮，更何況江山易主，青山不綠，「求四姑娘幫我把銀票追回來，不然大小姐要賣身了啊！」

夏蘇側過頭去，與趙青河看個正好。

趙青河姿勢不變，但朝屋外喊一聲：「喬生，給我把那傢伙的衣服扒光，他身上似乎值錢東西不少，一件也別漏。」隨即轉了臉來笑道：「妹妹可以安心，一文錢咱都不放過，回去再分。」

搞得她跟強盜頭子一樣，夏蘇忍不住好笑。

閔氏也聽出不還錢的意思，連忙爬來捉夏蘇的腳，卻被夏蘇躲開，她只好哭喊，「四姑娘，我知道當年大小姐待妳不好，但妳們畢竟是同父的姐妹，大小姐新寡，那殺千刀的歹毒正室就將她賣入青樓，三個月內要是湊不出五千兩銀子贖身，她就……就……這輩子完了啊！四姑娘，瞧妳如今這般好，定知好人有好報，求妳將銀票還我。」

夏蘇沒好氣地斜趙青河一眼，「你裝什麼強盜，連帶我都變成打劫的了。」

趙青河聳聳肩，「不是我裝，是什麼心想什麼事，這位自己心思不正，就把別人都當成惡毒。區區幾千兩銀子，是她的救命草，卻還入不了我的眼呢。」叫喬生拿來，他手裡就多了幾張銀票，「妹妹數數，小心惡狗反咬一口，把兩千多說成五千。」

夏蘇接過去，數也沒數，直接放在閔氏眼皮底下，冷眼削利，「妳敢反咬我麼？」

閔氏連連搖頭，眼淚鼻涕一起流，十幾聲不敢。她怎麼看，門邊這位漫不經心的英武男子氣勢可怕，四姑娘如今既有這等靠山，她哪裡還能挾怨呢。

「妹妹敘舊完沒？該輪到我來問話了吧？」趙青河踏進屋。

夏蘇奇怪，「你要問什麼？」

趙青河拉來一張太師椅，討好般的語氣，「妹妹坐著聽，免得瘦了腳。」

閔氏聽得清清楚楚，心裡別提什麼滋味了。想她效忠的那位主子，論貌論智皆上等，如今卻要淪為青樓女娘，而眼前這位，當年多孤伶的卑微姑娘，成了他人掌上明珠。所以，凡事真不能做絕，大小姐過於狠毒，才落得這般無人施救的田地

「妳主子嫁在北方，妳為何來南方賣畫？」趙青河這一問，本是夏蘇最先提及的。

閔氏老老實實答道：「大小姐被賣到了揚州。」

揚州，離蘇州不遠。夏蘇想著，卻因身旁的趙青河，心跳安穩。

趙青河道：「妳可向劉家求助？」

閔氏抬起頭，目中滿是憤恨，「當我們不曾求助麼？早在姑爺過身時，大小姐就每日送出家書，望娘家接回她，卻如泥牛沉海，直至我離開大小姐來湊銀兩，尚無半點音訊。」

夏蘇信閔氏這些話。她逃家時，劉徹言大權在握，爹說話已不怎麼中用。劉徹言一直忌憚劉莉兒的野心，確實不大可能把她接回去。

「今日妳賣出的〈富春山居圖〉從何而來？」很多資訊看似無用，彼此不關聯，但到了

適當的時候，會有出人意表的結果。而趙青河此時只是隨便問問，解開心裡的問號，並無特別意圖。

「那畫是老爺給大小姐的嫁妝，卻想不到並非真品。」閔氏嘆口氣，說道：「四姑娘，別人不知，妳卻該知，其實大小姐以前對妳那般也是迫不得已，若想在府裡過得好，是絕不能示弱的。」

夏蘇知道，卻做不到，以欺侮家人換自己活得好。她只能選擇最沒出息的做法，忍辱負重，積蓄逃跑的力氣，等待逃跑的機會。

她不想同閔氏多費唇舌，因為再論過去誰是誰非，已毫無意義。她亦不問閔氏有無湊足五千兩，湊足自無需她關心，湊不足她也沒能力幫，那位總是動著腦子轉著心思的厲害大姐，定有法子脫困。

「可認識劫妳的漢子？」趙青河又問。

閔氏捉緊銀票，神情驚惶，「之前從不曾見過，想是我一路兜畫，落了賊人眼裡。」

這時外頭的動靜引來了僧人，聽說有賊入室搶銀票，趕緊去報官府。官差們來後，自然認得趙青河和喬生，熱絡打招呼的樣子盡落閔氏的眼，心中自又一番唏噓。而那賊漢，承認暗中跟了閔氏數日，見她獨自一人兜賣古畫，故而起了賊心，見她今日成交大筆銀兩，才最終動手。只是他運氣十足差，不但閔氏頑強，還遇到趙青河和夏蘇。

過兩日，趙青河同夏蘇說起那案子結了，閔氏已趕往揚州替劉莉兒贖身。他又道閔氏臨走前，感激他們相助，因此發誓不對劉莉兒提及半點杭州事。

夏蘇淡然之極，「閔氏待我大姐如親女，你覺得她會幫我不幫大姐？這世上，親人都不可靠，還是別指望不相干的人了。」

趙青河但笑，「我也不過幫她轉達。妳大姐若是有腦子的，就該知道元氣大傷之後，要找個好地方養著，否則尋人晦氣，就是尋自己晦氣，只會更倒楣而已。」

「隨她吧。」夏蘇自覺沒那個腦力預測劉莉兒的動向，「你這兩日勤跑衙門，可是那樁沉船案有了進展？」比起陳年舊事，不如聽些新鮮的。

趙青河也顯得起勁些，「不錯。杭府仵作確有些本事，拼屍結果證實少一人，死者皆被毒劍刺中要害，毒為七步倒。而林總捕沿岸部署也有發現，有人在年夜那晚目擊到了貨船，當時船上有燈光無人影，不遠處卻有一條搖櫓，往蘇州城的方向去。」

「你都猜對了。」夏蘇但嘆，「只是竟還有比窮凶極惡之徒更狠的人，你今後……」頓時消音，暗道差點。

趙青河的眉毛又囂抬起來，「多謝妹妹記掛，我今後會更加小心的。」

夏蘇撇撇嘴，這人皮厚，她也不是第一天見識，最好別理，越理越起勁。

「但我覺得這主謀之人似乎無意再殺我滅口，至少是不心急了。那馮保是自己吃不得虧，想拿妳來尋我晦氣，而鬍子是自作主張，自找死路。怎麼看，都是他們自己相愛相殺，且毫不容情。我就奇怪一件事，幹這無本買賣的主謀到底手下多少兵？能讓他這麼辣手懲戒，殺了一船人。」

夏蘇對趙青河亂用辭彙無視之，想都不想，信口胡說：「也許是錢賺夠了，打算金盆洗手，過往的功臣反而礙手礙腳……」一路說到開國皇帝去。

趙青河一怔，神情漸漸認真，來回踱起步子，一個人喃喃著，也不知在說什麼，末了拍手一喝，「妹妹好聰明！」

「呃？」夏蘇反愣，不知道他怎麼得出這個結論。

「先讓我窺見一斑，滅口不成，又因妹妹一雙好眼，破了他的障眼法，再來桃花樓命案，馮保敗露，引得官府介入，案子不但結不了，反而越查越深。這時本該萬分小心，偏偏蠢手下做蠢事，又主動把賊船放到我們跟前，逼得他下定決心自斷手腳。妹妹一語中的，恐怕那人真要收手了。試想，一夥窮凶極惡之徒難找，一夥訓練有素的偷盜集團更需要精心培養，就拿魯七夫婦來說，兩人蟄伏趙府多年，連他們都成了無用的棋子，再不全盤棄局，那人的真面目絕對藏不了多久。」趙青河說得好不激動，「妹妹真是太聰明了。」

雖然被連誇兩回聰明，夏蘇自知，這個聰明人可不是她。

「接下來麻煩了啊！」趙青河無意識地自言自語，「他一旦收手，如同死無對證，哪怕今後面對面，也難知他罪惡累累，就算知道，亦沒有證據。妹妹說，如何是好？」

「……」夏蘇覺得，她最聰明的做法，還是閉嘴。

「妹妹……」

夏蘇又不好罵他把妹妹這個詞念成了咒，弄得她腦瓜子都要裂開了，就從書架上拾起新買的那本冊子，往桌上一放，同時攤開手心，「一兩銀子。拿來。」

她不聰明，不過忍耐了很多年後的現今，她決定，吃什麼都行，就是不能吃虧，尤其面對……好欺負的人。

第九片　溪山數珍

月上柳梢頭，人約黃昏後。

這日，黃昏近晚，柳梢倒是長齊全了，月兒卻好似一片新葉，柔弱垂在枝頭。西湖畔的涵畫館已下了門板，三月春好的後館，花兒吐芳葉紛綠，平日人來人往，這時只有約客，正好一男一女。應得一時好景，應不了詩中真意，兩人正說一樁交易。

女子面貌清秀，談吐頗有大家風範，只是裝束樸素，甚至看得出家境困窘。

「家祖生平無他好，傾盡家財收藏古畫，前些日子他過世，我才繼承了開箱鑰匙，一經整理，竟發現他將《溪山先生說墨笈》裡江南卷中所提到的八幅畫都收集全了。溪山先生是北方鑑藏大家，見識廣博，他用十年走遍大江南北，將遺落在民間的珍畫記載了下來。因其中多數作品不為人知，此書一出版，就遭到了同行不少質疑，然，事實勝於明辯，好幾幅《說墨笈》中的畫作現世之後，經鑑藏大家和名畫家們的認定，確為滄海遺珠。故而，越來越多人認可了此書。」

男子四、五十，黑髯一把，幾分文氣，雙目炯神，「卞姑娘說得極是，溪山先生這本《說墨笈》中的幾幅畫還被收入了皇宮，深受皇上喜愛，且高價徵收上頭的畫作。卞姑娘的

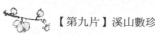

祖父若真收齊了江南卷，那可了不得，價值難估啊！」

女子叫卞茗珍，是祖籍淮西的書香世家之後。同很多書香門第的命運相似，卞家已沒落，再無有才氣的子孫，更因祖父揮霍而失了財源，為一日兩餐就要犯愁。

「誰說不是呢。」卞茗珍這麼道，卻眉頭舒展，神情悄愉，「本以為祖父散盡千金，父母又早亡，我要如何養活家中幼弟幼妹，不料老天有眼，祖父並未花光全部身家，還給子孫留著活路。」

「幸之、幸之。」男子姓方，涵畫館掌櫃。

卞茗珍從竹管中倒出一卷畫，輕輕鋪展，「這是其中一幅，請方掌櫃驗看。」

方掌櫃不但主理涵畫館的買賣來往，自少年起，就在書畫鋪子裡當學徒，幾十年浸潤看古畫的眼光怎能不老辣。眼前這幅〈天山樵夫遇仙圖〉，落著李思訓[4]的章款，筆法細緻秀勁，山水活潑躍動，唐風濃郁華麗，山中一角仙宮神祕典雅，樓閣、憑欄、彎廊、長階、松鶴、人物，無一不細，生動入神。他可以一眼斷定這是上好古畫，卻神色不動，目光絲毫不離畫絹，足足看了兩刻工夫。

《溪山先生說墨笈》中的每幅畫都有小模圖，方掌櫃早已記得滾瓜爛熟。那些畫多為私家藏品，除了溪山先生，無人知其下落，別說瞧不見真品，仿片也難造。今日，他頭回見此畫，卻越瞧越篤定，確信是李思訓無疑。

書畫大家之作，能聞名天下流傳後世，自然是因獨到之處。李思訓父子為唐風表率，兩人的筆法風格為後來者不斷揣摩研深，幹鑑師多年的方掌櫃亦十分熟悉。此畫不聞於世，然而每筆中都可見李思訓，甚至包括微不足道的那一點點小缺陷，也能辨認出李思訓。

從起先的老謀深算，到這時的心濤洶湧，方掌櫃臉上全然不動聲色。見貨心喜眼不喜，方能談價。

他抬起頭來，仍是客客氣氣的表情，「卞姑娘，這畫是古風，絹黃裱舊，乍眼瞧著，年代久遠這點似乎是不錯了。不過，到底是不是李思訓之作，經我一人一雙眼，還真不敢說。溪山先生是肯定見過真跡的，可咱也不可能千山萬水請到他來鑑定。」

「我祖父不會收藏假畫。」卞茗珍一調整坐姿，就顯出侷促不安了。

方掌櫃瞧在眼裡，心中卻分明，窮得連下頓飯都不知在哪兒的賣家，最耗不起時間，也不可能拿到好價錢。他不著急，等對方低聲下氣。

「卞姑娘可知蘇州有多少造仿片的作坊嗎？雖然良莠不齊，也有了不得的畫匠，可與真品仿得一般無二。而《溪山先生說墨笈》上的畫，一來無真跡流傳市面，可憑空偽造，二來傳世名家的作品較多，容易被人揣摩通透。妳祖父說真，不算。我說真，也不算。實在難鑑。這麼吧，我可當做品質上乘的古畫收購，八幅畫一一驗看之後，給妳紋銀一千兩。」

卞茗珍將畫緩緩捲起，神情由侷促轉而倔強，「既然如此，我就不叨擾了。杭州書畫鋪

注釋——

4　李思訓：唐代山水畫的兩大流派一為初唐的武將李思訓、李昭道父子為代表的「青綠山水」，一是以盛唐文臣王維為代表的「水墨山水」。李思訓、李昭道父子在中國繪畫史上被稱為大、小李將軍。他們擅長用「青綠山水」畫殿閣樓台。「青綠山水」以勾勒為法，用筆細密，顏色以石青、石綠為主；有時為了突出重點，勾以金粉，使畫面產生金碧輝煌的裝飾效果，亮麗壯觀，工整細緻。

子也不止涵畫館一家，若不是你們目錄冊子上明價公道，我不會先考慮你們。」

這姑娘還有一股窮志氣。方掌櫃暗道失策，但架子還得繼續端，不然變成他理虧了，「多謝卞姑娘先想到了涵畫館。妳如此誠意，我也不好讓妳失望而回，不如姑娘多給我幾日，容我稟報東家之後，再由東家決定，如何？」

卞茗珍略為難，「得等幾日才有回音？我家中揭不開鍋了呢。」

方掌櫃當即掏出一錠二兩銀，說道：「卞姑娘，就當是涵畫館買了妳這則消息，聽到咱們回音前，請妳別找其他畫商。短則三日，長則五日，五日之後不找妳，銀子歸妳，畫賣給誰都自便。」

卞茗珍高興道：「果然找你們沒錯，方掌櫃做買賣還重人情，解我燃眉之急，感激萬分。若你東家想購我家的畫，只要價錢公道，即使比市面上的叫價便宜一些，我也願意賣給你們。」

方掌櫃聽了微汗，想這卞茗珍不傻，打聽清楚才來的，而且恐怕也不能一直在畫的真假上作文章，杭州書畫商多著呢。想到這兒，他客氣連連，將卞茗珍送出了後園的門。

等人走得瞧不見影，方掌櫃關上門，當步走過花園長廊，進了一間寬敞的屋子，喊聲二東家。

簾子一動，內裡走出一人。蓮花步，扭腰肢，金縷錦繡的小靴，水漾芙蓉羅的百褶裙，收高了腰身，珠串寶石墜的腰帶流蘇，短春綠的合衫，燈籠袖，白襟染了芙蓉花瓣。金枝牡丹壓繁沉雲髻，婦人容貌姣美，眼氣輕佻，一張瀲光薄唇，一抹嫵媚笑天生，氣質妖嬈。

此婦，剛死丈夫，暫保留夫家姓，人稱魯七娘子，不過她這身裝束，已看不出半點未亡人的樣子了。

「何事？」她往主座一坐，翹腳喝茶，姿勢撩人。

方掌櫃眼不斜心不歪，將卞茗珍來賣畫的事說了。他知這婦人雖水性楊花，做正經事卻從不耽誤，心狠手辣，殺夫都不眨眼。

「那本什麼書裡說到的畫很值錢？」不管是古畫還是古董，魯七娘子只知道貨要夠稀罕才賣得出價錢。再說，無本生意做了這麼些年，一般好貨還看不上眼。

「《溪山先生說墨笈》上的畫，都有明市基價。以卞姑娘今日拿來的那幅為例，明市起價為三千五百兩，專為人收購的私商價碼更高。書畫本來也不按一套套賣，《說墨笈》卻不同，皇宮一直高價在徵收，江南一卷八幅，曾喊過六萬兩。」方掌櫃這時說來，行市在心，滔滔不絕。

「六萬兩？」魯七娘子先一怔，再瞇了眼，嘴角噙著冷笑，「墨汁莫非是金汁？畫絹莫非是金鏤？不過畫些山山水水，有名無名，瞧著都差不多，怎能值了萬兩銀？」

方掌櫃不試圖同牛講牡丹為何價值千金的道理，只道：「請二東家與大東家商量一下，看這件事要怎麼辦？若是有意購入……」

魯七娘子一擺手，「不用商量，從來只有我們賺錢的份，哪有倒貼銀子的事？」她眼神一瞬犀利，聲色厲荏，「不如——照老規矩辦。」

方掌櫃眉眼不抬，「大東家已決心做正經買賣，不再用過去的規矩辦事，二東家儘早習慣得好。要是二東家忙，我去稟了大東家也一樣。」

她是二東家，他是掌櫃，看似主從，其實地位齊平，一個管武事，一個管文事，大東家離了哪個都不行，故而他對她，能客氣，也能不客氣。

魯七娘子自然清楚，嬌聲道：「哎呀你這個老古板，我隨口說說都不行，沒有大東家發話，什麼規矩我也不敢用啊！不過心疼咱們的血汗錢，換個樓啊地的，好歹實在，換幾幅破畫，光看不能用，萬一轉不了手，那麼多銀子打水漂了。」

方掌櫃面皮不動，只動嘴，「大東家若想買入，我自會鑑定明白，同時將價錢壓到最低，一萬兩摸到天了。而我幹了這麼些年，妳何曾見過一件賣不出去的貨？」

「這倒是。」魯七娘子站起身，妖嬈走到方掌櫃身旁，伸手摩挲著他的肩頭，整個人靠了上去，「方正，我又成寡婦了，這回嫁你可好？」

方掌櫃腰板筆挺，什麼話都沒說，只是掃了她一眼，很輕、很淡。

魯七娘子立刻擰身走開，羞惱罵道：「殺千刀的臭男人，肚裡有點墨水就敢瞧不起我，不想想自己也只是條看門狗罷了。老娘看上你，是你的福氣，不過我這會兒不稀罕要你了。仔細一瞧，當年好看的斯文郎，已成了乾癟老東西，不但不中看，也不中用了吧。」

方掌櫃任她謾罵，垂著眼皮子如老僧入定，等她罵完才道：「我答應了卞姑娘，最遲五日就給她消息，妳儘快同大東家說。」說罷，頭也不回，走了。

魯七娘子跌坐在椅子裡，茫然半晌，眼中終於清明，豔唇復勾一絲嫵媚笑意，也走出屋子去。

一園，春波不蕩，心已死。

卞茗珍走出老遠，回頭已經瞧不見涵畫館了，心還怦怦慌張跳動。

西湖的春日，暖好明亮，祖父在世時，常常給她一些碎銀子，她就換上男裝，選湖邊一家茶鋪看書，一壺好茶、一碟點心，半日辰光就過了。祖父興許敗家，然而他並非只對他自己大方，對無父母的孫子孫女們亦捨得花錢。

祖父一去，變賣所有償清債務之後，從大宅子搬到小院子的卞茗珍，仍發現前頭的日子不好過。是人就要吃飯，院子再破也要交租，弟弟還要上學，而她連繡花都不會，光讀書了。祖父生前不攔，笑言書香之家自然出書香的小姐，要找能與她吟詩作對子的富貴郎君配。然而，卞家落至如此光景，有媒婆上門，也只是趁火打劫，幫色胚老財找美妾罷了。

如今搬至貧區數月餘，媒婆倒是乖覺了，門前也清靜了，家中米缸一粒米都無了。好在春日萬物長，她與小妹挖野菜土薯，一頓頓往下撐著，心裡卻清楚，這樣的日子也很快會數到頭。

這不，有人付銀子讓她當騙子，她毫不猶豫就答應了。再回想剛搬家那會兒，鄰里大嬸大嫂熱心分洗衣的活計給她，自己卻驕傲拒絕的模樣，真是可笑之極。讀萬卷書，不如行萬里路。她若知行路這般艱難，必定早早起行，學些過日子的本事，還讀什麼書呢。

卞茗珍嘆口氣，忽聞耳邊一聲清咳，側目瞧過就是一驚。不知何時，身邊多了個衣衫襤褸的乞丐，戴頂破絨帽，大帽耳都蓋不住那一臉污漬。她連忙加快腳步，可乞丐嘻皮笑臉討錢的聲音一直不緊不慢跟著，令她渾身緊張。一著急，還選錯了路，走上一條無人的小徑。她嚇得跑了起來，沒娘，也沒小腳，自覺跑得挺快，但肩上一沉，看到乞丐烏黑的手爪，不禁大叫出聲。

「卞姑娘，妳眼神不好使，嗓門卻挺大，比烏鴉還呱噪啊。」乞丐摘去帽子，咧開嘴，一口白牙。

卞茗珍呼吸急促，仔細看清乞丐的樣貌，對那雙狹細目記得尤為深刻，頓時鬆口氣，「是你。」

「我一上來就自報家門了，你沒聽見？」乞丐拿袖子抹著臉上炭黑，自我嫌棄，心裡暗罵某人無良，「妳這姑娘看起來挺伶俐的，不會是聰明長相木頭腦？那可慘，千萬別把我交給妳的事辦砸了。」

卞茗珍已懂得為了生計忍耐，「沒有辦砸，都照你所吩咐的去做，方掌櫃讓我等他大東家的決定，少則三日、多則五日，還給我二兩銀子，叫我暫時別找其他畫商。」拿下背後竹筒，遞過去，「董師爺，說好的銀子呢？」

董乞丐，喔，不，董師爺沒接，反手掏出一張銀票，「這畫既然是妳要賣的，當然放妳那兒，等事情了結，我再拿回去。」連方掌櫃給她銀子的事都說，這姑娘實誠，可以繼續合作，「卞姑娘接了訂錢，這事可就得做到底了，不能中途反悔。」

「我已說過，弟弟妹妹還小，我的命是絕不能丟的。除此之外，我什麼也不怕。」卞茗珍看清銀票的數額，手微顫，很激動。不管這事做得對不對，自己賺取的第一筆進項，遠不止金錢上的意義。

「什麼都不怕？」董師爺一條眉毛高抬，「那妳剛剛幹麼跑得上氣不接下氣？」

「不是怕，是小心。倒是師爺沒有師爺樣，我還想問問可有官家憑證，免得自己助紂為虐了呢。」卞茗珍的書其實也沒白讀，不過初逢家變，思緒尚混沌，需要適應適應。

董師爺自腰帶裡拔出一塊牌子，在卞茗珍眼前晃來晃去，「難道天下師爺都該長一個模樣，真是笑話。再說，本師爺的樣子怎麼了？風流倜儻，貌若潘安，唇紅齒白，從小到大，人人都誇我長得俊，隨便咧個嘴，能把姑娘們迷得不知東南西北的樣子。」

卞茗珍無話可說，直接捉住和主人同樣得瑟的牌子，一看，「蘇州府衙？你不是說自己是杭州知府大人的師爺麼？」

「我說我是知府大人的師爺。」一不承認自己誤導，董霖嘻笑，「不管哪個府衙的師爺，都是為朝廷當差。」

「那不一樣，地方事地方管，杭州的案子理應由杭州官衙去查，你即便拿著官家牌子，也不能徵我做事。」卞茗珍突然一股子倔勁上來。

董霖卻最不耐煩這些條條框框，面露嘲冷，「卞姑娘是女狀元，正經書上的東西全知曉，讓我重溫一回地方治理規矩。不過，卞姑娘是讀規矩的人，我卻是做實事的人。行了，卞姑娘要是得了涵畫館的信兒，就來翎雁居找我，我會告訴妳接下來怎麼做，妳不要自作主張。不像師爺，就別喊師爺，我大名董霖，雨下林。」

他一說完，轉身就走，大步流星，留下卞茗珍呆怔。他不是君子，是市井混徒，想來就來，想走就走。趙青河再怎麼嘲笑他，他仍不改初衷，在這個繁華已過的王朝，要以一份微薄綿力，為百姓留住一片沃地，哪怕自己，濁了一身。

熟眼的馬車停在來時路口，董霖低咒一聲，死小子算得賊準。他趴上車窗，見趙青河笑得古怪，又挑眉又白眼，全無跟著笑的心情。

「笑個屁。」他罵，「挑誰不成，偏挑個讀書讀呆的姑娘家，唧唧歪歪好不囉嗦。」

趙青河眼裡促狹，「我笑你這身乞丐行頭，你卻唧唧歪歪說一個姑娘。書呆好啊，你正好讀不進書，可以互幫互助，沒準還能幫你考上舉人，不必委屈當個沒前途的末品小官。」

「我就愛當沒前途的末品小官。」董霖跟自己賭氣，卻不耽誤正事，「涵畫館讓那姑娘等三至五日，咱等還是不等？」

趙青河笑意淡下，「你說呢？」

「不能等，杭州府去年開了七八家畫鋪子，一家等三五日，我們還回不回蘇州了？依我看，找些人將卞姑娘手上有畫的消息散播出去，不說得太明白，試探各方反應。」董霖有主張，不過趙青河儼然是查案的高手，讓他不自覺就倚賴。

只是趙青河無給官府當差的大志。他一直揪著這件事不放，皆因對方挑釁在先，又殺人不眨眼，出手即想取命，而他非常當心自己的命，如今還帶著一家子，就更要積極進取。對方賺飽了、殺夠了，居然想收山？不是沒門，得給他等等。

「那就散播吧。」趙青河不負責任的語氣。

「但林總捕顧不過來，單單涵畫館那兩扇門，至少要派四個捕快輪守，如果每家畫鋪子都要盯著，把咱衙門的人都調來也不夠。」董霖則必須負責。

「找你同道。」趙青河上眼下眼睨董霖，「集合全杭州的乞丐，每日包飯就感激涕零，再加份事後賞錢，還是比給官差的餉銀便宜得多。」地方府衙由地方百姓來養，江南富庶，官差的餉銀也高。

董霖直覺不可能，「扯淡，那群認錢不認人的傢伙，嘴不牢靠，稍稍一勾什麼都招，咱還幹得成事？找人假扮乞丐還差不多，得是吃官糧的，與咱們一條心，人眾……」他一拍窗框，樂嘿嘿，「找杭府鎮將啊！」

趙青河正經著神色，「好主意，不愧是師爺。」

董霖狹眼瞇成線，十分狐疑，「我想得到，你想不到？絕無可能！你這個臭小子故意不告訴我！」

「董師爺要裝孫子，我不攔著。」趙青河自覺夠義氣，就是嘴上說不了好聽的，「只提醒你一點小事項，那位卞姑娘的家也要盯緊。我要是貪她畫的人，明裡暗裡都得確認真假，才會決定怎麼動手。」

「若那幫傢伙真得洗心革面了，走正道花銀子好好做買賣，我們又當如何？」董霖問。

「不如何，不過各府文庫裡多一份無頭公案，從此生灰。」解謎案，由時機決勝負，錯過就渺茫。這一點，趙青河比任何人都清楚，也不著急。

人心向善固然美好，可是做慣無本生意，看到珍貨自然動心，又捨不得花大本錢，就忍痛乾看著？真要是這樣，他就死心了，徹底改好的人應該不會再到他跟前挑事，一生可平靜。

董霖卻不想白白辛苦撒網，「讓卞姑娘往高開價，逼得他們動邪心。」

感覺身後的姑娘翻了身，趙青河側過身望去一眼，開始趕董霖，「你自己看著辦，橫豎我心裡猜的都跟你說了。再奉送你一句，卞姑娘如果因此慘遭不測，你要多準備些撫恤金。她家弟弟妹妹幾個來著？好歹給足，養到他們獨立。」

董霖罵聲觸霉頭，眼裡瞧見夏蘇沉睡的白團子臉，陡然壓低嗓門，「我住她家隔壁去，十二個時辰盯著，跟你盯你家妹子似的，總行了吧？」跳下車，又回頭，咧嘴笑得惡質，「蘇娘睡得不踏實啊，天也不熱，額頭怎能冒這麼多汗？你盯也白盯。」

趙青河不甘示弱，「我白盯，你不白盯，趕快去，讓我開開眼。」

董霖食指直直點向趙青河，好像說「你給我等著瞧」，高抬下巴，大搖大擺走了。

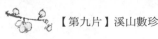

第十片

舊夢曾諳

午睡醒來，她睜眼側望。

天青雨後牡丹紋的絲鏤帳，隔不開一室華麗明輝。香木隔架，沉紅一角桌案，精雕細琢的金器、銀器、玉器、牙器，好似多不值錢，滿眼皆見，隨處都是。屋裡最貴重的卻是古畫，牆上掛滿，桌上鋪展，地上滾落，連她的床架兩邊都垂了幾幅。只有真品、只有名家，這裡，除了她的仿作，再沒有一卷師出無名。

她看得眼累，想再賴一會兒床，卻見架子那頭的丹鶴銜香小鼎，一縷青煙嫋嫋升起。助眠的半枝香，怎麼也燒不過整晚。慢慢起身，已無處心驚，床下都是畫，找不到鞋，就赤足踩上青磚。

銀粉的羅裙滑落垂地，彷彿瞬間鋪開一層薄薄花雪。襟邊百花結一粒不鬆，雙袖收窄至腕，也有長帶子打了死扣，她將它們套進手指。從床腳捉來長衫，哪怕全身只露著手臉，她仍穿得十分仔細，不厭其煩，扣上幾十粒玉珠子，這回連脖子都罩住了。

所有的衣式都是高領密襟，長袖長邊，無腰寬襬，故而不盼望暑天。然而，比起此時的不速之客，盛暑也清涼。明知那人沒有多大耐心，她還是蹲下，翻過床邊每一片畫，找鞋。

「找鞋的話就不必了，我看它們太舊，讓丫頭們絞碎，再給蘇兒製新鞋。」一雙陰直鷙的眼，透過堆珍積寶的香木架，冷森森望來。

她重新立直，裙邊曳地，就不拎起，踢一腳走一步，慢吞吞的樣子滑稽之極，能讓尋常人瞧出一身汗。但架子後面那雙眼，不屬尋常人，幾乎一眼不眨，盯著她每一步。她只當不知，坐到桌前，將頭髮紮成一束，開始磨墨。

「父親這幾日讓妳畫什麼？」他長相英俊，他自己也清楚，發揮得淋漓盡致。

她看著他青色的衣衫滑過桌線，心中驚悸，想嘲他裝模作樣，狠狠咬住牙，開口乖答：「臨摹李思訓之作百遍。」

他嘴角一勾，果然漠不關心，「百遍這麼多，豈非不能跟我們去別莊避暑？真可惜，我本來十分熱切，盼教蘇兒騎馬。」

胸口泛起一股令她作嘔之氣，冷眼將他的惺惺作態瞧明了，「父親說，我畫完之前不能出門。」

「是啊，蘇兒最聽父親的話，其次才是兄長的話。」他在她身旁站定，食指觸她頰面，指尖往下，輕浮刮過那片細膩肌膚，感覺她的畏顫，心情越好，「不像別的妹妹，懂得父親老了，要找兄長依靠。」

外面傳來劈劈啪啪的板子聲，卻無喚叫呻吟。她不斷告訴自己，習慣了、習慣了，只是終究敵不過這人給她的恐懼，磨墨的手一抖，墨汁濺上了袖子、宣紙，還有手背。

他的聲音近至耳畔，他的呼吸那麼野，吹得她一身寒慄，他的臉貼著她的頸，她卻被他大掌按住肩頭，跳不走、逃不開，「妳瞧，妳不依靠我，連丫頭都敢欺負妳。明明是王子，鞋舊成那樣，也沒人想到給妳換一雙。蘇兒啊蘇兒，妳以為父親還能撐住這個家多久？到時候妳再來巴結我，我卻是不稀罕了。」

她瞪圓著眼，看他捉了她的手。

他起先用袖子擦墨，隨後又自言自語道擦不乾淨，掏出一片鐵皮砂。劉府裡害人的東西應有盡有。他拿鐵皮磨著她的手背，眼瞧著皮紅了破了，滲出一顆顆血珠子。

她也瞧著，眼裡無淚可流。

「蘇兒皮膚真嫩，像嬰孩一樣，輕輕擦幾下就破了皮？」他彷彿才看清自己手裡拿著什麼，神情淡然，「對不住妹妹，我把它當成帕子了。」

她冷冷抽出手，用袖子蓋住，一點不覺得疼，「父親還在，子女自然聽他的，此乃孝道。父親若不在，長兄為父，妹妹自會尊重。稀罕不稀罕，是兄長的事。日落之前，我要交四卷畫給父親，還得重新磨墨鋪紙。」

他卻重新彎下身，貼著她耳語，「蘇兒何不直說你可以滾了？」

她想喊、她想叫，她想拿硯臺砸爛他的頭，她想不顧一切，施展還沒練到最好的輕功，離開這個鬼地方！

啪！她身上挨了一記，抬眼發現已不在自己的屋子。一位妝容精緻的華麗女子拿著象牙片子，柳眉倒豎，眼角吊起，破壞了那麼美麗的容顏

「劉蘇兒，妳好不要臉，竟然勾引男人。」

「大姐，我沒……」

不讓她辯解，象牙片又狠狠抽一記手心。

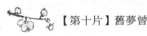

父親出現，將象牙片搶了過去，「莉兒，打哪兒也不能打手，我說多少回了。」

「爹，蘇兒恬不知恥，居然與男子獨處屋中調笑，她的丫頭都聽見了，因此還被她打去半條命。」劉莉兒搖著父親的胳膊撒嬌，「我是大姐，自然要管教她。」

「那也不能打手。」父親對長女最寵愛，語氣根本不帶嚴厲，「今年年節前，《說墨笈》上江南卷的八幅畫都要放出去，她每日都要練畫三卷以上，連別莊都去不得，哪有閒工夫與人調笑。」

劉莉兒眼中微閃，「她去不得，豈非爹爹也去不得？」

「你們自己玩得高興些吧。」父親似瞧不出大女兒的心思，「對了，我看著蒹兒跟徹言過於親密，妳身為長姐，要多加管教。徹言雖與妳們無血緣，既然認為養子，就是劉家人，妳們與他就是姐弟兄妹，絕不可逾矩。」

劉莉兒不管不顧大叫，「什麼？蒹兒！」握緊象牙片，拎裙飛快跑了。

「蘇兒。」父親冷喚。

「是。」她不怕父親。

「連墨都磨不好，我怎能將……交給妳？」父親舉高了方硯，重重扔向她腳邊。

她一驚，慌不迭蹬腳……

入眼暖光，偶有和風，從那張老草蘆簾拍進，挾帶著湖水的潮息，感覺身下悠閒地搖，一眨眼，兩滴淚滑出眼角，夏蘇抬袖遮去。

江南好，風景舊曾諳。

她不在江南出生，卻希望在江南老去，山秀，水柔，人安逸，令驚惶不定的心一點點沉澱。北方的躁土烈塵和無休無止的那些人，漸漸模糊，只敢在她夢裡叫囂。

北人說，南人貪逸圖穩，詩詞柔懷情長，曲樂無病呻吟，英雄氣短，只能守，不能拓，總伏於北人戰馬蹄下，就算開國皇帝，起事於南，卻遷至北，正是怕喪失了雄心壯志。

那麼，對她而言，江南正好。

她沒有雄心，只圖安逸，一枝畫筆，就想繪一生的柔暖情懷，如仇英的〈清明上河圖〉，細細地描，慢慢地染，無需大起大落，無需英雄山河，但求舒暢夏日，雲衣乘風。

她側過身，那張讓她近來心跳不受控制的臉，又無預警，闖進了眼簾。心跳，果然脫韁，似野馬飛鬃，可也不可思議吸引住她，不驚不退。

趙青河，如今越看越是人如其名。他失憶之前的那段記憶彷彿冬河解冰，剎那奔騰，無思無想，率性到令人切齒咬牙。他失憶之後，無緒的急流引入正渠，仍奔騰，卻按潮汛，有緩有湍，更具張力。

她一眼不眨瞧著他的睡相，視線描過棱廓分明的臉龐，感覺他身上熱意，無聲蹭得更近，眼睛直勾勾正對著他的嘴唇。

不由得，她想起年夜船上那個親吻，心怦怦跳躍，一仰頭，她親到他。他是個硬棱鋼線的男人，俊得冷酷，不好親近，但他的唇那麼柔軟溫暖。她貼著他，不敢動，臉像火一般燒起，很快燒遍全身，燙得好像骨頭都化了水，唯有唇上的觸感，與心一起突突跳動，好似順流碰到逆流。明知是幻覺，卻那麼真實。

從何時起喜歡他，她不知道，只知這一刻，心意是確定的。如果今後都像現在這麼太平，她願意和他，一起過日子。

偷親，淺嘗輒止，她也不知怎麼繼續，悄然退開，卻見他睜了眼。

那雙眼，沒有刀般鋒利，春光勾勒了她的影子，清澈雋入，彷彿兩片琥珀琉璃屏，將裡面的影像凝結，留住一世又一世。

「妹妹……」一開口，聲音略嘶啞，他微瞇起眼，目光緊緊鎖住她，「做什麼？」

他這算不算低估了她？以為她嚴防謹守，萬分小心，走一步恨不得倒退兩步，必須由他來當纏郎，到死不放。方才，他學她打盹，正顛得一身難受，看她清醒，他就裝睡，結果唇上來香，蜻蜓點水，也回味無窮。不過，她要說是他的幻覺，他十之八九得接受。只可嘆，事情發生得太快，身與心沒出息，竟給他出現剎那麻痹，再想親近糾纏，已錯過最佳時機。

他心裡唉唉直叫喚，唯一能做的，就是事後清算。

「……」她蹙眉，紅暈迅速退去，眼睛轉悠悠，一副事不關己，「……你沒看見麼？」

「什麼？」讓他領教領教。

「烏龜咬你。」她一邊說，一邊點著頭，煞有介事的說道：「世上既然有熊咬嘴，烏龜咬嘴又有何稀奇呢？」

「……」他頓時啞了。

被她親，他可以撒潑耍賴，要她負責。她說是烏龜咬嘴，他還怎麼清算？燉烏龜湯來喝？更何況，他是最早開動物咬嘴先例的人，燉烏龜之前，得先燉了熊掌。

趙青河笑起來，從呵呵到哈哈，突然在她頰面親了一記。她這回反應迅速，一掌摑來。他卻更快，翻身而起，一腳踩住車門框，彎腰撐門，顯出高大偉岸，神采奕奕。

「這是我親妳，不是熊咬，所以妳千萬記得，一定要這麼報復回來，嗯？」

夏蘇氣結，「誰報復了？」

「誰說誰報復，就誰報復。」趙青河繞完口令，又扯到別的地方去了，「妹妹適才睡得辛苦，可見惡夢裡沒有我。」

有他，還是惡夢嗎？是吵鬧的夢吧。夏蘇心氣未消，卻禁不住一笑。

「但妳這會兒笑了，卻是因為有我。」趙青河說到這兒，見夏蘇冷眼白他，不以為意，「妹妹可想知道不做惡夢的法子？」

「不想。」不會聽到好話。

趙青河照說不誤，「古人云，日有所思，夜有所夢。妳時刻思我，我自會入妳的夢，就不再是惡夢了。」

夏蘇心裡彆扭得啊，卻只能哼笑，「你自己不妨先試試古人云，再來教我。」

「我試過了，妹妹在我夢裡美得很，又乖巧又溫馴，春光裡，妳在我腿上……」

春夢？夏蘇握了拳，蓄力待發。

「喵喵叫，翻著肚皮，四腳朝天，曬得好舒服。只不過，妳的臉，貓的身，還有尾巴，夢醒之後再回味，有些古怪。」

「趙青河！」雖然在車裡，夏蘇單手撐著，身體就像旋出一朵複瓣重樓的大花，眨眼就踢到趙青河面前。

趙青河人已竄出門簾，在外大笑，「妹妹醒了就好，快快整理妝容。不過，咱們可以猜猜，等會兒吳二爺瞧見妳這副睏倦的貓樣，心喜或心厭？」

夏蘇隔簾不動，略帶好奇，「他人的心思，可以猜，難說對錯。」

「這簡單。」趙青河笑聲大，話聲低，「今日吳二爺若提親事，就是心喜；若隻字不提，就是心厭。妹妹猜哪一個？」

車裡忽然靜了，趙青河也不追問。

駕車的喬生聽得字句清楚，卻輪不到他開口。他聽娘提起，才知少爺和小姐有婚約，不過一波三折，不是少爺糊塗，就是小姐不願，一直以兄妹相稱到如今。娘說，這麼下去，也可能當一輩子兄妹。

但他跟兩人到杭州這些日子，看著實在不像兄妹情，根本就是兒郎追著自己心上人，死纏爛打的無賴樣嘛。這麼纏法，本來有兩種可能，要麼成了，要麼分了。只是剛才兩人車裡那番對話，簡直弄得他想跳車，什麼烏龜咬嘴、熊咬嘴，什麼親你等報復，什麼思我入夢，連春夢都冒出來了，他覺得就只有一種結果……

「到了。」趙青河幫出神的喬生收緊韁繩，神情姿勢一派輕鬆。

喬生連忙接過手，慚愧自己真是有得學。想少爺頭回帶他和喬連到青樓打探消息，他們兄弟兩人被灌幾杯白酒下肚，就頭腦發昏，禁不起美色誘惑，失態還出醜，反觀少爺酒照喝，美人投懷送抱也不慌，談笑風生，達到目的便抽身，衣冠正目光清，絲毫不暈迷。

夏蘇出來，大方扶了趙青河的手跳下車，也是雲淡風輕之色，「我雖不覺吳二爺有求親之意，若真有，請你幫我推了。」

趙青河一聲好，如得尚方寶劍，「妹妹可還有別的話要我轉達？」

「沒有。」隨他怎麼說。

喬生卻打斷他們，奇道：「少爺看，那是岑家女娘嗎？」

吳其晗約趙青河兩人吃飯的地方，是杭府名勝裡的老酒莊，四代經營，外有多處古蹟，內有名人專留字畫，以及傳代古董舊物。這等春光明媚的大好時節，自然吸引了無數來客？

酒莊外堂仿唐築闕臺，烏漆大梁高頂，四面敞風，造有欄欄。喬生之所以一眼就看到了岑雪敏，因她正坐在面門的欄邊桌位，身著鵝黃春絲衫子，容貌那般出眾，氣質典雅華貴，分外引人矚目。

「巧了。」夏蘇道。

「巧了就好了。」趙青河這話，意味不明。

夏蘇因此多看兩眼，見岑雪敏那桌還有兩位女客，就覺趙青河多心，「聽九娘說，岑家在杭州有一間皮貨鋪子，她爹娘遠遊，想來要掌家業，出門會客也平常。」

「我並無他意，妹妹多心。」

好嘛，變成她小人了。夏蘇面色無異，「怪道岑姑娘有信心當長孫媳，原來也敢於走出家門，與客商斡旋，自有女兒膽色。」

「妹妹要不要跟她結拜？我竟不知妳如此推崇她。」趙青河笑她不遺餘力。

夏蘇一向不讓他，「我不過實話實說，倒是勸你別自以為是。岑姑娘一心一意要當主母，你卻是扶不上牆的狗尾巴草，定要仔細掂量，莫耽誤好姑娘一輩子。」

趙青河深有同感，嗯嗯點頭，「我不認識別的好姑娘，就認識眼前這一個，要耽誤也只耽誤她。」

夏蘇正想啐他，卻已走進莊子，看到吳其晗立身而起。

趙青河禮讓一邊，請夏蘇走前面。她打他身旁過去時，他不動聲色又瞧了岑雪敏那邊一眼，遂笑著跟她去，同吳其晗寒暄落座。夏蘇很敏銳，卻有一種特質，尤為中他的意——無憑無據就不信口開河。

酒席過半，夏蘇就說她吃飽了，看外面有個雜耍班開鑼，想去瞧熱鬧。興哥兒自告奮勇陪著，喬生也去，一桌只留一客一主。

主人終於好說正事，不算直接、不算太繞，「青河兄，夏姑娘過年二十，你這個兄長該著急她的婚事了吧？」

客人卻打哈哈，「自古長幼有序，我尚未成親，蘇娘自然要等一等。與二爺也是老友了，我就打開天窗說亮話，這事已與蘇娘商量過，她的婚事等明年再說。」

吳其晗抬眉又攏成川，再展開了，笑道：「可以先訂親。」

若夏蘇是自己的親妹妹，吳其晗會是最佳妹夫。他是真君子，尊重夏蘇，也欣賞自己，合作迄今，商人精明是公對公，私人交往卻誠心飽足。這讓原本想含糊過去的趙青河突然覺得，自己要是在這等事上藏心眼、耍心機，有違朋友之道。

「不敢再瞞二爺，蘇娘與我實有婚約。」趙青河誠懇。

吳其晗竟無半分詫異，笑意仍在，不依不饒，「你們兩人既有婚約，為何還未成親？」義兄妹，同一屋簷下住著，互動默契，若說那兩人之間什麼都沒有，他真有些不信。趙青河說穿了，他反而也能正大光明。

趙青河也笑，再不遮掩，「二爺不是知道嗎？我從前有一筆糊塗爛帳，惹惱了蘇娘，婚約雖存，信譽卻毀，如今一切從頭，以一年為期，要觀我後效呢。」

後半席的熱菜上桌，夥計下去，吳其晗才道：「青河老弟既然實心實意，我再試探來去反倒無趣。我其實喜歡夏姑娘得緊，願明媒正娶，許她為妻。」

「二爺好魄力，我以為說出與蘇娘的婚約之事，你就不提了。畢竟，二爺若不親口承認，誰也不能說你喜歡了蘇娘，而我權當不知，今後可以照常往來，如好友一般。」

桌上新菜白氣蒸香，兩人皆不動筷，似談笑，烏雲無形，雷電無聲。

「窈窕淑女，君子好逑。天下能動我心的姑娘，不說只有夏姑娘一人，卻寥寥可數，但讓我想娶為妻的女子，唯有夏姑娘而已。千金難買心頭好，更何況是相伴一生一世的妻，怎能不戰而退？」笑面溫文儒雅，辰星漆眸之中展現自信毅色。

「二爺大氣，實在對足我脾胃，待蘇娘的心意確定，我願以命相交，引二爺為此生摯友。不知二爺可願給這個機會？」男人友情，與愛情一樣難得，吳其晗表面看來只是華麗家族的華麗公子，實則世家中的異類，具有跳脫這個世道的別樣明睿。

吳其晗神情忽狡，「青河老弟，摯友之交可以等，當務之急是終身大事，而你穩操勝券的語氣，我亦不以為然。依我瞧來，你雖有近水樓臺之優，卻也有爛帳未清之劣，適才聽你說到一年為期，想來蘇娘若至年底還不點頭，你今後也無望了。我固然失了先機，甚至蘇娘對我尚無任何心思，只是誰又能預見一年後的情形。那邊一位容貌出眾的女娘對你偶有顧盼，莫非正是你早前的糊塗帳？」

趙青河一眼不望，磊落朗朗，「那位正是岑家女娘。」

吳其晗沒再望過去，又不顯驚詫，只是奇道：「怪了，我聽聞她對你無意？」

趙青河終究沒說自己的身世，不過呵然一樂，「我也如此聽聞的。」

吳其晗看不出趙青河有一絲迷惑留戀，「岑姑娘美名享譽蘇州府，才藝出眾，當初你求之不得，如今她垂青於你，你反而不要了，卻是為何？」

「我已記不得。」趙青河想，自己恐怕得一直重複說失憶。

「是了。」吳其晗這才想起來，作扼腕嘆息狀，「青河老弟要是還記得，你我也不用爭同一位姑娘，各得所求，作得摯友，也作得親戚。」

趙青河聽出吳其晗絲毫不讓的暗示，心頭苦笑。縱然夏蘇讓他幫忙推了吳其晗的心意，他也可說出與夏蘇多親密，嚇退對方，只是他的名聲無所謂，夏蘇的名聲卻不能不顧。

「二爺，既然如此，你我各憑本事罷，蘇娘一向有自己的主意，誰也不能左右。」

若非兩情相悅，耍手段，施卑劣，只一心殺退情敵，絲毫沒有意義。

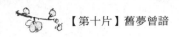

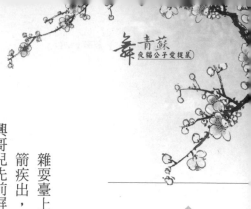

第十一片 一鳴驚人

雜耍臺上，一名大漢開弓，一名少女立靶。

箭疾出，不偏不倚，射中少女頭頂果盤上的麵泥桃子，掌聲即刻如雷雨，叫好聲迭起。興哥兒先前屏息，這時跳起，拍得手掌發紅，仍不停喝采。

「夏姑娘瞧見沒？那是真箭！真箭哪！要是射技不高明，就出人命啦！話說杭州府裡，沒有二爺和我未逛過的地方，不過這麼精彩的雜耍班子卻是難得一見。看那漢子好不高大，可能是從北方來的，夏姑娘是不是在北方常見……」大漢和少女謝臺，他才有空瞄身旁一眼，誰知兩邊都換了生人臉，不由愕然，連忙踮起小個子到處找，同時喊：「夏姑娘——」

萬頭鑽動，沒有夏姑娘，也沒有喬生。興哥兒叫聲娘呀，拔腿要報信去，卻被裡三層外三層的看客擠得大汗淋漓，也不過從左移到了右。

不提那可憐的興哥兒奮力游人海，夏蘇並非故意甩了他，而是事出突然。興哥兒聚精會神看雜耍，她又沒怎麼在意，想那麼大個人，也不會迷路，就只帶上了喬生。這時，她其實離酒莊不遠，走得不緊不慢，因前頭那輛馬車也不緊不慢。

沒錯，夏蘇正在跟蹤，不過與馬車無關，與馬車裡的人有關。

「小姐，車停了。」喬生提醒著。

夏蘇轉到喬生身後，側望過去。

車裡下來一對年輕人，郎才女貌，氣質皆佳。俊郎如蘭中君子，對纖柔的美人呵護至極，連走平地都要攙手挽臂，恨不能抱在懷裡才能安心行路。兩人這般親密，雖引路人旁觀，卻視若無睹，走進一家製衣鋪子去了。

誰也不能否認，這是天造地設的一雙佳偶。不過，恩愛夫妻固然能讓人羨慕，一旦揭穿那層男未婚女未嫁的關係，可就不得了。更別提，男方即將與別家女娘訂下婚約。

剛才只是匆匆一瞥，這會兒再度看清了，夏蘇反而有點不確定，想找人確認：「喬生，那是趙四郎吧？」

喬生很確定，「正是。」

夏蘇嘆口氣，「那姑娘……」陡然想起來情詩事件發生的時候，喬生還沒進趙府。

「小姐？」喬生一路跟著夏蘇，心裡還奇怪一事，看似淡慢的姑娘，怎會對趙四郎突然上心起來了？

那姑娘分明就是胡氏女兒。儘管夏蘇只見過她一面，夜間光線不清，容顏並不大真切，但一個人走路的形態是很難改變的。那女子小腳蓮步頗從容，身段婀娜也端莊，獨有一種美麗韻味。

「數日前，老子就聽九姑娘說起，她四哥已經搭船上京。喬生，你跟我，四隻眼，會不會讓西湖亮瞎了眼，同時看錯了人？」夏蘇處於自言自語狀態時，言辭往往犀利，「老子」都敢冒出來。

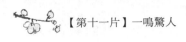

喬生雙肩往後掰，刻意立得筆挺，「小姐，咱不會看錯的。」

「那麼，趙四郎跟一個姑娘剛剛確實進了製衣鋪子？」夏蘇仍不自信。

「是。」喬生則乾脆。

「該去趕考的人，卻在風光無限的地方，與一位姑娘在一起。」夏蘇平鋪直敘，情緒無波，「你說，我們該不該管呢？」頭腦讓她別管，心裡卻讓她多瞭解一下。

「也說不上管，四公子與少爺是同父異母的兄弟，這回又是一船來杭州的，已經出發的人居然又回來了，於情於理，咱該關心關心。」喬生的回答正對夏蘇的心意。

「沒錯。」她決定拿回雞毛當令箭，「不然，我們就算想當瞎子，畢竟沒真瞎，今後出了事，論我們知情不報，逼得趙青河認祖歸宗，也實在麻煩。」是了，趙青河作為一行人的老大，趙四郎若非正常脫隊，會連累他，進而引發一連串後果。

「……」大驢常說，家裡嘴皮子最厲害的，不是少爺，也不是泰嬸，而是蘇娘，不經意間，磨刀霍霍架到脖子上，勒住喉嚨不能發聲的感覺。現在，喬生有了這種感覺，他完全不知她怎麼想的，能從趙四郎帶個姑娘逛鋪子，跳到瞎不瞎的問題，再歸結到少爺認祖歸宗的事上，而那明明是好事，她卻說是麻煩。

「走，把趙四郎抓回去吧。」夏蘇話音落，身一搖，就出半丈遠。

「……」喬生正呆想，他不過眨了一下眼皮，發生什麼事，這就成了抓人？「小姐，抓人不必吧？妳先回少爺那兒，我來跟著四公子，查出他落腳……」呃，人呢？

他揉揉眼，發現人已立在鋪子門口，暗罵自己豬頭蠢，趕緊跟過去。

夏蘇一進裡面，就有夥計來接待，問她是做衣裳，還是看料子？

她本想不理，在堂間看不到趙子朔，臨了就改主意，開口道：「我同剛才進來的那對客人是一起的。」

「來做喜服的那兩位客人？」夥計眉開眼笑的。

喜服？夏蘇差點噎著。

喬生總算比夏蘇快一回，「是啊。他們人呢？」

「我家師傅帶兩人到後頭量尺寸，應該很快就出來了，你們要坐著等，還是幫他們看看料子？」夥計不疑有他，熱烈拉著生意。

「我們站著等。」喬生也回過味兒來，趙四郎如果同人私奔，少爺說不定會被人說成圖謀家產之徒，不是認祖歸宗，而要掃地出門了。

夏蘇和喬生雖然所想所思完全不同步調，所幸結論一致，都覺得直面相對，當庭對質之下，會令對方無法詭辯。不過，好笑的是，喜孜孜的準新郎趙子朔，同心上人相看兩不厭，從裡堂出來時，全副心神仍沒回身，壓根沒注意「黑白無常」前來捉拿自己。

「四公子，小心臺階。」直到「白無常」，不，夏蘇，不識好歹地打破這對鴛鴦眉目傳情。

夏蘇的聲音和緩慢音速有神奇的說服力，趙子朔還真看腳下，倒是他一心一意護著的女子正過面容，與夏蘇直視，隨即盈盈一禮。

「夏姑娘好。」胡氏女兒的音色也美，與夏蘇的柔聲不同，溫和輕揚，如煦風。

夏蘇微訝，不知胡氏女兒怎會知道自己？

「夏姑娘或許不記得，前年盛暑的一夜，府裡姐妹們起詩社，我曾瞧見過妳一回。」

那晚，身後明燈彩暉，姐妹們笑鬧太吵，她自覺融不入，獨坐外面水亭子，卻見塘邊一個姑娘，手裡一盞千里江山的畫燈。

她因畫看人，竟覺那姑娘容貌極好，待再看，已燈遠影杳。恰好有個守夜的婆子經過，嘀嘀咕咕說青河少爺家的僕人都古怪，她後來才打聽出那家有個叫夏蘇的大丫頭。等過了兩年，再從趙子朔的口裡聽到蘇娘這個人，居然是趙青河的義妹。她也不知為何對夏蘇的印象那麼深，那位挑著畫燈的女子一直在腦海中，黑夜中色彩鮮明。

「我也看到妳了。」夏蘇慶幸那晚她入趙府接泰嬸，衣著正常。

兩姑娘好似舊識寒暄，找不到臺階的趙子朔，終於發現了事態嚴重，對胡氏女兒道：「燕燕，妳先上車等，我隨後就來。」

「四郎，我就在這兒吧，想來夏姑娘是要對我們說話。」胡氏女兒，姓秋，閨名燕燕，人稱燕娘。

「我只對四公子有話說。」然而夏蘇並不是隨便被捏圓搓扁的人，她和趙青河都是，經歷坎坷，內裡極其堅毅，「姑娘還是聽四公子的，先回車上得好。」

胡氏女兒沒想到夏蘇這麼難討親近，「以為夏姑娘通情達理……」

夏蘇淡漠，「我與妳只見過一面，即便四公子提過我，也絕不會用到通情達理這個詞。姑娘不必討我親近，我找四公子，只為問些事罷了。」

胡氏女兒雙頰緋紅，更想不到夏蘇說話這麼直接。她不知，夏蘇在處處心機的環境中長大，直接關係到生存與清白，險惡萬分，非一般內宅爭鬥可比擬。

夏蘇不惡，最擅長夾縫中求生存，防心讓她生出龜殼，堅硬難啃。她看出胡氏女兒雖無惡意，對自己也無真正的相交之心，比趙九娘有沉府得多。她無意與對方客套，故而一反常態，說話不留餘地。

「夏姑娘請適可而止。」趙子朔見不得心上人委屈，挺身護花。

「適可而止的，該是你。」夏蘇冷然，「四公子那日在船上，說我義兄一鳴驚人。我說他與他爹像，你說你也像你爹，我就覺得奇怪了。原來，四公子是準備如此一鳴驚人呢。」

趙子朔也不管掌櫃夥計睜著大眼瞧，「我負心不是，不負心也不是，早先夏姑娘言辭咄咄，到底為哪般？」

夏蘇也不怕人聽，「四公子的書白念了，連什麼該做、什麼不該做都搞不清楚。當初，這姑娘蒙受不白之冤，你冷眼旁觀。如今，情深意重私允終身，卻又置這姑娘何地？」

「妹妹同他囉嗦什麼！」趙青河大步跨入，冷笑道：「直接把他捉回去就是。」

夏蘇真是鬆了口氣，退到趙青河身側，「你怎麼知道來這裡？」

「喬生留了記號。」趙青河低語，「卻把興哥兒嚇壞了，以為妳讓壞人擄去。他和二爺在鋪子外頭等，妳去報個平安吧，好讓他們放心回府，這裡我自會料理。」

夏蘇應聲，出去見吳其晗去了。

回府的路上，興哥兒發現，比起他今日上躥下跳的小心肝，二爺的心情顯然不錯。他知主子打算，就以為喜事有望，拍著自己的瘦胸膛，好似把心放回肚裡。

「二爺跟準大舅子聊得那麼歡，咱回去是不是能找媒婆提親了？」不容易啊，雖然以他的腦袋瓜，想不通他家主子為何至今討不著老婆，也想不通夏姑娘比別家姑娘好在哪兒？

吳其晗笑了。

興哥兒眼一亮，果然有門。

「你小子欠揍是不是？」吳其晗這笑突然陰森，「哪兒來的準大舅子？分明是情敵。找最能說會道的媒婆去，也抵不過趙青河一分私心。」

興哥兒大吃一驚，「情……情敵？青河少爺不是喜歡……」誰來著？

「他死裡逃生，回過神來了。」吳其晗輕描淡寫，「這事還得夏姑娘自己說了算，只是……」夏蘇望他的目光，太清澈、太坦蕩，簡直能讓他對自己肅然起敬，這可不是他想要的。因為，任何男人，在心愛的姑娘眼裡，絕不能以正經來論，反而令她們心揣小鹿，輾轉反側，一字曰壞，才是對路。

從尊敬到情愛？一向在男女之事上吃得開的吳其晗，竟覺長路漫漫。然而，每見夏蘇，自己的心情又不受控制，實在無法就此放棄。

興哥兒比主子有信心，「二爺不必憂慮，趙青河喜歡別家姑娘在先，夏姑娘那麼潔身自好的人，未必瞧得上他。」

吳其晗卻一點沒得到安慰，手拍興哥兒的後腦杓，催馬快行。

興哥兒頓然省悟，哎喲，趙青河喜歡過別人，他家二爺又何曾是癡情種？這個樓那個館的，也有願意為之一擲千金的紅顏知己。相比之下，趙青河還要單純些，不過是自己一廂情願，人家姑娘壓根沒搭理。

「二爺欸——」他追上自家主子，「媒婆可以不找，您的心意總得讓夏姑娘知道吧？不然更沒戲了。」越想越懸，趙青河可不是省油的燈。也不知道是否因為生在北方，趙青河的男兒氣概好不威武，同二爺約見了幾回，一到那種鶯鶯燕燕的場合，女娘們的媚眼兒紛紛往他那兒勾，比二爺的桃花運有過之而無不及。

「你以為夏姑娘不知道？就算她不知道，趙青河也會讓她知道。」就是那樣的對手，占盡先機，還懂未雨綢繆，瞭解夏蘇聰慧，要小心眼不如以退為進。

剛才夏蘇出來報平安，舉止卻越發謹防，左一句趙青河說，右一句吳老闆走好，連二爺都不道了，倒退到兩人初識時。要說她不知道，哪會有這種反應？偏偏他瞧她那樣子，居然還是喜歡得很，心甘情願自找罪受，唉——煩哪！

吳其晗煩著，趙青河不煩，從衣鋪換到胡家，穩坐如山，氣定神閒，顯得趙子朔和胡氏女兒有如砧板魚肉，神情更加惶惶。

讓夏蘇另眼相看的，是沉靜微笑的胡氏。

胡氏體弱多病，泰嬸常去為她診脈，只道大病沒有，就是天生一副單薄身子。但這樣一位羸弱的母親，在女兒蒙受冤屈時成為強大支撐，果斷離開是非地，而不是拿女兒的名節大做文章，即便家財萬貫卻低調的為人處世，無一不顯出她的明智。

「青河，咱們又見面了啊。」胡氏開口，且不忘夏蘇，「夏姑娘，我倚老賣老，直接以蘇娘稱呼，妳不介意吧？」

夏蘇不語，對方並沒有給她可以介意的餘地，點不點頭都一樣。

「胡姨別客套了，跟我們說一說這回事，如何？」好在，趙青河也擁有強大的氣魄，遠遠壓得過胡氏，哪怕對方是長輩。

「有什麼可說的，不都在你們眼前了麼？」胡氏的笑容居然親切，「四郎請媒說親，合過了八字，交換了信物，哪樣禮數都不缺，如今就待三日後的婚期。做喜服，也是因四郎那邊沒準備。巧了，一出門就讓你們兄妹碰上，這樣最好，喜堂上能有四郎家的親人。」

不知怎麼，夏蘇想笑，嘴一抿。

正讓趙青河瞧見，「妹妹別自娛自樂，也讓我跟著樂樂。」要論繁文縟節，別說私訂終身，就是趙子朔把人肚子整大了，他也不驚不訝，所以不適合先論。

夏蘇就道：「四公子父母健在，卻私自約婚，無論哪一樣禮數都不算。您是長輩，應該比我們這些小輩更明白其中道理，竟然將錯就錯。分明是私心使然，卻說得冠冕堂皇，怎不好笑？」

趙青河附和：「的確好笑。」雖然喜歡妹妹對別人牙尖嘴利，但也不讓她處於風高浪尖，免得被人攻擊，於是接過話來，「胡姨，就算小輩兩情相悅，您開明想成全，也不該如此行事。四公子是要去趕考的人，十多年寒窗苦讀，眼看一朝就要得志，這節骨眼上走歪了道，您要怎麼跟尚健在的親家老爺夫人交代呢？縱然，我十分明白您想把四公子當成孤兒的心情。」

胡氏涵養再好，聽得也變了臉色，「這話怎麼說的？莫非你們以為我願意讓自己女兒這般不明不白嫁了人？」

這下，輪到趙子朔煞白一張臉，胡氏女兒眼見著心疼，「母親，別這麼說。」

胡氏對女兒苦笑，「怪只怪妳父親死得早，又無兄弟能替妳出頭。我雖知成全妳不對，蘇娘卻說得不錯，確實是我一己之私，作為娘親，不忍見妳日夜傷心。罷了，這事既然讓趙家的人撞上，實在是天意，趁此時還來得及，妳與子朔到此為止吧，就當這幾日美夢一場，從今男婚女嫁各不相干。」

「胡姨，萬萬不可。我對燕燕真心一片，今生今世不相離。況且，您已經答應的事，怎能反悔？」趙子朔滿面懇切，「我再說一遍，我自己的婚事，自可作主，爹娘將來若不認燕燕，我也不認他們，老死不相往來便罷。此話天地可鑑，絕不食言。」

他說完，轉身面對趙青河和夏蘇，怒氣橫生，「我與你們兩人又不相熟，何需你等多管閒事？」

夏蘇心想，這是合夥唱戲呢。

趙青河沒想法，很稀奇地看著同父異母的弟弟，「誰說我要管你的事？我分明一直在同胡姨說話，眼珠子都沒朝你那兒轉過去，你不必特意衝著我來。」

趙子朔頓時啞了。這位可憐的未來狀元郎，自從人生中多出一個大哥，天之驕子就變成熱鍋裡的餃子，處處不順心，隨時顛來倒去，無所適從。

「不過，你既然要跟我講道理，那我也就不吝賜教。」

不吝賜教可以這麼用？夏蘇又想笑。

趙青河卻開始「賜教」了起來，「你學誰一鳴驚人？好的不學，非學不像樣的。且你嘴上說得濃情蜜意，我只替這對母女抱屈，又不是不正經出身的姑娘，明明清白的良家女子，你何故不能稟了父母明媒正娶，要偷偷摸摸成親？有遠走高飛的決心，無替心上人爭取雙親點頭的勇氣，實為懦夫。你這麼想學某人，看來最終還要學他拋妻棄子，到頭來仍回家去當聽話兒子，改娶門當戶對的女子。只不知，胡姨的女兒將來會不會像我娘那麼慘，要千里託孤，抱憾終生？趙子朔，教訓別人之前，先管好你自己，究竟是真心，還是自私，搞清楚再當癡情種……」

趙青河越說越激憤，夏蘇感覺河堤決口，知是他傷痛最深，親身經歷，一番肺腑之言。但胡氏女兒哭著跑了出去，趙子朔被「教」得臉色變青變紅，要不是惦記著心上人，俊哥大概下一刻就會化身豺狼虎豹撲來咬，而不是出去追姑娘。

她拉拉他的袖肘，「每個人的命運皆不同，點到為止就好。」

趙青河瞪出紅絲的雙眼垂看袖上素手，淡淡一抹苦笑，即刻沉默。不過他說得已足夠多，引得胡氏神情凝重，眸裡沉思。夏蘇暗嘆，就怕連唯一支持趙子朔的人都沒有了。

她認為趙青河說得在理，只是趙子朔也沒那麼壞。出生以來一直很順當的人，敢於追回心愛的姑娘、敢於許諾一生情、敢於自己作主成親，其實是值得嘉許的，儘管衝動有餘，思慮不足。

胡氏卻忽然笑了，「青河，你這話說說閱歷淺的年輕人或者可行，想說動我，卻不容易。子朔與燕燕真心相許，我家財豐厚，幾輩子都花不完，根本無需擔心親家，只要女兒開心就好。不明就裡的人，以為趙氏名門望族高不可攀，我則十分不以為然，不過是一處龍潭虎穴，沼泥深潭。若非看在子朔必登科為官，不會常留本家……」話未完，意味深深，笑轉了冷。

「胡姨怎的也不信我？」趙青河好似不曾激憤過，「我無意拆散一對良緣，甚至願意助兩人一臂之力。您上回已提及，趙府有不可見光的幽潭，一不小心都會被陷進去，離開興許還是幸事，如今又說龍潭虎穴，沼泥深潭。果然不枉我來一趟，請教胡姨究竟是何意？」

胡氏眼角瞇尖，神情頓然了悟，「原來，你為此多管閒事。」

趙青河道聲，好說。

夏蘇一聲不吭，坐下來，慢慢品茶，因畫匠多愛旁觀，圍觀，各種觀。

第十二片 有龜有河

夜空清朗，無月星明，風輕暖。

西湖某處的避雨亭上，開了一個麵攤，燈火澄澄。

剛走一批客人，此時才靜。

白鬍子老闆不僅賣麵，還賣畫，那麼一幅幅掛著，當作蓬蓽，頓時風雅。

夏蘇獨坐一角，專心吃一大碗肉燥麵。好麵要好湯、好澆頭，這家看似普通的麵攤子做得精道，實在是意外之喜。至於這些參差不齊的畫卷，她卻刁挑，看過一眼便罷。

麵香自引人，不到片刻，又進來幾名夜遊的客人，點完吃食，再繞亭子看畫，七嘴八舌笑評好壞。

有人咦道：「各位來瞧，這麵攤上還有溪山先生題跋的畫，若是真的，還得了？」

老闆不在意地自嘲，「客人們瞧個熱鬧就是，要是真本，小老兒還擺什麼麵攤。」

夏蘇望去，原來這幅畫與別的畫疊在了一起，這時讓那幾人翻出來，所以自己之前沒看到。這會兒瞧見了，章印題跋和留字不怎麼清晰，但畫為宋風，青綠設色，遠為蒼山險水，近有綠坡小宅河邊路岸，格局大氣，色彩濃郁，華麗又熱烈，似極那時皇家畫院盛行的筆

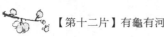

法。她仍只看一眼，繼續低頭吃麵，不是真假易分，而是畫面過於眼熟，不覺有趣。

另有人道：「這是《說墨笈》上的畫，能仿成如此，實屬難得。」

「要說近年畫市最熱，便是《溪山先生說墨笈》上的畫了吧？因皇上點了名，宮裡年年抬著價往外徵，民間畫商跟尋寶似的。去年，〈江北卷〉裡的一幅畫現世，傳聞黑白兩道爭搶激烈，還死了人，最後曇花一現，下落不明，只知叫價到三千金。」又有人道。

「真跡咱們是無緣瞧了，仿畫也不錯。」一人笑道：「老人家，這畫你賣多少錢？」

白鬍子爺爺挺會做買賣，識眼色，趁機坐地起價，用詞都文雅起來，「真跡貴無價，仿跡不便宜，五十兩……」嘿嘿樂，「銀子就行了。」

「通寶銀號的票子，收不收？」大概是外地客，很是爽氣，不討價還價。

「不收。」老爺爺擺手，「小老兒老眼昏花，不識票子，只識真金白銀。」

「得。」口音果然是北方來的，「給您金子吧。誰身上能背五十兩重的銀元寶？」

夏蘇斜睨，見一錠小小金錁子。

老闆高興極了，將金子收妥，摘下畫，捲好了，雙手奉給客人，喜孜孜煮麵去。

夏蘇只和那幾人隔開一張桌，聽買畫的客說起京師名寶鋪子都在收購《說墨笈》上的畫，仿畫若好，也出得了高價，五十兩不算貴，云云。

這時，斜對岸的涵畫館讓她分了心。館裡的夥計開始上門板，客人們陸陸續續走出來，生意不錯。

直至夜色全然籠罩，鋪子再不漏半絲燈光。

吃完一碗麵的工夫，就有四五名客人捲軸而出。

也沒什麼異樣。

夏蘇冷眼淡然，心思卻不禁回到胡氏說起的事上。

胡氏夫家富有，子嗣凋零，丈夫一死，親族貪念不斷，打她們母女倆的主意。胡氏不得已，將所有田產鋪面換成現銀，帶了女兒遷到蘇州。

說到胡氏同趙大夫人的關係，其實壓根不是遠親，不過娘家與趙大夫人的娘家同縣，老一輩之間有些來往。胡氏幫趙大夫人娘家捎帶書信，趙大夫人見孤兒寡母無依無靠，又見胡氏品德端良，就留她們住在趙府，僅此而已。

胡氏頗有經商之才，很快著手買了鋪面，做回原先的珍寶古董買賣。她一面保持精明，一面裝不精明，也存了給女兒找趙家兒郎為夫的心思，故而顯露部分值錢家當，通過大夫人，寄放在趙府府庫裡。

約莫一年半以前，鋪裡新貨延誤，胡氏急忙從庫裡取了一批古董，暫充門面，不料竟讓經驗老到的大掌櫃看出其中有假古董。而當初寄放府庫前，這些古董都經過大掌櫃的眼，分明是真品。至少，大掌櫃確信，自己一雙眼鑑同一件古董，不可能看出兩種結果來。

胡氏懷疑府庫管事手腳不乾淨，自然將這件事原原本本告訴趙大夫人。

趙大夫人顧慮到庫房有二房的勢力，沒有證據確鑿之前，不想落二房話柄，決定先暗中查實。她也建議胡氏再找其他古董鑑師看一看，若確定東西變假的了，她絕不姑息。

接下來就奇了。

隔日，胡氏請別人來鑑，那幾件假古董居然又成真古董，連大掌櫃也無話可說。真變假，假變真，讓人摸不著頭腦，可胡氏也只好同趙大夫人賠不是，說是她搞錯了。

事情雖說過去了，胡氏卻覺不安，直至將寄放的東西分批取出，沒再發生同樣的情形，才真正放心。

時日一久，當胡氏開始相信是她家大掌櫃瞧走了眼，到外地進貨的大掌櫃卻帶回幾件東西。那些東西，正是早前真假變來變去，那幾件古董的仿品。它們製作精良，七分似真，連小磨損都跟真品相似，怎麼看都不是巧合。

大掌櫃說，極有可能有人調包，藉真品製造更精良的仿品，牟取暴利。

胡氏就想到趙府銀錢緊缺，又覺趙大夫人在此事上態度懈怠，便懷疑不是管事手腳不乾淨，而是趙大夫人鋌而走險，做著見不得光的行當。

胡氏產生這種懷疑沒多久，女兒就被情詩事件牽連，趙家暗示母女倆靜悄悄離開蘇州。胡氏順著女兒的心意多留了一段時日，卻怎麼都不願意替女兒力爭，反而覺得這是遠離趙家的機會，也不引任何人懷疑。

說趙府深潭那一番話，本是胡氏實在氣不過，僅洩了一絲疑慮。她不知，趙青河的眼和耳，跟普通人不一樣，最能聽到看見這些話外音的心裡事。

趙青河一直沒忘，只以為沒有機會再問清楚，卻託了他家妹妹的好運氣，將私訂終身的趙子朔逮個正著，讓他能順藤摸瓜。他不但真對趙子朔的婚事沒興趣，而且還料定胡氏愛女心切。這樁婚事既是板上釘釘，如果他能幫她女兒爭取趙大老爺點頭，胡氏自然願意和盤托出。果真，如趙青河的預料，胡氏說出了一切。這回，她還直指趙大夫人就是操縱者，不僅憑著臆測，還道出有名有姓的三個關聯人物——魯七夫婦和涵畫館方掌櫃。

魯七娘子那時就在趙大夫人院裡做事。胡氏和趙大夫人差開堂中僕婢，說古董調換的事

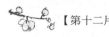

情時，胡氏的丫鬟曾見魯七娘子立在側牆窗下。此其一。

其二，這批古董的經手人正是魯七。

雖然多說魯七是二老爺安排在庫房的人，可胡氏聽女兒說起，魯七娘子來湊詩社的興，曾唱過一句她家鄉的小調，十分地道。魯七娘子若和她同鄉，也就和大夫人同鄉。兩人認識很可能在二老爺用魯七之前，便有魯七故意接近二老爺的可疑了。

胡氏的大掌櫃買進假古董之後，用心查了一下，居然找到假古董的作坊，偷瞧見了那間作坊掌事的人。胡氏為了女兒隱居杭州，照做古董生意。涵畫館開張不到半年，吸引客人的花樣層出不窮，不用胡氏說，大掌櫃就打探過了。結果很驚訝，假古董作坊的掌事竟成了涵畫館的掌櫃，原來叫方正。

夏蘇是知道趙青河一些推斷的，胡氏所說讓他的推斷更為精確了。

主謀與趙府之間的關係必然緊密。不過是否為趙大夫人，還要有事實憑據，並非直覺感覺，或偶然一句鄉音，就可判定。

夏蘇放下筷子，起身倒了一碗茶，仍坐回老位子，抿著抿著，嘆口氣。

她自不能說趙大夫人是慈悲大善。作為妻子和母親，趙大夫人的私心只不過比別人藏得巧妙而已。對她、對趙青河，趙大夫人的溫和寬容都帶著前提和條件，她看得再清楚不過。只是，殺人越貨，偷盜販人，大規模造假，又大範圍詐騙，大明律能判砍腦袋的罪，皆由趙大夫人策謀？

夏蘇實在不能說服自己。

這夜，她獨自出行，一來散心，二來想等夜深人靜，探一探這間涵畫館。

就像當初桃花樓芷芳之死，趙大夫人是否為主謀，其實並不關她的事，可是總覺得心裡放不下。恰好都涉及古畫，是她相當自信的地方，就想做些什麼。

「是個姑娘家哪。」隔桌那幾個客裡，有人留意到夏蘇。

「江南獨有的風情。」一人道。

「這要在京師，又非大節小節的，夜裡還跑出來，全不是正經女子……」

他們低笑著，議論起來。

夏蘇不想被這些人注意，數了銅板放桌上，同老闆打過招呼，走下亭去。

客人裡有風流大膽的傢伙，追出去想搭訕，卻撓著頭髮跑回來，直道奇怪，說那姑娘已經沒影了。白鬍子老闆笑哈哈，湊趣說起西湖畔桃花精的傳說。

那邊傳說還沒講完，這邊桃花精已站在涵畫館裡。

夏蘇來過一回，鋪堂掛的畫她大致瞧過，多是當朝字畫作品，若是古名畫，均註明摹作，沒有一幅以假頂真的贗品，切切實實做正經買賣的書畫鋪子。

不過，那回她未見到方掌櫃，今夜不知能否看到本人？

夏蘇步入後園，藉假山樹木隱藏身形，觀察到園子不大，廂房分為兩處，以內牆分隔。一邊能聽到絮絮吵音，大概是夥計們的住處；另一邊燈色昏黃，園門落鎖，似乎寂靜。

她翻牆而入，見這邊廂房要造得講究些，就猜是方掌櫃的住處，再上屋頂掀瓦瞧了瞧，挑一間看似辦公的屋子，無聲落地。

靠牆造了兩面長櫃，另一面整整齊齊擺放著七八個大木箱，無論櫃子還是箱子，都上著重鎖。南角那裡有一張又寬又長的大桌，桌上好些卷軸，也疊得很好。

桌後的置物櫃上，擺放好些短蠟，文房四寶一應俱全，還有數量可觀的書籍，可見在這裡做事的人不但勤勉，還孜孜學習。

夏蘇選了幾卷畫，看過卻無特別之處。畫不錯，出自當朝，只是書畫這東西，永遠古比今貴。

她又在屋裡摸索了一陣，既沒找到可疑之處，也沒發現暗格暗門之類的，想來方掌櫃這種慣走夜路的人，明面暗地都小心。

忽聞園門響動，夏蘇難得不驚不乍，聽了一會兒腳步聲，冷然再環顧這屋子一圈，躍身上去。

沒過多久，屋門被推開，燭火照起兩道影子，一道屬方掌櫃，另一道是高瘦如竹竿的男人，年紀三十出頭。

「老紀，你去大東家那兒一趟，把我剛才同你說的事稟報給他。這是三月的帳，順帶幫我交了吧。」方掌櫃從抽屜裡拿出一疊本子，不似只有涵畫館一家生意。

「魯娘不是要稟告？莫非你又不信她？」竹竿男聲音陰沉。

「她做事狠勁有餘，見財易起意，心計又不足。我一提卞家的畫值幾萬兩銀子，她眼神就貪了。怕她跟大東家不會好好說明白，還是由你跑一趟比較好。」方掌櫃擺起筆墨紙硯。

竹竿男狠道：「女人做事憑情緒。就說那趙青河，到底還殺不殺了？依我看，他和他義妹皆棘手，最好還是幹掉。他們之前，咱們一直做得順風順水，沒出過岔子，如今由他們找了多少麻煩，官府就追在咱屁股後面跑，要改做正經八百又不賺錢的買賣。」

「小心點總沒錯。再說趙青河記不得從前事，又是趙峰親兒、趙氏長孫，真弄死了他，只怕趙峰不會善罷甘休。趙氏勢力伸至京師，還有誠王爺撐腰，一旦成為朝廷的眼中釘，死無葬身之地。在轉做正行這點上，我同意大東家，覺得是時候了。你卻同魯娘一樣，愛舔刀尖尋刺激，但趕緊改了吧。」

擱在軍中，方掌櫃儼然是睿智軍師。

竹竿男撇一抹冷笑，「要是趙青河突然記起來了呢？」

「記起來也無妨，只要我們徹底收手，他沒有證據又能如何？」方掌櫃不笑，好似天生一張規矩的臉，「所以我才擔心二東家，怕她又挑撥了大東家，走回老路上去。你快去吧，大東家若下定決心，誰也別想讓她改主意。」

竹竿男拎了放帳簿的包裹往門口走，忽然回身，挑眼抬頭，往梁上一瞪。

方掌櫃順著他的視線也望上梁，卻不知他瞪什麼，「怎麼？」

竹竿男收回視線，「沒什麼。老方，你真打算一輩子聽那兩人的話了？想當初，老大敬你如上賓，眾弟兄尊你為二把子。老大一死，魯娘都躥到你上頭去了。一個大東家，一個二東家，你連個老三都撈不上，當個狗屁掌櫃，替人跑腿啊？」

「大東家十分信任我。至於魯娘，她就這脾氣，一向自以為是老二。大東家雖讓著她，心裡卻是有數的，不然也不會交代我帳本莫經魯娘的手。你別亂動心思，大東家對你亦十分器重。」方掌櫃話裡忠心可表。

「話雖如此……」竹竿男似在斟酌該不該說，「只是，看大東家下令殺兄弟時的無情，真怕她哪天對我也……」

「老紀，莫說。」方掌櫃冷然，「這事大東家跟我商量過。馮保跟我學了點皮毛，就敢自作聰明，結果弄出了人命，還打草驚蛇，引得趙青河窮追猛打。鬍子中飽私囊不說，還胡作非為，欺上瞞下。老大死前就囑咐過，無本買賣不能做一輩子，總要想辦法撥正了它。不過，只要馮保、鬍子這些蠢貨在，終會壞了我們大計。既然如此，死在別人手裡，不如死在我們手裡。」

竹竿男沒再說什麼，轉身走出門去。

方掌櫃靜坐桌前，聽門外腳步聲遠了，才開始研墨寫字。只是，他還沒寫幾個字，就聽外面夥計吵吵嚷嚷。他皺了眉，放下筆，走到外面去看究竟。

靜悄悄的屋子，燈火忽然一飄。

夏蘇竟從那些大箱籠後面現身，無聲來到桌前，端看方掌櫃寫的字。幾乎同時，她的雙眼瞇得極細，彷彿這樣才能看得清楚。

這是一封信，剛寫了抬頭四個字：宇美我兒。

方掌櫃回來了。值夜的夥計在膳房外聽到動靜，鬧半天卻發現是另一個小夥計偷吃，根本虛驚一場。不過，寧可虛驚，不可大意，他還稱讚值夜夥計機靈。

一推門，方掌櫃感覺一絲悄風，卻只見燭光微搖，想是自己帶了風進屋，遂沒在意，重新坐回桌前寫信。

機靈的夥計可能被掌櫃一誇，有些得意過頭，全然不見身側那片深深淺淺的暗色中，一道更夜的影子滑溜如鼠。倒是在回鋪堂之前，他突發奇想，耍一招回馬槍，舉高燈籠照又照，學張飛哇呀呀作怪腔，園子卻早恢復原樣了。

夏蘇落在涵畫館側牆外，打眼瞧瞧四周，輕悄走回西湖湖畔。離麵攤不遠處，她看到亭中還掛著燈籠，大麵鍋冒白氣，卻是有客無主。

客，是獨客，灰衣僕僕，背對涵畫館而坐。

白鬍子老闆上哪兒去了？

夏蘇雖生好奇，並無意近前去看，側身要往楊府的方向走。

「姑娘大半夜挺忙，剛才那碗麵肯定不夠份量，小老兒再請妳吃一碗啊。」白鬍子老頭的聲音傳來。

夏蘇渾身一震，不轉身，但轉頭，戒備打量著憑空出現的老頭。好在老頭離她有兩丈遠，若要脫身，應該不難。

「不用。」她盡力讓自己聽上去鎮定。

「不要錢的。」老頭笑呵呵。

她摳門摳自己，又非貪小便宜之人，然而，心頭忽動，「你和趙青河什麼關係？」只有那傢伙，動不動就笑她小氣。

老頭目暴精光，眼珠子骨碌一轉，就將方圓幾十丈都掃過了一遍，確定無他人，仍謹慎壓低了嗓門，「夏姑娘什麼眼神，掛個白鬍子，便認不出我了？」

夏蘇一言不發。

「上回咱在賊船擱淺的河灘上見過，我姓林。」此人喜歡跟人猜謎。

夏蘇瞧了瞧老頭的眼睛，終於認了出來，溫吞打著招呼道：「林總捕頭。」

「對啦。」老頭一拍腿，「夏姑娘今晚自己行動，怎麼也不知會我一聲？本想早點問妳，誰知麵攤生意這麼好，一直來客人，找不到機會說話。」

「林總捕頭想多了，我雖是自己出來的，不過隨處逛逛。」即便對方是官差，夏蘇也無意說實話。

掛了假鬍子的林總捕，扮老相還真是入木三分，一臉褶子皮不知怎麼弄出來的，笑道：「夏姑娘見外了，還怕我問妳個私闖民宅的罪嗎？來、來，隨我吃麵去，再跟我說說妳今晚到底有何收穫？」

這人怎麼這樣？夏蘇冷然，「林總捕，杭州今晚又不宵禁，我隨處走走既不犯法也不犯你，我又與你不熟，有何話可說？」這就返身要走。

「果然讓趙青河說中，我請不動妳。」林總捕見夏蘇定身，更知自己輸定，「夏姑娘，我請不動妳，妳義兄的面子，總要給吧？瞧見沒，他在我攤子上吃麵，妳不去，他就會賴我麵錢。」

夏蘇再望亭子的背影一眼，早覺得是他，卻不願意承認是他。如果一看背影就能認出那個人來，她豈不是無可救藥了？

「林總捕是在賣麵，還是在盯梢？」她心不死。

林總捕不明所以，「當然是盯梢啊。」

「那麼，就是林總捕打算改行賣麵了？」

那道背影是與眾不同的。肩那麼寬，背那麼闊，雙臂撐展，天地山河，還不如他身旁一尺三寸地。而她，想在他那一尺三寸地裡，轉悠悠。

「當然不會。」林總捕反應不過來。

「可我看來，林總捕這麼在乎一碗麵錢，是真喜歡當賣麵公了。」心，永遠比頭腦更忠實於主人。

林總捕啞然，暗道這姑娘說話慢，卻能讓人招架不住。然而，他以為請不動人的時候，這人反而自覺走向亭子去了。他想，女人心，這他娘的，海底針。

夏蘇坐到趙青河對面，他一碗麵正好吃完，抬頭衝她就是一笑。

「妹妹晚上好。」

「我說沒說過，怎麼到哪兒都有你？」他跟鬼影似的，還要上她身怎麼地？

「先說好，我今晚不知道妳會出來。」他越來越喜歡這姑娘，是鐵一樣的事實，不過他吧，真不會玩緊迫盯人黏糊十足的那一套，「我分析了一下，多半是咱倆八字合。我名字裡有河，妳屬烏龜，烏龜離得了水嗎？就算伸脖子喘氣，四隻爪子也得浸在水裡不是？所以，這叫有龜就有河，是妹妹湊著我來的。」

林總捕終於知道，高手對話是什麼情形了。

有龜就有河！

第十三片 真愛無價

有龜就有河？

夏蘇不瞅一旁豎直耳朵的林總捕，冷颼颼地說：「我還有蜜就有熊呢！」

這都是些什麼亂七八糟的。

趙青河笑聲朗朗，「妹妹是花蜜，我就是狗熊唄，橫豎不是我偷跟著妹妹。」必須澄清這一點，然後對某位假老闆呼哨，「再來一碗麵，我妹妹餓肚子的時候火氣大，餵飽就好了。話說老闆煮麵真是一絕，要是開間麵館，我一定來捧場。」

林總捕低聲罵一聲屁，卻老老實實煮麵去了。偽裝盯梢，就得做到完美，任何時候都不可掉以輕心。只不過他手腳輕拿輕放，仍忍不住側耳偷聽趙青河兩人說什麼。

趙青河都看在眼裡，只當不知道，對夏蘇道：「妹妹可知，若胡氏的話是真的，涵畫館就是一群窮凶極惡之徒開的店。我有時候覺得，妹妹的膽小常常用得不是地方，該躲不躲、該跑不跑，讓人頭疼。」

夏蘇仍堅持一貫的說法：「我夜裡習慣四處逛。」

「我知道。」趙青河應得十分乾脆，「可我寧可妳去逛個山水，要不去逛市集也行，而

非處處往有密辛的地方逛。」

這麼說下去，要天亮了，夏蘇問：「你不想聽密辛？那我回去睡覺了。」

夏蘇只是口頭那麼說，一動沒動，趙青河卻一掌蓋住她的手，「聽！怎麼能不聽？不聽睡不著覺！妹妹最知我了，我就喜歡聽別家那些見不得人的事，跟下酒菜似的。剛吃一碗清湯麵，嘴裡都淡出鳥來……」

林總捕暗咒，娘的，剛剛誰說他能開麵館去了，唬他哪。

夏蘇抽出手來，不動聲色地深吸一口氣，讓臉上看不出心跳紊亂，才開口道：「我在方掌櫃的公事房逛了一圈，沒有特別的發現，倒是碰上方掌櫃和另一名男子進屋，正好聽到兩人說話。」

林總捕又想，這姑娘偷偷跑到別人的地盤，偷偷搜過重要的屋子，偷偷聽人說話，語氣卻平常得好像在說今日吃了什麼一樣。

「方掌櫃叫那男子老紀。老紀五官長得很是陰沉，身材極像詐死的那個釣魚客。臉雖不同，沒準也是易了容的。方掌櫃讓老紀將卞姑娘的事稟報大東家。老紀則問方掌櫃怎麼忍得了，原來至少是二把子，老大死後，居然連魯七娘子都爬到他上面去了，以老二自居。方掌櫃對那大東家則讚賞有加，說大東家信任他更甚於魯七娘子，凡事有商有量。」夏蘇說到這兒，回頭提醒道：「老闆，麵要煮糊了。」

哥哥妹妹都不是省油的燈，林總捕趕緊撈麵。

趙青河目中沉斂，分析結論：「也就是說，大東家繼承了死去老大的位子，魯七娘子成為二把子。」

「是這意思。」夏蘇繼續說道：「鬍子那船人確實也是他們同一夥的，老紀提到大東家太狠，怕自己哪日會跟鬍子一樣的下場，方掌櫃卻道大東家對老紀很器重，只要順著上頭的意思做事就行。不過，我聽起來，魯七娘子貪財狠毒，在那位大東家面前很是說得上話，方掌櫃怕她攛掇大東家做回無本生意，所以又讓老紀去稟報。」

「他自己為何不去？」趙青河出其不意問道。

夏蘇語氣略頓，「……不知道。」

林總捕送麵上桌，湯清麵白，澆頭濃香，「那還用說？他在同夥面前說得好聽，其實還是存了私心，不想直接出面得罪了最上頭。」

趙青河看著突然低頭吃麵的夏蘇，向林總捕齜牙一樂，「方掌櫃是私心還是野心，我們可以暫不理會，這些人顯然已經決定洗白，等正經行當上了軌道，錢財源源不斷，魯七娘子這樣的貪心也會變乖心，此時若不能抓到他們的把柄，日後就只好隨他們逍遙法外。」

林總捕也明白得很，「那我們該怎麼做？」

「要加大籌碼，利用他們尚記得無本買賣的甜頭，誘其最後嘗一筆。」趙青河聰明的地方，在於點到為止，不會讓人覺得他自大。

林總捕稍加思索，果然上道，「今年的貢單徵單剛下來，我跟大人商量一下，能否把徵價改一改。」

趙青河達到目的，舉大拇指，「不愧是江南道總捕大人。」

林總捕顏面生光，嘿嘿笑過，得意地刮蹭一下鼻子。這時，又有客來，他一聲來啦，中氣十足，動作更加利索了。

趙青河等夏蘇吃得差不多，就一同離開麵攤，在無人的街巷中走著。

「妹妹今晚所見所聞就這些了？」他問得十分隨意。

夏蘇不看他，只看腳下的青石板路，「……也提到你了。姓紀的想要殺你，不過上頭似乎已經沒有非要你的命不可，相當顧忌你是趙家子嗣的身分，怕你爹不善罷甘休。而且你失憶讓他們鬆了口氣，你想不起來最好，就算想起來，他們也已改做正經生意，篤定你找不到證據。」沒提自己也在竹竿男想滅口的名單上。

「確實，到了這會兒，就看誰更快。」趙青河完全同意，「不過，兩人完全沒漏嘴說出大東家的真名實姓，可見做事很謹慎小心。」

夏蘇淡然點頭，「這等走夜路之人，必定處處謹慎，豈止是未透露大東家名姓，魯七娘子也稱呼含糊，老紀也只有姓氏，極可能為化名。不過，比起他們的謹慎，我更不明白你怎能一開始就選了涵畫館來設圈套。」

胡氏告訴他們的事，發生在卞茗珍與方掌櫃談買賣之後。

喬生趕著馬，不知從哪兒冒出來，等兩人上車。趙青河伸出手，牽了夏蘇的手。夏蘇捉緊，一撐，落袖入車。趙青河竟牽住不放，借力一縱，也進車裡去了。兩人之間那般自然，臉不紅，無尷尬，反而喬生瞠目結舌，只覺得這一對的相處，今日必與昨日大不同。

「喬生，暫不用趕車。」

趙青河說完這句，單膝屈在夏蘇面前，「妹妹沒覺得？」

他的眼，他的鼻，墨山的眉峰，笛葉飽滿的雙唇，近看之下仍俊好。夏蘇感覺心口幾十雙蝴蝶撲搧，呼吸再快也跟不上心跳，望著他兩瓣唇啟合，腦中一片空白。

「沒覺得什麼？」

「杭州的草長得特別長，夠一窩兔子住。」他手指輕彈她的額頭。

夏蘇回魂，拍開趙青河的手，「你猜主謀也許在趙府時，我說兔子不吃窩邊草，你是怎麼回我來著？」

趙青河不以為意，「我只能說，兔子不覺得趙府是窩，故而啃光草皮都無所謂。這些人在常州、蘇州、揚州各處府縣都做事，唯杭州不曾有過任何相似的案子。狡兔三窟，再加上這裡豐土肥草，實在是理想的轉行之地。而他們應該才著手不久，我就集中在新的書畫古董鋪子上，其中涵畫館營業的時日最短。」

「原來是運氣好。」夏蘇撇撇嘴。

趙青河笑道：「是，這方面我運氣一向不錯。」說著，轉腳往外走。

「還去哪兒？」夏蘇問完，立刻抿緊唇。

趙青河聽得出關心意，卻知點破她也不會承認，但道：「我今夜當真不是跟妹妹出來的，幫林總捕盯一盯，還有董師爺那裡。我不去，他會煩死。」

「……」夏蘇看他要下車去，最終開口卻是：「《溪山先生說墨笈》中江南卷提到的其他幾幅畫，還需我造麼？」

趙青河回過頭來，「不用了。這夥人分成兩組，一組直接行事，一組後方支援，方掌櫃顯然屬於鑑定行家，他既然不同意做無本買賣，魯七娘子只能瞞著他行動，恐怕分辨不了真偽。杭州雖不如蘇州片盛名，也有不錯的書畫工坊，董霖已準備好仿片。至於那幅〈天山樵夫遇仙圖〉，因為要過方掌櫃的眼，必須完美無瑕，唯有妹妹能做到。」

夏蘇喔了一聲，垂眼之間心思頗沉。

趙青河將她的神色盡收眼底，「妹妹直接回楊府嗎？」

夏蘇的笑顏有些俏皮，卻不顯突兀，「我還能接著逛？」

趙青河一副當然的口吻，「那是自然的。妹妹一人夜行，我倒是不擔心，只要沒有拖累，誰能跑得過妳？不過，要是遇到自己解決不了的麻煩，好歹跟我說一說，別一聲不吭，獨自瞎想。」

真好，她要是能一直跟他生活下去，不但自在，時不時他還會是最好的夥伴，明月清風下把臂同遊。

夏蘇道：「我還是回去了。清明將至，九娘新嫁，十分緊張自己做得不好，我雖比她更不懂那些瑣事，哪怕在她身邊鼓個勁，也算盡到自己一份力。」

趙青河反而輕輕嘲她，「妹妹當管家娘子，我可不看好。偏才當做偏才所長，否則就是添亂。妹妹不妨向九娘毛遂自薦，畫上一卷〈清明上河圖〉，可能還令人驚豔。」

「去你的！」夏蘇起身推趙青河出去，將簾子挑了下來。

誰知趙青河笑呵呵伸進頭來，「妹妹既然暫時改為畫出了，就幫我做件事吧。」

夏蘇猜不出趙青河指什麼事，聽他說完之後，相當吃驚，「你打什麼主意？我以為你說要幫趙子朔和胡氏女兒。」

「幫，絕對幫。趙子朔和胡氏女兒私訂終身，趙府還不炸鍋？尤其是趙老太爺和趙大夫人。而趙家最有前途的兒郎都這樣了，我這外來不親的東西不聽話，還算得了什麼哪。」

幫！絕對幫自己！

清明時節，天高雲朗，風鳶尾羽美麗飛揚，碧草綠水不見愁思。

楊家祖籍徽州，年前已回過鄉，昨日雖在府中擺了一套正正經經的祭祖禮，到底還不算久居杭州，祭禮一過，清明就算過了，今日全家來鳳凰山踏青。

鳳凰山不高，南北各接西湖和錢塘江。山頂有個鳳凰亭，也是歷來名人愛駐足一遊的地方，可眺望江河湖泊，甚至杭州城中景致也能覽得大半。

楊府就住在西湖邊上一帶，西湖猶如自家門口的塘子，隔三岔五便逛一逛。倒是錢塘江離得稍遠，故而在鳳凰山近錢塘江這段風景線遊春。

楊老爺約了幾位生意上的朋友，都是帶了子姪輩來，連帶楊琮煜一起爬鳳凰山去了。女眷們多是小腳，就歇在錢塘江邊的山坡上，此處有望江長亭、有觀潮飯莊，吃吃喝喝，悠閒散步，已足夠自在的。

還不到吃午飯的時候，楊夫人和另幾位夫人坐在莊堂裡說話，楊家姐妹、趙十一娘，還有別家幾位小姑娘們到坡上放鳶，年長的只有趙九娘、夏蘇和岑雪敏。

護院們守了各處，一有陌生人接近就直接呼喝開。要說這種態度還真倨傲，不過自古貧人避富人，又遠遠見到這麼些夫人小姐，倒也不吭氣，乖乖繞開去。

岑雪敏自打出發來杭州，就同趙十一娘孟不離焦，這日不知怎麼回事，卻一直跟著趙九娘。然後又說離午膳時候尚早，雖爬不得山，到山坡上望江觀潮也不錯。趙九娘說不知長輩們是否會同意，岑雪敏就自告奮勇去問楊夫人。

趁此時，趙九娘同夏蘇說悄悄話，「雨蓉、雪芙好像不甚喜歡她，而今日那群大多只有十三、四歲，十一娘十五歲已算年長。我猜，她八成想要是硬混在那堆人裡，就成老姑娘了，但跟咱們在一起卻還能當個嬌滴滴的軟妹子。」

夏蘇瞧了瞧正同楊夫人撒嬌的岑雪敏，就笑趙九娘，「我發覺妳如今真是什麼話都敢說啊，真是有了丈夫就有了腰杆，挺得恁直。」

趙九娘捶夏蘇一空拳，「去！我跟妳掏心掏肺，妳倒起鬨。我不說話了，等會兒讓妳和岑姑娘談心去。」岑雪敏想嫁趙青河，趙青河和夏蘇之間卻無處插足，當她不知道麼？

夏蘇討饒，「別、別，我錯了，楊大奶奶是掏心掏肺，她是挖心挖肺，我委實應付不了，最後成了人乾如何是好？」

趙九娘不過隨口說說，見夏蘇這般誇張，立刻扶了腰笑，「能不能別這麼寒磣人？」

「妳跟她隨便扯些閒話就是，不用三分實誠。」夏蘇一向認為，跟聰明人打交道，要儘量少說話。

趙九娘朝岑雪敏瞧去一眼，止了笑，「妳可知，我從前跟她關係還不錯，就同十一娘一樣，覺得她為人大方真誠。直到有一回，我聽到她同周二姑娘哭訴，說她與四哥有娃娃親，而四哥對燕燕顯然存有好感，她不知該怎麼辦？周二姑娘當時就氣炸了，信誓旦旦要幫她，她也不拒絕，只顧擦眼淚。當時我只覺哪裡說不上來的不妥，結果沒過多久，就鬧出那麼一件事，胡氏母女被迫離開蘇州，周二姑娘也搬了。我真是打了個寒顫，慶幸母親不喜歡我參加詩社，以至於沒機會同她深交。」

看到岑雪敏走回來，夏蘇在桌下拽拽趙九娘的袖子，給個眼色，示意噤聲。

「兩位姐姐說什麼那麼好笑，也不過來幫幫我。」岑雪敏勾進趙九娘的臂彎，「我這人嘴笨，好說歹說，楊夫人才允我們去望江亭。」

如此這般，進入受害者、委屈者的狀態，引發他人內疚又感激的心，把自己放在大好人的定位。不過，夏蘇和趙九娘都看明白了岑雪敏的為人，前者不動神色，後者笑得客氣，其實皆反應平淡。

趙九娘更顯圓融些，任岑雪敏挽自己的手肘，笑道：「那就走吧，只不知這會兒能否看得見江潮。」

於是，趙九娘走中間，岑雪敏和夏蘇一左一右，丫鬟們跟著，上了望江亭。三人組合雖然怪異，亭上風景卻真值得一見。

浩瀚煙波，波濤粼粼，江水的一頭好似伸延至天邊。坡下居然有個小小碼頭，入鎮的、渡江的、遠航中轉的，忙得庸庸碌碌，又看著踏實心安。

碼頭上最顯眼的，是一艘嶄新的走江客船，顯然由大戶人家包下了，挑夫們正往上挑行李箱，一件件沉得讓他們駝了背。甲板上立著一對年輕男女，手牽手，笑得好不開懷。江亭不高，山坡不遠，碼頭不大，能大致看得出兩人的身材形態，還有郎才女貌。

趙九娘同夏蘇稍看片刻，就到另一邊眺欄坐了，問趙青河近來忙什麼？

夏蘇的視線落向岑雪敏，見她有如一座石像，面向碼頭的美好側顏，膚色冷白。她那個厲害的丫鬟，比她按捺不住，雙目噴火，雙手捉拳，同她咬著耳朵。

看見了吧？那位俊雅的四公子，為了心愛之人，是敢於挑戰長輩的殷殷期盼。岑雪敏做人，方方面面都齊全，唯獨沒有好好「打點」趙子朔。反而遭受孤立的胡氏，以一片真心贏得了真心。

夏蘇調回目光，對趙九娘笑道：「我也幾日沒見著他人了，不知他在忙什麼。」晝出夜伏的人，碰不上晝伏夜出的人，這是常理。

趙九娘沒留意岑雪敏那邊的反常，真的關心夏蘇，「妳對三哥到底是何想法啊？若有了心，我就算逆了孝道，也要助妳一臂之力。」

夏蘇心中感激，語氣卻淡，「我跟他的事，別人插不上手，最終還要看……緣分？」

趙九娘著急，「妳別想得太簡單了，父親、母親，還有老太爺，他們要是決定三哥的婚事，妳跟三哥成得了嗎？」但朝岑雪敏瞥去一眼，「母親讓我暗地裡多撮合三哥和她呢。」

「九娘，我說這話並無輕瞧妳的意思，只是趙青河這個人極有自己的主意，妳爹娘、妳祖父，恐怕都拿他沒辦法。」夏蘇笑容忽深，「男子當如是，頂天立地，作得自己的主。」

趙九娘有些詫異，有些沉思，「聽妳這話，妳是喜歡他了。」

夏蘇想起自己偷親趙青河的那一回，臉微微燒熱，說話打彎，「他那樣的男子，是很能招姑娘喜歡的。」

「喔——」趙九娘瞇眼促狹，點頭道：「懂了，那我也只好不孝一回，將母親的話當耳旁風了。」

夏蘇神情坦然，「妳別把楊夫人的話當耳旁風，足矣。」

趙九娘喜歡夏蘇的通透直白，當下笑而領會，再不多言此事。

岑雪敏終於過來加入她們，嬌顏若花，神態自若，直道這裡風光好，真希望能在杭州多待些日子。趙九娘自然擔負起主家的責任，與之客套寒暄。

夏蘇淡笑聽著，眼角不經意一睨，見岑雪敏的丫頭匆匆跑下坡去，招了她家的一個男僕說話。男僕聽完就走，很快轉過山坡下的路，不見了。那條路，是通往碼頭的。

踏青雖不是夏蘇決定的，但踏青的日子和地點卻是夏蘇向九娘提議的。胡氏就在這錢塘江邊鳳凰山下租著宅子，這日要同女兒、女婿一起挪窩，前往京師。趙青河讓夏蘇想辦法，引岑雪敏看見那對新婚燕爾的小夫妻。

不過，趙青河這是為了什麼，夏蘇不明白。照她所想，岑雪敏既然已轉移目標到趙青河身上，對於趙子朔娶誰，應該不會太在乎。而且，就算在乎，岑雪敏又能怎麼樣呢？趙子朔的婚事未訂時，沒輪到岑雪敏，如今私訂終身，就更輪不到岑雪敏了。

過了晌午，楊老爺他們下山來會合，席間說起杭州這幾日畫市好不熱鬧，有八幅不出世的名家古畫，引得行家們競相打探開價，已報破十萬兩銀。

楊夫人在女眷那桌駭笑，「十萬兩買八幅畫，咱們江南真是不缺有錢人。」

「可不是嗎？聽我家老爺口氣，好像十萬兩是抓兩把銅子似的，只恨便宜。雖不知賣家究竟是誰，據說窮得揭不開鍋了，藉此正好發一筆大財。」一位穿金戴銀的婦人道。

夏蘇看婦人這一身，也是只恨便宜。

但楊夫人應對得幽默，「那咱們可得幫著自家老爺，別輕易拋出兩把銅子去，千萬要驗得真又真才能鬆手。」

眾婦笑言道是。

趙十一娘忽然問夏蘇：「蘇娘，妳不是很懂畫嗎？之前一上不系園就不肯下船了。依妳看，那幾幅畫真值十萬兩銀子嗎？」

夏蘇正嚥下一口乾飯，聞言立刻噎大了眼珠子，一字沒說，就咳出兩粒米。

九娘幫閨蜜，不幫親妹，「這有何稀奇？張版〈清明上河圖〉迄今不落民間，仿片造不出一分像，若真品從宮中傳出，價值無可估量，一卷開價十萬白銀亦可能。不出世的名師古畫，就好比深藏宮中的〈清明上河圖〉，八幅十萬兩，還算便宜了。」

岑雪敏好似終於回過神來，笑得嬌豔，「好畫還要遇伯樂，若遇到的是我這雙眼，好壞不分，別說十萬兩，十兩銀子我都不會掏。」

趙十一娘連忙點頭附和。

這種情形，姐妹關係整個反了。

第十四片 不速之客

回到楊府，也許是趙九娘問起，夏蘇不知不覺有點惦念。

夏蘇想把岑雪敏今日的反應告訴趙青河，便去了楊府前園的客廂。

這時早過了晚膳的時間，楊府已下門鑰，不過這可難不倒夏蘇。更何況楊家主人人方，府裡格局也大方，牆高五尺，高個子踮腳就能探出半張臉來，翻過去很容易。

客廂坐北朝南，沒有隔牆，卻以廊深園深為天然屏風，明明眼前無路了，又突然有豁亮之感，十分妙趣。修竹在左，綠塘在右，一條高起的小徑似路似橋。沉紅木雕格門的一排屋子，立夜而安。

不像有人的樣子。

夏蘇仍入了廊往正屋走，哪怕只來過一回，該瞧的地方一處不曾遺漏，故而駕輕就熟。她腳下悄聲無息，並非刻意掩藏，卻是習慣使然。

然而，虧得這個習慣，才沒能令鬼祟警覺，讓夏蘇抓住了門縫裡漏出的一線可疑光影。

她記得，趙青河住的屋子分裡外間，裡門裝了碧紗簾，若有人點盞弱燈，從屋外是看不大出來的。她還記得，裡屋有窗。

夏蘇越夜越膽大，腳尖點上櫺欄，身姿輕如飛燕，十指張開，撐瓦無聲，眨眼之間就掠過屋頂，落到屋後石板地。連換氣的停頓都不留，往窗紙上戳個洞，彎腰往裡看，光線不亮，卻足夠她看個清楚。

黑衣裹身，手持火信，一道影子趴在床前，正往底下照。床上被褥疊放整齊，無人。待影子重新站直，不出意外，夏蘇見黑衣人蒙著臉，身材細瘦纖巧，也不高。

女人？

夏蘇冷眼看她翻箱倒櫃，大肆搜屋，卻沒有哪兒拿的東西放回哪兒的打算。是不怕屋主報官，還是把屋主當成死人了？

想想自己這幾日沒見過趙青河，連帶喬生也無蹤影，她心頭一凜，原本只是旁觀，瞬間改了主意，挑窗穿入，順手撿起地上一個木畫軸，朝黑衣人背上敲去。

那位「同道中人」背對著她，絲毫沒察覺身後來人，直到一記吃痛，才轉過身來，雙眼因吃驚而瞇緊，聲音又尖又細，「妳從哪兒冒出來的？」

夏蘇見自己一棒頭下去，對方居然還能站得好好的，真是想挖地洞鑽了。趙青河會輕功，她也會輕功；趙青河一拳打得死老虎，她一拳打不彈棉花，還碰了自己一臉灰。不過，她也沒把木軸扔了，總覺得比赤手空拳好吧。

黑衣人扭動了一下身子，手伸到背後，似乎在揉。

夏蘇有點被安慰，心想大概不是她力氣小，是那人禁得起揍。

「這點撓癢癢的力氣，還敢打我？妳找死！」黑衣人說話的音色又粗了。

夏蘇眉頭一皺，嘆了口氣，往後退開幾步，「妳是哪位？」

她說話腔調天生緩慢，又不像跟趙青河對著幹，此刻一絲火氣也無。

奇怪的是，聽者反而火冒三丈，「死到臨頭還裝什麼神氣，等我在妳脖子上扎三刀，聽著喉嚨口漏氣聲，看妳還能不能裝冷靜！」

夏蘇腦袋歪著，悠悠問道：「這位姑娘，為什麼是三刀？」不管幾刀，這人說話，和賊船翳子是一路貨。

黑衣人噎了噎，想自己就那麼一說，姓夏的居然還較真，是傻子麼？忽然，她一跳，聲音嘎出來：「妳說誰是姑娘？」

夏蘇挑眉，「姑娘聲音變來變去，若不是想隱藏身分，就是想隱藏性別。」想當初，她在趙青河面前也是這般小家子氣，一副上不了檯面的女賊樣吧？

黑衣人聲音仍不男不女，嘲諷道：「總比兄妹變夫妻好，還無名無分，孤男寡女獨處也不知羞恥。」

「原來妳認識我和趙青河。」不知是不是近朱者赤近墨者黑，與看不到臉的人對談，夏蘇突然發現自己也在意起細節來了。

被揭穿女兒身，卻還變聲，或許是因為彼此照過面。

黑衣人悶沉哼一聲，知道自己說漏了嘴，同時暗暗咬牙，放在背後的那隻手移到衣下，抽出一柄銀亮短匕，蓄勢待發。她早聽說，夏蘇可能有輕功的底子，雖不清楚到底多高，且對方一棒子也沒能有多大力氣，但她必須一擊就中，絕不容對方識破自己。

夏蘇表情平乏，好似全然不知自己即將面臨的生殺危機，轉頭看看左右，問道：「妳在找什麼？」

黑衣人悄近兩小步，在夏蘇的視線回到她身上的瞬間，維持之前立姿，下巴往夏蘇後面一努，「找它。」

聲東擊西。

夏蘇果然上當，回頭……

黑衣人大喜，右手極快抬高，左手握右手腕，蹬腳躍高。匕首冷光四射，如流星疾滑，朝夏蘇細白的頸項落去。

只是，不管黑衣人自以為動作多快，手中的匕首寒尖始終離著目標一寸。鏘啷一聲，刀子戳了地，差點從手裡震飛出去，她雙膝跪地，眼前卻哪裡還有夏蘇的人？

黑衣人驚得無以復加，輪到她回頭找，卻見一片比夜還沉的影子壓眼而來，隨後感覺腦袋疼了一下，肩膀疼了一下，脖子也疼一下，心裡正想罵什麼眼神，頃刻，失去了意識。

夏蘇手發顫，但將畫軸抓在身前。氣直喘，竟往後跌坐在地上。瞇眼看，一剎那希望那人再也別動，一剎那又恐怕那人斷了氣。

她大口呼吸，好一會兒居然自言自語，慢吞吞來一句：「老子吃奶的力氣都使出來了，老子不信妳不倒……」

黑衣人的火信子滾落一旁，星星般的微光就要滅燼，她學著老梓叔的語氣說話，到最後噗嗤笑出了聲。

砰！屋門被撞開的聲音，腳步劈里啪啦，一道身影出現在門前。對方還沒開腔，夏蘇就知那人不是趙青河。身影、背影、側影，某人每一面的影子，她已不會錯辨。

「誰？」是喬生。

「我。」夏蘇深深嘆口氣，撐著畫軸站起來，腦中突生起一幅詭異的畫面：一隻狗熊張大嘴，自己歪著脖子，一臉甘之如飴，等著牠一口咬下。

死定了——死定了——

春天來了啊——

可是，她寧願，與熊冬眠啊——

「小姐別嚇我。」喬生拍拍胸口，到外屋找了蠟燭點燃，重新走回來，「少爺不知跑哪兒去了，妳可千萬不能再下落不……」

燭光一照，屋裡刷刷清楚，他瞪著眼珠子大叫：「這……這……」不知道從哪裡問起，最後指著最醒目的那團黑，「這什麼東西？」

夏蘇卻問喬生，「你不是一直跟著趙青河麼？怎會不知他跑哪兒去了？」這種想給自己一巴掌，又無法忍耐的心焦，火燒火燎。

喬生踢了踢黑衣人，發現昏得透徹，這才放心，答夏蘇的話，「到昨日傍晚，我還是跟著少爺和董師爺的。後來少爺讓我先回府休息，早上再去換他，但等今早我去時，卻沒見著人。我扮成貨郎，向卞姑娘的弟弟、妹妹打聽。他們說卞姑娘天不亮就出了門，要去畫集逛逛。我就想，少爺和董師爺一定保護她去了。我也不敢亂走，在隔壁院子等到夜裡，越想越不對，就回府來瞧瞧，誰知聽到動靜，還以為是少爺，又看黑燈瞎火，直覺不妙……」

夏蘇腿也不軟了、氣也不喘了，走到黑衣人那兒，手也不顫，穩穩將蒙巾摘去，道一聲果然是她。

喬生詫異，「魯七娘子！少爺在卞家候著的人，怎麼跑這兒來了？」

「這夥人做事極其小心，只怕已經察覺趙青河的意圖。」夏蘇轉頭對喬生道：「你去拿盆冷水來。」

喬生忙聽吩咐，抱了一盆水進來，看見魯七娘子被五花大綁吊在梁上。他禁不住嘖了嘖喉頭，想問夏蘇究竟如何做到的？不管是打昏魯七娘子，還是把這麼大個人吊到半空。

「潑。」夏蘇淡淡一聲。

喬生只好暫時將疑問放下，舉盆往空中潑去。

魯七娘子一個激靈，迷迷糊糊睜開眼，陡然凸大眼珠掙扎起來。不掙扎不要緊，一掙之下，發現自己處在半空，上身被綁得死緊，休想逃脫。

她立刻咬牙切齒，「小賤人，我死，妳情郎也死路一條。」

喬生來氣，「臭女人，給我把嘴巴放乾淨點。」

魯七娘子喲喲笑，一臉媚相，「小賤人本事不錯，處處有情郎啊。真是對我的心思，就愛挑一個窩裡的男……」

啪！啪！啪！啪！

魯七娘子的臉頓現五指紅印。

她驚恐地往下望去，見打她巴掌的女子立若青松，彷彿壓根不曾動過手，只有衣裙微起瀾，似剛剛過去一陣清風。她自認功夫不錯，卻連那女子的動作都看不清，只覺得自己眨了一記眼。魯七娘子終於明白一件事：夏蘇不是速度快身子輕，也不是會些輕巧功夫，而是輕功絕頂！

「趙青河呢？」夏蘇冷冷問道。

喬生感覺自己下巴掉了。他總覺夏蘇有些神祕，想不到她除了一手以假亂真的畫技，還有嚇煞人的輕功。娘啊，連打四個巴掌，得騰身在空中多久啊！

魯七娘子雖驚詫，到底作惡多端，手上又有籌碼，腫著臉笑，「還以為妳多情，見一個愛一個，看來我高看了妳。」突然斂笑，眼裡一抹陰狠，威脅道：「放了我，不然趙青河也別想活命。」

「放了妳，趙青河就能活嗎？」夏蘇仍是慢慢吐字。

「聽妳說話，真能把人急死。」魯七娘子只覺心裡燒著一大片，不吐不快，「我乾脆跟妳說清了吧。趙青河、董霖、卞茗珍，三人就在我們手裡。我們一向講究和氣生財，不過誰敢往死裡糾纏我們，我們也不會手下留情。這會兒呢，我們就為了錢財，還可以不同趙青河那小子計較。他說卞家其餘七幅畫讓他藏起來了，只要妳肯老實交出來，我就放人。」

「不好。」夏蘇讓喬生看緊人，轉身往門口走。

魯七娘子懵了，「姓夏的，要怎麼才算好？」這人竟不跟她談條件？是要她求饒？

「以命換命。」夏蘇頭也不回，「在我看來，魯七娘子的命，比那七幅畫更值錢。等天一亮，我就去報官，他們自有辦法撬開妳的嘴，讓妳乖乖招出老大。能將你們這夥人捉拿歸案，相信趙青河會死得瞑目。」

魯七娘子沉眼冷笑，「想得美……」見夏蘇回身攤開手，掌心裡正是自己用來自盡的毒藥包，不由眥目，「妳！」

夏蘇眉眼不動，「要麼死不成也活不成，生不如死；要麼以命換命，各自逍遙。」

喬生眼珠子來不及轉，忽左忽右，聽著兩個女子對話，感慨夏蘇好像變成了另一個人，冷若冰霜，說話不帶一點感情。哪怕他清楚，夏蘇正設法救人，自己卻難以抑制遍體生寒。

「有三條命呢，妳只換趙青河？」魯七娘子怎麼也料不到自己會栽在夏蘇手上，只恨消息不準確，「不如我這條命再加那些畫，如何？」

夏蘇笑音清脆不歇，半晌才道：「我從沒見過像你們這麼愛財的人。」莫非這能算作是出生在劉家的好處？「好，妳加上七幅畫，換趙青河、董霖和卞姑娘的命。不過，那些畫讓趙青河送回蘇州去了，我需要幾日工夫取回來。」

「杭州蘇州往返只需兩日，我給妳三日。」魯七娘子心裡好不得意，暗道夏蘇到底洩了底氣，在乎趙青河生死。

「趙青河藏的畫，我根本不知它們在哪兒，三日不夠。」夏蘇不應。

魯七娘子掂量著，暗想夏蘇耍不出名堂，「五日，不可再拖。」

夏蘇點頭同意了，又問：「如何知會妳的夥伴？」

「我親寫一張字條，說明交換的時間地點，妳送去西山別亭北腳一塊活磚下，自有人取。只是，妳若敢報官，玩什麼暗地跟蹤的花樣，就得承擔滅口的後果了。」魯七娘子道。

夏蘇沒多說，等魯七娘子寫完字條，不待她再說廢話，竟又一棍子將她打暈，吊回大梁上去。

喬生咋咋吐舌，不知夏蘇在練手勁，心道這位主子絕對不比趙青河好惹，做起事來麻溜得狠，因此說話語氣都有點小心翼翼。

「小姐，對方真會在意這女人的命嗎？」

「就算不在意她的命，大概會在意那幾幅畫。」夏蘇回想那夥人的行事風格，共同點之一就是死撈錢，連沉船滅口都想著把貨物先運走，「喬生，你把字條放過去，再到卞家守著，萬一趙青河他們其實沒事，是魯七娘子訛我們。」

喬生應得乾脆，但道：「只是這個婦人由小姐看著，我很難放心。」

夏蘇睨著昏死過去的魯七娘子，「我會找九娘幫忙，請她派人護送我回蘇州，魯七娘子自然跟我走。一路由楊家護院看管，我不會有事的。」

喬生糊塗了。他一直幫趙青河做事，知道近來轟動杭州的八幅古畫壓根就不存在，是誘魯七娘子等人的香餌，可夏蘇卻說要回蘇州取畫，還五日之後就拿畫換人。這是打算現畫幾幅應急？想法一出，他自己就推翻了自己，心想怎麼也不可能，頂多是拖延時日，到時再用少爺準備好的假畫搪塞吧？

當下，兩人各做各事。

喬生放出字條後，在卞家等了兩日，仍不見趙青河三人回轉，終是不能安心，到底知會了林總捕。林總捕當然布置了好一番，自認布下天羅地網，就等交換那日到來。

夏蘇在好姐妹的幫助下，對外稱病，其實押著魯七娘子回了蘇州。

那幾日，魯七娘子一直被囚在船底艙，咬牙數日子，將打昏她兩回的夏蘇罵個不停，卻也莫可奈何，只盼自由之後再報仇。

五日轉眼過去四日，到了指定日子的前一晚。

涵畫館如常關了鋪子，方掌櫃回到後園的公事房，見桌前有一人正看帳本，老紀則立一旁。他連忙上前行禮，「大東家來得正好，我跟您對一對帳吧。」

那人笑道：「方掌櫃不必多禮。涵畫館生意紅火，都是你的功勞，這點銀兩進帳就算都給你，我還嫌送不出手，對什麼帳啊。」

方掌櫃一怔，聽出題外話來，沉吟道：「這個麼……正經生意賺錢雖慢，好在穩固，細水長流。」

老紀笑了一聲，「那得先活久了。可惜，算命的說我命短，活不到七十古來稀，還是賺痛快銀子爽心。」

方掌櫃露出不甚贊同的神色，「老紀，說好轉走正道了，你怎麼又變卦？咱們都是好不容易下定決心的，為此付出多大的代價，難道因你一句痛快，再回老路上去？」

桌後那人合了帳本，語氣和緩，「老路是不能走的，但痛快銀子有得賺不賺，確實讓人心癢。方掌櫃，沒經你同意，二東家和老紀對卞家的古畫動了手，這不，二東家讓人抓了，老紀才肯跟我說實話。」

方掌櫃大吃一驚，頓足氣道：「卞家的畫我有十足把握低價買進，你們急什麼？」

「老方，你這是年紀大耳背了嗎？滿杭州城都在議論這八幅畫，公然開價過了十萬兩，人家卞姑娘又不是傻子，你還低價進？」老紀陰沉撇笑，「行啦，我保證，這真是最後一回無本買賣，大東家都點了頭，你就別光顧著找麻煩了，趕緊想辦法，既能救了二東家，又能拿到寶貝。」

方掌櫃聽老紀說了事情經過，知道他手上有趙青河三人，神情卻輕鬆不起來，「大東家，這事對咱不利啊。」

桌後人興致勃勃的語氣，「你也察覺了吧。」

「明日交換，官差肯定設有埋伏，只怕人貨兩空，賠了夫人又折兵。」方掌櫃深思熟慮，「還有，這趙青河怎麼那麼容易讓老紀捉住？」

「放屁！哪裡容易了！」老紀一拉上衣袖，白布赫然裹著半條手臂，「那個臭小子差點沒把我一條胳膊廢了。」

「豈止如此。」大東家道：「老紀手下損兵折將，死了三四人呢。他練出來的人，你我皆知，是咱們最後可用的一點武力。我本來也想忍了，卻因此嚥不下這口氣，好歹把這最後一筆買賣做成吧。真的就此一回，以後再出這等事，無論誰的生死我都不管了，金山銀山也不眼紅。」

「只是這八幅畫中有七幅尚未過眼，說老實話，我還懷疑有假。」方掌櫃語氣一轉，「大東家一向謹慎，說到謀算，也遠勝了我們這些人。既然您已有決定，就儘管吩咐，我聽您的。」

「我曾懷疑那些畫是假的。」聲音輕揚，自信滿滿，「不過，託了趙青河沒腦子的義妹之福，匆忙唱一齣真心救情郎的戲，倒讓我信了七分。她對楊府謊稱生病，幾日不見人，實則帶了二東家去蘇州取畫，今日晚膳時才露面，二東家連同七只畫匣子由她家僕人和楊府護師看管。而以趙青河的行事風格來看，他不可能低估我們，就算拿假畫來誘，手裡也應有真品，以備不時之需。所以，我能再信兩分。這最後一分，就要靠您一雙利眼了。」

方掌櫃張嘴又合，再張嘴，顯見疑慮，「看畫自然不是問題，只是大東家可曾想過，趙青河以此計誘出二東家和老紀，說不定懷疑到我們在杭州轉了正行？如果真是如此，涵畫館也許已被他盯上。您想，那位卞姑娘最先來找的可是我們。」

那人沉吟，「卞茗珍可不止找涵畫館一家，否則也不會全杭州都知道了八幅畫的事。你

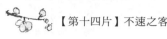

的懷疑雖有道理，可我以為，趙青河選中涵畫館不過一時巧合。無論如何，我決定，明日事了，立刻將涵畫館轉讓出去，暫時什麼買賣都別做了。」

老紀面色狠戾，「那趙青河還殺不殺？」

「殺。」那道聲音極冷，不屑，視人命如草芥，「明日，我要那對兄妹死在一起，成全了他們。原本我還顧忌趙青河的身分，既然橫豎趙府的繼承者要換人，他是生是死，這事不會追究太久，更追究不到我們身上。」

「之前我在江北，不曾與趙青河打交道，就聽你們說此人詭詐多狡，更是兩次三番壞了我們的事，除掉也好，免得再生枝節。」方掌櫃贊成，同時把心一橫，「明日到底如何行事，還請大東家示下。」

鬼祟之燈，映得綿紙昏亮，在黑夜中那麼醒目，從高處俯瞰，可以將窗上屈躬的身影一覽無遺。

俗話說得好，紙包不住火。

別說窗紙，再厚的牆也擋不住祕密，很快都要燒衝出來。

第十五片 書海萬里

「趙青河！你這個王八蛋！龜孫子！滿口大話！」

某間地屋，某位師爺，讓地窗外的月光罩住半張臉，扭曲得有點像冤鬼。

趙青河靠牆盤坐著，兩眼烏青，任憑董霖怎麼罵，一字不還口，閉目養神。

「你看看！你看看！都讓人打出黑眼圈來了！驕傲到脖子不折的趙青河，你怎麼能忍啊？當初是誰跟人話不投機，把人從街頭打到街尾，打完才趴下，葛紹幫你接了三根肋骨。」董師爺那根手指，眼看就要戳到趙青河的胸膛，卻被兩根手指挾開了。

「這裡，可不是你小子能碰的地方。」要麼不說話，要麼……

董師爺切一聲，「難道還是專門留給蘇娘的不成？」

烏青眼睜開，墨光澈透，然後兩道鋒眉一抬，趙青河做了個「知道就好」的表情。

「有本事，再給小爺我肉麻點。」董師爺搓著手臂，噁心道：「成日裡單相思，你覺得有意思嗎？」

「好歹還有人讓我相思。」趙青河要笑不笑，嘴角撇上天去，嘲諷之意如滔滔江水，往董師爺那張被打腫的臉奔去，「不像你，要是捱不過這回，就成無牽無掛的孤魂野鬼了。」

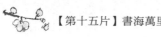

董師爺罵道：「屁！你才孤魂野鬼！話說回來，我真死了，你也別想開脫，小爺糾纏得你上天無路入地無門。娘的，平時把自己吹噓成武林高手，遇七八個壯傢伙就被打趴了，害得小爺我被你連累……」

「這位董師爺，你有完沒完？自己三腳貓的功夫，沒挨幾拳便暈死過去，比我昏厥得還早，居然好意思怪別人。」

實在聽不下去，另一同屋卞茗珍嗤笑。這是「遇人不淑」？想她從前知書達禮，說話都不大聲，如今卻敢於爭論對錯。不知怎麼，心裡爽氣極了。

「我們三個人裡，就妳最沒用。」不提還好，提起來，董霖一肚子氣，「那會兒我讓妳裝暈，妳舉個板凳算怎麼回事？當誰不知道妳是母老虎，非要發發雌威。妳該不會是看上這小子了吧？我在妳家旁邊蹲了幾日，沒喝上妳一口茶，他一來，妳還給送飯。不過，我告訴妳啊，妳這輩子就別想了，人家蘇娘比妳強百倍，又溫柔又聰明，又乖巧又伶俐，一雙手有絕技……」

趙青河重新閉上眼，這幾日雖過得慢，聽這兩人鬥來鬥去，倒也不算無聊。要說董霖，還真夠義氣，讚得夏蘇天下無雙，他喜歡！他放在心尖上的人兒，當然得是獨一無二，誰也代替不了的。

被關進來那日，魯七娘子餵了他一頓鞭子，還放狠話隔日要剝他的皮。

不過，第二日沒見魯七娘子來剝皮，反而是那個陰臉的老紀來拷問，讓他招出另七幅畫藏哪兒。他假裝撐不住，說出蘇州趙府四個字，這幾日就突然清靜了，只有送飯的漢子露臉，讓他的計劃沒法進行。

原本，趙青河就是故意被抓，混進來探對手大本營的。

他有強烈的直覺，在馮保和鬍子等人完蛋之後，自己離涵畫館的「大東家」只差一步。雖然並沒料到卞茗珍也會被抓進來，但他做事，一向對自己狠，對別人也狠，到了這個地步，無心考慮他人安危，反正還有董師爺那「老百姓的官」操心。

今日來送早飯的傢伙，無意透露一句「吃飽喝足好上路」，他思來想去，只有一種可能——他的利用價值即將實現。

這夥人一直都唯利是圖，如果沒有他製造的香餌，不可能好吃好住供著，早在襲擊他的那晚就往死裡砍了。他也是仗著這一點，裝孬被捉，陷自己於這間地牢之中。

結果從假人質變成了真人質，這要讓他猜的話，多半是夏蘇那裡發生了變故。

除了他和董霖，就只有夏蘇知道，卞家的江南卷裡的八幅圖是子虛烏有，而且她造的那幅〈天山樵夫遇仙圖〉最具靈氣，至於另外七幅，是像方掌櫃那樣的鑑定高手，一定能瞧出破綻的普通仿片。夏蘇自然比誰都清楚，那樣的畫，充個數填個匣子，騙騙魯七娘子和老紀可以，真到了救人質的時候，根本不管用。

五日，比他預計的時日要久，卻恰恰證實一點，夏蘇爭取到了時間。這會兒，那份價值十萬兩的「至寶」應該已經裝箱了吧。

現在的問題是，他到底該信自己，還是該信夏蘇？

何時何地逆襲反擊，關乎這裡的三條性命，而且時機一旦把握精準，幾乎就能直搗黃龍。理智上，必定選自己，那姑娘偏才嚴重，不是幹偵探的料，很可能天真地認為照那夥人說的做，到了時間，拿畫換人就好了。問心，心卻沒出息地選那姑娘。她跟他過了半年日子，沒看過豬跑，也看過他跑吧？總能學到一點點危機處理。

忽聽外頭傳來一串急促的足音，趙青河立時睜眼，正經對董霖作個噤聲的手勢。

董霖關鍵時候不糊塗，反見卞茗珍還要開口，乾脆一把捂住了她的嘴，在她耳旁低道一字「停」。

這幾日，卞茗珍也算經歷了人生的大起大落，又天資不笨，已會看眼色，知道眼前這兩人絕對正直，因此不驚不鬧，馬上冷靜下來。她唯一做的事情，就是將董霖的手無聲掰開，冷冷掃他一眼。

「頭兒，這就出發去北河林子嗎？」

聲音雖小，趙青河和董霖都是練家子，聽得清楚。

「不，去萬里閣。」老紀的陰沉腔。

「可是，二東家的留條上……」

老紀打斷那人的話，「北河林子被上百官兵和衙捕圍得水泄不通，等著咱們上門，你想去，先把脖子洗洗乾淨啊。」

那人喝了一聲，「娘咧，二東家雖被那姓夏的捉了，但能傳出訊來，對方應該也顧忌咱們拿著他們的人，怎麼敢報官？」

「報不報官都一樣，難道我們傻，魯娘子說哪兒就去哪兒？反過來說，對方要真一本正經在北河撒下網，說明也是夠蠢的，以為我們會聽話呢。」老紀笑聲冷冷，「大東家吩咐，今夜除了咱們自己人，一個活口不留，否則從誰手裡逃掉的，誰賠出自己的命。」

沒有抗議、抱怨，或嘻笑，只有一片沉默服從。

「都去換成常服，半個時辰後出發。」老紀說完，腳步聲遠去。

董霖又想罵人，這回聲量放低，「趙青河，你也聽見了，難道我們真這麼等死啊？」

「萬里閣是什麼地方？」趙青河反問。他聽足音，和上回包抄他們的人數差不多，看來已是這個盜賊集團的中心護力。

「鬼知道，我是蘇州人。」董霖當真不清楚，就是語氣好不了。

「萬里閣是杭州最大的藏書閣。」好在有個本地人卞茗珍。

「萬里閣無人看守？」趙青河再問。

「萬里閣是朝廷所建造，杭州知府起先將其撥到附近大寺下看顧，後因來訪的學者絡繹不絕，就在萬里閣旁加建了行知學館，不僅成為當地頗有名望的書院，也為文客們提供膳宿之便。如今，萬里閣屬行知學館管轄。不過，這幾日學生們應該在放假。」

卞茗珍才說罷，董霖哼了哼，「卞姑娘真是讀書人啊！」

卞茗珍氣結。

趙青河直白道：「卞姑娘不用理會，有人吃不到葡萄就說葡萄酸，要不是朝廷缺官，也輪不上他一個落第的秀才當師爺。卞姑娘說學生放假，是過清明嗎？」

趙青河損董霖的話，卞茗珍十分受用，待他的態度明顯變得和緩，「趙大哥，不是的。萬里閣共三層，第一層對所有人開放，上第二層只要有館長許可，然而這第三層多收藏孤本珍本，沒有官府的信引，自身名氣多響亮也進不去。不過，每季行知學館對外通宵開放第三層數日，以最多五十人為限，先到先入，滿五十即止，接著就要排隊看運氣了，出來一個放進一個。」

董霖嗆聲，「這些人這麼喜歡被關在屋子裡？那好，我蘇州府衙的大牢正空虛，不必排隊，無任歡迎。」

「書海學海，萬里閣第三層是每個愛書之人的夢，豈是你這等把書屋當牢房的人能明白的？」卞茗珍嗆回去。

董霖朝趙青河努努下巴，「說起讀書，我好歹比這小子好得多，他一看到書，只有一個動作——撕。」

卞茗珍不信，「趙大哥看起來學識不淺，怎會撕書？」

趙青河淡笑，不想在這話題上多說，「如此說來，今晚那裡會有很多人？」

卞茗珍點點頭，「去年超過千人在樓下等，故而還擺了不小的集市，從早到晚不歇市，熱鬧非常。」

人多的地方，不怕跟蹤、不怕追擊，進退方便，加之夜間視線不清，這夥人選了萬里閣，顯然經過深思熟慮。對方首領雖是作惡多端的傢伙，也被他和夏蘇堵了幾回，卻是因手下無能，自身則深藏不露，實有過人的智慧。

可惜，對手是他趙青河！

董霖還是很懂趙青河的，看他一臉沉思，眉宇之間皺了又鬆，知道他已有決定，「趙大神捕，你要是再賣關子，我可當真煩了。」

看來，剛才都是兄弟打鬧。

「沒關子，等吧。」趙青河再閉目。

董霖問：「等什麼？」

舒暢，百匯貫通。」等一個叫夏蘇的美人，來戳他的胸膛，罵聲狗熊太蠢，他大概才會通體舒暢，百匯貫通。

趙青河那邊想得美，夏蘇這裡，有人卻是要吐血了。

因著夏蘇的信任而知道前因後果的趙九娘，瞞著丈夫、瞞著楊家上下，懷揣這個祕密，為夏蘇提供了最大幫助。眼看就要大功告成，她能直起腰板，說自己做了有生以來最了不得的事，誰知突然門外飛來一柄飛刀。儘管這柄刀離她的腦袋還很遠，也剎那將她那點颯爽心思抽乾，頓時只有鋪天蓋地的不祥預感，並後悔不該跟著夏蘇胡鬧，應該同丈夫說了，交給官府去救人。

再聽夏蘇說對方改了地點，趙九娘心裡咯噔咯噔幾下，立刻勸道：「蘇娘，要不，還是讓我跟琮煜說吧？這種事，最好要由男子出面擔當。」她終究承受不來。

「杭州知府布置下去的事，要擔當也該由官差來，何需妳家相公？」夏蘇知道趙九娘能堅持到現在已實屬不易，可想到楊琮煜那位大少爺的脾氣，大概只會把事情鬧得不可開交，自己亦不願意對楊家解釋過多，尤其還牽涉趙府，「喬生早就報了官，我們只要配合官府就行了。」

「那就好。」趙九娘鬆了口氣。她雖是大族庶出的女兒，不比嫡女千金無憂無慮，日子也算過得平順，有識人的慧心，情感還是挺單純的，對好友的話盡信不疑，不曉得自己所知的祕密，在整串事件中只占很小一部分。

「時候差不多了，妳回去吧，不然妳夫君會好奇的。」夏蘇道。

「早好奇了。前幾日妳稱病，琮煜就問東問西的。今早妳露了面，他仍問我到底是什麼霸道的病，要調府裡護院看管隔離。對了，他也問起三哥。我就說杭州總捕請三哥幫忙，不得不外出幾日，他又問什麼忙，還要三哥出面。真是的，嫁過來這些日子，還不知他是這般好奇的性子。」趙九娘笑了笑，起身要走。

夏蘇送她到門口，「性子活躍才好，否則多悶哪。」

趙九娘抿嘴，「是，我已是悶人，再嫁個悶人，活生生悶到老，怎麼得了。」

夏蘇呵然，「妳不悶，只不過要看對方是誰。這不，連欺上瞞下的事都敢為。咱倆不能老待在一起，時日一久，什麼事都能做，妳信不信？」

趙九娘連道沒錯，眼看就要踏出門，突然轉過身緊緊捉住了夏蘇的手，杏眼明睿，「蘇娘，妳是我見過最堅韌的姑娘。從妳身上我學了很多，覺得好像什麼事都不算事，只要心裡能自在。真的。」

夏蘇怔過就笑，「妳要聽我遺言啊？」

趙九娘呸呸兩聲，「想告訴妳，妳這個姐妹，我願交一輩子。人生百年，滄海一粟，但我以為能持續幾十年的交情，足夠了。」

夏蘇望了趙九娘一會兒，「是，一輩子能有一個妳這樣的姐妹，足夠了。」她的親姐妹不把她當人，她像老鼠一樣躲藏的日子裡，更不曾想過會有手帕交，際遇卻奇妙，放棄掉的東西，偏偏送回面前來，讓她不要放棄希望。

「所以，明早陪我到外頭吃好的去，嗯？」趙九娘眼裡亮晶晶，笑若芳蘭，走了。

那道美好的身影遠去，夏蘇這才淡淡道聲：「好。」

她一回頭，卻嚇一跳，拍心口，「梓……梓……叔。」

「老子真是看不得妳這慫樣，一個印章都拓不像，說話還結巴，針尖大點兒膽子，娘的，居然還敢贖人質。」老梓踢踏著布鞋，瘸腿踩椅子，端了茶壺，就著壺嘴，咕嚕咕嚕喝了半壺水，好像渴了很久似的。

相對他的粗言敝語，那張平常打理得十分整潔的臉，這時鬍子拉碴，兩眼黑眼圈。不是被人打出來的，而是睡眠不足的模樣。

夏蘇張張口，還沒說話……

「阿梓，蘇娘好歹是你姪女，別髒話連篇的。」周旭從內屋出來，臉上不甚贊同的表情，「蘇娘膽子不小，謹慎罷了，我覺得這樣很好。一個姑娘家，大大咧咧猛打猛衝，難道就是勇敢了嗎？那叫沒腦子。」

「老子不是那意思。」老梓將茶壺往桌上一放，袖子拭嘴，怏怏道：「怕也要看地方，這裡都是自己人，她怕個鳥啊？不是有老子和你給她撐腰嗎？弄點動靜就跳得跟兔子一樣，弄得老子感覺自己是死人。」

老梓語氣一轉，指指周旭，「你就只知道寵她，她做什麼你都說好。她親生老子要不是姓劉，我也不操心，咱們造點假畫，騙那群有眼無珠的土財主，太太平平過幾十年，挺好。可是劉家，不，那個劉徹言，是吃素的嗎？他和宮裡那位大伯父聯手，咱們就算傍上宰相也沒用。老子是想，她真到躲不過的時候，橫豎是個死，嚇死自己不如嚇死別人，來個同歸於盡，兩敗俱傷，比兔子蹬腿就完蛋得好。」

周旭氣笑，「你胡說八道什麼！怎麼橫豎是個死了？你剛剛說要給她撐腰，是尋開心騙騙的？」

「老子給她撐腰，她也得先直著腰不是？」老梓拿眼角睨扁著夏蘇，「你瞧瞧她，她有腰嗎？跟個小老太太一樣，就差拿根拐杖。」

夏蘇看看自己，慢聲慢氣道：「我站得很直，梓叔這幾日辛苦趕工，眼神不好使了。」

周旭哈哈笑出聲，向夏蘇翹起大拇指，又對傻眼的老友道：「你眼神是不好使了，看不見當年不敢用力抱的軟娃子長大啦，已有自己主見。咱們當老叔的，她能想著找咱們幫忙，那是給咱們面子。你呀，多幹活，少說話，不然將來老了，蘇娘不養你。」

老梓目光沉定，看夏蘇片刻，照舊露出玩世不恭的神色，「老子自己掙錢自己花，為什麼要靠這丫頭養？放他娘的狗臭屁！」甩簾進裡屋，吼聲傳出，「最後半幅畫墨跡才乾，要是看不出假來，不是丫頭本事大，而是對手瞎了眼。你們有空鬼扯，不如快想辦法，怎麼蒙混過關！」

周旭笑望夏蘇，「別聽他嘴上凶，其實比我更疼妳，妳娘命運多舛又早逝，令他一直耿耿於懷，所以希望能護妳平安。」

「我知道。」她並非一無所有。

寶貝軸兒的笑聲，也傳了出來，為這片凝重的緊張氣氛，釋放輕鬆呼吸的歡樂。

如此，三刻時之後，一輛馬車馳出楊府，往萬里閣方向，亦輕鬆閒定。

萬里閣，萬人遊，絲毫不誇張。正值春季，清明冷雨也過了，說夏不早，杭州最好的時節，無名小巷都多了人氣，更別說名地勝景。

杭州第一的藏書閣，地處繁華，上有帝王心朝廷供，下有地方支撐，可謂得天獨厚，精藏萬卷不嫌多。這日還是春季開放的最後一日，到處人潮洶湧，連轎子都擠不進去。

夏蘇輕裝步行，喬生押著魯七娘子，瘸腳僕人背一筐畫匣子，從人海中緩緩往萬里閣靠近。魯七娘子服了軟筋散，身穿男裝，戴一頂遮去面貌的斗笠，右手與喬生共戴一根鐵鏈，只有走路的力氣，自然無法想著逃跑了。

可是，她也不怕夏蘇等人，竟還有閒情聊天，「北河那裡官兵估計在罵娘了吧？就算能趕過來，也沒辦法重新部署。我們要從上萬人中脫身，易如反掌，難道還能設了關卡，一個個盤問？」

夏蘇不回應，喬生低喝一聲閉嘴。

魯七娘子哪是那麼乖的人，繼續說道：「我也沒別的意思，就是告訴妳，心裡別瞎盤算了，等一下到了地方，就辦踏實的事，把我和畫換了妳的情哥哥，千萬不要想著出口氣，以後回家好好過日子。」

夏蘇剛剛聽到萬里閣第三層只能放進五十人的事，想了又想，還是決定問一問魯七娘子，「到了地方卻進不去，當如何是好？」

魯七娘子嬌笑，「放心，既能約在那裡，當然有把握讓妳進去。他聰明非常，足智多謀，並非妳這等傻姑娘能比。」

「他？」夏蘇不遲鈍，「你們大東家麼？」

「是啊。為了我，他一定會親自出手，算你們有福氣，折騰了半年，終於能有機會跟他直接過過招。」魯七娘子語氣好不得意。

夏蘇想，若主謀是趙大夫人，這種語氣委實不相稱。

「聽起來，倒像是妳的情哥哥似的。」喬生試探。

魯七娘子笑得嗲極，「下輩子重新投胎，我還真想當他的紅顏知己。小子，你別以為我不知道你是試探我，卻早了八百年，我家老大的事，姑奶奶寧死也不會招。」

這麼聽來，這輩子下輩子的，嫌疑是趙大夫人也算合情合理。夏蘇蹙眉，心中實在困惑，又忽然想起以前被趙青河拉著聊天的時候，他曾說過，對於自己全然不清楚的事，最好就是以不變應萬變。於是，她對喬生搖搖頭，示意他別再多問，並牢牢記住，救人就是今日的目標，而不是幹捕快的活兒。

魯七娘子、老紀、方掌櫃，都不是普通人，與暗地勾心鬥角、明裡還要端著出身的劉家人不一樣，是不會考慮面子好看的惡徒。

想著、擠著，夏蘇終於來到萬里閣門口。

第十六片 羊在虎口

到了萬里閣，才知因遊客眾多，一二層都增設了門限。

不過，只考基本的四書五經，僅防想趁亂搗蛋的混混，而非讀書人。一般的讀書人，第一二層的書不難尋，而對第三層有興趣的，多是求高深學問的文士，所以樓裡雖然人數不少，卻遠沒有集市裡腳跟踩腳根的盛況。

萬里閣開放的日子，趕來的絕大多數人是醉翁之意不在酒。

夏蘇之意，只在酒。她精通古畫典識，自然各方面都有涉獵，門限難不倒她，很容易就上到三樓。正以為要排隊，卻拿到了號牌。原來，和打聽到的規矩又不一樣，開放的最後一日實行抽牌叫號，皆憑運氣，抽中的話，就可帶一位隨行。

魯七娘子又得意翹起尾巴來，「若我所料不錯，妳的號牌很快就會被叫到了。」

雖然不見得很快，將近子夜時分，從三樓跑下一個文庫小士宣讀號碼，果真叫到了夏蘇。喬生道：「真是對方耍花樣，小姐小心。」

二樓兩百多人裡，不等運氣等必然的，僅有夏蘇。能抽到她，絕不可能只憑偶然。可以帶一人上樓的規矩，也絕不可能無中生有。除了魯七娘子，夏蘇似乎也沒別的選擇，不過，

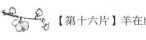

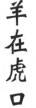

她看似平凡，卻總愛做些不平凡的事。

「喬生，你跟我上去吧。」她做出了別的選擇。

拘著魯七娘子的鏈子早就除去，喬生一放手，魯七娘子就自由了，然而魯七娘子驚愕至極。「妳放了我？」不敢相信。

「是。」夏蘇踏上一級木階。

「為什麼？」魯七娘子一把扯下斗笠，嬌豔的容顏上是完全無法理解的表情。

「因為我帶著喬生，不用擔心死得快；也因為在妳和這七幅畫之中，我想那位大東家會更在乎後者。」看魯七娘子變了臉，夏蘇依舊語氣輕輕悠悠，「妳心裡應該比我清楚。」

魯七娘子冷哼，「這算挑撥離間？」她沒注意，本來由瘸子背的筐，不知何時到了喬生的肩上，而且瘸子也不知跑哪兒去了。

「不是。」夏蘇簡短答過，與喬生上樓。

魯七娘子咬牙恨聲，「妳會死得很難看。」

夏蘇頓足回頭，一抹好笑，「難道我帶著妳，能死得好看點麼？」

喬生可沒夏蘇的軟聲和氣，衝魯七娘子嘿嘿一扯嘴角，嘲諷道：「剛才拿妳當肉盾，也是夠沉手的，這會兒妳派不上用場了，趕緊有多遠就滾多遠。要是再叫我們撞見，可就沒這麼好命了。」

魯七娘子沒忘自己曾挨了夏蘇幾棍子，又被喬生這般瞧不起，滿眼仇意，「小賤人可別得意，記住我的話，誰也不能在我們大東家手裡討得了好，尤其像妳這種自以為聰明的女人。等你倒了楣，我一定會從妳身上討回那幾棍子的債，一根完整的骨頭都不會留給妳。」

喬生雙眉一豎，火大要去拎魯七娘子的衣脖子，卻被夏蘇擋住。

「我等著。」她那懶得說話的調調，並不在意會引起對方更大的憤怒，「妳要是再不走，我就敲斷妳的每根骨頭，再上樓去。」

魯七娘子眼神恨不得吃人，轉身扶住欄杆，走下樓去。

夏蘇看了看不遠處窗下的人，略一點頭，就見那人自窗邊隱去，她也再不猶豫，往樓上走。對方既是悍盜強匪，她就沒有光明正大行事的打算——魯七娘子，是放不得的。

三樓書閣只有一道門，叫到號的人紛紛插到夏蘇前面，她也不跟著擠，就走在最後一個。一切看似的偶然都不是偶然。她比誰都清楚這個道理。所以，他們想要把她留在最後一個，她就沒必要奮力衝殺到最前面。

果不其然，等那些人都進去了，門口突然擺出一張桌子，桌後立了一位中年人，與兩名目光炯炯的年輕僕從。

「方掌櫃，久仰。」同走一條道，有正，亦有邪，博大精深，容納各種人心各種品性。這條道，叫匠道，凡是有天賦、肯勤奮的人都能走，走不下去就會消失，走到終點，就是千古名匠。名匠，奸有之，善有之，惡有之，德有之。

不管夏蘇願不願意承認，眼前就是同道相會、同道切磋，不以良心論斷，全看她背簍裡的畫是真是偽。憑的是技藝，拚的是眼力，無關善惡，由實力論勝負。

「夏姑娘，久仰。」單看外表，方掌櫃具有文儒之氣，講話也文謅謅：「今日新規矩頗多，對不住啊。」

喬生可不客氣，低咒一聲，「切，壞人也不淨長著壞人臉，這位瞧著人模狗樣的。」

年輕僕從雙雙咄道：「嘴巴放乾淨點。」

喬生拍胸膛，瞪大眼珠子，「怎麼？難道你們幹的事還光彩嗎？殺人、販人、偷人，什麼沒幹過？真是笑話了，這世道再不好，還能把邪事說成正義不成？要不要誇獎你們？」

「喬生。」夏蘇輕聲輕語，「一事歸一事，我想方掌櫃和這兩位只是負責驗貨的人，至於其他同夥是殺人，還是搶劫，他們大概不會過問。畢竟，銀子就是銀子，不會寫著髒字或貪字。」

對面三人同時臉色不好看，還是方掌櫃老道些，神情恢復得很快，「夏姑娘說得對，世道艱難，能自食其力就不錯了。而我想夏姑娘這會兒最耗不起的是時間，還是趕緊進入正題得好。」

夏蘇一攤手掌，喬生就將一只畫匣子放上，她即刻取出畫軸，與喬生合力展開，輕聲道：「請鑑。」

方掌櫃有些為難，「夏姑娘，畫在你們手裡，這樣如何鑑？」

夏蘇的淡定微笑，「方掌櫃真是說笑了，畫到你們手裡容易鑑，但我還拿得回來麼？」

方掌櫃一攏鬍髯，「夏姑娘，若我保證還給妳……」

夏蘇搖搖頭，「我不能信。」她是讓人騙大的，「方掌櫃該清楚，你說這句不能鑑，已是在誆我。要不要你拿一幅畫來，我站在三尺外，鑑給你瞧瞧？」

方掌櫃目光微冷，垂眸掩去，「看來，我們都小看夏姑娘了。一直只知妳懂畫，不知妳如此懂畫，騙不過妳呢。」

「好說。」夏蘇挑眉，「你想邊鑑邊拿去也可以，每兩幅放一人出來吧。」

方掌櫃笑了笑，臉上卻有些陰沉，「喔？夏姑娘不想進去再談交易？」

夏蘇笑得比方掌櫃明亮，「方掌櫃豈止是小看我，根本當我是不懂事的女娃娃了吧？我要是進去，真就成了有去無回。」這時，裡面除了趙青河三人，應該全是對方的人。

「喬生啊，準備了。」

喬生欸一聲，掏出火摺子來，從簍裡隨便拿一個匣子，拿火對著。

「方掌櫃到底驗不驗？不驗就算了，我救不了人，你們也拿不著畫，十萬兩銀子，不對，過幾年，這批畫的價值肯定高出兩倍不止。方掌櫃是行家，應該知道我並非說大話。」她被逼學了這麼多年的仿畫，正是父親看好古畫收藏市場，知道她能創造無盡財富。

方掌櫃幫人做無本買賣，專挑古董書畫，也是明白人，立刻讓喬生手裡的火摺子熏得緊張，「夏姑娘，有話好說，其實我也不過是替人跑腿，怎麼交易的事輪不到我作主。」

「那你就去找能作主的人商量吧。」喬生哼哼哼，「騙誰進老虎洞哪？」

方掌櫃並沒有去找，「照夏姑娘的意思也不是不行，不過，妳手上還囚了我們一個人，光有畫可不好辦。」

喬生來氣，「不是你們說只能帶一人上樓嗎？」

「夏姑娘可以帶她，卻選擇不帶她，這可怨不得我們。」方掌櫃笑，終於顯得有些奸。

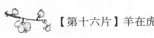

「不怨。」夏蘇才說完，從樓梯衝上來一個人，驚聲尖叫……

「老方救命！」魯七娘子自己跑上來了，劈劈啪啪拍打著頭，「螞蟻！螞蟻掉在我頭髮裡了！」

方掌櫃臉色難看得很。按計劃，夏蘇會帶魯七娘子上來，單槍匹馬，當然只能聽話照做。誰知她帶了喬生。喬生能打，拳頭驃悍，一時不好制服，反而會引發樓外人們的注意。現在他靈機一動，用魯七娘子為藉口反駁以畫換人，結果，魯七娘子自己跑上來攪局。

他沉眼看著神情淡然的夏蘇，若這一切都是她的算計，他們可就大大低估了她。

「老方，你愣著幹什麼？還不幫忙！老娘要被螞蟻咬死了！」魯七娘子心狠手辣，全仗著男人們幫手，本身再小女人不過，脾氣大得不得了。

方掌櫃示意身旁的年輕人過去。

不料魯七娘子轉身又重新讓喬生捉了，脖子上頂著一把尖刀，喬生撇笑，「這叫地獄無門自來投。」

夏蘇的臉上讓人看不出一絲情緒，接畫的動作卻極快，聲音緩慢得讓聽者疲勞，「方掌櫃，我這邊齊全了，你那邊也讓我看看人臉吧，死人我是沒興趣繼續交易的。」

事情完全不能掌控，對方遲遲不跳進陷阱，方掌櫃皺眉頭，「這個……」

「老方，你腦袋瓜不如從前好使了。」陰冷的聲音、陰冷的臉，殺手一般的人物，老紀走了出來，「說半天都套不進一隻小羊羔。娘的，她要看人臉，就讓她看！」

一揮手，身後一字排開，兩個抓一個，雙刀架一脖。

夏蘇靜眼一瞧，趙青河、董霖，還有那位卞家姑娘。卞姑娘還算好，趙青河和董霖似乎挨了不少揍，衣衫破爛，血漬深淺不一。

董霖大叫：「夏妹妹欸，快救哥……」肚子上立刻挨一記重拳，悶了聲尾。

趙青河沒說話，只是看著夏蘇笑。儘管雙眼烏青，嘴角血斑，一副慘不忍睹的模樣，但笑得那麼開懷，好像壓在脖子上的不是刀，是大紅綢帶，當新郎官了。

夏蘇別開眼，「兩幅畫換一個人，趙青河可留到最後。」不是看不下去他的慘相，而是看不下去他那得意勁。至於心跳這東西，習慣就成自然，跳得再快，也不能跳出嗓子眼去。

董霖沒被打乖，嘿嘿對趙青河笑，「你混得也太慘了。」

趙青河卻不以為意，「留到最後，最值錢。」

夏蘇冷冷道：「你可以繼續做夢。」留到最後最值錢？她這是照著對方的思路選出了正確的順序而已！

魯七娘子讓一頭髮的螞蟻爬得要瘋，「老方，你還愣著幹什麼？快給老娘驗畫！」

方掌櫃進一步，夏蘇馬上退一步，畫卷抖直，「方掌櫃，你也可以先放一個人，再拿過去慢慢看。」

方掌櫃一想，對啊，最重要的人質在手，就算放兩個人，她也跑不了，更何況……哼！她已不可能活著離開此樓。

「老紀，放了卞姑娘和董師爺。」同時，方掌櫃朝夏蘇伸出手，「夏姑娘，四幅畫。」

一手交人、一手交畫，情勢變成夏蘇這邊四個加一個，方掌櫃那邊十加一。

方掌櫃同他兩個徒弟反反覆覆看著畫，半點不馬虎，只是老紀開始不耐煩瞇眼，魯七娘子癢得眼中充紅，牙齒咯咯作響。老紀的六個手下，尤其是捉著趙青河的那兩人，視線多多少少讓方掌櫃三個人引了過去。

這時，夏蘇和趙青河目光相撞，她無聲吐字，他即時垂眸接收。

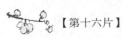

無人瞧見。

「老方，你快點行不行？繡花啊？」老紀忍不住催，「你看看魯娘，也不知道有多少隻螞蟻在她頭髮裡，我瞧著都頭皮發麻。」

魯七娘尖叫，「閉嘴！」

「若是把假畫當了真畫，你去跟大東家交代？」方掌櫃卻不著急，但直起腰，盯著夏蘇道：「夏姑娘，請將另三幅畫交出。」

「方掌櫃，那四幅畫可真？」夏蘇亦不急。

「至少我和我徒弟看不出假來。」方掌櫃語氣從奸，模棱兩可。

夏蘇卻非淺資歷，「那就是真的了。」

方掌櫃面上十分淡然，不答話，然而心裡正起驚濤。

《溪山先生說墨笈》除了一些盛名的古畫，最令人鑽研的就是按照地域分門別類的不出世古畫。滄海拾遺，本來可信度不高，但溪山先生編纂《說墨笈》之後就神祕隱遁，然後就出現一批知名的鑑賞家紛紛寫書評，逐字逐句深究，認定了書中評畫的中肯。

後來，有人進獻了書中的一幅古畫給皇帝，經宮中最高的畫師鑑定，確實為名家手筆。皇帝珍愛之極，向民間高價徵收，將這本書裡的畫推至國寶級。

他身為一名鑑賞師，對《說墨笈》所有相關書籍都熟悉非常，也有不錯過真品的自信，卻從未想到有朝一日，能看到《說墨笈》中的古畫，而且不止一幅，是整個江南卷。

夏蘇說，幾年之後，這些畫的價值會加倍。他認為，幾年之後，這些畫會達到百萬兩之數。這是藝術的至寶，雖時間流逝，它們作為整體，將會超越金錢的意義。當然，他沒有守護滄海遺珠之心，只有守護一個人的心而已。

方掌櫃的目光迅速從老紀和魯七娘子身上掃過，將驚濤壓下，急切向夏蘇索討其餘三幅

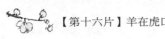

畫，再道：「只要我驗完所有的畫，你們就能離開。」

夏蘇突然笑了，眼裡清澈，如兩泓泉水。

方掌櫃剎那覺得她好像看穿了他，卻又想不可能，冷然盯回去。

「方掌櫃這樣，感覺要獨吞這些畫似的。」夏蘇狀似無心，卻立時讓魯七娘子和老紀神情一變，「要交其他的畫，就得讓卞姑娘和董霖先離開，而且叫你們的人放開趙青河，站在你我之間。同樣，我也會放開魯七娘子。」

方掌櫃說好。

魯七娘子則喊，「老方，那四幅畫給老紀保管。」

方掌櫃目光一凜，「妳什麼意思？」

大概頭皮癢到極致就麻木了，魯七娘子神情狠色，「我能有什麼意思？為大東家多想了一點點唄。怎麼？你不肯交？」

趙青河滿眼都是笑。嘖嘖，看烏龜展示急智，那般從容不迫，卻攪得敵人窩裡鬥，真是一種驗收成果的享受。可見，他平時沒有白教她。

老紀走到方掌櫃那裡，將四幅畫抱開，語氣挺好，「老方，她就那脾氣，你對大東家的忠心誰不知道，不過這種時候還是順著她吧，免得出了意外怪到你頭上。」

方掌櫃板著臉，卻也莫可奈何。

夏蘇想起偷闖涵畫館那回，方掌櫃義正辭嚴維護大東家，倒是這個姓紀的不大服氣，現在再看，真不知誰忠誰不忠。不過，不管怎樣，情勢又起變化了。

中間站了趙青河和魯七娘子，兩人彼此距離一丈，而董霖和卞茗珍已下了樓，夏蘇和方掌櫃兩面對立，最後三只畫匣子送了過去。

趙青河瞧魯七娘子轉著眼珠子，抱臂冷笑，「勸妳別打歪主意，我兩丈之外就能取妳性命，妳信不信？」

魯七娘子當真不敢動了，嘴裡卻撒嬌，「青河小兄弟，姐姐我自打剝過你的衣服後，就愛極你的好身板，還想事成之後找你共赴巫山雲雨。你卻這麼凶，讓姐姐心寒喲。」

老紀吐口唾沫，陰沉的臉上分外不屑。

趙青河拎拎眉梢，難得風流俊相，話卻一點不好聽，「姐姐老皮了些，我好嫩口，要不姐姐重新投了胎再來找我，若我還沒成親的話。」

夏蘇全神貫注盯著驗畫的方掌櫃，手不自覺握成了拳，手心開始發汗，根本沒聽到趙青河和魯七娘子說什麼。她只知道這是最緊張的時刻，稍稍遲鈍，全盤皆輸。

最後一幅了，方掌櫃的手也有些抖。驗六真六，如果這幅也是真的，將是一筆巨大的橫財。他自認沒有半點掉以輕心，也囑咐徒弟們放亮眼，然而隨著畫卷打開，他的眼睛越來越亮，喜悅難以自禁。

眼看，畫已鋪開了一半，眾人忽然感覺腳下樓板顫動。

方掌櫃匆匆看過另半幅，緊張地將畫重新捲好，「老紀，行了。」

老紀面露一絲寒笑，「行了，趙青河，你們可以上路了。」說罷，從門裡跑出十來個驃悍「書生」，夏蘇身後的樓梯也蹬上兩列打手。

魯七娘子披頭散髮，雙目妖紅，扠腰笑得猖獗，「姓趙的，這會兒你就算後悔不跟著老娘，老娘也不稀罕你了。天下珍寶不多，男人卻有的是。別以為老娘不知道你跟你妹妹的那點齷齪事，說好聽是兄妹，說不好聽就是姘頭，老娘看在今日白得了這些寶貝的份上，就讓你們兩人當同命鴛……」

樓板又顫了起來，只不過這回顫得厲害，方掌櫃驗畫的那張桌子都往一邊歪了歪。

有人在樓下大喊，「柱子斷啦！樓要塌啦！快逃命啊！」

魯七娘子回頭向老紀吼：「怎麼回事？」

老紀也正莫名其妙，但神色鎮定，「小心上當——魯娘！」

魯七娘子見老紀向她身後凸出了眼珠，連忙轉頭去看。趙青河的身影在她緊縮的瞳孔中陡然放大，她還未及思考，就感覺自己的腦袋被他兩腿挾住，往地板上急速旋下。不知道是樓歪，還是她歪，一切影像顛倒過來，腦袋碰撞地面的瞬間，脖斷氣絕。

趙青河一眼不看腳下死屍，慢慢站直了，高大身軀帶起肅殺旋風，冷目似寒星，誰還敢笑他的烏青熊貓眼圈。

他向老紀的方向跨出，食指輕誚一指，「下一個，是——你！」

人，如箭離弦。

老紀讓魯七娘子的瞬間死亡驚得目瞪口呆，下意識就往門裡閃，連那四幅畫都忘了拿，只想引人入甕。

「夏蘇，妳先走！」

趙青河的聲音傳進夏蘇耳裡，她的視線只來得及捕捉到他的一片衣襬，不由急喊：「樓要塌了！你沒聽見啊？」

趙青河沒聽見，其他人聽見了，在第三波強震來時，多數如鳥獸散。他們只是普通打

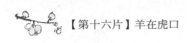

手，收錢辦事，卻沒打算把命賠進去。只剩十來個豁得出性命的，一半跟著老紀進了門，另一半人站得像門神，是要糾纏到死的煞氣森森。

「小姐先走！」喬生藝不高、人膽大，對面個個身經百戰，他竟還想往前衝。

都讓她先走，因為她沒別的本事，最擅長跑路？不過，這動靜，一陣比一陣大得嚇人，不大像嚇唬人，梓叔真要拆樓？怎麼拆啊，他一個人？

夏蘇怎麼想都不對，拉住喬生就往窗戶跑，「你才學了幾日功夫，就敢跟那些殺人不眨眼的傢伙拚高下，居然還讓我先走？我走容易，卻不想回來替你收屍！踹窗！」

喬生自覺聽話，抬腳就踹飛了窗子，卻瞧夏蘇往外輕飄一躍，嚇得他連忙將她反手拉住，「小姐，這裡可是三樓。」

「難道你想回去走樓梯？」夏蘇才說完，轟然一聲巨響……

第十七片 地獄之火

一道火光，伴隨巨大的轟鳴，從樓梯口炸上來，把那一半追兵炸飛了。

要不是夏蘇眼明手快，用力拉喬生跳出窗子。

若非及時避到樓牆後面，喬生大概也會被炸得灰飛煙滅。

喬生嚇得咋舌，「這……什麼呀？我剛才就想問了，老……老……梓叔怎能弄這麼大的動靜出來？」

夏蘇同樣驚魂未定，讓這一聲炸得思緒混亂。

萬里閣是座木樓，老梓叔說他會想辦法弄顫了樓板，讓她隨機應變。她怕自己腦子不夠機靈，還告訴了趙青河。之前樓板第一回震，有人喊樓塌，她就以為這是老梓叔的法子，正覺得不錯，不過這會兒——炸樓？

不說她和喬生差點讓碎木片扎成刺蝟，趙青河還在裡頭呢！這般不分青紅皂白，一下子就要全滅的動靜，好像有點過了啊！

夏蘇想到這兒，又聽一聲巨響。

這回，從二樓的窗口炸出，焦灰，碎木，像煙火一樣在空中散開，火星燒燼。

本來對第一聲炸響尚感迷惑的人們，這時終於知道驚慌，而被碎物砸到的尖叫呼痛，不但加速集市中的譁然退潮，還陷入一片無序的混亂慌逃。

遠處，一列快馬、一行疾兵，趕得火燒火燎的。

夏蘇顧不得看地面上的景象，但覺腳下屋簷晃得厲害，知道樓身遭到了嚴重破壞。不過，萬里閣是朝廷工程，用的都是好木，或許還能支撐住。

然而，就好像老天爺在嘲笑她的僥倖心理一般，轟——轟——連著數聲爆響，萬里閣裡似乎放著好多巨大的炮竹，炸個不停了。

不會是老梓叔。炸藥的威力，她只聽過，沒見過，像這種水師用來對付倭寇的武器，對僅僅能養活自己的老梓叔而言到哪兒去弄炸藥？

「娘咧，這哪裡是聲東擊西，是要同歸於盡啊！梓叔當我們是金剛不壞之身？」喬生站都站不穩，乾脆趴在屋簷。

夏蘇眸中一凜，不，不，不是……

「你們怎麼還在磨蹭？」說曹操，曹操到，老梓攀上簷來，一臉焦黑，身上衣物還有燒過的狼狽，呸著嘴，「格老子的，蘇娘妳事先準備了這等威力無比的玩意兒，好歹跟老子知會一聲，老子眉毛都差點著了火。不過，倒是挺過癮的。」

夏蘇覺得好笑，卻半點笑不出來，「我們還以為是老梓叔你炸的。」

老梓呃道：「老子就算想炸，一時半會兒上哪兒弄炸藥去？不是妳，也不是我，總不會是那群殺千刀的、見錢眼開的傢伙們吧？他們人多，有必要如此豁出命給咱們送葬嗎？」

他突然又叫：「趙青河呢？」

夏蘇才想答他，三樓也炸起來了，火從隔壁的窗子旺燒上天，大風一吹，呼呼捲舌。

「梓叔，你先送喬生下去。」她說罷，點足就往另一邊還完好的窗戶躍。

老梓和喬生同聲道不可。

夏蘇笑了，「我不進去，就在外面接應。」

「樓都要炸飛了，接應個鬼！」老梓一手拉起喬生，猛然身體傾滑，卻原來是樓身歪了，幸好他抓住排水的陶管才穩住身形，「看吧，這樓撐不住多久了，咱們趕緊撤。至於趙青河那小子，比狐狸還精、比孤狼還狠，用不著妳瞎操心。不然，我進去看看，妳帶這腿軟沒出息的東西先下去，到安全地方待著。」

腿軟沒出息？抱著老梓大腿的喬生苦笑，心想自己確實夠難看的了。

「我……」夏蘇沒說完，不遠處的窗子刹那破開，這次卻不是炸，而是竄出一道人影。

那人蒙面，一身緊衣黑褲，手提一柄青鋒劍，劍身流下一條血線，本已想往夏蘇這邊走，與她冷對一眼，立刻轉向。

好濃的殺氣。

那柄滴血的劍，觸目驚心。

這時，窗裡再出來一人，夏蘇只望一眼，驚心已平。

趙青河沒事。

「夏蘇，快找方掌櫃，護他周全。」那雙俊傲的刀眸，見到夏蘇的刹那就含了笑，亦能放下滿心憂慮，「小心，妳只要跟著他，我稍後就到。」

話音落，趙青河高大的身軀也輕巧得不可思議，風一般，往蒙面人跑開的方向捲去。

「娘的，當老子是死人啊。」老梓嘀咕完畢，捉了喬生一隻胳膊，對夏蘇道：「我看到過姓方的，先下去再說。」

趙青河看到夏蘇無恙就放了心，夏蘇又何嘗不是，哪怕也見他身上血色一大片一大片的，但人還撐著天地，神情氣爽。

聽了老梓叔的話，她一點頭，雙臂振袖，如蝶飛舞，明明雙腳已離開屋簷，還能在空中優雅停留，再旋轉著往下落。隨著她輕盈的動作，所有野蠻的碎末和火星，彷彿都只是舞衣上的點綴，令她更加曼妙明豔。

即使天外來仙，也不過如此。

她其實，還是舞者，繼承她母親，超越她母親。

她的父親看中她的畫技，她的養兄看中她的舞技，用酒癮控制，也是為了迫她獻舞邀寵。她對此憎惡之極，越到後來越抵死不從，出逃後，只施展其中輕巧而已。然而，不知從何時起，她已無需再惶惶，身姿自然舒展。舞得美，畫得美，雖引人覬覦，卻也能夠守護，她不是從前的劉蘇兒，亦不再孤身一人。

這時，多數人忙於奔命，無緣得見她的輕舞，而少數瞧見的，又以為是自己眼花，眨過眼就只有煙塵惡火，哪來蝴蝶戀花。

唯一看清的人，只有老梓，落地垂眼，低低一句：「紫姬，妳可安心了。」飛天舞既已突破極限，足以守護自身平安。

他出生貧寒，自以為憑本事吃飯就能飛黃騰達，誰知諸事不順，官場之中頻頻遭黑。萬般心灰意冷之時，他遇到紫姬，面對她的深情，感動卻也無力付出，孑然一身離開京師，二十年後才知紫姬生前悽楚，痛悔亦遲，惟有補償給她的女兒。

紫姬，夏蘇之母，來自波斯，獻於皇室，司樂局首席舞姬，因得罪權貴而遭陷害，下嫁劉瑋為妾，再無自由。然，紫姬骨骼清奇，天賦異秉，老梓贈她一套《飛天訣》，她將其融入舞技之中，自創一門輕功，授予獨生女。可惜紫姬自己身心俱創，無法練到最高境界。

夏蘇聽到那聲低語，眼裡微酸，卻不揭人傷痛，「梓叔，我找人去了。」娘說，這輩子，可以笑念，就不要哭恨。娘親從不流淚，笑也屈指可數，而梓叔，是能讓她娘親笑念的人之一吧？

老梓立刻瞪眼，一腳將立好的喬生踹踹開，「老子就不明白，趙青河把妳當小狗使喚，妳怎麼就能屁顛屁顛地照做呢？」大手揮空氣，能拍出響動的掌風，「行，三條岔路，一人追一條，老子倒要看看，妳跑得快有個鬼用。」

說行就行，老梓跑起來，根本看不出少了一條腿。

夏蘇第二個奔出，見老梓叔選了那條她想走的窄巷，暗暗嘆口氣，轉而上大路去尋。

喬生最後一個動，不料沒跑出數丈，迎面碰上殺回來的董霖，就知道自己沒功可領了。但他也算機靈，扭頭就往夏蘇的方向追，絲毫不理董霖在身後大叫大嚷。大驢常說，他們三個加起來都打不過少爺一隻手，不過無功也有勞，勞苦功就高。他必須，勞苦啊。

只是，喬生沒想到的是，第一，他怎麼也跑不過夏蘇；第二，大路又再分岔，他還選錯了路。這種情形下，連夏蘇的影子都看不見。

夏蘇卻沒有一味往前趕，而是一邊問一邊走的。她跑得快確實未必有用，反而靠運氣問出些端倪，得知方掌櫃帶著兩個徒弟走離大路，往林子裡去了。

林子是樟樹林，南方水甜樹茂，繁枝展葉，又值好春，樹影密密重重。夏蘇穿過整片林子，並沒有任何發現，正想著可能失去了方掌櫃的行蹤，一條河流乍然橫在眼前。

河流不急卻寬，幾根木樁打了野渡，一葉扁舟剛離開兩丈遠。

舟上，不是方掌櫃，又是哪位？

夏蘇跺腳，疾步就衝上渡板，卻已趕不及。或者，這麼說，她能跳上去，但跳上之後，又能如何？就憑她一棍子都打不暈人的力氣？

夏蘇衡量的轉瞬之間，扁舟又搖出去半丈，而立在舟尾的方掌櫃回過頭來，與她正眼相對。方掌櫃睇了睇眼，「夏姑娘腳程真快，居然能追上來。」

夏蘇輕音隨水聲飛揚，「方掌櫃跑得更快，雖然連自己人都顧不得，卻不忘帶走七幅畫。不過，我看你不像去邀功，而是要獨吞。」

方掌櫃呵呵一笑，「這個嘛，他不仁我不義，他能炸樓滅我們這幫老兄弟的口，我還不能拿一筆辛苦費？好歹兢兢業業幫他家幹了多年的活兒，沒我這雙眼，他們能有數百萬銀子的進項？能充富豪裝鄉紳，這麼容易洗白？」

夏蘇一怔，「萬里閣是你大東家炸的？」

「自然。趙青河還在樓裡，你們也未撤，不可能冒險炸掉整座樓，而且安放炸藥要事先做足準備，除了決定將交易改到萬里閣的人，還能有誰呢。」方掌櫃心中已明，冷笑道：「他做事一向狠毒，當初跟著他的兄弟只剩我們，我還以為至少他有點良心，誠意帶著我們走正道，想不到，竟連親……」

方掌櫃的話沒說完，也永遠說不完了。

一柄劍，從他的後背穿過心臟，劍尖耀紅芒，剎那滴出他心頭之血。方掌櫃的徒弟也被船夫兩劍劃過喉管，踢入河中。

夏蘇從渡橋上望著這一連串明殺，冷冷不動。

船夫身材小巧，斗笠戴得老低，「姓夏的，算妳好命，今日躲過一劫。」

夏蘇要是剛剛不動腦子，衝動跳上船，大概也會成為新鮮鬼一名。

「好說。」夏蘇話慢，性子也是驕傲的，「我要是在船上，至少能做明白鬼，看清你的真面目再死。」

船夫吃吃笑，聲音尖誚，「要不要我把船搖回，妳上來試試？」

夏蘇心念一轉，嘴角翹起，「好啊。」

船夫音色瞬變，「姓夏的，妳心裡打什麼主意，當我不知道嗎？」

「奇了，我都不知道自己打什麼主意，你怎麼知道？」世上人人聰明，唯她笨拙不通，「順著說話不行，逆著說話更不行，只恨自己長了一張嘴？」趙青河會趕來的，在那之前，她要幫他拖一拖。

「姓夏的，妳如此囂張，是篤定我不敢回來殺妳吧。」船夫沒有再搖櫓，河面平靜緩流，渡舟自橫。

「難道你敢麼？」夏蘇輕笑，「魯七娘子看我極不順眼，你也是，動不動就說要我命，可我活得好好的，知道了你們那麼多事，害你們不停自相殘殺，不過我實在好奇得很。為何要趕盡殺絕呢？」

船夫開始搖櫓，真朝夏蘇而來，「有本事妳別跑，等我來殺。」

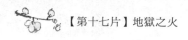

夏蘇沒跑，以自己當餌，總不能離魚太遠。眼看船到野渡橋不過一丈開外，她眯眼正在盤算要往哪邊跑，突然傳來一陣尖銳呼哨，長長短短。

船夫頓時改變了划槳的方向，拚命往對岸划去。

同夥示警！夏蘇幾乎立刻反應過來，與此同時，又聽一道長嘯。

「夏蘇——」趙青河來了。

他沒有讓夏蘇做什麼，他只是喊了她的名，她的膽氣卻似鼓起的帆，呼啦啦吹展，足尖不自禁點渡板，身子飛了出去，腦中僅有一件事——不能讓船夫跑了。

落在舟尾，三具死屍伴腳邊，夏蘇盡力不望過去。

她或許有勇氣阻攔凶徒，卻並未不介意死人，尤其視覺上的天賦，讓她對靜態場景的記憶比普通人存得久，情緒易受影響，就是怕看到醜陋的事或物，也從不遮掩這種真實感受。因此，她曾被她的姐妹們欺負嘲笑，即便如今長大了，也只會不動聲色而已，無法表現得落落大方。

她就是她，有好有不好，能改就改，不能改就算，只要不靠損人來利己。

像此時，夏蘇嘴唇緊抿，情緒不佳，說話慢來生趣，「船家，我送命來了。」

船夫斗笠下蒙著面，看不出半點神情，但冷笑連連，「好，妳送，我就……」一劍刺出，「收！」

如果，連衣片都沾不到，到哪裡收命？船夫見船尾沒了人，心中雖驚，回身卻也極快，只見一道寒光直墜，立刻反手抬劍去擋。

短刀撞上長劍，船夫及時挽救了自己的脖子，而蒙巾下的表情訝異非常。雖早有消息傳報，這對義兄妹，一個武藝高強、一個輕功不賴。然而親眼見後，那些笨蛋對夏蘇的評價卻過低了。這等無影無形的輕功，可磨成致命一擊。

「好人不長命。」

船夫譏嘲著，身子打轉，哧溜溜矮縮了一半，橫掃夏蘇的雙腿。可是，他的盤算再度落空，就見那道輕靈的身影往上直升，竟生出一種飛仙不落的錯覺。鐵了心要等到人掉下來，夏蘇卻突然從他眼中消失，迫使他轉頭，才看見船尾的人影。

當風而立，烏髮如絲，那張平常無奇的臉，膚色比雪還晶瑩潤美，五官精緻刻顯，淡淡一抹似笑非笑。

船夫惱羞成怒，手抖五朵劍花，展開全力，再不多說一句狠話，誓要殺了眼前人，滅去這份閒定。他出生即賊，最看不得他人天生正氣，不必像他一般，生活在光下，卻怕極了光，恨不得太陽隕落，世道永夜，自己方可心安理得。夏蘇憑什麼自得？憑什麼閒定？若她和他的出身換一換，他也能！

船夫的招式快若閃電。

然而，夏蘇的身形如煙如霧，總能比閃電更快。幾個回合下來，不但毫髮無傷，還在船夫胳膊上劃了一個小口子，隱隱見紅。

「夏蘇，回來。」趙青河的聲音傳來。

幾乎同一刻，夏蘇已落船尾，想都不想，準備往岸上撤身。她想放任自己去依靠趙青河，如今做到。

船夫雖像無頭蒼蠅，脾性卻大，見夏蘇要走了，劍招就更加凌厲，「想走？沒門！」

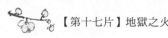

夏蘇雙足仍立船上，但身子以不可思議的角度後傾，衣袖舞似飛升，聲音輕輕柔柔，卻清晰傳出，「船上本無門，而且你要覺得我的命比這些畫值錢，只管來刺——」音收足出。

啪！啪！啪！連踢了三只畫匣子！

船夫激靈靈嚇出一身冷汗，哪裡還顧得上夏蘇，手腳慌忙地接住兩只畫匣子，又眼睜睜看第三只匣子撞進河裡，讓夏蘇當了點足借力的板。

夏蘇漂亮上岸，鞋不濕，衣裙不亂，冷眼望著船夫拿網子，狼狽打撈那只落水的畫匣，她卻從容又淡定，目光輕誚。畫是真是假，其實不重要，貪婪的心認為人命不值錢，這才最可笑。

「妹妹，水上好玩嗎？」調侃的語氣，爽朗的音色，明月下的影子並不清冷。

「十分過癮。」她想，她從趙青河那裡學到的，並非泰山崩於前而不動容，卻是如何讓自己活得舒心。

「妹妹何不毀了那七幅禍害的畫？幾萬兩銀子打水漂，我覺得更過癮。」看畫匣子打撈上船，船夫打開匣蓋，立刻鬆口氣的模樣，反而令趙青河覺得不爽。

「人證已死，再毀了物證，是你傻，還是我傻？」夏蘇反問。

趙青河呵呵沉笑，與有榮焉的語氣，壓了腦袋，貼近耳側，好像非要弄出點曖昧才甘心，「妹妹沒白跟我這麼久。」

夏蘇不躲，一轉臉，鼻尖幾近頂了鼻尖。

兩人四目相接，一處情思爆出一處花火，五彩繽紛，隨即消散沉寂，沉入彼此的幽眼星海，無邊無際，卻有彼此陪伴，也無懼無畏。

「人跑了。」半晌，夏蘇別開眼，望著空水寂流，已將扁舟推遠。

「妹妹都知道留著物證，我難道還不懂留著人犯？」趙青河隨夏蘇的目光看去，一撇笑，「就剩兩個，再多死一人，另一人就從此逍遙了，這種傻事我可不幹。」

「你知道是誰？」夏蘇驚訝，卻又不那麼驚。

「差不多了，就等大驢和喬連的消息。」趙青河的網撒得比任何人都深都遠，現在已到網出水面的時刻。

「姓紀的和他手下們……」夏蘇想起萬里閣的爆炸，不由得身上發寒。

趙青河看在眼裡，「萬里閣都成廢墟了，妹妹這時才知道膽戰心驚。」笑她膽小太遲，「那些人全死了，雖說有幾個是我料理的，不過大多都是被炸死的。當時，姓紀的和我正交手，卻突然中了暗箭，毒發身亡。他死也不肯閉眼，大概是明白誰幹的，又不明白為何。其實很簡單，唯利是圖的人沒有義氣，走夜路的時候可以共擁祕密，橫豎皆在玩命，一旦想走正道，利益不夠分，自己的命也金貴，察覺異心就滅口，然而疑心越重，乾脆殺光才能安穩。妹妹和我，還有一大筆可能的財富，只是給了那人一個很好的藉口，將最終要拋棄的傢伙們集中在一塊兒全滅。」

「你和我卻還活著。」夏蘇微蹙眉。

「兩種可能。第一種，他覺得我們逃不出爆炸。第二種，我們只是他計劃中的餌，無所謂生死。妹妹覺得是那一種？」這時候，趙青河仍不忘教她。

「第一種吧。他沒道理不想我們死。老紀這些人在前，炸樓在後，是雙重確保我們必死無疑。但他低估了我們，不知梓叔厲害，不知我能跑，不知你能以寡敵……」

「格老子的！你們兩個！」老梓出現在林邊，蹲腰撐膝直喘氣，片刻抬起一張凶臉，「老子當你們死人了，想給你們收屍，結果你們倒好，跑到河邊卿卿我我。娘的，好歹給老子報個信，老子就不管了！」

趙青河笑聲朗朗，牽了夏蘇的手往林子走去，「老梓叔，我冤枉，要是真能卿卿我我，我還高興認了，偏偏連蘇娘一根頭髮都沒碰著，好不無辜。」

老梓則冷笑連連，「老子是少了一條腿，不是瞎了眼。你小子這會兒牽的不是蘇娘，是什麼？豬蹄兒？」

夏蘇黑了臉，不敢大聲回嘴，耷拉著腦袋瓜，又開始模仿式地自言自語，「老子又不是豬，哪來的蹄子？到底是幫老子，還是幫外人，給老子弄弄清楚得好。」

老梓聽不見，趙青河聽得見。他曾見她，在桃花樓的芷芳屋裡滿口老子老子地說話，如今終於知道出處，不由大笑，手牽得更緊。

這麼有意思的姑娘，他要是不抓緊，會一輩子遺憾的。

三人回到萬里閣前，天色已經放亮，小小的火舌仍在舔捲，四處生煙。

那棟莊重華美的藏書閣，似頃刻覆沒，成為一堆再無生命的焦黑殘骸。

春風過，夏風起，十萬卷書，本該伴荷湖，本該伴香山，本該伴君子與明月，全化作了灰飛。

夫子們的哀號之聲不絕於耳，哭得人心悽楚。

第十八片 功成身退

楊府，客居。

「回蘇州？」董霖不敢相信自己的耳朵，瞪著悠哉喝茶的趙青河。

喬生進進出出，忙著收拾行李。

「我又沒讓你回去，你嚷什麼。」

趙青河自己喝還不算，拎著壺，起身給一旁的夏蘇倒茶。

董霖瞧他這副樣子，斜嘴吐氣，嘟囔一聲沒出息，「你都回去了，我還有藉口待這兒幹麼？」不對不對，「萬里閣之事尚無眉目，林總捕整天火燒屁股到處打探，咱要是袖手旁觀，今後還能指望杭州官府幫咱查案子？我的哥哥欸，你好歹幫把手。」

「怎麼沒幫？」夏蘇細聲細氣。

「就是，怎麼沒幫了？」趙青河腰杆立直，「我跟林總捕說了，你也在場的，是那夥凶徒起內訌，趁著抓了我們的機會，鬧出這一臺大戲，一箭三鵰。一，殺了我們。二，殺了同夥。三，搶珍貴古畫。說起來，官差就跟什麼一樣，每回都是最後才趕到。」

「什麼什麼一樣？」董霖見趙青河聳聳肩，知問不出名堂，又道：「照你的說法，全死

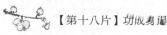

光了？」

「還有兩個。」夏蘇又幫腔，不自覺地。

董霖奇怪瞄夏蘇一眼，「大妹子不是該唱反調，怎麼如今幫起腔來？」

趙青河劍眉雙跳，神色得意，「自然是如今覺得誰最好。董師爺有空關心我妹妹，不如多關心關心自己。事情我都交代得很清楚了，方掌櫃死，他的兩個得意門徒一起被殺，涵畫館關門歇業，其餘幾個夥計根本不知那群人的底細。殺手紀也死了，他的手下死無全屍。他們經偽裝混入二樓，占領三樓，經過十分簡單。萬里閣的掌書們本就手無縛雞之力，而能逃出性命的幾個，簡直有神鐘罩體的好運數，要麼就是被買通的。我也讓林總捕去查證了。另外，與我照面的人，暗器和輕功了得，和蘇娘交手的人，劍術了得。兩人既然清除了所有障礙，短期內不會有動靜，我亦莫可奈何。」

「沒動靜就不找了？那兩人要是一輩子不動，就逍遙法外了？」董師爺突然義憤填膺的，「趙青河，當初可是你設了這個局，說捨不得孩子套不著狼的。結果可好，你我白挨了揍，連累茗珍姑娘差點把命搭上，毀了杭州最大的藏書閣，結果你拍拍屁股就要走人。你說，對不對？」

「茗珍姑娘啊——」趙青河瞇起一隻眼，頓時看穿的敏銳力，「這事，從淺了看，揍我們的人，綁了茗珍姑娘和我們的人，都死翹翹了，不必報仇；從深了看，人命比什麼書都珍貴，而我方有驚無險，擦破點皮，流幾滴血，也不叫損傷。我設了局，終於能與盜賊集團首領面對面，至於對方心狠手辣要殺自己人，我又不是神仙，當然料不到。總之，自認行動取得了戰果，可以功成身退。」

「董師爺要幫茗珍姑娘重建藏書閣，直說就好。」夏蘇也是明白人。

董霖的臉颼地變紅了，「誰……誰要幫她……就算我想幫……她也未必領情。」心虛就結巴的人，當不了騙子。

「路遙知馬力。」夏蘇道。

「日久見人心。」趙青河同聲。

「我就是覺得杭州這事咱有大責任，不應該留個爛攤子讓別人收拾，能幫就該幫一把。」不說到某位姑娘，某師爺就不結巴，心裡哼一記。默契啊默契，當誰看不出兩人有什麼？

「你只管收拾，身為父母官，就得為百姓服務嘛。我和夏蘇寄人籬下，拿著別人的銀兩出來花費，也不能一直住在別人家裡白吃白喝，都出來個把月了，不得不回蘇州。」早說了，他回他的，他留他的。

「萬一大凶徒還在杭州呢？你這一走，怎麼辦？」董霖想激趙青河。

趙青河卻是一笑，樂呵道：「董霖，你想在杭州待多久都行，我保證，他和你絕不可能身處同城。」

嗯？董霖聽出一點點話外音，「你什麼意思？」

「就是主謀絕不在杭州的意思。」夏蘇眼角飛挑，大概把自己也說得一愣，偏頭問趙青河：「你該不會認為那兩人在蘇州？」

趙青河眨眨眼，「還是我家妹妹慧質蘭心，比某師爺的直腦袋聰明多了。」

董霖欻欻亂跳，「你怎麼不早說？要我玩嗎？」

趙青河切一聲，「董師爺，咱們兩人合作至今，有哪一回我非你不可？你不壞事，就不錯了。所以，你留在杭州追姑娘，是明智之舉。否則，跟著我走，損了夫人又折兵，多沒意思。」夏蘇噗嗤笑出，這話太傷人。

董霖果真把紅臉憋到黑，一拳朝趙青河打去，怒道：「趙青河，你這小子找死。要是沒我，你能調得動官差查你自己的私案？要是沒我，你跑到人生地不熟的杭州，還能如魚得水，撒豆成兵？」

趙青河可不等著挨揍，非但擋住董霖的拳頭，還反擊回去，「我的私案？真可笑，我不是百姓，你不是官，有人謀害我，你們查不出名堂，我自己查，怎麼就成了私案？真是，你小子當官這麼久，其他地方沒長進，反而沾了昏官氣。來、來，哥哥我幫你發散發散。」

哥兒倆打得天昏地暗，連夏蘇什麼時候離開的，都不知道。

第二日，夏蘇等人用過早膳就去了碼頭。因楊老爺、楊夫人覺得這也是九娘回門的好機會，就讓楊琮煜小倆口跟趙青河他們一道去蘇州，所以趙九娘和夏蘇不必依依惜別，倒似又一起出遊一般，高興得很。

看到董霖又青又花的臉，趙九娘問夏蘇：「這人確實是咱蘇州府的師爺麼？怎麼看著不穩靠，跟市井混混一樣。」

「看習慣就好。」夏蘇心想，可不就是混棒子嘛。不過，董霖決定回蘇州，真是個不錯的師爺，凡事奉公為先。

「也對，是不能以貌取人。」趙九娘的語氣忽然有些不滿，朝船頭努努嘴，「我從前雖覺得那位岑姑娘溫婉過了頭，卻不知道她原來不是太矜持。從府裡出來時，我就看到她找三哥說話，這會兒又湊上去了。」

夏蘇看過去。相比董霖的新花臉，趙青河的臉上只有舊傷痕跡，背對船頭，正同岑雪敏說話。他之前一見岑雪敏就冷冽，此時卻耐心得多，不時點頭微笑。

夏蘇心裡沒有酸滋味，只有怪滋味。

趙九娘見夏蘇不表態，著急啊，「蘇娘，妳也主動些嘛。」

夏蘇一聽就笑了，「當初妳沒成親時，莫非對妳家相公也主動過？」

趙九娘作勢拍夏蘇的手，「我和他怎能同？又不住一個屋簷……」只覺越說越錯。

夏蘇拍回去，卻示意趙九娘安心，「這種事，並非一方主動就行的，要看緣分。若緣分不歸妳，再主動也是空。縱使我喜歡他，他若還是鍾情於岑姑娘，強求不得。不過，兩人只是在說話，倒也不至於我黯然神傷。」

趙九娘睜圓了眼，「蘇娘，妳……妳喜……」

夏蘇梗食指在唇上，「九娘能幫我保密吧？」

以為自己不會鍾情於某個男子，卻鍾情了；以為自己不可能分享這樣的心情，卻自然而然分享了。終有一日，她對趙青河，也可以水到渠成，坦誠自己的感情嗎？

夏蘇看到趙青河望過來的目光，一觸即刻調回，轉看趙九娘。然而，趙九娘歡喜的神情，令她的心微微雀躍，還有些赧然、有些安然。

「蘇娘，我會幫妳祈福的，妳跟三哥……」有些話，不必言明，就能傳達心意。

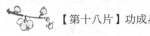

兩人無言，卻歡喜得站在原地，默默分享所有。

女子的友情，或許不似男子直來直去，有事就幫、有惱就打，她們伴著的，是彼此的心，在絮絮叨叨中，甩開沉重的包袱，攫取面對困境的力量，仍獨立，還自強。

女人的友情，看似脆弱，實則永不消失，即使因一點小事記仇幾十年，也從不會忘記對方。既然不是恨，那就還是情，終有一笑泯過的時候。女人的友情，隨歲月釀熟，越到優雅沉穩的年紀，越可信賴。

「蘇娘，來的時候，船上不是著了火嗎？岑姑娘剛剛說不敢一人睡獨間，想跟妳擠一擠，行嗎？」趙青河過來問，神情自在。

趙九娘搶著拒絕，「她不是有丫頭嗎？為何要跟蘇娘擠？」

趙青河恍然大悟的模樣，「九娘，妳想跟蘇娘一間，早說啊。」回頭就對走近的岑雪敏笑道：「岑姑娘，妳看，九娘和蘇娘先說好了。要不，妳和十一娘一間？」

岑雪敏柔弱招憐，「十一娘和雨芙、雪蓉一間了。」

「這有何難？我給妳們換一間大艙就是。」趙青河說做就做，立刻吩咐下去了。

岑雪敏兩隻大眼睛眨了眨，單挑問夏蘇，「蘇娘為何這般不喜我？」

無辜可憐的美顏，茫然無措的氣質，讓夏蘇充分感受到了自己的「歹毒」，無奈道：「岑姑娘，這種事，不隨我願，只隨我心。我想，可能因為我和岑姑娘的性情截然相反，故而一見妳就想扎妳？」

已經這樣了，不歹不毒，對不起自己。

岑雪敏癟著嘴，真似在思考，依然維持著美貌，「就像八字不合？」

夏蘇點點頭，「或許。」

「嗯，我知道了，今後會儘量不打擾蘇娘的。我以前覺得只要自己性子好，跟誰都能成為好友，原來卻是一廂情願，是我太討人厭了。」岑雪敏溫和笑著，繼而對趙九娘說：「九娘，雖然我跟蘇娘做不成姐妹，不過妳是我倆共同的好友，這樣也挺好的。」

趙九娘有點無言的模樣，沉默不言，後來讓夏蘇暗地推了一把，緩過來，才訕笑著回答，「是……是啊……」

岑雪敏就顯得很高興，叫上丫頭，嘻嘻說著話，踏上船樓的木梯。

趙九娘又愣了半晌，問夏蘇：「她完全被妳欺負慘了。」

夏蘇不在意地笑了笑，「我壞嘛。」

「不是。」趙九娘卻若有所思，「原先我也沒留心，當初胡氏女兒把岑姑娘說哭了，大家才開始排擠胡氏女兒的。現在想想，根本沒人聽到兩人到底說什麼，只一昧瞧見岑姑娘可憐楚楚的模樣，就如此時一般。」

夏蘇推著趙九娘的雙肩，到船邊看景，「過去的事了，還惦著作什麼？我壞或我好，自問無愧於心，不管別人怎麼去想。妳別想著這些有的沒的了，老話說心寬易受孕，我急著當乾娘呢。」

趙九娘捶夏蘇，羞得不行，「妳這個雲英未嫁的丫頭，淨說些不害臊的話……」

夏蘇笑得呵呵起，突然瞥見岸上的兩人，連忙鞠了一禮。

兩人中的小個子，又跳又揮手，示意夏蘇下去。

趙九娘好奇瞧去，神情頓時促狹，笑道：「又是吳二爺啊。他這是正巧經過，還是特地來為妳送行啊？」

夏蘇瞪她一眼，挽緊她的胳膊，「到了吳二爺面前，妳可別這麼亂說話。」

趙九娘裝作抽胳膊，「怕我亂說話，妳就別拖著我去。」但她腳步卻緊跟著夏蘇，「其實，三哥雖不錯，吳二爺也挺好，對妳一直很上心。他家裡雖有長輩，可我瞧他卻是作得了自己主的人，而這樣的男子若娶心愛的姑娘，必待之極好。」

夏蘇不語，心道要是看條件擇愛，九娘說的就一點不錯，無論從哪方面來比較，吳其晗都不輸趙青河，甚至更優越。然而，心不動，也無可奈何。

「吳二爺。」到了那位神仙俊朗的公子面前，夏蘇再福身。

興哥兒性子活潑，搶過話頭，「夏姑娘不夠朋友，要不是昨日我給你們送帖子，還不知你們今日就回蘇州，差點錯過送行哪。」

夏蘇雙眸清澈，「就算回了蘇州，只要二爺的墨古齋還開著，仍能常見面的，況且我還等著二爺給活兒做呢。」

興哥兒瞄了瞄主子，見他光瞧著夏蘇不開口，恨不得以下犯上，頂他一肘子。

「夏姑娘，可否借一步說話？」吳其晗其實不是瞧傻了眼，而是反覆思量，終於在此刻下定了決心。

興哥兒雙目放光，「夏姑娘，您和二爺一旁說話，我這兒還備了禮，請楊少奶奶幫著收一收，行不？」他十分靈巧，立刻幫忙主子製造獨處機會，「楊少奶奶，東西就在馬車上，您跟我來。」

趙九娘見馬車停在不遠，就算有護姐妹之心，亦有同情吳其晗之意，暗想說清楚對雙方都是好事，因此就點了頭，同興哥兒收禮去了。

「夏姑娘，恕吳某冒昧。」吳其晗自知順序不對，一般看中了誰家姑娘，當由媒婆上門去問，但夏蘇無父無母，趙青河明說有私心，循著平常的禮法，自己一點希望也無。

夏蘇隱約知道吳其晗想說什麼，忐忑不安，卻也不能在他沒說之前就給答案，只好等他往下說。

「吳某今年二十有三，早過娶妻之齡，實不願隨便將就。」吳其晗的話很清楚很直接，「自昨年與夏姑娘相識，心中常念常思，近來更是焦灼，方知自己心儀了夏姑娘。我這人從商奸滑，少講真話，若能兜轉迂迴，絕不直表心意，然，無法不對夏姑娘坦言。」

夏蘇才張口。

吳其晗卻突然加快語速，「夏姑娘可願下嫁於我？」

才說坦言，一句話完畢，又快又準，直朝靶心，當真是無一字不誠。

「二爺……」她下嫁他？分明是高攀了才對。

「終身大事不可草率，夏姑娘最好多考慮些時日，待我五月到蘇州，再答覆得好。」吳其晗神情竟是緊張，微笑也僵，「但請夏姑娘記得，吳某真心實意，並非兒戲之言，無論妳如何作答，還我一顆真心，我便心滿意足。」

「二爺……」她不敢浪費他一點真心。

「夏姑娘，容我五月再聽。」吳其晗目光堅持，聲音中卻一絲微顫，「如我用了數月方確定對夏姑娘之心，也請夏姑娘不要拒絕得那麼快。」

他知道她想拒絕他？夏蘇愕然，「二爺……」

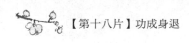

這日，吳其晗不讓夏蘇說出話來，哪怕那三聲二爺，聽在他耳裡是一遍比一遍酥了心。他雖然慢了一步，也沒有義兄義妹的優勢，可讓這份情意就此沉到心底，卻非他的作風。

「萬里閣坍塌那晚，我見夏姑娘進了樓，本想當時就與妳打招呼，不料竟發生那等可怕災禍，慶幸夏姑娘平安脫身，否則我心難安。」也因此，決意表明心跡。

夏蘇一怔，「當日二爺在萬里閣附近？」

「但凡杭州城裡的熱鬧，我一般都會去湊個熱鬧，談生意最佳的天時地利人和。」吳其晗暗暗吁口氣，心想自己成功轉移了話題，「夏姑娘進去沒多久，樓便炸開了，很多人從裡面逃出來，混亂之景象當真前所未見，我居然擠不入內。」他的祖母也在場，派隨從們強行將他往外帶，但他不說長輩的不是。

「樓塌之前我就跑出來了，勞二爺費心。」萬里閣事件轟動全杭州，那麼大的破壞陣仗，很明顯不是天災，儘管官府三緘其口，民眾卻臆想紛紛。

「不是從天而降嗎？」吳其晗努力轉化緊張心思。

夏蘇抿住雙唇，眼裡戒備重重。

玩笑不好笑，吳其晗只好自己訕笑，「夏姑娘敢從三樓往下跳，卻沒見地面上有無數人？即便他們忙著逃命，還有關心著夏姑娘安危的吳某呢，進不去，也不可能調頭走人。」他早先的直覺，他祖母的觀察，出神入化的畫技，還有火光中如蝶翩飛的身姿，都證實著夏蘇的不凡，「我只想告訴妳，無論妳有何難言之隱，過往又如何，即便是欽命要犯，我的心意亦不會變。」

眸色復淺，夏蘇感銘，「蘇娘雖有難言的身世和家事，欽命要犯倒不至於。二爺，墨古

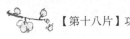

齋在江南有美名，都說樹大招風，客人必定四面八方，請千萬小心燙手的寶貝。」

「……多謝夏姑娘警言，我會關照下去。」吳其晗心思百竅，同時向一直往這兒瞄的興哥兒招招手，與夏蘇行君子之禮，「夏姑娘一路平安，盼五月再會。」

趙九娘走回來，正聽夏蘇細柔道了聲是，即便心裡好奇得要命，但也等到走出夠遠才興沖沖問：「說什麼？吳二爺跟妳說什麼？」

「沒什麼。」夏蘇的語氣十分尋常，「就是跟我求了親，讓我過些時日答覆他。」

「喔，是沒什……呃？」一腳已踩上甲板的趙九娘，猛地拽緊夏蘇的袖子，瞪著大眼，忘了壓低音量，「求親？」

「求親？」迎面而來，楊少奶奶的相公、少爺脾氣收斂不少的楊琮煜，還變得機靈不少，「誰家那麼掐得準時候，趕在夏姑娘走之前送媒婆？」

就算是自己的相公，沒有夏蘇點頭，趙九娘不好吐露，「我們說別人的事呢，你莫瞎猜。行李都搬完了？幫我一道數，省得我粗心大意漏了箱子。」

楊琮煜唯命是從，一臉喜孜孜的模樣，當誰不知他新婚，恨不能抱著媳婦走。只是趙九娘走出幾步，卻回過頭來，對夏蘇努努下巴、眨眨眼，這才真的點行李去了。

夏蘇當然明白趙九娘的暗示——身前無人身後有。悠然點足，不出意外，見到趙青河。

「妹妹啊。」趙青河神色平常，就跟夏蘇的語氣一般，但無人可見他眼底自信，「同吳二爺道過別了？」

「吳二爺瞧見我從萬里閣跳下來了，心中有疑問，卻並未多說。而我一時口快，讓他小心碰上賊贓，以吳家的勢力，大概查得出涵畫館、卞姑娘，還有《說墨笈》江南卷的事。要緊麼？」夏蘇想了想，吳其晗向她求親的話在嘴邊，就是怎麼也說不出口，最終劃分為她自己的事。

趙青河一步上前，右手五指併攏，以拇指、食指夾梳著夏蘇的髮絲，自覺維持良好習慣，「不要緊。咱們用假畫這件事，知道的只有妳、我、董霖三人，連林總捕都以為我們是從收藏者手中借來的，吳二爺查不出，賊人更不可能得知。妳的仿畫已是經過方掌櫃鑑定，板上釘釘，確之鑿鑿的真跡。」

他以為她擔心的是這個？眼角餘光淨是他的大手，夏蘇眼觀鼻、鼻觀心，「我只擔心會否打草驚蛇。」

「不會。」趙青河回答得很快。

「不會最好。」她不動，他就會一直梳下去？夏蘇捉下趙青河的手，看過四周無人，「至於那八幅江南卷，《溪山先生說墨笈》上所提的假畫本就出自我的手筆，自然真得不能再真。」

趙青河原本反捉了夏蘇的手，聞言立刻翻上掌心，湊近細看，「妹妹這手我得好好供著，不止兜財，還生財聚寶，絕不能肥了外人田！」

夏蘇一腳踢去，趙青河連忙閃。他身手敏捷，還樂得欠揍的表情，再氣笑了她。兩人之間，其實已不容誰插足，彼此心裡都明白，就差說明白。只是若不說明白，心裡再明白，也很容易自我懷疑就是了。

船終於啟航，從哪兒來，回哪兒去。

第十九片 喜事臨門

蘇州。

趙府因趙九娘的回門小住，到處有些喧嘩，大宴小聚不斷。

小夫妻成了各房向長房表示友好的關鍵人物。楊琮煜出眾的人品，富有又大方，斯文俊俏，令那些曾暗地嘲笑趙九娘嫁商戶的人們轉而眼紅，改為巴結。

其中以六太太和十娘母女表現最明顯，三天兩頭往九娘的園子跑，送這個送那個的。十娘雖才十五歲，這年紀成親已不算小，而作為庶房嫡女，又不如嫡房庶女，婚事若再不訂下，往後更難有像樣的人選。六太太憋著口氣，要給閨女選個富有的人家，卻一直不敢往商戶挑，怕惹老太爺不高興。

當初大太太與楊家結親，六太太也是那群看好戲的人之一，以為大太太裝賢妻良母，實則苛待庶女。誰知如今數日相處下來，發覺楊家公子雖不如四郎才氣縱橫，卻另有一番出息，品性相貌沒得挑，最讓人眼饞的是他將九娘捧在掌心裡寵著，當人面也不吝好，實在是每位母親眼中最理想的女婿。於是，想著楊家大商，必認識不少同等大商子弟，要能從中給十娘牽個線，六房就跳進米屯裡了。

因為有了這份心，六太太就動輒尋思怎樣才能再去九娘那裡說話。這日，她恰巧經過二房，又恰巧聽到婆子丫頭們竊竊私語，知道了一件大事。

六太太在錢上明著精刮，心思其實直得很，壓根沒想過二房壓著喜事不宣揚的意圖，只覺得能拿這消息當藉口，立刻拜訪九娘來了。

這時，夏蘇也在，被九娘拉著一起吃飯。

趙九娘聽丫頭報六太太來訪，就讓人請她進來，同時好笑又莫名，對好姐妹道：「我這幾日見六太太的次數，比出嫁前十多年加起來都多。不過，每回六太太都踩著飯點來的，今日卻是過了時辰，不見還不好，說不定真有什麼急事。」

夏蘇對六太太沒太多感想，即便曾因困頓窮極而被六太太逼迫，甚至至今對方仍瞧不起自己，她卻不打算對之一直保持強烈憎惡的情緒。憎，或愛，都累心累身，後者至少累得甜蜜些，前者則損人不利己，而她又不閒，精力有限，討厭的人加起來已有一家子，足夠了。

六太太進屋一瞧，居然對夏蘇也笑得熱切，「喲，沒打擾妳們姐妹倆說話吧？」

全府皆知，三少爺的義妹和九姑娘不知何時成了好友，感情要好。

「六太太好。」夏蘇禮數向來周到，不過，九娘的手在桌下拽著她，沒能起身施禮。

「好、好。」六太太不請自坐，眼巴巴瞧了桌上很貴的點心一眼，「妳們吃過飯了吧？這些點心可是杭州帶來的？倒是不輸咱蘇州的。」她之前忙著聽消息，錯過飯點。

「杭州家裡送來的，用冰鎮著，所以挺新鮮。六太太嘗嘗罷，要是喜歡，等會兒帶一份也給十娘嘗個鮮。」趙九娘能與夏蘇做朋友，正在於脾氣相投，都非斤斤計較之人，沒有發達之後就頤指氣使的土財氣，為了自己過得更好，知道什麼該有所謂，什麼該無所謂。

六太太當仁不讓，白吃白拿，哪能說不好，再道幾句閒話，所幸接著就是正題，「妳的喜事之後，本以為是四郎了，不料二房大概更快些。」

夏蘇仍興趣缺缺。趙九娘這個主人為盡地主之誼，接過去問：「喔？莫非是八娘的婚事訂了？可昨日聽祖母提起，似乎還有待商榷。」

二太太給八娘找了一戶人家，男方比八娘大十五歲，雖是鰥夫，但出身西南大族，現任外放的軍鎮副將，官運亨通。老太太不甚喜歡，覺得趙家的千金配了大老粗的武將不說，還是給人續弦，也怕那人與亡妻無兒無女，恐怕只是貪八娘年輕好生養，不懂得疼人。

總之，老太太一方面是過不去心高氣傲的坎，另一方面卻是真心疼愛孫女的。

至於二太太的心思，那就很好懂了。男方願給一大筆聘金，父系又有朝廷高官，對二房極其有利。

不過，二房的事，長房管不了，更別說九娘已嫁了出去。八娘找她哭訴過，說相看過後一點都不中意。這時，六太太突然說到二房將有喜事，九娘才立刻想到是八娘。

「老太太和二太太僵著呢，最後如何，要看老太爺的意思。」六太太嘴角微撇，「其實二太太算得盡心，即便是親生女兒，也未必能找到十全十美的女婿，只要大處不壞，小處忍讓，一輩子也就過去了。當然啦，大太太寬厚積福，九娘妳隨她，也是個有福氣的孩子，這才挑得萬般好的郎君哪。」

對方的話裡，無論有多少酸溜溜、多少不甘心，皆是羨慕這樁婚事，趙九娘自然受用。

夏蘇突生一種分明不可能的念頭，「聽六太太的意思，難道是六公子……」

六太太眼珠子凸樂，「夏姑娘猜得沒錯，正是六郎好事將近啦。」

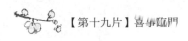

夏蘇又問：「訂了誰家姑娘？」

「哎呀，二太太為這件親事高興得下巴都合不攏，連八娘給她的那點不順心也不怎麼在意了，自是心想事成。咱們府裡幾位太太，多知道二太太打哪家姑娘的主意，偏我沒看明白，上回年夜飯送十娘斷鐲子，還傻乎乎以為二太太瞧不起我家姑娘。原來，是藉著送年禮的名義，專門討好她未來兒媳婦的。」

趙九娘太驚訝，用帕子捂了嘴，仍堵不住愕然，「這……岑……岑姑娘麼？」

夏蘇已知答案，因此不驚不乍。

「正是。」六太太回得直截了當，只是還有後話，「不怕九娘笑話我眼拙，我早先還以為妳和岑家姑娘會當姑嫂。妳想啊，妳母親和岑夫人是姐妹淘，當年她回鄉探親，妳父親也去了，聽說有小半年就住在岑家，那會兒四郎剛學著認字，岑姑娘還在襁褓之中，可不就能攀個娃娃親嘛。後來，岑姑娘還特意投奔了大太太來，大太太待她跟親閨女似的，偏又不是真閨女，那便是未來媳婦了唄。」

夏蘇心想，難得六太太當一回明白人，但這話不好說出來。

趙九娘也知道，「我母親一向仁心仁善，又是好友的女兒，待之特別親切，並沒有旁的意思。再說，四哥的婚事是祖父幫看著的，父親和母親似乎也作不得主。」

「我就那麼一說，其實要真是娃娃親，早兩年岑姑娘剛來時就該成家，怎會拖到如今過了嫁齡那麼不厚道？」六太太不明就裡。

趙九娘只得裝糊塗，「可不是嘛。」懶懶伸一下腰，打出半個呵欠。

能注意這樣的細節，就不是六太太了，噴著點心沫粒又道：「二太太總算盼到好事了。

岑姑娘出身不顯貴，可也不輸人。岑家雖無名望，官場無大勢，卻也是無法挑剔的鄉紳，士農工商排第一。而且岑家富有，只有岑姑娘一個女兒，聽說財產都已給了她，至少這個數，」豎起五根手指頭，「公主的嫁妝還未必有這麼多呢！」

夏蘇瞧趙九娘打了另半個呵欠，心中好笑，乾脆幫她點明，「九娘乏了？」

趙九娘送去感激的一眼，「還是沒習慣坐船，一連幾日都要歇午覺。」

六太太不甘不願地起身，最後一句才是真真正正替自家說的，「九娘啊，我沒妳母親的好福氣，也沒二太太的好本事，但十娘是我心頭肉，便是拚了命，我也想為她求一門好親事。妳平時得閒，就幫妳十妹妹留個心，只要家世人品有妳家夫君的一半，我便滿足了。」

趙九娘不應不拒，只讓丫頭取來兩份點心，又親自送了六太太出去，回屋見夏蘇一派愜意，笑道：「終於沒人跟妳爭三哥了，妳這會兒是心花怒放麼？」

夏蘇聳聳肩，微笑回應，「還好。剛剛六太太說不是八娘，我就想到了六公子，然後就想到……」

「岑雪敏。」趙九娘接尾，仍沒驚訝完，「咱回蘇州才幾日？她在杭州一有機會就同三哥說話，無論三哥擺什麼臉，她都跟糯米團子似地沒脾氣，怎麼一回來就改嫁六哥了？」

「她還沒嫁，改什麼嫁？」夏蘇慢吞吞說來，笑話不好笑。

趙九娘斂笑蹙眉，「她從前想嫁的是四哥，還對著周家姑娘哭得傷心欲絕，母親後來說明白娃娃親不作數，她因此大病一場，黯然神傷，連我都覺得怪可憐的。好吧，聽母親說三哥出事前一直向岑雪敏示好，就當她終於懂得三哥真心，沒有對四哥死心眼，可才過了多久，三哥不搭理她，她一轉身就能再選了別人？真瞧不出來這姑娘，喜歡一個人就如喜歡一盤菜，嘗過新鮮就能換另一盤，這般灑脫。」

「她喜歡的，不是人。」夏蘇道。

這次她沒說笑話，反而逗笑了人。

趙九娘就笑，「不是人，難道是貓，還是狗？」

夏蘇一語中的，「她喜歡的，只是趙家長媳的位置。」

趙青河安排岑雪敏看到趙子朔和胡氏女兒同舟北上，是為了讓岑雪敏徹底死心？可是，要讓岑雪敏允嫁趙六郎，這中間，還差了一步——岑雪敏必須也對趙青河死心。

夜來花有香，五月五過端午，白日已經熱鬧包過粽子，晚上還有一頓好宴。

宴，是家宴，因趙青河的緣故，夏蘇也在受邀之列。

岑雪敏和趙六郎的婚事，二太太至今祕而不宣，除了那日六太太多嘴，夏蘇再無聽說過半個字。她猜想大太太也不知道，否則昨日去陪她用飯，大太太不會還旁敲側擊問著趙青河同岑雪敏之間的進展。

後來，九娘跟她論起，皆認為是二太太怕節外生枝，為保婚事順利，這才暫時壓著。

「我正找妹妹呢。」趙青河神清氣爽，無聲落在屋瓦之上，跟著夏蘇的視線瞧，「妳不是不喜歡走屋頂？那裡也沒什麼好看，怎地連防備都不要了？」

夏蘇正坐望著岑雪敏的居園，「明明只隔了一條廊，感覺好遠。那裡平時就這麼張燈結綵鋪張浪費，恨不得點個大火堆，把園子燒亮？」

「誰知道呢。」斑斕的彩光照到這裡已十分微弱，映不亮趙青河的眼，裡頭墨濃如漆，「不過那園子的主人不是很富有嗎？燒園子還是燒銀子，都能隨她心意。妹妹可羨慕？」

「她有一雙好父母而已，我們則憑自己本事吃飯，各自心安理得就好。」山珍海味，金鏤玉衣，華屋美宅，她不是沒有過，卻享受不到快樂。

「我們確實是憑自己本事，可她的父母好或不好，尚不好說。」趙青河這話意味太深長。夏蘇聽得出來，柳眉一挑，「此話何解？」

「家家有本難念的經。看別人家的事，其實都是霧裡看花。這麼解。」趙青河伸手過來，笑出一口漂亮的牙，「今晚是二房緊張時刻，妹妹別看夜彩了，早點到場，也好早點開鑼。」夏蘇早告訴了他，二房幸福的「祕密」。

夏蘇盯著那隻大手，半晌捉住了，借力起身，只當沒看見趙青河那張咧得更大的嘴，心裡泛甜也迅速消化，「莫非二房今晚要說出來？」

「明日六郎就要上京赴考，此時不說，更待何時？」趙青河覺得好猜，「必然要把親事說定，等六郎一回來就成婚。」

夏蘇一想有理，「大老爺和大太太要嚇一跳了。聽六太太說，岑姑娘得了父母全部財產，有這個數。」

趙青河看著眼前蔥白的五根手指，心神恍惚，語氣不由有些散漫，「五十萬兩？」

夏蘇嚇喝，「我以為是五萬兩！」五十萬嗎？雖比不上那些富可敵國的富族貴家，可岑雪敏一人擁有，著實也是富極了，怪不得一直以來底氣老足。

趙青河把魂收回來，瞧夏蘇驚訝的白包子臉蛋，想捏不能捏，仍漫不經心，「五萬兩太少了，那姑娘很會斂嫁妝，十分能把握商機，做什麼買賣都一本萬利。」

「這般富有，為何她姨母那麼在意你送的東西？」當初趙青河去討八百兩銀子，彭氏還追出來斷絕來往。

難得的，夏蘇認為趙青河渾說一氣。

「或許她姨母不知道她的家底。」趙青河眨眨眼，握緊了夏蘇的手往下跳，落地後果真交代，「我瞎猜的，我哪裡知道岑家有多少財產。」

本來夏蘇不信他，可他這麼「老實」，又讓她反而不踏實，「趙青河，你是不是瞞了我一些事？」好不古怪的感覺！

趙青河忍不住，伸手去夾夏蘇的面頰，自己卻是一臉得色，「不是我瞞了妳一些事，而是很多事，之前妳從不問，終於想關心哥哥我了嗎？」

她就不該問，多問一個字他就能上房揭瓦。夏蘇鼓起腮幫子，讓那兩隻爪子滑脫掉，瞥他都懶，「不管我關不關心，你還不是照舊做你想做的事。」

「照舊是照舊，不過要是妹妹問我，我一定如實相告，絕不隱瞞。」她不問而已，不然他完全可以無比敞開他的心啊！

泰嬸拿了燈過來，見兩個她最疼愛的孩子越處越融洽，心中不禁高興，「蘇娘，待會兒席上看著點少爺，別讓他喝太多酒。」

趙青河主動接過燈去，「老嬸信我，這喝酒的事兒，要盯，也是我盯。」

夏蘇只當聽不懂，抱著泰嬸的肩依靠，軟軟柔柔道：「瞧瞧，哪是我能看著點的人？凶神惡煞的。」

趙青河瞧著新鮮，「妹妹這是撒嬌？美得很。妳別偏心啊，對哥哥以後也常使一使，且多多益善。那妳就算要天上的星星，哥哥也能給妳摘來。」

泰嬸笑得不行。

大驢昂昂蹦到拱門外，「合著好東西只能由少爺送，不然就算是東海裡的大明珠，也會落得粉身碎骨的下場。」

泰嬸已知珍珠粉的典故出處，當然偏幫趙青河，「是少爺考慮得周全。吳老闆送蘇娘珍珠雖是好意，但咱們不能仗著人家好意，壞了人家名聲，珍珠粉吃了、敷了都出不了自家的門，不會惹出閒話來。」

大驢朝天翻翻眼，私心就私心吧，非得往義正辭嚴了說。

泰伯來提醒時辰差不多了。

夏蘇走到門口，見喬生、喬連也在等，不由一怔，問趙青河：「你都帶著去啊？」

今日家宴，庶出的六房都不在受邀之列，只有嫡出的五房老爺、夫人和成年子女出席，趙青河帶了大驢和喬家兄弟，就顯得有點誇張。

「讓他們長長見識。」趙青河簡潔回道。

見識什麼？菜色？越來越感覺這晚詭異，夏蘇卻沒再多問，慢騰騰隨在趙青河身後。

老潭院裡擺了兩大桌、兩小桌，老太爺和兒子們一桌，老太太和兒媳們一桌，目前在家的兩位嫡出兒郎——趙青河和趙六郎，加上新寵女婿楊琮煜一小桌，而八娘、九娘、夏蘇、岑雪敏四人一小桌。

要說夏蘇是傍著趙青河這位義兄受到邀請，岑雪敏的出席，對於不知情的人而言，意圖就有些模糊。知情的九娘和夏蘇互換一眼，彼此心照不宣。

內向的八娘蔫蔫兒的，似乎全然不知自己命運的好壞壓根不在二太太的心裡。她那位母親神采飛揚，在老太太那桌一直說個不停，誰都看得出二太太心情大好。

相對的，岑雪敏的表現要平靜得多，一如往常地恬美柔和，還時不時同八娘和九娘說話，不忘對夏蘇保持美好微笑。

夏蘇正自嘆不如，突然打眼瞧見一個僕人從旁經過，心中生起奇異之感，好像很眼熟啊？等她再想細看，竟又找不到那個人了。

這時進入茶餘飯後，二老爺笑呵呵喊聲父親。二太太頓時收聲，兩眼冒光。趙六郎低了頭，藉抿杯子的動作，掩去開心的笑臉。九娘向夏蘇無聲道四字——好戲開場。

誰知，趙青河的笑聲蓋過了二老爺，搶著說話：「佳節朗夜，我給大家講個故事，助個酒興茶興，如何？」

夏蘇想，這才是真正的好戲開場了呢！

二太太有點不樂意，正想表示沒興趣聽故事，不過大老爺一聲好，立刻封住了她的嘴。

「我要說的其實也不算故事，因它是真人真事，只不過聽起來很匪夷所思，而且還有點長，大家耐不住性子，就跟我直接抱怨，我便不說了。」趙青河開頭。

九娘在桌下拉拉夏蘇的袖子，拿眼神問她。

夏蘇略一聳肩，同時留意到岑雪敏瞧自己的目光，淡然對上，正要回以微笑，岑雪敏卻垂了眸。她看不見岑雪敏的表情，但見那雙手裡的茶杯輕顫，水面漾起波紋，久久不平。

「這故事從兩位同鄉好友的姑娘說起，姓名省了，就道甲姑娘與乙姑娘吧。兩人自小熟稔，姐妹相稱，成年後，甲姑娘與江南大戶人家的長子訂了親，可謂風光，乙姑娘的家世不如甲姑娘好，婚事暫無著落，因此去寺中求個好姻緣。本來應該當日來回，卻遲了幾日，連乙姑娘說好要給出嫁的甲姑娘送行，都沒趕上。後來，乙姑娘給甲姑娘寫了封信，說遇到高僧，為顯心誠，才在寺中多住了一些時日，以至於錯過甲姑娘出嫁。也不知是否心誠則靈，過了不久，有人向乙姑娘求親。」

夏蘇的眼睛瞄來瞧去，發現大太太的神色有些詫異。

「男方雖然無父無母，與幼妹相依為命，又是遠鄉來客，卻勝在錢財富裕，願為乙姑娘定居同城，並大手筆在當地置下大片田地，婚事因此得到乙姑娘父母的應允。乙姑娘父親原是地方鄉紳，他身故之後，女婿順理成章，也得了大鄉紳之名。這麼一晃，幾年過去，甲姑娘，應該是甲夫人了，與甲老爺一起回鄉探親，同昔日閨友重拾情誼，兩位老爺也頗為投機。夫婦兩雙遊山玩水，倒也不亦樂乎。」

這下，趙大老爺的臉色也不對了。

趙青河的聲音仍淡仍漠，「恰巧，甲夫人生有一聰穎小兒郎，乙夫人身懷六甲，生產之際還有甲夫人幫忙，得了一位漂亮千金。甲老爺挺珍惜兩家夫人的緣分，就道訂個娃娃親，把甲家長子和才出生的乙家姑娘的終身綁在一塊兒。甲府是名士高門，等於高攀一門親，乙家夫婦自然答應不迭。」

變臉色的人又多了兩人，這回是老太爺和老太太。

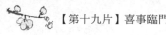

第二十片 久遠真相

原本還有人低語聊天，這會兒卻是鴉雀無聲，大概隱隱覺得這故事並非無稽之談。

夏蘇就看到九娘的眼睛往岑雪敏那兒拐，顯然聯想到了什麼。然而，她雖清楚趙青河在說岑、趙兩家的淵源，但不懂他說故事的意義為何。她以為，他今晚若生事，必定和這大半年來的凶險有關，十之八九要抓出害他的凶手……

夏蘇突然抬起眼，驚疑的目光望著與她鄰坐，一直垂眸抿笑的岑家千金。

岑雪敏姣好柔美的側面白若梨花，明明嫻靜如常、明明寧淑安然，卻似有森冷寒氣，自美好身影中張揚舞爪而出。

夏蘇陡然一顫，又不可置信，只覺自己有些異想天開。怎麼可能呢？有良好的出身、疼愛的雙親，怎麼可能會走上這樣一條不歸路？

趙青河倒也不囉嗦，很快說到十來年之後了，「甲夫婦回江南，與乙家夫婦保持書信來往，轉眼兩家的孩子長大成人。乙家按娃娃親的約定教養著女兒，希望女兒能夠成為令長輩疼愛並受人尊敬的長媳主母，乙家女兒也以此為目標，日日很努力地學習。反觀甲夫婦這邊，卻出現變數。首先，甲夫婦長子太優秀，優秀到大家長，也就是甲老爺的父親，在這個

長孫身上託付著一族繁興的重望，婚事自然不可隨意，非名門望族的千金姑娘不考慮。儘管甲夫婦再三想將娃娃親進行到底，但甲老太爺一力反對，他們也只好拖延，直至突然有一日，乙家女兒來投奔……」

「不要再說下去了！說書不像說書，唱戲不像唱戲！」趙老太爺一聲叱。聽到這兒，還不知道趙青河在說趙家的事，那就是白癡。

趙青河從未將這位祖父當祖父，嘴上說得不客氣，「老爺子別嫌我囉嗦，一般要講好一個故事，開端得理清脈絡，不然後面聽不明白。您別急，不論是甲、乙兩家的淵源也好，或是甲家沒有信用，都不是我這故事的主旨，接下來，甚至就快沒甲家什麼事了。」

「你到底要說什麼？」老太爺居然被挑起了好奇。

「乙家的事啊！」趙青河一咧嘴，目光投向夏蘇，還不忘朝她眨個眼，結果只得回一枚白眼，卻樂得跟什麼似的，笑得更大，「乙家女兒突來投奔甲家，帶著父母一封信，說是母病隨父求醫，兩人行蹤不定，故而將女兒託付給甲家代為照顧。在一般人瞧來，乙家這麼做，是提醒甲家莫忘承諾，也是孤注一擲，要推兩個孩子一把。若孩子們互看對眼，反對的一方更加理虧，最終還得允了親事。」

二太太沉了臉，不顧自己兒媳婦的身分，開口尖銳，「說來說去，還是甲乙兩家事，老太爺都道別說了，你還囉嗦個沒完沒了。」她也回過味來，這乙家女兒說的是哪一個。

「二太太莫惱，跟誰搶了妳的財神似的，我可沒那個意思。聽完這故事，只要妳仍稀罕，財神還是歸妳家的，我保證絕不會有別人來搶。」

如果夏蘇的嘴是麻利，趙青河的嘴就是嗆辣，「乙家姑娘一住近三年，乙家夫婦從未

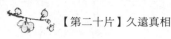

露過面，只偶有短短的書信。即使甲家夫婦已決定悔婚，再三懇請乙家夫婦來一趟，好當面道歉，兩人也不曾出現。說到這兒，大家是不是會奇怪，即便乙夫人得了重症，事關女兒終身，怎能完全不現身？為人父母，大多能為了孩子豁出性命，是不是？」

這一問，獲得不少點頭回應，而大太太和大老爺的神情開始出現疑惑。

「事實很簡單，活人能來，死人卻是想來也來不了的。」趙青河在平鋪直敘中，投下一塊大石。

大老爺渾身一震，滿臉驚色。大太太卻沒那麼好定性，立時站了起來，不可置信地瞪著對桌的岑雪敏。

二太太盡力將趙青河的話當成惡意，將大太太拉回座位，以岑雪敏能聽到的聲量高聲說話：「大太太可別聽一是一啊，且不說無憑無據，即便是真的，那姑娘也是怪可憐的。父母雙亡，還能有誰為她的婚事出頭，自然只好瞞著了，又沒有害人，實在算不得大錯，只是難言之隱罷了。」

大太太冷冷瞥二太太一眼，已看穿她說好話的用意，不再說話，臉色鐵青。

夏蘇不看別人，只看著岑雪敏，以為她還會繼續置之不理，不料見她終於抬了眼，並與自己對視。

「蘇娘這般瞧我，莫不是我臉上沾了點心？」甜美的笑顏，一絲不安也無，岑雪敏摸了摸自己的臉頰，「我自己瞧不見，請蘇娘幫個忙，不然就要出醜了。」

這是擅長偽裝？不、不，真的一點做作也無。若是冷靜，簡直冷靜得可怕，無人能敵。

夏蘇相看了那雙靜眼半晌，回應亦冷然，「沒沾到什麼。」

兩人皆冷，卻不覺冷，冷到的是周圍的人，終於激起一個受不了的，也是二房的……

趙六郎重重拍下茶杯，「趙青河，你不要無中生有，血口噴人！」

「我說故事，大家愛聽不聽，不聽者自管離場，我無所謂。」然而，趙青河是鐵了心要把故事說完，「現在，就來說說乙家夫婦身死之謎吧。」

趙六郎走了，甩袖而去。

這讓夏蘇覺得，至少他表示出了一份珍惜和保護的真心，那恰恰，是趙四郎和趙青河都沒有的。對被珍惜和被保護的人而言，應該感到幸福。

只是，岑雪敏對趙六郎的甩袖而去，並沒有表現得幸福，甚至連一絲絲情緒波動也不曾，恬笑的模樣一如剛才。她自始至終，目中無人，彷彿離開的人與她毫無關係，現在無，將來也無，那麼楚楚可憐，似畫中美人，已經畫好的表情。

岑雪敏的神情不動，趙青河的語腔不變，就像在比誰能堅持得更久，「乙夫人重病是假，乙老爺身死是真，夫妻兩人同時身亡，當然不是巧合，也絕不自然。而這，要先從乙老爺的真正身分說起。」

到了這時，再無人願意離場。

「乙夫人當年入寺祈福晚歸，連好友出嫁都錯過，其實是讓響馬劫了，乙家付了一筆贖金才換得乙夫人的平安。不過，這樣的事情一旦張揚，乙夫人清白盡毀。正因如此，不久之後，既無雙親、還是異鄉人的乙老爺派人求親，乙夫人娘家才挑都不挑，就應允了親事。按理，乙夫人娘家也算當地大戶，未必及得甲夫人娘家的家世，但就女婿的人選，也非只因對方富有就忙不迭點頭的。」趙青河講故事，還不是自娛自樂，要拉聽眾參與，「您說是不是，大夫人？」

大夫人臉白如霜，緊抿雙唇，眼中淨是不能信，又驚愕，悄疑竇。

趙青河聳聳肩，繼續道：「然而，乙夫人娘家父母到死都不知情的是，這位看似老實本分，待女兒很好的女婿有不能說出的過往……」

「夠了。」趙大老爺沉喝，「青河，故事過於離奇，無須再講。」

趙老太爺卻唱起反調，「我倒要聽聽他能講得多離奇，接著講。」同時，他吩咐下去，廳中僕從一個不留。

「老爺子明智，有些故事，外人是聽不得的，免得浮想聯翩，以為是咱們家的事。」今日，天塌地陷也不能讓趙青河住口，「那位乙老爺，正是當日挾持了乙夫人的響馬頭子，不知怎麼動了真情，改頭換面，裝作外地富家子，上門求娶。」

趙大夫人用帕子捂住嘴，雙目欲吟泣，從不信到疑竇，再到半信半疑。

「從此刻起，三哥不妨將甲、乙去了，改回趙姓和岑姓，直說是我爹和我娘的事就好。」岑雪敏走到趙大夫人身側，輕輕扶了大夫人顫不停的雙肩，眼裡微微泛紅，卻又十分堅強的神色，「我竟不知自家還有這樣的傳聞，三哥從何處聽來？一定要讓我聽全了，叫我瞧瞧同樣是人，到底能有多壞多惡。」

夏蘇望著岑雪敏嬌弱又堅韌的模樣，心道趙青河這個故事難講。

這時，九娘的手捉了她的，她輕輕反拍，示意滿是擔憂的九娘安心。此事引起的最糟糕結果，無非是一拍兩散，趙青河和岑雪敏再不能在一個府裡住著，有一方必須離開。這等結果，她可一點兒都不害怕。

「也好，省得甲乙的，沒有代入感。」趙青河從善如流，「我還請了妳姨母一道聽，如妳所說，是自家傳聞，妳在屋裡聽，總不能一直叫她立在窗外，差別待遇。畢竟，她是妳娘的親妹妹，也是妳外公家僅剩的人了。」

他一拍手，廳門打開，彭氏侷促不安地跨了進來。適才她在窗下聽，原本氣得不得了，卻在趙青河說到姐夫是劫持姐姐的響馬頭子時，剎那癟了氣。她不是瞎子，也不盲目，當年姐姐被劫再急嫁，她亦是知道的。而且，她還留意到姐姐新嫁時，同姐夫的關係確實有些古怪。只是沒過多久，她嫁到外地去，再回娘家卻見兩人之間很恩愛，也就忘記了。

岑雪敏弱弱道：「太好了，姨母快來，我雖知身正不怕影斜，卻痛恨有人說爹娘壞話，怕不小心哭出來，反而招了大家討厭。」

軟腔軟調，輕而易舉成為被害者。

姪女委屈卻堅強的樣子，立刻將彭氏心中的自疑一掃而空，快步蹭風往岑雪敏那兒走，還一邊挽起袖子，「我剛才在外面聽得清清楚楚，真是一派胡言，笑掉人大牙。趙青河，別血口噴人！你小子是吃不著天鵝肉，也要拽著一起落糞坑怎麼著？」

「彭姨這話說得……我好冤枉。」趙青河皮厚，這點嘴皮子仗根本不痛不癢，「一開始，我就說了，只是一個故事，飯後餘興，哪怕是真人真事，不願理會的人不理會就罷。與我沒啥關係的事，我還能拚死追究不成？你們說吧，還聽不聽？不聽的，舉個手，少數服從多數，我就到此打住。」

一隻手都沒舉起來。

岑雪敏適時道：「這會兒三哥要是不講了，我可是不依的。」

「恭敬不如從命。」趙青河抬抬青峰眉，眼裡不見半分惜情，「不管岑夫人一開始情不情願，她與岑老爺後來感情深篤，似乎不必我多說，更何況連孩子都生了。而且，岑夫人生岑姑娘的時候受了些苦，岑老爺就決心不再要孩子了，可見對岑夫人真心實意。本來呢，岑老爺如果把過去的勾當留在過去，今日也無需追究，只是岑老爺山中盜賊出生，沒學過別的本事，積攢的錢財為娶岑夫人就花去大半，手下多有不良習性，愛賭愛狎，他仗義擔了開支，卻又不擅經營，日漸坐吃山空，手頭竟拮据起來。他不甘心妻兒跟他受苦，再動起了無本買賣的腦筋。岑老爺本姓陳，是西北山區大名鼎鼎的悍匪響馬，殺人不眨眼，人稱鬼山王，西北官府通緝的第一要犯，定居岑夫人的家鄉後，鬼山王與他的一干兄弟也同時從西北消失得無影無蹤。岑老爺盤算著幹回老本行，也許是夫妻同心，讓岑夫人察覺了。岑夫人聰明啊，比起明面打家劫舍的響馬買賣，她向岑老爺提了個全新的賺錢法子。」

彭氏終是忍不住，「胡說，我姐姐品性溫良，怎會助紂為虐？」

「品性溫良？」趙青河笑得涼冷，「這我就不知道了，我只知岑老爺沒有再幹山道上殺人劫貨的買賣，然而岑家所在附近的幾個省出現了人販子，綁架富家子索要贖金，以及仿造古董字畫的作坊，都是一本萬利的好買賣。因為這些事情做得周全絕密，若非官府重新展開追查，要麼就成了無頭公案，要麼壓根沒人報案。岑老爺一改往日凶悍之風，難道不是有了賢內助之故？聽說，岑老爺後來重用的二把手，亦是岑夫人舉薦，是識古鑑古的大行家。」

這是說方掌櫃了。

時至今日，夏蘇對趙青河認真時說的話是十分相信的。當他一說乙老爺曾是響馬盜賊，她已能將這些日子來發生的事連接起來，且清楚即將到來的結論。這個結論固然完全超乎她的想像，令她驚得無以復加，然而更多的是佩服，佩服趙青河不止深謀遠慮，還有神速的行動力。

彭氏憤怒，「越說越不像話。」

「我想，三哥接著要說我了吧？」岑雪敏苦笑，「說我繼承了我爹娘，也淨做些見不得光的買賣。」

「那倒還不到時候，得先說清妳爹娘是怎麼死的。」趙青河很「謙遜」，繼續說道：「一本萬利的買賣做多了，手頭重新寬裕了，岑氏夫婦決定休息一陣子，也許還想著就此收手，兩人出門遊山玩水。不管是強盜還是良民，都是爹娘生養，岑老爺也非石頭縫裡蹦出來的，雖然生在賊窩裡，反正不管出於什麼原因，回到故里。也許天網恢恢疏而不漏，在山下不遠的縣城，岑家夫婦巧識一位中年文士，得知他新近收藏了一件價值連城的古董，是唐宮名匠所製的千手觀音像，就動了盜心。夫婦兩人自以為計劃周全，卻不知文士並非一般人。對方表面看來任觀音像被偷，卻是將計就計，順藤摸瓜，欲將真正的主謀捉拿歸案。岑家夫婦自知無望逃脫之後，怕連累遠方女兒，與一干同夥悉數自盡。只要到官府打聽打聽，無人不知三年前西北省府破獲了一樁大案，鬼山王夫婦雙雙斃命。這也是我說，岑夫人是岑老爺賢內助的原由之一。兩人一齊被圍捕，要說岑夫人全然不知，實在可笑。」

臉色難看的人越來越多，望向岑雪敏的目光已與之前截然不同，連二太太這般貪圖富裕兒媳的人，也沒有發出半點聲響，面上明顯有懼怕懊惱之意。

「自我十二歲起，我爹娘就常常結伴出遊，兩人相約看大好河山，我又長大了，不以為這有何不妥。他們既然到處走，自然也去過西北。」岑雪敏神情怨屈，語氣柔軟，「可我聽來，鬼山王夫婦身死，我爹娘遇到文士，除了都是一對夫妻，並無其他關聯。究竟有何證據將我爹娘說成是鬼山王？莫非有人親眼目睹？他們可畫得出鬼山王夫婦的相貌，能證實與我爹娘相貌一樣？」

「岑姑娘一向講究證據，我早就領教過。只是今日說好是故事，要憑證做什麼？而且我也不妨告訴大家實情，鬼山王夫婦蒙面行事，察覺中計之後，用一種霸道的化骨毒自盡。連骨頭都能化，更別說臉了，唯有曾與鬼山王數次交手的捕頭能確認鬼山王的身分。至於岑姑娘的爹娘，則以真面目與文士見面。文士認為，他才對妳爹娘說起寶物，隨後就發生了寶物失竊，自然此夫婦就是彼夫婦是也。」趙青河還不怕「死」地加上主觀意見，「畢竟，岑家夫婦巧遇文士之後沒幾日，消失十幾年的鬼山王就犯案，而且身旁還多了一個無名女人，任誰都會聯想在一起。」

岑雪敏傷心欲泣，「我就不會想到一起。沒人見過鬼山王的真面目，只因一些巧合，就將我爹娘說成是鬼山王夫婦，這也太荒謬了。」

「那麼，岑姑娘，妳爹娘究竟為何不露面呢？」這句話是趙二老爺問的。

岑雪敏淚光閃爍，輕輕用衣袖點了點，「我娘生了一種怪病，我爹帶我娘四處求醫，居所不定，多是他們寫信來。你們不信，大可以派人去我家鄉問，僕人鄰里都可證言。」

「就是啊，你們只管去問。」彭氏挺挺背脊。

「彭姨，妳最後一回見妳姐姐是何時？」趙青河笑問。

「呃……我每幾年總要回門，夫君早逝，婆家願意留我……」

「不要顧左右而言他。」趙青河擺手示意彭氏少廢話。

「……六年，不，五年前。」彭氏想儘量拉近時間。

「也就是說，妳接到姐姐託付照顧岑姑娘的信之前，已有三年，不，兩年不曾見過妳姐姐。」趙青河順著彭氏的話分析道：「那妳的話就不能作數了。字跡是可以仿的，沒親眼見過，不算。」

一句字跡可仿，又引得聽者信一分。

「但……」彭氏還想辯。

岑雪敏拉住她，「姨母，事已至此，無需再言。我知三哥不喜歡我，卻不知他竟會用這種方式，不惜詆毀我爹娘來趕我離開。想來我也真是寄人籬下太久了，連惹人厭都不自知。既然已經對我厭惡至此，留下亦無意義，我們這就離開吧。」

面對岑雪敏的傷心離意，二太太沒動。大太太動了，卻最終無言。

人心已有傾向。

趙青河還不幹呢，「岑姑娘，別忙著走，妳的故事我還沒開始說呢。看大家好像比我這個講故事的還累，我就簡單講了。岑姑娘不見爹娘回轉，便派人去找，一找之下就知道了前因後果，悲痛欲絕卻不敢給爹娘收屍，只能編了母親得病的謊言。妳覺得長久下去也不是個事兒，就來投奔趙府。且不說岑家夫婦出遊用了化名，無人能查得到他們與妳的關係，就算日後有人起疑，只要妳是趙家的長孫媳，誰還敢深究妳的出身？不過，岑姑娘，妳怎麼跟你爹娘一樣，方孔錢眼裡鑽不過，非要幹那無本的買賣不可呢？本來，妳爹娘犯法，妳又不犯法；本來，妳爹娘伏誅，妳卻清清白白。一開始不濕鞋，何至於日後殺自己人殺到眼紅，弄出什麼金盆洗手？」

人人眼珠子瞪得快掉出來。

「行了，故事我也說完了，官府要帶妳回去問話，妳清白也好，有罪也罷，都跟他們說罷。」趙青河一說完，廳門再打開，立刻躍進二十來名官衣刀客，其中就有夏蘇很眼熟的董師爺。

「啊，還有，妳要的證據，我其實也有。」趙青河打算氣死人不償命，「人證是妳姑姑，也就是魯七娘子，她當年和魯七被妳爹娘派到趙家來，好為妳將來嫁進來作接應。她沒死，被我捧暈了而已，聽說妳把萬里閣炸了，直罵妳狼心狗肺。還有，那個老紀也沒死成，我正好帶了家裡自製的解毒丸，勉強保住一條命，就是手腳從此癱軟無力，所以恨妳恨得牙癢，什麼都願意招。至於物證，妳也挺能藏的，一方面不給妳姑姑管帳，一方面給她開了尋歡的蛇寮，錢都藏在床下密庫裡。一千根閃閃發光的金條耀瞎人眼，魯七娘子要是知道，會不會再被氣死一回？」

岑雪敏一直柔柔溫溫的神情終於顯出一抹厲青，只是聲音仍輕和，「三哥，你有些冤枉我了。」

第二十一片 蛛絲之毒

官差都身穿趙府僕人的服裝，卻手持大刀，將四張桌子圍得水泄不通。

趙家全部的主子們已讓這個陣仗嚇傻，不知他們是何時混入府中。

領頭的董霖嘻嘻笑，衝趙老太爺抱了拳又道抱歉，著實卻是插科打諢的調調，「老爺子莫驚，一切都在我和趙青河掌握之中，惡人絕不能在此為非作歹。而且，這人雖住趙府，也安插了眼線手下，經我們查實，該捉都捉了，與趙府各位老爺、夫人無半點關聯，真論起來，你們也是無辜受害者。」

趙老太爺不知說什麼才好，深深嘆了口氣，看著大兒比自己更愕然的神情，怪也怪不得。如此匪夷所思之事，實在不是自己兒子媳婦太笨。誰想得到，那位嫻靜的岑家女娘會有響馬的爹、盜賊的娘，而且還接手繼續這行殺人越貨的買賣，連趙府的府庫都讓她的手下混了進去，才有珍藏品變成假畫的事情發生。要不是被趙青河查出來……

趙老太爺看了看對面的大孫兒，心裡終於對自己承認，這孩子真不錯，與四郎全然不同的性子，氣勢如虹，非儒士斯文，卻有大將之風，一肩挑天的果敢勇銳，又睿智非常。

這麼說吧，四郎繼任家主還需很多磨煉，青河卻是那種直接可以接了擔子的男人，讓他

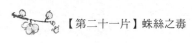

能安享晚年。

這想法一躍入腦中，趙老爺子就開始發怔，望著趙青河的目光即刻轉為深沉。

「我有些冤枉妳了？」趙青河可沒注意老太爺想什麼，只覺岑雪敏的話好不可笑。怎會有這種人，壞事做盡，已經昭然若揭，還能擺出一副悽楚可憐的模樣？

「人證物證俱在，還有我這個最直接的受害人。我同岑姑娘一起到常州，歸途慘遭滅口。我一直在想，如果我看到了賊頭真面目，為何沒有死在常州，而是死在了回程途中？很簡單，我大概顧念與岑姑娘的交情，沒有立刻揭穿妳，反而令妳覺得自己有精心準備的時間，比起在熱鬧的城鎮裡殺人，在回程預先布下陷阱，更容易製造意外身亡的假象。不過同時，這就得精準知道路線。我若死透，自然成了冤死鬼，不可能追究妳什麼，偏偏我死裡逃生，把細節琢磨琢磨，就能起疑。那日大雨，大驢提議改路線，我去問了岑姑娘，姑娘未允，說不能耽擱歸期。我雖不記得，大驢卻聽我轉述過。岑姑娘說冤枉，好似非妳所願，迫不得已，那我的冤枉要同誰去說？」惡不知惡，真是極惡。

「是她害你？」趙大老爺一聽，愛子之心大過於天，原本對岑雪敏還有幾分疑慮和可憐可惜之情，剎那一掃而空。

「自然非我所願。」岑雪敏青煞煞的臉色並不慌張，絲毫不將趙大老爺放在眼裡，只望趙青河，「你纏我不放，居然半夜守在房頂，我的行蹤盡落你眼裡，才讓你捉了把柄。你是顧念交情，卻趁勢要脅我嫁給你，我怎能答應，這才不得已殺你。」

趙青河冷笑，「我要脅妳嫁給我？明知妳是飛天大盜還求親？」轉眼瞧了夏蘇，漠然的神情頓時化作一河暖流，「妹妹莫信她。我便是再蠢，難道會善惡不分？」

他總是當眾喊她妹妹，當她瞧不出「險惡用心」麼？夏蘇哼了哼，「這等事，還是要拿出人證物證才好，你跟岑姑娘都是一面之詞、一家之言，我皆不信。」

趙青河拍手，「妹妹明智。」不愧是經過他「洗腦」，已構築起偵探基礎思維，「不信我，也不信她，都是白搭。」

岑雪敏的厲害之處在於她一概沒有壞人的姿勢，居然承認，「我挑撥你們兩人，卻屢屢不成，罷了，我說實話。三哥給我兩日，讓我自首，否則就會報官。無論如何，我都因三哥逼迫而不得已為之，這總不錯吧？難道誰是天生就愛殺人、就喜作歹？」

岑雪敏，天性使然，只覺天下人負她，她不負天下人。

「三哥說的故事，大抵不錯，有些事還拜你所賜，頭一回知道。」一認皆認，岑雪敏突然抽出一柄匕首，對準趙大夫人的脖子，見眾人驚色，她好整以暇，「然，我爹娘死於非命，我一個孤女無依無靠，若不為自己謀好前程，誰為我謀？」

大夫人顫聲，「雪敏……」

「大夫人，妳此時最好住口，否則我要是突然控制不了脾氣，與妳一起死了也說不準。趙府這些人中，我最不能原諒的就是妳。妳口口聲聲說我娘是妳的親姐妹，可妳幾曾把我當親姪女對待？我與四郎一樁婚事，若能早早成了，也不至於一條死路走到底。我有今日，多是妳自私而就。我想，妳就算到了九泉之下，也無臉見我娘。」岑雪敏笑容苦澀，雙眼晶瑩，控訴得好似天經地義，對方才是十惡不赦之人。

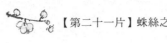

大夫人眼淚直流。

岑雪敏以淒涼哀傷的目光望著趙府眾人，「父母不可選，我懂事之後，娘親就說了爹的過往，並將家中錢財來源都說與我知。我娘並非一般俗人，她通透聰慧，看穿世情，教我世間無道，人們唯利是圖、唯富是貴、唯貴是尊，即便是名門趙府，我將來若嫁妝不豐，必受委屈，甚至悔婚也可能。她教我，凡事靠己不靠人，那些不讓我活好的人，必是自私自利的小人，無需與之講良善。我越良善，小人越欺。我爹為人不似外傳那般凶惡，他上山為盜亦是讓小人迫害所致。他待我娘和我極好，是天下最好的丈夫和爹親。我爹娶我娘之後，再不殺無辜之人，再不劫金白之物，我娘為之另謀財源。調換古董書畫，因它們傳到今朝早已無主，本該能者得之，愚人魚目混珠，怨得了誰？偽造更是無罪，蘇州片、揚州刀可以聞名天下，何論我們有罪？那些販人的買賣，瘦馬已成為貨品，別人賣得，我們賣不得？至於富家孩童，他們父輩的錢財難道就是乾淨得來？我們從不曾傷害任何孩童性命，拿錢就放人，不拿錢就賣了換錢。連親爹親娘都不要的孩子，我們總不能白白養著他們。」

椿椿罪，椿椿說成無罪。

「你說我爹偷畫被捉，我說有人堪破他的身分，不管他是否改邪歸正，設計害他，還連帶害死我娘。世上到底什麼是真、什麼是假，即便親身經歷都未必能斷，更何況道聽塗說，還是過了這麼久的往事。」

岑雪敏不博取同情，卻是真不明白自己何錯之有，「爹娘死得不明不白，屍骨無存，我不能問、不能祭，流著血淚投奔未婚夫家，豈料他們裝聾作啞，再不提當年娃娃親，一句大明律不允，就抹殺這些年我一家人的誠意誠心。你們可知，我為學習掌家，受了我娘多少罰？長這麼大，何時有過一樣真正我喜歡做的事？自我懂事，我就是趙家婦了。人性自私，我已知根本不會有人關心這些。」

岑雪敏苦笑一聲，繼續辯解道：「可我仍要為著爹娘的許諾而努力，一來盡孝，二來也真希望自己能有拋卻過往的機會。你們說得輕鬆，一本萬利？我要養爹帶下山的兄弟，要養一家子人，哪樣不花錢？且我是無奈接手，爹娘不在了，不能說不做就不做，下面的掌櫃夥計，他們也是人，也要養家糊口，可我並未將買賣做得無邊無際，反而漸漸收手。即便如此，若我的嫁妝不夠多，能引得趙大老爺和趙大夫人點頭履諾麼？他人不貪，我不貪；他人自私，我自私。」

董師爺也是一字佩服了得，忍不住嘲諷：「照妳這麼說，妳最無辜、最無奈，被所有人逼到這步田地。」

「莫非是我天生賊種？」蹙了眉心，面色痛楚，岑雪敏淚落兩滴。

董師爺喊聲娘咧，表示無力，「趙青河，你來，我說不過。」

趙青河斂了眸，嘴角譏誚，「我都說得口乾舌燥了，她也是侃侃而談，今晚要聊通宵還是怎麼？犯惡不知惡，難道就不惡了？你趕緊把人提走，讓知府大人畫押判罪就是。」廢話什麼！

「他人不義，我不義，你們好像忘了，趙大夫人的命在我手上。」刀尖往皮肉裡一緊，岑雪敏柔聲道：「大夫人請送我安全離開，我便不再計較你們背信棄義的齷齪心。」

趙大夫人慘白著臉，顫巍巍立起，讓岑雪敏往後拉。

一干女眷畏縮成一團。

「雪……雪敏……」被這些對話嚇傻的彭氏，好不容易打起精神來，只問得出一句話，「我……我該怎麼辦？」

「我姨母對所有事一概不知，請別為難她。」

岑雪敏向步步緊逼的官差求情，再轉頭同彭氏說：「姨母，我讓妳管的錢財皆為正當來路，如今皆歸妳，找個好人再嫁吧，恕雪敏不孝。」

彭氏兩眼一翻，當場癱軟過去。

岑雪敏神情沉慟，卻咬住牙關，不讓自己猶豫，催著趙大夫人走快些，但覺腦後來風，禁不住轉頭一瞧，只見一個疾勁的鞋尖，離太陽穴不過寸短。

趙大夫人的命當然沒有自己的命重要，她連忙鬆手，也知此時只有拚快，不敢停留半分，飛身躍出廳去，同時怒喊：「夏蘇，好好顧著趙青河的命吧！」

岑雪敏雖沒想到趙青河本事那麼大，能查出她爹娘的底，然而她凡事留著後招，可保自己全身而退。

夏蘇欲追的身形頓住，回身驚望趙青河，卻見他安然坐著，正以為岑雪敏誆她，忽而想到一件事，「趙青河，岑雪敏身邊的那個丫鬟呢？」

趙青河看向董霖。

董師爺摸不著頭腦，「你沒交代的事，看我幹什麼？是你疏忽！」

趙青河好笑，「看來你的薪俸都到我口袋……」話未完，臉色突變，抿嘴一鼓，嘴角流下一條黑血。

董師爺呆了呆，甚至忘記下令追補岑雪敏，乾嚎道：「趙青河，你要死了！」

趙青河想說董霖你才要死了，一張嘴，卻噴出一口血。然而，他的應變能力極強，耳力目力急速減退之下，仍抓開腰上香囊，將泰嬸自製的藥丸一股腦兒吞了下去。

「趙青河！」

他最愛的聲音、他最愛的容顏，那般急切地靠近他。他油腔滑調討她無數次便宜，到這時方才深知已愛她入骨，願為多見她一秒，用他擁有的一切交換。儘管他擁有的少得可憐，而她就占了絕對分量。

他的夏蘇啊，晝伏夜出，專心愛畫，從不亂用她的智慧，小仙子般地輕盈可愛，不任意傲慢，卻也不輕易折腰，她有她的原則，所以既能安守又能開創，與他的缺項互補，與他的長項相投。

人說愛情沒有理由。

扯淡！沒有這些理由，光看臉，他就能喜歡得跟傻子一樣嗎？那叫膚淺！

他喜歡一個人，得先說服自己。當然，理由成不成邏輯，那是另一碼事。

他若不死，搶親也得搶她回家當老婆。

「別死，不然你會後悔的！」

她的聲音如瀑布傾洩，到他心裡只剩轟鳴，她的容顏已經化作一道輕煙，直直往屋梁上升而去。

人死了，還能後悔嗎？這姑娘語速如此快，是怕他活不了，也是有點緊張他的吧？有戲有戲……

趙青河分不清那是自己的視覺還是幻覺？只覺身體不斷沉下去，眼前僅剩比夜還深的深淵，最後一絲意識沉浸無底。

趙大老爺扶住兒子往後仰的身軀，抬頭看著屋頂上的大洞，再望正探鼻息的董霖，聲音發抖，「我兒……蘇娘……」語無倫次。

「還有氣，大老爺趕緊找千斤堂的葛紹，解毒這種事，沒人比他更懂。」董師爺嚇得汗都出來了，卻不敢洩自己半分氣，又衝幾個平時和趙青河私交甚篤，故而挪不動步子追岑雪敏的兄弟發火，「娘的，我臉上開花還怎麼著？還不給我追蘇娘去！她要是出了什麼事，趙青河非扒了我們的皮不可！」

趙大老爺看那幾人跑出廳去，不由自主開口：「呃——他們追的方向好像不對，蘇娘是從屋頂上去的。」就跟神仙一樣，飛到梁上，衝頂而去。

董師爺緊張得要命的心情，居然還因此被大老爺逗得一樂，「世伯，我們這群庸才笨手笨腳，哪能比得了蘇娘輕功絕頂，只好繞遠路。」

「輕……輕功？」趙大老爺懵了。

倒是九娘和楊琮煜在關鍵時候反倒顯得沉著，連忙吩咐找大夫、請泰嬸，鎮定了慌張無措的人心。

而董霖跑出去，權衡之下，決定效法趙青河對夏蘇的放任自流，先捉拿本案最大凶徒岑雪敏，方能平定這場巨大的風波。

月出新芽，星光璀璨，燈火點點過萬家，只是此時此刻，平時看不膩的夜彩在夏蘇眼裡褪成無盡黑暗，唯有前方那道奔跑的影子鋒芒不卻，令她發憤疾追。

岑雪敏並非詐她，早已安排那個丫頭藏伏屋頂，施放蛛絲之毒入了趙青河的碟碗。

她氣自己，怎麼那麼笨！除了仿畫，真是別無所長！

平時看趙青河如大軍主帥，做任何事都有穩操勝券之感，而她跟了這些日子，學也學不像一分。哪怕，早一刻有疑心岑雪敏的丫鬟在何處也好。如果能及時告訴趙青河，他一定會有所防範，不至於中了對方毒手。

那毒，好像很霸道，也不知老嬸的藥丸有沒有用？

夏蘇思緒如麻，趙青河噴血的瞬間就好似一把刀插入心中，疼得撕裂痛楚，但視線讓眼裡霧氣弄模糊之前，她會立刻眨清。她錯失一次，不會錯失第二次，抱著施毒之人必有解藥之心。若毒藥無解，則手刃對方，必殺之解恨！

她從不知自己會有這般恨，就算在劉家受盡萬般屈辱，也只想到逃走，現在自己居然有殺人之意，且絲毫不懼。

那丫鬟縱然得了先機，原本有數十丈遠，卻讓夏蘇越追越近，離身後不過數丈。她見四周偏僻，黑漆漆一片無燈暗街，當即把心一橫，不跑了，仗劍提勇。

「賤人！妳以為輕功好就能胡作非為了？姑奶奶今日教妳，什麼叫見好就收！」她也不多廢話，劍花朵朵，在晃眼迷影中又狠又快，要刺夏蘇心臟。

夏蘇輕鬆閃避，劍尖尚遠時，已移到丫鬟的左側，「妳和妳家姑娘說話同一個調調，別人都壞，只有妳們委屈。」

丫鬟這一劍徒勞無功，卻不著急，「本來就是！」人性本惡，唯有獨善其身，「有本事，妳給我蹦到天亮去。」

輕功耗內息，練到再高也有時限，況且防守時固然無懈可擊，一旦轉為進攻，速度就會慢下，更何況夏蘇的飛天舞是通過犧牲力量來達到輕盈極致的保身功夫，進攻之力甚至弱於普通女子。這時，丫鬟雖暫不能把夏蘇如何，夏蘇亦奈何不了她，唯一可能轉變僵局的，就是任何一邊來援兵。

丫鬟不著急，並不代表耗得起，劍收身前，冷笑道：「妳想怎地？」

「解藥。」夏蘇靈慧之極，心裡一清二楚這丫鬟所仗恃和所忌憚的，卻不顯半分怯色。

丫鬟秀美的臉上露出狡狠，「砍下右手，我就跟妳交換。」

「妳們做任何事似都講究交換。」夏蘇雙手攏在袖中，玉白的面容在黑夜中清濯分明，「既然如此，不如用妳改過自新，配合解毒，不再傷及無辜，來換取痛快一死，而非凌遲分屍，如何？」

丫鬟神情淒厲，掩蓋一絲恐懼，「妳才被凌遲分屍呢！」

劍起，劍落，只劃到空氣。

夏蘇之影魅幻，吐氣幽幽，「做無本買賣的，不是我；殺人如麻的，不是我；胡作非為，不知道見好就收的，更不是我。」

丫鬟突然往後一揮，劍下。

撕拉一聲，夏蘇急忙將身子掰回，低頭望，衣裙被劃開一個大口子。而她剛才想趁對方不注意，貼近襲擊。不料，那丫鬟身手挺了得，能及時察覺她的來向。

「是妳假扮船夫，殺了方掌櫃三人。」她因這柄快劍，想起萬里閣炸毀當日發生的事。

「是又如何？」丫鬟以為自己已掌握夏蘇的輕功步法，暗暗得意，「知道我的厲害了吧？我勸妳別顧著男人啦，學學我們，保住自己最要緊。說實在的，趙青河除了姓趙，還有何出色之處？憑我家小姐的容姿、智慧和家財，配他實在委屈，趙六郎都比他強得多。」

「趙青河是沒什麼好，他只不過逼得妳家姑娘原形畢露，這會兒別說趙六郎，哪個男人都不敢娶她了。有了錢，還得有命花，誰有膽子娶個吃人不吐骨頭的母大蟲。」夏蘇說話慢，不代表不會說人壞話，「解藥。」

那丫鬟對岑雪敏忠心不二，聽得母大蟲三個字，立刻抖了劍花砍來，哪怕這回沒沾到夏蘇的衣片。

她嘴裡也不饒人，「好歹我家姑娘有的是錢，沒男人照樣過好日子，不像妳，不靠男人都吃不上一頓飽飯。」

夏蘇就是要激怒她，人一動怒，招式便容易有漏洞，「妳家姑娘要是聽妳的話多好，不會為了嫁給趙家兒郎而受這麼多委屈，直到再也裝不得良民，即便今日逃出去，從此也是通緝犯了。」

丫頭果真怒極，突然騰身而起，「賤人還敢說……」

那一招，大概是她平生所學最厲害的絕招，劍影無數，虛虛幻幻，光芒凌厲成網，自夏蘇頭頂覆罩，勢若驚濤，一旦拍中，岩石都會粉碎。

夏蘇沒有掉以輕心，身子在原地打起轉，一寸寸縮矮下去，且往劍芒網邊速滑。對方有絕招，她亦有絕學，只要身無桎梏，已沒有任何一張網能捉得住她。

正當夏蘇貼地要滑出劍網，那丫頭的動作卻是一滯，一番驚險，虎頭蛇尾，居然露出老大一個缺口，令夏蘇遊刃有餘脫了身。回頭一瞧，她臉色變了又變，隨即苦笑。

丫鬟口中黑血不止，滴滴答答打在手背，呆看自己，又茫然看向夏蘇。

這丫鬟和趙青河，中了相同的毒。

她問：「為什麼？」

夏蘇搖搖頭，目光憐憫。她智力有限，無法理解岑雪敏那種「積極求獨活」的心態。

用劍支住無力的身軀，丫頭一說話，血泡直冒，「她要我死，我絕無二話，卻為何暗暗害我？」

「解藥。」夏蘇問得第三回，心中已知答案。

「沒有解藥。」丫頭呵呵涼笑，微仰天，「哈哈，她說今日親事不順也不怕，她有準備。原來這準備是要棄我不顧，她自己從此海闊天空，找個地方從頭開始，再無人知道她的過去。我在對趙青河用毒的剎那，就中了她的滅口之計。我，以為自己是特別的，卻其實是墊底的最後一個啊……」

夏蘇看著丫頭倒在地上抽搐，突然想到趙青河。

她這般回去，等著她的是否會是一具屍身？

頃刻，心如刀絞。

第二十二片 雙魂一心

迤邐而來的夏，不及絢爛，先遇春殤。

「你來……」還有一口氣，面色灰黯的丫鬟突然招夏蘇過去。

夏蘇紋絲不動。

「人之將死，其言也善」這樣的話，她是不信的。

她只知，那將死之人，是非不分，盲忠盲狠，屬於最窮凶極惡的一夥人之一。即使這會兒被主子滅口，心中可能不甘，卻也可能自私自利成為習慣，臨終還要拉個人墊背。

「妳不想聽她另一處藏錢的地方……」丫頭氣息奄奄，毒性作祟，讓她死前仍要承受萬分苦痛。

「我聽得見。」夏蘇自覺防心減弱不少，沒有從前風吹草動就縮頭縮腦，然而也不至於變得毫無戒備。

「……你不是想抓她麼……」氣弱，音濁，卻很有條理。

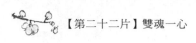

夏蘇已不打算繼續理會，轉身就要走。

「妳不為趙青河報仇……」也許是邪心加速毒液，丫頭上身猛顫，兩眼一翻，再說不出話來。

瀕死之相，令夏蘇無法再多看一眼，轉回頭，見到終於趕上來的幾名官差。他們萬般不好意思，她則表情空冷，簡單兩句話交代了經過。

一名官差上前，怎麼看那丫頭都已斃命，蹲身一驗，突然恨道：「真是死到臨頭還不知悔改，手裡掐了一把毒針，死都要拉個墊背的哪！」

夏蘇聞言冷笑，一直收在袖中的手，將原先為那丫鬟準備的殺物放回暗袋之中，頭不回、腳步不停，往家的方向急奔而去。

趙府燈火通明，夏蘇在屋頂上疾走，見人影綽綽，匆忙無章法，無處不透露著慌張。她的心一直沉、一直沉，卻毫不猶豫，躍入自家的園子。

她若是趙青河，只要有一絲清明，都會回到這裡。

這裡，有家人。

然而，每一個人團團轉的景象並沒發生，園中分外冷清，還不如趙府其他各處，至少裝也裝出很慌張的情形來。剎那夏蘇就想，八成是趙大老爺搶先一步，將兒子安頓在自己眼皮底下。她當下一點足尖，躥高半丈。

「誰……誰？」喬嬸子從外園走進來，見鬼魅的影子而驚呼。

又有一個女聲喊：「快來人！有賊啊！」

夏蘇聽出那聲音是葛紹夫人江玉竹，單手拍一下屋瓦，落回地面，「不是賊，是我。」

喬嬸子看清後吁一口氣，「蘇娘，妳上哪兒去了？我們正擔心得不得了，大驢、阿連、阿生都捉人去了，所以也找不到人打聽。」她完全沒問夏蘇怎麼能躍那麼高。

江玉竹就眼尖得多，卻不刨根問柢，只道：「蘇娘，有閒暇咱姐妹得好好說說話，讓姐我多瞭解妳一些，省得我吃虧啊。前一陣，家裡突然多出一幫無家可歸的臭屁小孩，聽說是妹妹說我特別能帶娃的緣故？」

江玉竹在，就是葛紹在。葛紹在，就是趙青河在。

「喬嬸子、江姐姐，趙青河他……」話語一噎，夏蘇咬住了唇，看出她們的神情壓根不似聲音那麼輕鬆。

喬嬸子正要說話，趙青河的屋裡突然爆出喝聲。

「冷水呢？拜託各位手腳利索起來，行不行？姐姐妹妹要聊天，還請改個日子吧！」葛紹的暴喝，連自家媳婦都不給面子。

喬嬸子忙提著水桶往裡走。

江玉竹稍慢，走至夏蘇身旁，神情雖肅，語氣從容，「妹妹且安心，那傢伙自稱從不醫死人，他這會兒能出手，就說明被他醫的人死不了。」

葛紹的聲音又傳了出來，「娘子不要代為夫吹噓，為夫怎麼覺得這塊從不醫死人的招牌就要被趙青河砸了？這小子雖吞了大把藥丸，簡直就是亂來，不知道藥用錯了更加毒……」

立刻有人反駁道：「我看你是遊郎中的招牌吧。我特製的藥丸絕不相剋，若非少爺服用及時，此時還有命嗎？」

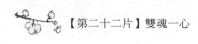

夏蘇聽見泰嬸的聲音，幾乎同時失了站立的力氣，一下子蹲在地上，臉埋膝裡。耳膜轟轟震，心臟咚咚跳，趙青河還有命，這樣的好消息，卻令她精疲力竭。

原來，心比她誠實，在頭腦百般抗拒，還自持冷靜、沾沾自喜的時候，已經投入所有感情。只要想到身邊從此再也沒有這個人，就覺得活下去都無意義了。

她自詡堅強，從喪母到看清自己在家裡的處境，從逃婚出戶到義母病故，一路撐下來，仍堅信自己可以過得好。

只是這份自認堅強的信念，在今夜，一敗塗地，敗給了她想都沒想過會輸給的趙青河。

她曾覺得，世上任何人都可能贏她，唯有趙青河，從以前到現在，自己不會輸他。可奇怪的是，這種輸了的牽掛感覺，也沒什麼不好。

趙青河活著，長夜裡仍有他伴行，很好。

輸了感情也甘心，真的很好。

思及此，夏蘇慢慢站了起來，心中的痛楚已沉澱，淺褐的眸子如晨星清曜，給神情微憂的江玉竹一個安然的眼神，拎過她手中的水桶，跨進門檻去。

外屋裡，人卻挺多。除了守在裡屋門簾前的泰伯和喬嬸子，桌案兩旁坐著趙大老爺和大夫人，從趙大老爺少年時就忠心跟隨，什麼事都一清二楚的齊管事，還有陪在大夫人身邊的九娘。楊琮煜不見蹤影，大概正忙著幫丈人家處理急務。

夏蘇知道自己該行禮，雙腳卻不自覺直接走向門簾，因為此時，她只想看趙青河一眼，其他人都要排在那之後。

「蘇娘，我來吧。」泰伯卻沒讓開，只是將水桶接了過去。

「泰伯？」夏蘇有些疑惑。

泰伯天生嚴肅的臉上僵笑一抹，似想以此安撫夏蘇，「少爺這會兒正浸藥桶，那樣子不大方便讓妳瞧。」說罷，眼睛往趙大老爺那兒瞥了瞥。

夏蘇咬唇，雖知泰伯是在保護她，不想趙峰夫婦覺得她輕浮，但她若在乎這些，今日就不會出現在這裡了，仍想往裡走。

「蘇娘，就算妳瞧過，他就好了麼？」江玉竹卻一個勁把夏蘇往外拉，「不如多拎幾桶水，才是救他的命呢。」

喬阿大提了空桶出來，泰伯提了滿桶進去，簾子掀起，一陣濃郁的藥味撲鼻，剎那間，夏蘇看到裡面的情形。

沐桶不冒熱氣，熱爐烘藥罐，葛紹滿頭大汗拔著針，泰嬸側面沉沉，動作卻無遲疑，麻利地將沐桶裡的水往腳下大盆裡淘，盆盆水都深紅烏黑。

趙青河浸在沐桶裡，明明是一桶寒水，長年練武的古銅色肌膚卻一直往外沁出熱汗珠子。那些汗珠匯成細流而下，隨著葛紹拔針，染上了黯紅毒血的顏色，觸目驚心。他的面色蒼白，白似浮魂，嘴唇焦黑乾裂，頹然閉著雙目，氣若游絲，胸膛幾乎看不出起伏。要不是他的手還抓著沐桶邊緣，說他死了，也不會有人懷疑。

夏蘇緊緊抿直了唇，眼睛死死盯住了彷彿隨時會止息的趙青河，手一抬，阻住要落的簾子。幾聲蘇娘，個個在勸。

夏蘇置若罔聞，但她也沒硬往裡闖，只是那麼站定著，遠望著那人，眼都不眨。

泰嬸聽見動靜，轉頭瞧來，立時也是安慰，「蘇娘別怕，少爺既能撐到現在，命肯定是保得住的。」

葛紹嘴毒，「是啊，命好保，會不會毒成白傻，再來忘得一乾二淨，從頭識字識人，那可就不一定了。」

再變回不開竅的趙青河麼？夏蘇一手捉住心口，疼得難以自抑。那一聲聲誠朗歡樂的妹妹、那一回回哪兒都有他的夜行，那些星空下的烹茶煮酒說笑，甚至那些只要想到他在家就能安心的獨遊，如同一個人擁有一雙魂，卻會重回從前的孤寂寥落麼？

突然，趙青河睜開了眼。

葛紹嚇一跳，終現兄弟情，抓住趙青河的一條胳膊，「趙青河！你小子給我撐住！別砸我招牌！聽到沒有？」

泰嬸忙去打葛紹的手，「趕緊換針，扯什麼亂七八糟的！」

趙大老爺按捺不住，也想到門前來看兒子的狀況，卻讓泰伯和喬阿大有意無意地擋開。他正要上火，卻聽到趙青河的聲音。

弱，卻不示弱。累，卻不覺累。

趙青河的眼瞳茫然失焦，聚不住一線燈光，卻能對準夏蘇的所在。他的話很短，只說給一個人聽，嘶啞之中堅毅不讓。

「妹妹。」

就兩個字，然而，任誰聽了，都不會錯過說話人的心中情長。

他視線渙散，夏蘇就將它們一絲絲重拾，以雙倍灼亮的目光回應，哪怕他瞧不見，也堅毅直視，「趙青河，董先生的那一單，我知道怎麼畫了，等你好了就能送去。」

已用盡最後的力氣，趙青河再也撐不住，重新閉住雙眼，嘴角卻彎勾起來。

夏蘇將他那抹笑盡收眼底，慢慢放下簾子，雙手握拳，回身看著江玉竹，「姐姐可缺拎水的人？」

江玉竹雖不知「董先生的那一單」出處哪裡，只覺這兩人剛才隔空對話，猶如神魂出竅，頃刻互道了千言萬語一般。

默契之合，無他人插足的餘地。

江玉竹又心疼又歡喜，夏蘇沒哭，她倒眼裡拚命發酸，用袖子擦了又擦，反身推了夏蘇，「不缺、不缺，妳自管去。」

夏蘇不再多言，快步出屋。

別人不知，她卻知。

趙青河許她一諾：她畫完春暖花開小青綠，他就好了。

而她，要力氣沒力氣，要醫人又不會醫。趙青河一開始就說得對，她是偏才，偏才就該做自己最擅長的事，不要太貪心，才會有收穫。

她現在，唯想收穫——

趙青河。

最後一筆青，重重疊疊，皴染，運色，收尾，成畫。

青綠，如今用於畫中不多，因上好的顏料，不僅價格高，更是難得。顏色不好，畫功再好也無用，成不了佳作。而夏蘇的青綠，是從劉府帶出來的，十分稀罕的貢品，自然沒有成色的問題。

推開窗，明月的光，令累極的雙眼瞇了起來，夏蘇轉身將畫絹鋪平，把案上的顏料收好，筆硯放進桶裡，小心踩過一地的紙，拎桶出門。

在門前，她駐足片刻，靜望側旁不遠的那間屋，這才轉身往外園井臺走去。

已經過了三日，她不曾再進過趙青河的屋子。

泰嬸說，毒血已排，像野郎中的葛紹倒是用得一手好針，定穴逼毒，護住心脈，加上她的解毒丸，總算保全趙青河一條命。

接下來，全看趙青河的體質和心志，能否甦醒。

醒，則活；不醒，則睡死。

園子靜到死寂，夏蘇的腳步也無聲。

她瞧見大驢和喬生在外屋坐著，但不必問就能知道，趙青河還沒挺過自己那一關，否則哪能這般垂頭喪氣。

搖上井水，坐下洗筆洗硯，夏夜的水沁涼，令肌膚乍起寒慄，冷得眼酸泛淚，她用力吸了吸鼻子，手上也狠勁用起力來，硬生生洗禿一枝狼毫，也不自知。

這時，大門篤篤兩聲，輕敲。

夏蘇有點恍神，飄去下了門栓，看清來者，方覺一愣，「嬸嬸？」

門外女子彩妝明面，眼神永遠輕佻，身姿輕若柳絮。

夏蘇雖然從沒喜歡過她，卻因她是周叔之妻，至少稱呼上還保持著應有的禮數。

女人難得不凶悍，雙眼楚楚，語調哀哀，「蘇娘，妳周叔剛才突然厥了過去，我實在不知怎麼辦才好，只能來找妳幫忙。」

夏蘇一下子提起精神來，跨出門檻一步，急問道：「請大夫了麼？」

「我哪來的銀子！」女人自覺過於不客氣，僵笑著和緩下來，「而且深更半夜，哪家大夫會白白出診？」

夏蘇眼底已沉定，「軸兒呢？」

女人濃粉的面皮上皺起道道細紋，似乎沒想到過這個問題，隨即又答得理所當然，「小丫頭那麼胖，我怕背不動她，又耽誤找妳的工夫，就放鄰居家了。」

「是麼？」垂了眸，但瞬間就抬平，與女人淡然對視，彷彿看不出她一絲閃躲心虛，「那妳等等我。」收回了踏出門檻的腳，要關上門。

女人立刻慌張，不期然伸手捉住夏蘇的衣邊，又在夏蘇冷冷的目光中嚇得鬆開，「蘇娘，我自是沒臉當妳長輩，妳周叔卻真心待妳。小丫頭是他二女兒，妳是他大女兒，為妳們死，他眼皮子都不會眨。妳可不能見死不救啊。」輕佻的眼珠子往身後不停拐，怕黑暗裡竄出妖魔來。

夏蘇神情不變，仍似無知無覺，「嬸嬸想多了，我取了銀子就來，妳稍待。」

合門轉身，碎步卻快，聽到女人的聲音從門縫裡鑽來，催促她快些，她的雙手不由微顫著蜷了起來。

夏蘇徑直走入趙青河的屋子。

喬生推推打瞌睡的大驢，大驢跳起來，咋呼道：「蘇娘？妳不是說少爺不醒就不用叫妳瞧嗎？」

夏蘇作了小聲點兒的手勢，笑得有些軟乎，「再不瞧，怕他醒來怪我沒良心。」

大驢沒想到別的，或者他本來可能會起疑的，不過在岑雪敏的身世大揭祕上，他千里追查，勞苦功高，難免有點自大自傲，還有點視力不好。

他小聲昂昂，「沒錯沒錯，少爺對妳尤其愛計較，我早覺不妥啦。沒準妳一進去，就能讓少爺睜眼，瞧他平時盯著妳的眼珠子，我總想，要不要在下面托個盤子……」嘿笑著一扭頭，發現夏蘇早進屋內了。

喬生反而敏銳些，「小姐沒事吧？臉色好像不大好。」

大驢不覺有異，「蘇娘天生膚白。再說，少爺都這樣了，她臉色能好嗎？就希望少爺熬過這回以後，萬事大吉，兩人湊成一雙，不用我們再兩頭陪笑，還只能討好一頭。」

喬生就笑得刁滑，「別把我說進去，要陪笑也是你陪笑，驢大姑娘但記得拿了賞，賜小的幾個錢打酒喝。」

大驢一聽，嘿，這小子當自己樓子裡的姑娘了，氣得一拳打過去。

兄弟倆吵吵鬧鬧，憑添樂觀歡快。要知道，但凡衰事，自己越唱衰就越是衰，一笑而過，衰事快快了結，好事快快來到，才是正確消災解難的法子。

那番歡樂，傳到立在床頭的夏蘇耳裡，笑容又淺淺浮現。她乾脆蹲身，雙手趴上枕邊，面對消瘦不少卻呼吸安穩的趙青河，眼睛裡亮晶晶，並無憂意。食指伸出，戳戳那張棱角仍分明的臉，又慢慢改成輕描，沿著堅毅的頰骨，任短刺青髭磨過指腹。

多好看的男人啊。

不僅好看，還力氣大，鐵骨錚錚，摸起來真叫人安心。

她不怕歲月漫漫，因為只要她想要記住的畫面，是絕不會褪色的。但她仍要來瞧他一回，還貪念著他的溫暖……

雙足蹬地，手肘輕撐，上身前傾，在他蒼蓮色的雙唇無限放大時，她閉眼，用自己的唇，貼住。

如她期待，他雖昏睡著，體溫仍熨得舒服。

從他的唇片染上的熱意，熏紅了她的面頰，連眼角也俏飛起來。

雙手按住心口，心裡狂跳，她伸出舌頭，舔舔他，驟然分離，一副自己嚇到自己的模樣。同時，腦海裡竟閃過劉府裡屢見不鮮的那些曖昧畫面。那時對之厭惡，這時自己做來，卻覺得害羞泛蜜，還有點意猶未盡。

難道這便是她的姐姐妹妹們大大方方說在嘴邊的，發乎情，止於禮，歡愉就好？

那她對趙青河的情，恐怕滿溢了吧？

她不止要歡愉，還要拘住他的一輩子，一直一直同行下去。

她退開身，指腹還在他面容上流連，目光不捨不離，覺得自己該說些什麼，又不想自言自語像個癡傻，於是這麼開口：「老子走了啊，你也別睡了，把腦袋睡成石頭，好不容易打開的聰明竅再被堵死，那你就慘了。老子想來想去，只有日日照三頓打，才能重新開竅。老子是力氣小了點，不過力氣大的人一抓就一把……」

只是這回學梓叔，逗不笑自己，到最後不得不咬住唇，還是哽咽了。

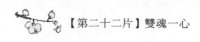

而她，這時，不想哭。

哭了，就是向那個人示弱，她可不願意。

夏蘇深吸口氣，悠悠嘆出，手縮回袖裡，走到門前仍禁不住回了頭。她喜歡的男子，並非真沉睡。她知道，這個男人有多強大，更何況打架這一項，他是不可能會輸的。

她走了出去，如此信賴著他，神色輕快。

正打鬧的大驢搶道：「咦？蘇娘這麼高興，莫非少爺醒了？」

「會醒的。」笑意雖淺，柔美音色中的堅毅不容置疑，「他醒時若我不在，就告訴他，我辦好事即刻回轉。」

大驢還以為夏蘇這晚要出門，不覺得奇怪，橫豎家裡的兩位主子夜裡橫掃，簡直如出入無人之境，誰也擋不住。

他就點頭應承，如平常一樣侃囑，「也別太晚回家，少爺剛醒時的脾氣我可領教過一回，眼珠子差點沒被他打蹦出來，只有蘇娘妳鎮得住。」

自己沒能逗笑自己，卻讓大驢逗出笑聲，夏蘇一邊走一邊應，「照你說的，我一進去他就睜眼，看到我他就沒脾氣，什麼都得等著我來，倒也挺好的，咱家個個可以省心了。」

大驢昂昂直點頭，咧大嘴，目送夏蘇進入夜色之中。

夏蘇一打開門，見周旭的妻子正來回踱步。地上那兩行深印，誰都看得出心急如焚。

「蘇娘，妳可出來了，我還以為妳不……」女人話音嘎然而止。

夏蘇已全然無視女人的鬼祟惶恐，淡然往周家的方向走去，一個字也不想與之多說。

對周叔而言，軸兒勝過一切，連帶接納了這個女人，包容這女人的貪欲和自私。但夏蘇對這人不能接納、不能包容，一聲嬸嬸，喊得並不情願。一切皆看周叔的面子，所以明知這女人可能別有居心，她也不能拿周叔和軸兒的安危來賭。不過，既然是看別人的面子，別人不在眼前的時候，就不必過於假客套。

也許因夏蘇的沉默，平素吵雜無理的周旭之妻也一路安靜，而且與夏蘇始終保持不疏遠不親近的距離。

到了周家籬笆牆外，夏蘇停下腳步。

屋裡有燈，明晃晃的，大半夜裡，無比刺眼。軸兒睡覺不愛光，周叔又怎會把燈點得滿室生輝？

周旭妻這才出聲：「蘇娘怎地不走了？」

「真是糊塗，妳我都不是大夫，卻只顧悶頭走路，我更是揣了銀子也沒想起來，嬸嬸……」夏蘇語氣一頓，看清女人臉上的驚惶，眼底清澈寒涼，單手托去一錠銀子，「麻煩妳跑一趟吧。」

那張豔到疲老的臉頓時鬆了口氣的表情，笑得卑微，「我馬上去。蘇娘啊，其實，有句話我早想跟妳說了，妳周叔是扶不上牆的爛泥，可妳卻是懂事孝順的孩子，多虧妳，這一年我手頭才寬裕些。」

這算是謝謝她？夏蘇收起銀子，太可笑了！

第二十三片 縛翅雙繩

周旭妻的談話反讓夏蘇不想讓她如願。

「嬸嬸不用客氣，想想還是我去請大夫得好，畢竟千斤堂的葛大夫也不是人人請得動的。」夏蘇看不得這女人得了便宜還賣乖。

女人剎那有些面目猙獰，往夏蘇面前緊張靠近兩步，僵笑著，「蘇娘，還是我去請吧，妳周叔若知我把軸兒交給鄰居照看，肯定會生氣。萬一再暈倒，我也撐不住了。」

夏蘇不依不饒，「這樣的話，咱就先將軸兒接回來，不知嬸嬸送了哪家？」說著，離開院門，往旁邊踱去。

女人慌了，以不高不低卻傳遠的聲量，衝自家屋裡大喊，「人我已經帶到了，還不快出來！要是從門口溜開的，跟老娘可不相干，銀子一兩都不能短給。」

她才喊完，不但院裡竄出數條黑影，就連院外也有數道影子包抄過來，行動靜謐而詭暗。請君入甕，甕口很大，可放可收，專等夏蘇這一道影子。

夏蘇的臉色終於褪白了一層，垂眸壓下驚駭的目光，緊緊抿著唇，卻立在原地一動不動，呼吸平穩。三年了，無時無刻不怕這一刻來臨，然而，再不至於懦弱。

「四小姐莫驚，小的戚明。」黑影中的一道，穩然跨到風燈下，顯出方正的面貌，隨即單膝跪地，謹首伏腰。

女人看不明白了，吶吶道：「既然相識，直接找上門去便罷了，何須我費這番工夫帶人過來？錢多沒處使還怎的？」

「嬸嬸這會兒該說實話了吧？」夏蘇抬了眼，眸底幽暗不明，「周叔和軸兒呢？」

戚明站起來，「四小姐放心，周旭父女無事，不過讓此婦騙出了門，要明日才返。」

夏蘇的目光毫不停留，越過戚明，直盯著那女人，「嬸嬸哄我走一遭，能拿多少好處？說來聽聽，也好讓我領個教訓，等我周叔再娶，我就知道該怎麼孝敬。」

女人讓夏蘇一激，還囂張跋扈起來了，「不錯，我就是衝著錢。把妳騙過來這麼容易的事，立刻能拿二十兩金子，夠我好吃好喝，開個鋪子，找個年輕力壯的夫郎，生幾個兒子，老了也是穿金戴銀的老太太。可妳周叔能給我什麼？住在這破地破院，以為有屋頂有被蓋，一日兩頓白飯管我飽，幫我養著賠錢貨，老娘就得感激涕零嗎？呸！要不是他，我也不會生下賠錢貨，害得老娘的身段都走了形。老娘也沒求著他贖身，他自己多管閒事。原本以為他好歹會門手藝，又能痛快拿贖身銀子出來，手頭應該挺寬裕，老娘這才閉眼答應了。早知今日，當初就算嫁財主為妾，也好過嫁給不像男人的男……」

女人飛了起來，讓戚明一腳踹飛的。

「四小姐，小的給您出氣。」這般，能看臉色。

夏蘇看女人滾地呻吟，眼中沒有一絲不忍，「戚管事別忘了給金子，不然，只怕我這位嬸嬸沒錢治傷，落下只能生賠錢貨的病根。再讓她給我周叔修書一封，自求下堂，從此男婚女嫁再不相干，且她需寫明永遠放棄軸兒母親的身分，別看著女兒富裕，再厚顏來求養老。她要是做不到，金子也不必給，難道她還能告我們不成？本就是昧良心的黑心錢。」

戚明驚訝看來一眼。四小姐說話仍慢，卻刻薄得很，與從前不大一樣。

「戚管事？」夏蘇挑眉，容顏微微仰起，頓然明亮。

戚明連忙低頭道是，一招手，就有兩名精幹的手下要過去架人。

「還有，別再讓她見到我叔叔的面，送得遠點兒。」到底，她身體裡流著劉氏的血液，生於極富之家，從不缺乏奢侈，所以要傲慢要刁蠻，信手就可拈來。

戚明再應是，對手下沉聲一句，「按四小姐說的辦，若有差池，唯你兩人是問。」隨即，他站進門裡，「四小姐，您的吩咐小的都照做了，還請您別讓小的為難，進屋去吧。」

劉家的千金們再傲慢刁蠻，也不過是紙老虎，能不能留著貼窗紙，是賞心悅目，還是悲慘可憐，全憑屋裡那位真老虎的心意。

「我這不是進來了。戚管事幾年不見，你也變得囉嗦了。」曾經，夏蘇也這麼以為的。

戚明見夏蘇嘴角一抹笑，剎那還以為自己看花了眼。四小姐在劉家的主子中最為不同，性子靜，又寡言，劉家千金那些毛病，她一概沒有，卻偏偏被欺負慘了。

從嚴厲到暴躁，時常動棍子揍四小姐的老爺，到無事生非，一天到晚相爭，唯一在欺負四小姐時會默契聯手的各位小姐，皆比不過屋裡正等著她的那位恐怖。高興了，什麼稀世珍寶都能隨手送她；不高興了，各種折磨的法子用在她身上。

而現在，明知誰在屋裡，挾帶著三年的怒意，四小姐居然還能笑，還能說笑。

不知怎麼，戚明有些怕這兩人碰面，固然從前沒少見他們相撕，但那時，四小姐始終是

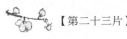

弱的。弱了，那位就會失去興致。

「四小姐，容小的多嘴，您能像從前那般忍耐，其實就是最好的。公子的性子，您該很清楚，只要不惹狠了他，他自個兒便會消氣。您越頂撞，到頭來吃虧的，還是自己。」

戚明說罷，只聽走在前頭的夏蘇一聲輕笑，再無一字回應。不過那聲笑實在令他心驚。他甚至不知自己驚什麼，就是不敢開口了。三年不見，四小姐已有不容他造次的威懾。

夏蘇後腳走進屋，屋門就從身後關上了。

外屋亮如白晝，燒著十幾根蠟燭。普通蠟燭就算了，連周叔裱畫用的寶貝燈都拿來填充這片光亮，夏蘇怎麼也看不下去，上前弄熄掉，任桌後的年輕男子目不轉睛地瞧著。

「點這麼些蠟燭，就好像要燒光了家底。」男子音色偏冷，相貌偏美，眼無情，心更無情，「四妹妹連父兄姐妹都不要了，我還以為妳過著多了不得的富貴日子。卻因一盞船來燈，還怕費了油？那麼多人當船來品是寶，就好比黃毛綠眼鬼捧著咱們的絲綢和茶葉一樣，騙得了沒見識的，騙得了我們劉家人？好比這製燈用的玻璃，聽說在本土就是家常物什罷了。油，倒是真貴，也不過對小富之家而言。只要四妹妹想，兄長我可以訂製十彩瓷缸，再裝滿油給妳。」

劉家人，最不缺好東西，衣食住行沒有不貴的，只有還不夠貴的。而劉徹言這等語氣，公道來論，也並非炫富，是真的忍受不了這間窮屋子。他能在板凳上坐下來，固然已墊了金縷片，也因夏蘇仍立於屋中，他不好比她沉不住氣。

然而，夏蘇遲遲不出聲，終令劉徹言再開了口：「蘇兒不給兄長行禮？妳一向講究禮數。」劉府裡唯一講足禮數的一個，卻被一群視禮無物的人踐踏在鞋底。

施施然，夏蘇淡福身，不料才站直抬頭，就見一道金光疾來。她可以躲得開，卻一動不動，眼睜睜讓金光擊中左邊眉額。一時痛得暈眩，便感覺熱乎乎的液體流到睫毛上，且越滴越多，壓落眼皮，左眼瞧不見了。

噹啷啷！金光落地，鏗鏘亂滾，漸漸定住。

那是一只鎏金雕鏤的手環，金絲之上鑲了六顆綠貓眼石。貓眼杏仁狀，兩頭尖尖。這種寶石，雖是舶來品，也是那邊皇室貴族才戴得起的奢侈寶物。

劉徹言見夏蘇眉額已血流如注，她還能不慌不驚，心頭急遽怒意。他還怕下重了手，她如今竟是連委屈的模樣都沒有了，真是自己白白擔心。

想到這兒，他離開凳子，從手環上踩過去，語氣冰到極點，「幾年不見，兄長挖空心思備下的厚禮，四妹妹卻這麼任它砸了地，甚至哥哥都不叫一聲，讓我突然心情很糟。」

夏蘇看著這個陰鷙的男子越走越近，詫異發現自己不懼。她抬起袖子，靜靜擦過左眼，重新睜開了，聽見自己的心強有力地跳動，擊打著一個名字——趙青河！

她想看著那張棱角分明的酷臉離世，所以無論如何，要從這個陰險的男人手裡存一口活氣。「多謝兄長。」她彎下腰，似自劉徹言面前重新卑微，拾起手環，乖乖套進左腕。

劉徹言的怒意雖未全消，夾捏夏蘇下頷的力氣消滅大半，眼中的不屑取代盛焰，「差點讓四妹騙過去，以為妳翅膀硬了，有了義兄，就忘了養兄，結果我這位兄長還是更勝一籌。四妹還是想得明白的，是不是呢？」

「……是。」她的翅膀確實長成，不過她會收好，免得被剪。

而且這回再要飛，必然再無後患。

劉徹言湊得越發近，四唇之間只隔一層薄氣，眸裡變得幽暗無底。夏蘇鐫深的五官，明光之下無可掩藏，但神情呆板，如石雕死物，令那份天生麗質失去輝耀。

「三年了，妹妹還用老法子對付我，不覺得膩煩嗎？」劉徹言竟要再近。

她終於退縮，邃刻的眸子裡無比驚，雙手立刻握拳，語氣洩底，「劉徹言，你敢？」

一聽此言，劉徹言立時大笑，再不曖昧顯情，掏出帕子用力擦著夏蘇眉額的傷口，「我的好妹妹，就要這般長進，兄長才無需忌諱，將這三年來積的火好好發一發了。」

血，滴滴嗒嗒。

夏蘇，目光直視，分寸不讓，眼中波瀾不興。劉徹言說她用老法子對付他，她倒覺得，他的法子才老，永遠都是陰險和粗暴，仗勢欺人。

三年前，她怕他，怕得要死。

三年後，她回想從前在劉府的日子，發現這人其實可憐。

十歲讓劉公公從親爹娘身邊帶走，還是半大不小的孩子，卻過繼到全無血緣關係的劉府當養子。那時，她的父親仍康健，貪得無厭又小心眼，雖不敢忤逆劉公公，但顧忌被安插在劉徹言身邊的劉公公親信，仍暗地害過劉徹言，數番想弄死他。

她父親如土皇帝，不見得有野心，但十分在乎自己的擁有。不能對外人道言的是，她父親聞兒色變。她與父親在一起的時候遠多於其他姐妹，夏蘇再清楚不過。

父親常說，女兒總要出嫁，在那之前，寵得她們無法無天也無妨，兒子卻是前世的仇，不但來討債，還來要他的命。因而得知大姐想當家的野心之後，父親就忙不迭把大姐嫁了出去，哪怕是他最寵愛的女兒。

夏蘇有時候會想，劉家妻妾只生得出姑娘，或許是她父親動了什麼手腳。劉府有位老嬤嬤，只要誰有了身孕，必由嬤嬤照看。不然父親妻妾成群，懷孕之事年年有，怎會多數生不下來，而能生下來的，就只是女兒？她十三、四歲時，父親也才過四十五歲，老嬤嬤病故。也是奇，什麼夫人、姨娘，什麼新人、舊人，在那之後就再無所出了。

被當成眼中釘的劉徹言，沒了親爹、親娘，大伯在宮裡，不能時時顧全，養父如虎，養母們整日風騷鬥妍，上梁不正下梁歪的姐姐妹妹們多別有居心，他要是自己不狠不毒不陰不險，要是不擺出繼承者的架式，大概已早夭。

逃出劉府以後，夏蘇反而旁觀者清。然而，這人雖可憐，她還不至於同情心氾濫，能夠原諒他的所作所為。

劉徹言起初或因處境而被逼殘忍，只是當他成為一家半主，與養父能分庭抗禮之後，並沒有收斂，反而變本加厲，從欺壓別人之中才能得到滿足，放任自己徹底冷血無情了下去。他比劉瑋更風流、更狠毒、更無恥，還有劉瑋缺乏的老謀深算和詭計多端。卑微貧苦的出身，突如其來的魚躍龍門，令他自卑又孤傲清高，令他多疑又擅用人心。

缺什麼，就特別炫什麼。

劉徹言對於財富的極致追求，與岑雪敏有本質區別，是來自童年的陰影。大概一直在逃避他自己可憐的幼影，逃得久了，明明將其甩出老遠，仍覺得它緊緊跟隨，只能一刻不停，折磨自己，也折磨別人。

夏蘇已非深鎖劉府，戰戰兢兢的四小姐，行於夜，穿梭於鬼魅，又有趙青河那樣無畏智勇的同伴，她自有智勇沉心。

「兄長但撒氣無妨，只求將那件婚事作罷了吧。」任血流下左眼，她語氣淡，控制聲音中的微顫，卻自然洩給劉徹言知道。

劉徹言自以為看穿夏蘇的恐懼，心情越發好，同時想起她畢竟是要獻給大伯的女子，不可過於親近，以免禍害自己。

於是，他退開去，轉身打開屋門，「四妹別為難兄長，別的事還好說，已經訂了三年多的婚約，如何能悔？我們還是儘快趕回京師，也順便藉妳和大伯的婚事為父親沖沖喜。他身子近來不大好，大夫說可能撐不過夏天了，但我們為人子女，還是要盡到自己的孝道。」

他自說自話，沒瞧見夏蘇沉著於心，漸漸篤定的表情。

對夏蘇來說，那不是急智，是近來反反覆覆設想著被捉後如何保住清白，最妥貼的計策之一，要說劉徹言忌憚的，那位劉公公處於首位。只要他還想著拿她換取利益，就不敢對自己過於放肆。

劉徹言過於自大，時隔三載，仍以為能掌控她，全然不覺那個總如驚兔的四妹正利用他的欲望和野心，靜靜地守護著她自己。

「戚明，為四小姐掌燈。」劉徹言對等在門口的親信道：「雖說四小姐的本事大，伸手不見十指的夜裡照樣來去自如。」

夏蘇不訝異劉徹言知道自己輕功的事，也沒打算同樣的逃跑方法接連用上兩回。不說劉徹言收買的隨從功夫高強，硬碰硬的勝算不大，而且既然被發現了，她就另有主張，不想一輩子都讓人追得喘不了氣，還有一輩子噩夢連連。

戚明瞥見夏蘇鮮血敷面，暗暗心驚，卻不敢多嘴，連忙吩咐隨從們點燈，又喚了馬車在院外等。

劉徹言側身讓開，示意夏蘇走前，但等夏蘇走到院中，突然又道聲：「四妹止步。」

夏蘇說停就停，回頭望，立刻瞇窄了雙眸。

劉徹言手裡，不知何時，多了兩根長長的銀鏈，且似寶石鑲嵌其中，燈下七彩芒光如千萬根小刺，扎眼生疼。

「這麼久不見四妹，我都高興忘了，之前的手環實在不算什麼，這兩根捆珍繩才貴重。金銅太軟，鐵又醜又重，我以千金求到海外冶製之法，找一年方集齊材料，花一年才融造成功，輕若繩、堅比鐵，專給四妹無比會飛的翅膀佩戴。」他邊說邊走上前，一根鏈子繫了夏蘇的手腕，用兩把輕巧的鎖扣住兩頭，又以近乎虔誠的姿勢，蹲身將另一根鏈子繫了她的腳踝，再將四把鑰匙串金繩，當著她的面，掛上他脖子，貼裡收好。

夏蘇看著這一切，無言以對。她即便瞭解這個人殘酷的一面，像這般屈身的溫和模樣，仍會令她有片刻恍惚，想到他其實可悲。

「四妹這麼看我卻是為何？難道這份禮物不夠貴重，配不得妳那雙飛天遁地的翅膀？」劉徹言捉住她手腕間的鏈子，故意一拽，迫使夏蘇朝自己身前跌近，「一定是覺得礙手礙腳了。不過，四妹妹啊，女兒家出嫁前愛玩些無妨，婚後就該安於室照顧夫君，再如何喜歡到處跑，也必須收心。兄長這是幫妳。」

夏蘇已料定他不敢真亂來，還當著這麼多雙眼，當即淡斂了眸，輕聲輕氣，「兄長說得是。何況，我做錯在先，」雙手一抬，鏈子清脆作響，「仍能提筆作畫就好。」

該逃的人，不是她。

劉徹言的法寶出盡，可她，才剛出招。

劉徹言看似笑得歡，眼中卻冷，又緩步退開，「四妹最無欲無求，可惜有些本末倒置。士者雖從藝稱雅，書畫之作為世人推崇追逐，然，專門從畫者自古卑低。四妹還是認真學好為人妻妾的本分，才是正經之道。父親對書畫癡迷，才偏心放任妳，如今他時日不多，我又是極不贊成四妹再捉筆的，這鏈子雖無礙於四妹尋常動作，像以往那般頻繁作畫實無必要。」

夏蘇抿了抿嘴，垂眸顯乖覺，踩上車凳，彎腰進車裡去了。劉徹言一提袍角，正要踏凳跟上，卻又想到大伯，終究還是收回腳，改為騎馬。

夏蘇坐在車裡，聽劉徹言吩咐戚明出發去碼頭，以為這晚就走。縱然有豁出去的心思，還是沉甸甸了大半個時辰。然而才上船，她就見僕從奔來，湊著戚明的耳朵說話，戚明再將劉徹言請到一旁。劉徹言的神情再冷，仍難掩一絲悅色，立即讓丫頭僕婦照看她，說天亮出發，就帶著戚明和二十來名武隨匆匆上岸，往城南馳去。

夏蘇十分疑惑。她以為，劉徹言來蘇州只為抓她，這麼看來又不全是。劉家在蘇杭一帶無營生，最近的恒寶堂位於金陵，劉徹言說天亮就出發，可見他去不遠。

趙青河教過她，多看多聽多想。於是，她藉口暈船，怎麼都不肯待在內艙房裡，在外舫和甲板上來來回回，其實是等著一看究竟。

幾個丫頭僕婦雖是劉徹言挑選的人，也受到嚴加看管的吩咐，然而她們頭一回見夏蘇，只知其一，不知其二，「四小姐」這個稱謂仍令她們有所忌憚，對於吹風這樣的小小要求，馬上就滿足了。

約莫過了丑時[5]，馬蹄聲聲近，夏蘇走到甲板上，習慣夜視的雙眼將船下的情形看得清楚，不由暗暗驚訝。輕裝去、重載歸，一行人數不少，卻多了十來個箱子，而兩人卸一箱，似乎還很沉手。

趙青河說夏蘇膽子該小的時候從不小，實在一點不錯。夏蘇退入艙廳，不叫醒那幾個睡得東倒西歪的丫鬟僕婦，推開一條窗縫看甲板上的情形。也是她運氣好，劉徹言和戚明都在船下盯著，不知道她還沒睡。

夏蘇這回連箱子的雕花和漆色都瞧得見，卻大吃一驚。那箱子，她分明早見過，在鬍子的賊船上面，裝著貴重的古董和字畫。

岑雪敏的箱子為何落到劉徹言的手裡？

夏蘇驚訝歸驚訝，不好再窺，帶著滿腹疑問，回艙房去了。

第二日清早，劉徹言當著夏蘇的面，教訓沒照顧好四小姐卻貪睡的丫鬟僕婦們，一不小心打得重了，竟個個起不了身。正好，有個丫鬟在碼頭上到處找活幹，戚明臨時雇下，這才開了船。

丫鬟挺機靈，叫禾心，除了有點過分崇拜狐仙，其他還好。

注釋——

5 丑時：指深夜一點到三點。

第二十四片 即回不轉

午光明媚，園子雪亮，無風，升熱，給人盛暑的錯覺，甚至還傳出一兩聲蟬鳴。

大驢睡飽起來，自個兒到廚房盛了一大碗飯菜，端著就立在趙青河的屋門口，稀里呼嚕扒飯，又口齒不清地問：「少爺怎麼樣了？」

裡頭，泰嬸正同喬嬸做針線活，瞥了滿嘴飯粒的大驢一眼，就有些好氣又好笑，「大老爺隨時會來，你這樣子要被他瞧見，又怪我們沒上沒下，回廚房吃去。」

大驢不以為意，「我不。大老爺瞧不慣，別瞧就是。過世的夫人說了，忠心不是低頭哈腰。我還知道，吃飽了好幹活，可又心急少爺，這樣兩全其美。」

「你怎麼不說，從前家裡小，才能端著飯碗到處走？」不著邊際，泰嬸搖頭又道：「少爺的臉色倒是好了不少，就是不醒，你吃完飯跑一趟千斤堂，問葛紹要不要換個方子？」

大驢嘿應，順眼就瞄到夏蘇的房門，想起來說：「蘇娘昨晚進屋瞧過少爺，然後就出了門，老嬸今早見她回來沒？」

泰嬸也是習以為常，「沒啊，八成早睡下了。」說到這兒，會心一笑，「這姑娘啊，說少爺不醒就不來瞧他，結果到底還是關心著。」

這時，喬連捧著墨硯和筆進了園子，見夏蘇的房門關著，就問：「小姐昨夜裡出門很急？井邊放了這一堆，才洗到一半。」

泰嬸有些奇怪了，「蘇娘做事一向有條理，文房四寶更是當寶貝收著，怎會洗一半就放在井邊？」

喬嬸道：「也許是還未回來？」

泰嬸立刻回，「不可能，蘇娘從未隻身在外過夜。」喜歡夜行是不錯，卻守分寸。

「看來蘇娘擔心少爺到了魂不守舍的地步。」大驢還開玩笑，「老嬸，等少爺一醒，估摸著咱家就能辦喜事啦。」

泰嬸皺著眉，心裡不知為何，感覺不大安穩，正打算去夏蘇屋裡，園子就來了客。這客大嗓門，頓時打斷她的思路。

「糟了！糟了！一瞧你們這樣，我就知道趙青河還沒醒。」來的是董霖，熟門熟路，沒臉沒皮，就跟在自己家一樣，「這位老兄還睡出念頭來了，他是睡爽了，苦了我這個兄弟，要幫他擦屁股。」

大驢護主不偷懶，「董師爺，明明是我家少爺幫你們官府，到你嘴裡反倒成了你們的累贅。再說了，我家少爺的屁股輪得到你擦嗎？那該是我和喬連、喬生的活兒，你擦乾淨蘇州府衙的屁股就好了。」

「本少爺的屁股，本少爺自己擦，不勞諸位費心。」沉聲氣笑，簾子一動，趙青河那張睡滿青髭的臉乍現。

人剛剛甦醒，身形卻筆直峻拔，即便步子走不快，眼峰銳厲，氣勢已充滿整間外堂，全方位無死角。

眾人心中一塊大石落地，卻沒有表現出大驚小怪，因對他們而言，趙青河醒來是遲早的事，不存在另一種可能。

泰嬸和喬嬸連忙去廚房準備吃食。

大驢嘀咕，「這叫什麼事兒？平時嘴上老疼的姑娘喚不醒，居然讓個大老爺們喚醒了，這算口是心非呢，還是成了斷袖啊？」

董霖沒好氣，罵道：「你這個腦大沒處使的笨驢，誰跟誰斷袖？本師爺只愛姑娘，對五大三粗的男人一點興趣也沒有。」

大驢跳腳，「姓董的，除了我家的人，誰也不能罵我！」

誰知，他腦袋挨了趙青河一記狠拍，「董師爺罵得沒錯，你腦袋白長那麼大，鬼扯什麼東西！我早醒了，有點乏力才沒立刻起身。」也許被照顧得周到，醒來後沒多久就有了些體力，並沒有他想像得那麼虛弱。

趙青河轉頭看向喬連，「你說蘇娘把筆硯留在井邊？」他在屋裡聽得分明。

董霖不耐煩地插嘴，「別管這等小事了。趙青河，你猜怎麼著？」了不得的大事，「那位了不起的岑姑娘死了！」

大驢喊：「什麼？」

喬連也愕然。

只有趙青河，抬抬眉毛，一臉漠然不關心的表情，「喬連？」

喬連有點回不過神，好半晌才答，「是，我一早起來便瞧見了這些東西，以為小姐忘了，或是出門太倉促，來不及收起。」

趙青河略一沉吟，吩咐他：「你請老嬸或你娘到蘇娘屋裡看一看，到底人在還是不在？再來回話。」老嬸有句話說得不錯，夏蘇當文房四寶真是寶，每回洗得仔細、收得也仔細，他連碰一碰都難。

喬連應聲而去。

趙青河再問大驢，「蘇娘來瞧我時說了什麼？」

大驢的表情立時促狹，「蘇娘在裡屋，我和喬連在外屋，如何聽得到？少爺這般緊張，莫非是睡得昏昏沉沉之間聽到了好話？那就不枉少爺你遭了這番罪，躺了好幾日。」

「滾！我要是聽到了，還問你幹什麼？」趙青河從不介意大驢的沒大沒小，甚至感謝這世有智慧的母親，給他如此溫馨的家人，

「小姐說她辦好事即刻回轉。」喬生聽娘說少爺醒了，興沖沖趕來瞧，正好見趙青河問起夏蘇，便連同心中的疑惑一道說了：「小姐原本說少爺不醒就不必喚她來瞧，這幾晚一直在屋裡作畫。昨晚終於出屋子洗筆硯，可沒一會兒，空著手進了少爺的屋。當時我瞧小姐臉色不太好，神情也不算高興……」

大驢來一句，「少爺躺著，生死不知，能高興得起來嗎？」

「除了少爺中毒的當夜，小姐就不曾沮喪過。」喬生道。

喬氏兄弟自跟著趙青河，長進飛快。喬連不但隻身闖蛇寮，問出魯娘子的事，並挖出祕藏的銀子，大功一件件拿。而這時的喬生，一番洞察力，說話條理分明。

董霖點頭無聲道讚，眼睛還悄悄發亮，心想既然趙青河不肯到官府當差，能挖到喬家兄

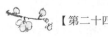

弟也不賴。倒不是說大驢不能幹，實在是那份經年累月的忠心不可撼動。

至於中毒那晚，趙青河不知夏蘇如何沮喪，但能想起來的只是那一瞬間，明亮到燙心的一對眸子，令他咬緊牙關要撐下去。

董霖在一旁著急道：「趙青河，別婆婆媽媽好不好？一個園子裡住著，就算幾日不見，也沒什麼大不了的。你沒聽到我說的嗎？岑雪敏死了！死得離奇！死得淒慘！再也不可能問出這些案子的真相來！」

趙青河撇笑，「董師爺說話好不有意思，那晚在趙府家宴上的人都知道了真相。岑雪敏為首的這幫人，不但盜古造偽、販賣人口，手上更是人命累累，實在死不足惜，偏你還想讓死人說真相。岑雪敏雖從未親口承認殺我，我卻不需要她認罪。她死得好啊，多行不義必自斃，這叫老天有眼。」

終覺體力流失得快，趙青河扶桌坐了下來，眼望門口，心道喬連怎麼還不回轉？

董霖不在意趙青河嘲諷的語氣，唉唉嘆道：「你不吃官家這碗飯，怎知我的苦處？大明有律，岑雪敏縱然惡跡敗露，要想扣她窮凶極惡之名，仍需知府大人開堂設案，呈堂證供，由她親口認下罪狀，親手畫下押訴，方能判得她每一樁罪。這人就算要死，也該死於秋後斬首，可如今死得不明不白，娘的，我就必須正經當成命案來查，不得不為她找凶手了。」

「我說你想太多，查不出來就是懸案。你家知府老爺不是最會幹這種事？」過去一年來，趙青河經手的案子，只要一遇到瓶頸，那位大人就想當成懸案結掉。

董霖白趙青河一眼，「也不知是誰屢破凶案，讓我家知府老爺獲朝廷嘉許，吏部考績節節高，眼看升官有望，好了，明明只是泥瓦匠，急巴巴非要攬下瓷器活。他自然只需動動嘴皮子，卻苦了我們這些末品當差跑腿的人。既然這人由你招惹，我不找你，找誰呢？」

「你的意思，讓我幫自己的仇人報仇？」岑雪敏屢次害他，之前不提，這會兒他才剛剛下得了床，就想他調查她的死因？「真是世間無奇不有，活著處處充滿驚喜。」

「不是……」董霖想著怎麼說才像話，「……你確定岑雪敏就是這一系列事件的主謀，絕對不會另有黑手了？」

「我說確定，你能馬上滾蛋？」趙青河的笑模樣十足可惡。

「滾你的蛋。」董霖覺著自己這一年，長進最快就是一張臉皮，「你連命案現場都沒瞧過，就能說確定？」

趙青河正想駁回，見喬連來了，立刻示意他開口。

喬連道：「小姐不在屋裡。」

這個答案果然不出他所料。趙青河當即站起，往夏蘇那間屋子走。

董霖太知道夏蘇在趙青河心裡的分量了，嘟囔一句見色忘義，搓搓鼻子跟在後頭，「不用這麼緊張吧？夏妹妹那身跑快的功夫可是非比尋常，只要沒人拖累她，幾十號人也未必碰得到她身上一片衣裳。」

董霖說得很對，夏蘇的輕功如臻化境，關鍵在於——沒人拖累！

筆硯洗一半就出門所透露的古怪，說不看他卻又突然來看他的心意，從未徹夜不歸卻不歸的特例，而蘇州城裡、趙府之外，能拖累她的人也並非沒有。

趙青河的心突突地跳，一急就想提氣跑，眼前卻發黑，腳下居然跟著踉蹌。

董霖眼明手快扶住，見趙青河一口氣提不上來，他也不由感覺不妙，嘴上卻道：「拜託你這會兒千萬別瞎猜，沒事都給你猜出點什麼事來，而且還是張烏鴉嘴，一猜一個準。」

趙青河難得遵從董霖的建議，一句不猜，但掰開他扶著自己的手，抬眉丟一枚嫌棄的眼神，調整呼吸和步子，走進夏蘇的那間屋子。

「趙青河，本師爺好心扶你一把，你那是什麼眼神啊你？」董霖沒好氣，手掌往布衫上擦了又擦，不甘示弱地表示，「我沒嫌你，你倒嫌我？」

喬連從董霖身邊過去，輕飄飄道：「師爺不用傷心。」

接著，喬生陰陽怪氣，「師爺想多了。」

大驢笑嘿嘿，「董師爺，咱北方男子不愛你們江南男人溫吞吞的動作，跟小娘們兒似的。你要扶，就得學我，這麼幹……」一臂伸來，勾上董霖的脖子，將他擄到胳肢窩下，用力擠。

董霖身手不凡，只是一時不察，讓大驢勒個正著，氣笑又罵，「格老子的，誰是江南娘腔男人？我生於北、長於北，天地男兒。」說著話，他要進屋。

不料，喬氏兄弟一左一右，把門守住了，不讓進。

喬連道：「我生於南、長於南，不娘腔，天地男兒。」

喬生道：「橫豎師爺進去也瞧不出名堂，還是等我家少爺出來吧。」

報復！

董霖叫：「說江南男人溫吞吞的又不是我！」趙青河手下淨出跩鳥，個個不把他這個當官兒的放在眼裡。

「師爺眼睛長哪兒了？瞧不見我跟你一樣，都被攔在外頭嗎？」混痞兮兮的大驢，靠著廊柱，坐翹二郎腿。

董霖以一敵三，正感吃力，卻見趙青河走了出來。那張沉眼堅棱的臉，以及周身不怒而威的氣魄，莫名令他頭皮發麻，心頭大喊不對，又不敢開口，直覺這時好奇只會死得很慘。

董霖看得出來，直屬趙青河的那三人也看得出來，沒一個咋呼，神情都變得不太好而已。

「喬連、喬生，你倆分別跑周家和桃花樓一趟，問問蘇娘到過沒有？」然而，趙青河說話的語氣很冷靜，再無剛才提不上氣的焦灼，「大驢，去運河碼頭打聽，近日是否有來自京師的富貴船？」

董霖突然想起，夏蘇在寒山寺遇襲那回，趙青河也是這般調兵遣將，簡直料定馮保會對夏蘇下手。

他實在憋不住話了，「讓你別瞎猜，你怎麼還猜？蘇娘又非堪憐嬌弱的女子。」

「倒是寧可她嬌弱些，多學學你，有點事就蹦到我面前咋呼。」趙青河斂眸，那姑娘啊，絕對是裝膽小，其實有一顆好勝心，「董霖，作為好兄弟，我再多教你一條，偶然連著來，超過三次以上，就存必然。你數數蘇娘從昨晚起有哪些偶發事件？」

她說，辦完事即回轉。

他的問題在於，這個「即」字是指多久？

她也許有耐心，但他卻不想等。

董霖掰手指，想一會兒說一會兒，「她洗東西洗了一半……又說辦事去……從不在外過夜卻還未歸……就算你說得對，存了什麼必然呢？岑雪敏都死成那樣了，難道還有誰會對蘇娘不利？無緣無故的……」見趙青河突然皺眉，他腦中靈光一現，「你可別告訴我，蘇娘跟你一樣身世不一般。」

「與她相比，我那點破事不值一說。」且不說趙大老爺的頑固爹作派，至少出發點是好的，屬於正常父母。

「欸？」董霖對夏蘇的身分從沒多想，「別告訴我，蘇娘是哪家名門千金？抗婚偷跑出來，或是……」

「你原來也挺能猜。」烏鴉嘴幾乎精準言中，「名門說成巨富更貼切些。」

董霖一張嘴合不上，「到底是誰家？」用巨富而非名門來形容的話，多從商，且不是官商就是皇商，天下沒幾家。

「等她回來，你自個兒問她吧。」事關夏蘇最深的祕密，趙青河不想當大嘴巴。

這時，泰嬸雙手捧了一卷畫軸出來，比起趙青河深不可測的態度，她的擔憂十分明顯，「老天保佑蘇娘莫出事才好，即便我不懂這等雅藝，瞧著立時心酸。只是少爺，這畫真要送去董先生那兒？分明畫的是……」

「這是董先生布置給蘇娘的功課，至少要給他過過眼。」趙青河對八道好奇的目光視若無睹，打斷泰嬸的話，再道：「煩請喬阿大送去，董先生留還是不留，先看他的意思。」

不是未被觸動，看到畫的瞬間，甚至雙眼發燙，靈魂滌蕩，然而眼下，他只想，見到夏蘇而已。

人不在，畫活了，只有無邊恐慌。

他可不想，已決心陪她夜行到老的這一世，僅能睹畫思人。

原來，貪心如斯，一念執著，是這樣的感覺。

八隻眼睛好奇得要命，卻沒一人阻撓泰嬸的腳步，都知此刻不是解決好奇心的時候。喬氏兄弟和大驢緊跟著出去，卻是各自按吩咐辦事。

董霖覺得自己好像被晾一旁了，「我能幫什麼忙？」

「把前頭馬廄裡的車給套上，我得坐車去。」趙青河不是逞強之人。

「去哪兒？」董霖老興奮。

趙青河喜歡調侃這位好兄弟，「嘖嘖，老年癡呆了你，這麼快就忘記為什麼找我來？你要是不知道去哪兒，我又如何知道？」

董霖啊了一聲，「你要去岑雪敏的命案現場？那你剛才一副沒興趣的樣子，擺給誰看的？」耍他啊。

趙青河不置可否，聳了聳肩，「我現在改變主意了。你到底帶不帶路？不然過了這村沒這店……」

董霖還不算沒良心，「你家妹妹怎麼辦？」

「若她真下定決心去辦自己的事，大概已經走遠了，我這會兒著急也沒用。」劉家遠在北方，「即回轉」這樣的話，至少要有離開半年的覺悟。

所以他覺得，這個「即」字十分不恰當。若說即刻回來，沒有人會認為要等上三兩月，甚至耗時半年。

董霖知趙青河說話做事時不打誑語，瞧著猜來猜去挺玄虛，其實心裡十分有底。如此一來，他要再問下去，就成了瞎操心，於是不多說，摸摸鼻子，認命為這個人當車夫去。

命案發生在城南小山一座隱祕的小莊子裡，而且現場實在不冷清。

前院中橫陳二十來具屍體，亦不難辨認他們的職業。蘇州第一大鏢局「颶雲」大大小小鏢旗插在一列馬車上，風裡威武飄揚，雄赳赳、氣昂昂，可惜它們的主人這日都成了紙老虎，雖非坐以待斃，顯然反抗沒起多大作用，劍中要害，少外傷，死得很快。

莊後院的小門外，岑雪敏仰倒在不起眼的一輛烏蓬車裡，身中十來柄飛刀，如同刺蝟。眉心一刀最致命，兩眼瞪得驚恐大，表情痛苦萬分。她一身車夫打扮，手裡緊握趕馬皮鞭，而車裡空無一物。

「怎麼樣？」董霖三兩步湊著趙青河的腳步，「瞧出岑雪敏的仇人沒有？我知道你最煩添亂，我特地囑咐不准碰屍體、不准進莊子，只能守在莊子外頭。」

趙青河上前，探頭進車裡掃視一圈，又旁若無人搜過岑雪敏的袖袋，裡袋和腰間各有一只香囊荷包，連靴子也拔下來看過。

死的樣子不淒慘，不過這麼嗜財如命的一個人，身懷巨富，死後卻連買棺材的銀子都不剩，恐怕會化成淒慘鬼。

趙青河冷笑一聲，「都沒了。」

「嗯？什麼都沒了？」董霖也算反應快。

「銀子、銀票，各種值錢的東西。」趙青河說到這兒，笑了一聲，「這位姑娘若能早一點走上正道，其實可以過得很舒坦。到如今，原本替她賣命的人死光光，自己就請了鏢局押送身家，倒很光明磊落，卻也太遲了。」

「可不是嘛！咱這幾日淨在賭場幫舵等處轉悠，水旱私運兩道打探，誰知道她能找上鏢局，還是咱蘇州城最大的鏢局。連你都沒料到，也算她略勝一籌了吧。」任何能打擊趙青河腦力的人和事，分一分性質好壞之前，董霖心裡會先暗爽一下。

「一山還有一山高嘛。」誰知趙青河油鹽不進，「可惜爹娘沒教好。」

董霖不能更認同，連連點頭之後就道：「錢財肯定讓仇家順手牽羊了。」

「岑雪敏帶領的這夥人行事隱祕，作案手法神不知鬼不覺，受害者要麼多財大氣粗，要麼弱貧無依，讓人恨是一定的，只怕恨也無奈，壓根都不知道恨誰去。」趙青河一直不說仇殺。

董霖終於有所察覺，「如今這夥人卻已無所遁形，被你整鍋端了，城中人人熱聊此案，很快就會散播全國。」

「前幾日才破的案子，這會兒仇家就能找上門來？再說，是讓蘇州府衙整鍋端，我只是配合官差，從旁協助，絕對不敢居功。」開玩笑，他分明就是平頭老百姓一個，千萬別把他樹立成罪犯剋星。

董霖瞧趙青河的眼神十分了然，「你這調調，倒是跟知府大人一模一樣，怕你搶功，一個勁兒說成不干你的事。」

「這一點上，我還是很欣賞你家大人的，愛民如子，知道保護無辜百姓。」趙青河語氣認真。

董霖道：「我欣賞你的是黑與白皆任你翻嘴皮子，竟然還不招人反感。」

第二十五片 歸家時節

知府大人平常自私勢利，卻對趙青河言聽計從。

要不是趙青河只肯管這系列的案子，他這個師爺早一邊歇著去了。

知府大人如今跟董霖萬事都聊，董霖很懷疑正是因為自己和趙青河私交甚篤，變相向趙青河尋求解決之道。

「我有什麼說什麼而已。」趙青河那張酷棱的臉上，沒有一絲傲慢，正氣浩然。

董霖才想嘲諷兩句，卻見趙青河蹲身去看車輪印子，知這人雖骨子裡冷傲，做起事來還真不含糊。當下他也不好再說，乖乖跟著對方，將其在現場查案的那一套仔細記在心裡。

趙青河也不吝嗇，只要有六七成以上的把握，就把自己的想法說出來。而董霖聽著聽著，最後對於趙青河得出可能是劫財殺人的結論，也就不感到吃驚了。

董師爺但問：「普通劫財多是盜匪所為，還在人煙稀少的山林荒原，此案雖明顯見財起意，行凶者如何得知岑雪敏藏匿處，並知她要運鉅資？莫非是相熟之人？」

誇董霖的話，趙青河無論如何也說不出，只是順著接下，「也不是不可能。岑雪敏手下的方大掌櫃就曾有私吞名畫之心，公然作亂。既然方掌櫃敢這麼做，也難保他或其他手下將

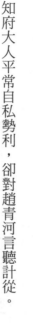

岑雪敏藏匿財寶之處透露出去，計劃這回打劫。如今方掌櫃已死，但你抓到了另兩人，均是岑雪敏的左右手，好好審審，說不準能漏出蛛絲馬跡。」

董霖道：「你不說，我還差點忘了那兩位主。對了，岑雪敏有罪無罪，由他們兩人再加物證就可判定。」一拍腦袋，懊惱自己傻白了。

「真是服了你，白長一顆好看腦袋瓜。」與其彆彆扭扭誇著，不如嘻嘻哈哈打趣，趙青河和董霖屬同類相聚，不打不鐵、不罵不義。

「都是因為聰明得不得了的岑姑娘死得太突然……欸？你去哪兒？」董霖見趙青河大步往外走，趕緊跟著。

誰知趙青河忽地躍起，向後一個迴旋踢，將董霖逼退，「兄弟，接下來你走你的、我走我的，暫時各顧各的吧。」

必須動腦筋的時候，董霖並不笨，「你去追姑娘啊？」

趙青河瞇了眼，「與其說追她，不如說去會一會她的兄長。」

董霖奇道：「夏妹妹既有兄長，為何還與你們同住？」

「哥哥不親，親姐姐、親妹妹倒有四個。」算是給董霖一個關於夏蘇出身的暗示，趙青河沒再回頭，叫了一個衙役送他回趙府。

董霖分得出輕重，留在莊裡慢慢整理。

約莫過了半個時辰，董霖拍腦門大叫一聲：「劉……」他又頓時閉緊嘴，鼓著眼珠子看看周圍的衙差，揮手粉飾太平，以無人能聽見的聲量嘟囔，「京師，抗婚，養子，五千金，巨富皇商……小氣巴拉的夏妹妹居然是劉家女兒……天下當真無奇不有……」

董霖祖家就在京城，他又長在那兒，崔、劉兩姓如雷貫耳，是不輸於任何高官皇貴子弟的權富門，由皇上、最有勢力的娘娘們和廠公公們直接罩著。崔家男丁眾多，反觀劉家，則以又漂亮又刁蠻的千金們聞名。

他甚至在不少熱鬧的場合見過四位劉小姐。一個個容貌均明亮姣美、身姿妖嬈，言行舉止皆別致迷人，引人矚目。不過，他家的人都不喜歡她們。用他祖父的話來說，不正經。事實證明，這四位千金雖都嫁入了極富之家，夫君卻非老即病，其居心明顯，是以家族為先的婚姻聯合。

劉四小姐則以神祕出名，養在深閨少有人識，借四位姐妹的光而已。但董霖離開京城那年，劉四小姐與劉公公的婚事傳揚得十分喧嘩。他娘還唏噓，沒準這是劉家唯一的好姑娘，就這麼讓父兄賣給了權貴，實在可憐。不料，那位四小姐得了重疾出城將養，從此婚期變為遙遙無期。

坊間謠言，四小姐得病的消息傳出來前，劉府那幫厲害的護師快進快出忙碌了好一陣，而城門盤查也突然密實，郊縣城鎮和要道上官兵衙役到處走，所以那位小姐不是得病，而是逃婚了。

「夏蘇……劉蘇……」劉家那個大名鼎鼎、自以為不輸男子的大小姐叫劉莉兒？那四小姐叫……董霖想起來了，「劉蘇兒！」

剎那，他替趙青河感覺頭頂壓下一座大山。若真不幸讓他猜中，夏蘇就是劉公公要娶的人，趙青河縱然是趙家之子，劉公公也絕不會顧忌。這年頭，官不如貴、貴不如宦，就算是王爺，還得討著公公的好呢。

董霖那頭為了好兄弟的事幫著絞盡腦汁，這頭的趙青河還是很沉定的。

午後，大驢和喬連、喬生回話，他一邊安撫泰伯、泰嬸他們安心，一邊吩咐三人去收拾行李。他知夏蘇的身分已有大半年，如今她被劉家找到，雖比他的預料發生得快，還不至於慌了手腳。

等趙大老爺在外屋喊他時，他的行裝整理完畢，乾淨利索一個包袱。然後，他將包袱拎給大驢，叫大驢先到門外等，這才理會黑臉老爹，對一旁的趙大夫人只是輕輕點個頭。

「趙大老爺。」喊出一聲爹，他相信需要一個相當漫長的過程。

「你毒才清，今早剛醒，這卻是要出遠門？」趙大老爺錯過兒子二十年，顯然沒多大耐性再等這個漫長的過程，一臉急切關心的表情。

趙青河喔了一聲，沒有更多的字眼蹦出來。一向我行我素，親情於他向來微弱，前世的親爹、親媽都只是拿利益掂著他這個兒子的分量，更何況，這世的爹還是附贈品。

「青河，別看你爹這樣，其實是擔心你。這幾日你昏迷不醒，他也整夜不能闔眼。」有人黑臉，就有人白臉，趙大夫人婉和道：「適才進來就一直沒瞧見蘇娘，她不在家麼？」

「蘇娘出門了，我就是要追她去。」俗話說得好，伸手不打笑臉人。

趙大老爺臉更黑，「姑娘家家的，獨自出門不妥當，而你一個尚未成親的男子，追著她去亦不像話。真要找人照顧，就該稟了我夫人，派些丫頭婆子，還有府裡武師。」

「蘇娘是我未婚妻，不好勞大夫人操心。」趙青河自覺措辭客氣。

「這事……」趙大老爺正要把話說絕，卻見妻子朝自己使個眼色，緩道：「一日未成夫妻，就當避嫌。我瞧你精神不錯，便跟我去見老太爺吧。多虧你平靜解決了岑……岑氏之事，沒讓她連累趙氏聲名，如今各房長輩都已認可你，連老太爺也說要早些認祖歸宗。這月十六大吉，沒剩幾日，有好多事要抓緊辦的。」

這對夫妻對他始終不棄地期盼，算不算不見棺材不掉淚？

趙青河笑了，漠傲而起的壞心思，「趙大老爺確定這時要急辦我的事，而不是另一個兒子的事？」

夏蘇捉私奔捉得大好！

簡直是他手中一張王牌，足夠他暫時擺脫這對夫妻一心一意的關注。

趙大夫人聞之色變，到底是自己肚子裡出來的親生兒子，「四郎有何事？」

「岑雪敏之所以在杭州對我痛下殺手，又突然轉情於二房的六郎，皆因她對我及對四公子皆已斷去嫁念。岑雪敏一直立志嫁為趙府長孫媳，其實不如說她的目標是未來當家主母的地位。也就是說，我和四公子當不了家主，便輪到六公子了。照她的計劃，我死是遲早的事，而四公子……」他頓了頓，看著那位賢良的大夫人神情轉為驚恐，「大夫人莫想過了頭，四公子性命無恙，只不過岑雪敏對已婚男子興趣缺缺罷了。」

趙大夫人半張著嘴，「……已婚？」

趙大老爺氣得鬍子都要飛起來，「四郎怎會……」

「就是啊。」趙青河自己樂見其成，卻打算撇個門清，「董師爺不是抓了岑姑娘幾個手下嗎？聽他們說，岑姑娘親眼瞧見四公子與胡氏的女兒同坐一船，一大堆家當，帶著胡姨一道往北去了。後來打聽下來，才知兩人在杭州成了親，辦的桌席雖不大，胡宅鄰里都吃到了喜酒……」

趙大夫人眼前一黑，跌坐在椅子裡，不停喚著「我的兒」，又陡然質問：「子朔不是由你送上船的麼？」

是的，這才是真性情，實在不必到他這兒來溫婉嫻淑。她端得累，他也不心存感激。就算認了這個爹，不一定非要顯得一家和美。要知道，感情這東西，在人前越近乎，在心裡越遙遠。

因此，趙青河對這聲質問並不當回事，「四公子不是無知小兒，我更不是他爹，送他上船，還要包他一路順風。」不期待，也就不失望，他這世擁有已經夠多。

「老爺……」趙大夫人聽出趙青河的暗諷，知道自己並無理由質問他，訕訕然轉向夫君，「……這可如何是好？」

趙大夫人師出無名，趙大老爺還能待兒子凶，「你平素幫官府破案緝凶，自詡觀察力一等一，自己的弟弟要做出這種有辱家門之事，竟然絲毫沒有察覺？」

趙青河在這兒等著呢。

「四公子在船上倒是說起一句自己像趙大老爺，也能一鳴驚人。只不過，我當時壓根沒想到，是違背長輩和婚姻自主，這樣的一鳴驚人哪。」

趙青河話意分明暗指：上梁不正下梁歪。

趙大夫人看丈夫的眼神裡立即生出一絲怨懟。事關兒子，與丈夫那些表面禮節亦可以不顧，她等不到丈夫的愛，至少要守住兒子。

「老爺別再怪誰了，趕緊找到四郎才是正經。」但終究，趙大夫人本性不壞，內心對趙青河的不滿來得快去得快。

所以趙青河也不自私，「老爺、夫人莫急，我已打聽出四公子落腳之處，想來以胡姨慷慨寬厚的為人，應不會讓自己的女兒躲公公、婆婆一輩子。撇開兩人情深似海不說，胡氏身家……」他記得與胡氏的約定，會幫著說服趙家人認可這門婚事。

「此事不由你一個小輩多言。」趙大老爺卻打斷了趙青河，問過趙子朔的落腳處後，踏出屋門又想起來問：「你究竟要去哪兒？」

趙青河走到門邊，望著在園子裡立了不知多久的周旭和老梓，答他爹：「北上都城。」見他爹張口欲言，「可惜我的事十萬火急，等不了與老爺、夫人同行，我們到京裡再聚罷。到時，我與蘇娘一道拜見你們兩位。」

趙大老爺聽著，就覺得兒子短短幾句話意味深長。他立感疑惑，卻讓他夫人催著走。儘管他想兩個兒子一起顧，但無法同時同刻顧得到，思想再三，決定先解決「已婚」的那一個。當然，待日後他知道自己弄錯，應該緊緊拘著這個「未婚」兒子的時候，此兒也成「已婚」了。

這對夫妻走得太急，對於園中的兩位來客也顧不上問。

「周叔、梓叔。」走掉的那兩位，趙青河只敬在他們歲數大，眼前這兩位才是自家長輩，打內心尊重。

「你家可真熱鬧。」老梓撇撇嘴，不用人請，自動自發走進正屋，把老殘腿翹上桌，倒茶喝茶，「丫頭嫁你並不好。她又笨又慢，被人罵一句，要半個時辰後才能回嘴，根本幹不了伺候公婆的事兒。」

趙青河討好笑著，「這回把蘇娘接回來，我們就搬走了，和她一早說好的，今後就過自己的日子。」

老梓哼哼，「不過，你小子窮啊……」

「兩人還年輕，又很有本事，就怕貪心而已，哪能窮得到他們。」周旭比老梓清楚這個小家的家底，「就這會兒，不算那間已有進項的畫片作坊，青河手裡少說有百兩銀票子，用不著你這個吃光賭光的叔叔操心。」

「靠兩位叔叔幫忙才開得張，叔叔們便是吃光用光也不怕，將來有我們養老。」趙青河這話，不僅是說說而已。

世上所有的感情，都並非想當然，應該有得有報，盡力經營，否則就算親如父母子女，一味向對方索取，也只會漸行漸遠。血親之情，縱然比其他感情寬容得多，卻不可貪婪無邊，最終是可能全然失去的。真正的情，為彼此付出，彼此就不求而得，看似自然而然，其實皆需一顆珍惜對方的心。

「不必說大話，怕你養不起。」老梓總是嘴硬，對夏蘇的疼愛之心卻滿溢。

周旭一向溫和，但論起疼愛夏蘇，半點不比老梓輕，「阿梓老來由我養，青河你只需把丫頭帶出來，今後別讓她受苦就好了。」

趙青河畢恭畢敬道聲是，「恐要再借叔叔們一臂之力。」

老梓嘟囔，「個個小看老子，當老子敗家子。」一搓手，不計較，又道：「你就算不借，老子這兩隻胳膊一條腿，外加一根鐵拐，早已準備把劉府拆了。」

如此，才是親情，不用靠血緣強加。

「說得容易，劉家之富可壓死一城人。不過，三個臭皮匠頂個諸葛亮，我們一道上京去，總有辦法可尋。」周旭道。

見喬嬸子抱著寶軸進內園，而不是那位花蝴蝶嬸嬸，趙青河心思陡轉，「周叔若一同上京，軸兒要給周嬸照顧嗎？」

「軸兒的娘誘使蘇娘被捉，大概已拿了錢財遠走高飛，再不可能回轉。軸兒暫請你家兩位嬸子照顧，我很放心。」

當時喬連、喬生來找夏蘇，周旭趕回家中後，發現院門敞開，屋裡所有蠟燭點殘，唯有自己那盞寶貝燈讓人仔細熄滅蓋住，而寶軸的娘已不見蹤跡，他就猜到了前因後果。

他待寶軸娘的夫妻之情雖淡，初衷著實不惡，想給她一回全新的生活，膝下有女，還有丈夫可依靠，如此互相照顧，過一輩子。她一直不甘平淡，他也不強求，任她像花蝴蝶一般飛展。蝴蝶之命天生，她自己活得開心就好。

然，那女人實不該拿夏蘇換取富貴。他從未阻止她追逐所求，她卻不應該傷害他的家人，因此他決定就當軸兒有爹沒娘，再不會讓那女人靠近他們一步。

「是我過於放任她。」他的錯。

老梓撇撇嘴，「早說那女人會惹禍。」

趙青河一聽，立即就把整個畫面拼湊完整，「恐怕周嬸露出了破綻，蘇娘已看出端倪。」所以，才說辦事去了。

周旭怔道：「既已看出端倪，為何……」

「因為她不想逃了。」縱能隱居山林，肆意寄情筆墨，以夏蘇的性子，心病難消，惶惶不可終日。他和她，皆是只肯躲一回的人。

「寧為玉碎，不為瓦全，但老子寧可她是一片瓦。」老梓護犢子的心，自又不同。

「她捨不得江南勝景。」

比起無人的清靜山間，熱鬧的畫集書市才是那位姑娘的所愛，夜行精彩繽紛。而且，只要她一日不放棄畫畫，就難保畫中顯她，引得劉家人找上門來。遲來，不如早來，還能放手一搏，爭取早日安居於江南，心無旁騖。

趙青河目放長空。

初夏的天，高而清朗。

夏蘇選的好時節，那麼，他也毫不猶豫同意，這確實是個完美的回家時節。季節正好，到北方避暑，回南方過冬，克服候鳥症候群。

他，就陪她走一趟。

先不說他痛不痛快，想到那位未知、同為哥哥的傢伙，他就心堵，但說他男子漢大丈夫，追姑娘時，絕對、必須，能屈能伸，一切以那位姑娘的心情為最重。

若她非要把刀山火海當景點，他就會歡天喜地去劉府刻上「到此一遊」！

七月。

京城。

表面上清靜很久的劉府，近來喧嘩。喧嘩的原因，半座城的人都知道。養病三年的劉四小姐終於痊癒，由劉大公子接回家了。

而劉府四千金出嫁是全城津津樂道之事，這位因病早過了嫁齡的四小姐，已訂四年的婚約應該迫在眉睫，就等劉公公訂下婚期迎娶。

要說劉家五位姑娘，嫁得非富則貴，卻偏偏連平民百姓都不會羨慕，只不過添加茶餘飯後的精彩談資罷了。好比四小姐，好好一個姑娘家，配了太監當妾，這其中的故事，足夠眾人發揮無限想像，說上一天一夜都沒法說得完。

不料，人們感慨還新，本能預見的一個女子淒慘後半生的結局，突然生出別樣風波，變得撲朔迷離起來。

就在劉四小姐回府沒幾日，那麼巧，有朝廷重臣上書，呈表宮裡某位得勢的公公欺霸民女，且三妻四妾，時時凌辱，萬分不人道。皇帝怒，斥查此事，將那位公公杖斃，並開始約束內官娶妻納妾之猖獗行為。

這位公公雖非劉四小姐的未來夫婿，劉公公卻為了討好皇帝，不敢拿自己的地位冒險，連忙派人向劉府退了婚約，再無意娶劉四小姐。

這下，原本待嫁的四小姐，就成為無婚無約的老姑娘。又因她之前的婚約，哪怕劉家仍是欽定皇商，也無一家對她抱好感，願意求娶。

半個月過去，甚至連劉府的下人們都認為，四小姐是要賴在家裡一輩子了。隨著大人姨娘們對四小姐的冷淡，這些人待她畢恭畢敬的臉色也變了回去，一如從前，明目張膽開始剋扣吃喝用度。尤其，在劉大公子忙於同宮中打交道的時候，越發囂張。

這日晌午，禾心將飯龕往桌上用力一放，端出一碟隔夜的冷包子，怒氣沖沖道：「越來越過分了，今日連午膳都不給，用昨晚的冷包子打發我們。」

坐在窗前發呆的夏蘇轉過頭來，看著那碟包子，面無表情，但起身拎了銅壺，放到小爐子上燒水。

禾心見她打算熱水配冷包子吃的樣子，實在沒辦法消氣，「姐姐縱然不能飛簷走壁，難道還教訓不得幾個刁奴？妳要是不忍心，就讓我來。」

「能吃飽就好。再說，隔夜包子比餿包子強。」夏蘇慢吞吞說。

回來近一個月，發現劉府還是老樣子。雖然姐姐妹妹們都嫁了出去，父親的妻妾仍各自逍遙，得寵的男僕當道，四下找樂子。那些貌美妖嬈的丫鬟，再仗著她們的男人撐腰，整日無所事事，只知道你爭我搶，為了多得一點寵，各種使絆子、耍詭計。

這些人數年如一日，仍用以前的花樣欺負弱小，不疲累麼？

第二十六片 親上加親

禾心眼珠子一凸，「還能給饅包子？」

「不吃就餓妳三四日。」夏蘇只覺這些人枯燥乏味。

「一群王八蛋！」禾心罵了出來，眼睛卻刹那泛紅，「姐姐……」她原本以為自己沒爹沒娘很可憐，還對那些嬌滴滴的千金小姐特別看不順眼。

「別說我可憐。」夏蘇打斷禾心，「我這回回來，是自願的，辦完事就會走。」從此，與這個家再無干係。

禾心嗯嗯直點頭，「狐仙大人會保佑咱們，讓那些壞東西吃到拉肚子。」

夏蘇瞥禾心一眼，「妳該不會做了手腳吧？」

禾心聳聳肩，無辜到可愛俏皮，「沒有，都是狐仙大人的法術高強。」

等水燒開，夏蘇給禾心倒了熱茶，自己再拿一個冷包子，「妳不必替我出頭，那些小人等不到我生氣，自然就覺沒意思了。」

劉府如舊，心思仍醜，人面卻新，大概還不知她的性子。

突然，見劉徹言走進園子，夏蘇低眼瞧瞧手上的包子，「禾心，裝上包子出去吧，在大

公子面前假裝遮掩些，能惹他疑心查看就最好。他若不問，妳就送空碟子回廚房。廚子要問怎麼都吃完了，妳就說大公子來我這兒，讓他餵了魚。」

禾心眼睛亮閃閃，俐落收拾好，拎著飯龕往外走。

夏蘇將包子快快吃完，立在窗後，靜瞧劉徹言與禾心說話。如她所料，禾心打開了飯龕給他瞧。他神情不動，揮手讓禾心走了。

這個家雖沒變，她卻變了，以前覺得不用去計較的小事，現在想去計較計較。即便是龍潭虎穴，也是她的家，不是麼？難道一聲四小姐，是喊著玩兒的？

劉徹言進屋來，見到夏蘇正在桌案後磨墨，「四妹妹這下知道，這兩根鏈子長短正好，照樣可以自在的。不過，為兄不明白，爹已經不會再拿鐵板子逼妳作畫，妳為何還想捉筆呢？妳可記得小時候，讓爹打疼了哭，那會兒妳願意跟我親近，哭著說最討厭畫畫了。」

是。她記得很清楚。八九歲天真的歲數，娘剛過世，不知道爹並非真心疼她，不知道這個兄長狼子野心，不知道劉府一片污穢。

她只知，爹突然變得很凶，姐姐們總來欺負她，日子萬般難捱起來。那時，她還以為劉徹言和她一樣，都是無依無靠的可憐娃兒，所以曾找他說真心話。

夏蘇淡然一笑，「然後我每哭完一回，爹第二日就會知道，處罰得更厲害。」回想過去，遍體鱗傷，鼠膽和龜慢也從那時開始練就的，「有意思的是，被逼的時候滿心不願意，沒人逼了，卻是一日都離不得筆墨。也許爹說得對，我實在像他，好眼、好筆，繼承他的血脈，天生之才。說起來，兄長怎麼都不愛畫藝，讀書也累，是像你的親爹麼？」

劉徹言一手過來，掐住夏蘇的脖子，將她整個人往牆上撞，猙獰面目，「妳好大的膽！」他最忌諱他人談論他的出身。

哪有好人家的孩子會進宮當太監？

同樣姓劉，大伯飛黃騰達前，他是最低賤的家奴之子，他的親爹是大戶人家的帳房，娘跟主子私通，被賣到不知何處去了。

夏蘇不呼痛不變臉，雙目直視，「難道我說錯了？」

劉徹言的自卑心，也從未消減過一絲一毫。十多年來，從被人敷衍，到膽戰心驚，即使被尊稱為劉大公子，如今更是實質上的一家之主，他仍不能理直氣壯，談出身就色變。

「劉蘇兒！」一隻手揪扯她的衣襟，裸露半邊白玉香肩，令他雙目充斥血絲，不由傾身壓上去，「妳以為我大伯退了婚約，就能嫁給妳那位義兄？想得美！妳這條小命捏在我手裡，只要我一句話，立刻讓妳生不如死！」

扭曲的臉龐，暴怒的氣息，卑怯卻不容人言的無謂自尊，明目張膽的踐踏要脅，劉蘇兒會驚嚇若鼠，夏蘇卻不會膽怯。

「兄長為何如此懼論自己的身世？滿城無人不知無人不曉，你是劉公公親姪、是我爹的養子。當年認養，擺下三日流水宴，正是為了向全城通告。你如今連提都不讓人提，莫非有殺光一城人的打算？」

自卑，皆因他的地位尚不穩，所以忐忑不安，怕又打回原形。也因此，他將她爹施毒軟禁，想殺又不能殺，無論如何要等他得到劉府的一切。

三年時間，夏蘇已然想得明白。

「別以為我不知道，你們表面上恭維我，心裡卻嘲笑我。」

潤美的肌膚瑩然有光，不施粉黛的容顏安然閒定，她滿身香，不濃，清冽，一如從前，無比誘人。劉徹言張開牙，咬住她的肩，直到品嘗到溫暖的血味，方才鬆口，退開半丈。

他要過那麼多女人，真正想要的，只有眼前這一個。

從前，他愛她驚恐又倔強，愛她專注又勤奮，愛她出淤泥而不染，愛她獨善其身般靜默，愛她忍耐慢吞卻不失智慧。現在，還得加上她勇敢而堅持，能頂嘴又不吵，沉穩卻顯出了自信。

曾以為得到她輕而易舉，卻永遠忘不了自己提出娶她時，那位養父哈哈大笑的表情。劉瑋說，狗雜種不配，除非自己死了。

他不配，他就將她配給太監。但婚約一訂，他成了最後悔的人。那種望而不得，只能心癢得咬牙切齒之感，如同劉瑋藏起來的巨大家底，想到發瘋也無法觸碰，如萬蟻噬魂。

她逃了，某種程度上，他鬆口氣，甚至希望隨著歲月流逝，大伯忘了她，他再把她找回來，從此私藏。這份私心藏得很深，他對漂亮女子多輕佻，所以即便對她孟浪，也沒有人會起疑心，更不會覺得他待她特別。

但，她是特別的，一直。

大伯退婚，他出入宮廷，在別人眼裡是失望沮喪，意圖挽回大伯的心意，其實心中欣喜若狂，這才有了此時咬她的舉動。他渴望與之相親，又不能坦言心愛，唯有以粗暴懲戒的形式來滿足。

要她的時機尚不成熟，然而這一回，已無需等太久。

夏蘇收上肩衣，對鮮血淋漓太習以為常，根本不知道「兄長」出自「愛她」的心理，淡然道：「別再這麼做。」

習以為常，不代表會容忍，要不是讓他咬出了血，她將其歸類為懲罰，而不是侵犯，她會像從前那樣，堅決反抗到底的。

「還想撕咬我一番？」

劉徹言不同以往的微笑面龐，讓夏蘇心生警覺，「事到如今，你我不必裝兄妹友愛，有話不妨直說。」

「好。」讓他說，他就說：「我雖名義上是劉府之子，終究還差了一點名正言順，外人看來，如同我霸占養父的家產一般。」

夏蘇輕笑一聲。霸占不霸占，不是一目了然麼？

劉徹言只當聽不出她笑中諷意，「原本妳嫁給大伯，就是兩家劉姓結為一家之意，如今婚約不再，妳待嫁，我待娶……」

夏蘇深邃的眼睛睜大了，瞪著劉徹言，有些不敢相信。

劉徹言反笑，「四妹妹一向聰慧，猜得正對。大伯的意思，讓我娶了妳，將來妳生個兒子，家產就不分妳劉還是我劉，真正一家親。」

夏蘇僵直站立，仍然無言。

劉公公一向將劉府當做自己的金庫，把親姪子塞進來當她爹的兒子，任劉徹言不孝不倫，比她那風流爹，更加荒唐地攪汙了這個家，窺覷財產還要弄什麼名正言順，讓她嫁給劉徹言？生兒子？

叫她說什麼？

「無恥！」除了罵。

「四妹是擔心親上加親，惹人說閒話？」劉徹言愛看夏蘇發火，真性子真可愛，「大伯也有此顧慮，所以打算稟了皇上，讓他下道旨意，御賜的婚姻不但無人再嫌，還成美談。」

夏蘇這時真恨自己嘴笨，滿腹恨意說不出來。

「四妹放心，剛才兄長情非得已，一時歡喜才親近妳，今後，只要聖上旨意不到，兄長不會再亂來，免得落人口實，壞了四妹清白之名。」

劉徹言笑得難得俊朗，卻引出夏蘇一身雞皮疙瘩。

「喲，我這是要說恭喜了？」一道傲嬌的女聲，緊隨一位明豔女子入園。

夏蘇愕然，「大姐？」

「劉莉兒，妳居然還活著？」劉徹言沉眼冷笑。

「是啊，託福。」劉莉兒掃過夏蘇，目光落在劉徹言面上，露骨哆笑，「弟弟長得更好了，看得姐姐心動。只是恁讓姐姐傷心，你想要名正言順，娶了姐姐亦同，何必非要娶下賤人生的下賤貨？姐姐可是這個家裡名正言順的大小姐，嫡出嫡長。再說生兒子，有點眼力的接產婆子都說我必生兒子，多子多福。四娘瘦得跟竿子一樣，就怕子兒都蹦不出一個。」

熟悉的刁蠻無理，分明欺辱她，卻令夏蘇莫名鬆快。她一人對付劉徹言，到底有點高看了自己。

「妳不要臉，我要臉。我堂堂劉家大公子，娶世家名門都不在話下，怎可能娶寡婦進門？」想不到當年跟他對著幹的劉莉兒跑回來了，劉徹言一時頭疼。

「切，這話也就騙騙不知情的。」劉莉兒笑得嬌氣，眼裡卻狠，「我爹那些貌美如花的妾，跟寡婦差不多，弟弟難道沒當過入幕的夫郎，夜夜照樣銷魂？還以為你嘗過姐姐的滋味兒，早該明白了才是，不懂人事的傻姑娘，怎比得姐姐……」

「住口！」劉徹言惱羞成怒。

夏蘇一臉情緒無波，家裡雖不是件件醜事她都知道，大姐和劉徹言當年算得上轟轟烈烈。趁著劉莉兒同劉徹言糾纏，她繞出屋子去看爹。

走出去沒多久，聽到劉莉兒在後面喊她。

「劉蘇兒。」

好久沒人用這名字喚她，夏蘇半晌才反應過來，轉身看向劉莉兒，「大姐。」

「嫁給劉徹言這件事，妳就別想了。」看上去也和從前一般無二，劉莉兒姿態囂揚跋扈，「也別以為妳幫了我一回，我會幫妳。」

「兩件事，我一件都沒想過。」她對趙青河說過，閔氏不會瞞住劉莉兒。不過，把劉徹言引到蘇州來的，顯然不是劉莉兒，否則劉徹言不該一見劉莉兒就變臉。

「那就好。」劉莉兒撇一抹豔笑，驕傲道：「我是家中嫡長女，既然要當家長，家產自然歸我。」

「的確如此。」看來她可以稍等，但夏蘇並沒有兩手一撂，坐山觀虎，反道：「皇上忽對宦官態度不明，劉公公或會失勢，大姐不妨利用。」

劉莉兒眼裡微閃，掃過夏蘇手腳上的鏈子，「我自有主張，妳也不用多管閒事，早點幫幫自己是正經。」

「此鏈寶劍難斷，唯鑰匙可解。大姐不必特意幫我，不過若是順手的話，撿來讓我用一

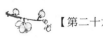

用即可。」夏蘇說得輕鬆。

劉莉兒失笑，啐夏蘇一口，「呸，我上哪兒順手給妳撿來啊？劉徹言精得跟鬼一樣，當初也是少不更事，才讓我拐了……」

這種話，劉徹言不想聽，夏蘇也沒興趣，打斷她，「大姐想要家產，沒點志氣可不行，我等大姐好消息。」才要轉過身去，又想起來問：「大姐去不去看爹？」

「看過了。」劉莉兒頓時斂笑，「當年寧可把我趕出去，也怕我威脅到他。與其說恨劉徹言，我更恨爹。不過，瞧他如今這副模樣，恨也無用，就當我是自作自受吧。倒是妳，聽閔氏說妳有了男人。我們女人要是找對男人，可撒野、撒嬌、撒歡，想做什麼就做什麼。妳找對了人沒有？」

找對了，所以全然不似以往，一身光華，一面明安，氣定神閒，一絲膽怯也無。

但夏蘇眉梢一挑，暗想這叫她怎麼答？她沒撒過野、撒過嬌、撒過歡，不過趙青河回來後，她還真是想做什麼就做什麼。

「好了，該說的我都說了，妳我今後各管各，別擋我的路，也別拖我的後腿，要是敢跟我搶東西，姐妹從此沒得做。」劉莉兒揚起頭走了。她一出生就驕傲，即便是最跌宕起伏的那段時日，也不曾放下過，這輩子大概不可能對誰低頭。

夏蘇熟知劉莉兒的脾性，也沒有同姐妹冰釋前嫌的打算，能各做各事就最好不過。

七彎八繞，她來到父親院中。別人還在把玻璃珠子當寶，這裡卻裝著玻璃窗、玻璃門、玻璃欄，一看奢侈，對劉府而言只是廉價物。

劉瑋年輕時親自帶船隊出海數回，直到最後一次差點死於海難，從此才不跟船了。但不管怎樣，他對舶來品和異邦文化的通曉熟悉高於別商，加上天賦異稟的目力，書畫之藝的精深修養，令他在珍寶這一行獨占鰲頭，受行家尊敬。

劉瑋的前半生，用他自己的話來說，真是天佑傍身，無往不利。到了極致，就連先皇都賞識他，白丁出身，三十歲上便拿到皇商專營，採買珍寶和奢侈物，與內務大總管們打成一片，居然還能撈個編修的七品補吏，編書畫史一套，史庫收錄，先皇時常捧讀。

這樣的父輩，子孫本可仰賴，偏偏心性狹窄，自私自利，享受無上榮華，卻又怕任何人分薄富貴的草民劣根，導致整個劉府成了污水泥沼。同類相聚相競，一個比一個自私，一個比一個狠戾，大欺小、強辱弱，一旦得勢，立刻變本加厲，急功近利又短視。

「四小姐又來了。」坐在廊臺上吃蜜桃的男僕，一如劉府挑僕的慣例，高大結壯，相貌不次，僕衣露胸，肌肉線勾勒胸膛，而一雙眼直勾勾盯著夏蘇，絕無主從之分，明晃晃放色誘引。

夏蘇不認識此僕，來這裡幾回也不曾見過，但知他一定是家裡哪位夫人的新寵，那位夫人又是劉徹言的人，才能撈到監視她爹這麼重大的差事。

她慣常無視，正想進屋，卻被一條伸過來的長腿攔住。

「小的是這座園子的管事，姓徐，請四小姐好歹認個臉。前些日子在外辦差，一回來小子們就報我，四小姐成了這裡常客，特來給妳問安。」

「徐管事。」從善如流，夏蘇別過頭去，仔細瞧了瞧他，「這下能讓我進屋了麼？」

徐管事卻立到夏蘇身前，笑得一口白牙閃爍，「四小姐真孝順，小的守了這園子大半年，沒見別人來得這麼勤快。只是老爺這瘋癲迷症，大夫說可能會傳染人。四小姐正是花開明媚的好年華，千萬別染上了，讓小的無所適從……」一邊說著話，一邊手不老實，竟拽了夏蘇的衣袖。

「你說你姓徐？」夏蘇眯眼成線，不，她錯了，這個家不是沒變，而是徹底淪落了。

徐管事摩挲著夏蘇的袖料，被她特白、特細膩的肌膚迷恍了心神。四小姐是劉府禁忌的話題，暗底下傳聞卻一直不息，他還以為是個怯卑無能的陋顏女，誰知一見驚豔。香氣清爽，顏美若玉，深眸邃海，身段纖巧無骨，無一處不美。雖知這位四小姐不受大公子待見，要是能讓他享用一番倒也快活。

「我還以為你姓劉呢。」

冰天雪珠，叮噹落下，讓徐管事發熱的腦袋一冷，視線對上夏蘇，又陡然讓寒霜雙目打了個驚顫，不自覺縮回放肆的手。

「徐管事讓我認住你的臉，我也說句實話。姨娘們如花似玉，雖愛漂亮年輕的身體，只是身體的主人若沒有什麼特別之處，寵愛難以持鮮，所以像你這樣的僕人，來來去去不知凡幾，我都懶得記。徐管事還是要憑些自身的本事，讓這家的主人們真正重用了才是，而非靠枕頭風。今日吹過，明日還吹不吹就難說了。」她已非十六、七歲的小姑娘，單憑言辭就具有力量。

徐管事立刻退到一邊，給自己兩巴掌，「小的昨夜喝多了，胡言亂語，從今往後再不敢冒犯四小姐。」

這人，倒不蠢笨。

夏蘇不再跟徐管事囉嗦，進到裡屋看昏沉沉睡著的父親，便打開了窗，在書案上鋪好紙，從書架上挑起顏料。

對外，劉瑋得的是怪病，神志迷糊，記憶混亂，身體乏力，一日之中多昏睡，清醒時常發瘋發狂摔東西，大叫大嚷讓人聽不明白的話，生活完全不能自理。大夫診斷他不完全是瘋症，而是年久入花叢，酒色沾染過多，以至於六十不到就挖空了身子，腦力衰竭成如此。這種病，無藥可醫，耗時耗銀，只能等死而已。

這種診斷，十分符合劉瑋在人們心中的風流形象，故而也無人懷疑別的可能。

然而夏蘇懷疑，這是爹和劉徹言互相爭鬥而敗下陣的後果。爹要害劉徹言，反過來又被劉徹言所害。橫豎劉府上下都已認劉徹言為一家之主，大夫也是劉徹言找的，爹的病自然由劉徹言來說。

不過，懷疑歸懷疑，沒有證據亦枉然。

徐管事上前來，「小的給四小姐研墨？」

監視爹，也監視她？

夏蘇點頭，剛拿起花青，想著調出草綠，就要再拿藤黃，卻發現顏料架上沒有藤黃，「藤黃用完了？」

徐總管道：「藤黃有毒，不可入口，怕老爺發起癲來放進嘴裡，大公子吩咐撤掉了。小姐要用，小的這就去拿。」

「不用了，花青也可作綠。」怕一下子吃死了人，就挖不出祕密？夏蘇對自己心中所猜又篤定三分，「爹今日醒過了麼？」

徐管事答：「一早醒來用過藥，嚷嚷著累，又睡了。再過半個時辰，就得叫醒他用膳。

這會兒小的要去廚房交代今日膳食，不知四小姐會待到幾時？」

「你只管去，我暫不走，今日摹工筆花鳥，會耗不少工夫。」正好清靜。

徐管事道是，退身出去，但一出院子，見戚明背手等著，忙上前行禮，「戚大管事。」

戚明瞥他一眼，「你這張嘴別太貪，小心吃撐死了。」

徐管事知道自己所作所為落在了這位眼裡，一個撲通跪地，「戚大管事饒命。」

戚明哼了哼，「還算你有幾分眼色，聽得進四小姐的話，沒繼續放肆。記住，四小姐到底姓劉，你別自以為是，仗了點女人的寵，就不知道自己是老幾。」

徐管事連連說記住了。

「吩咐你的手下人，放亮眼珠子，把耳朵豎豎直，老爺跟四小姐若說話，一個字不漏地轉述給我。」戚明這才說正事。

徐管事回應已經吩咐過了，小心翼翼道：「我聽小子們說四小姐過來數回，老爺壓根認不出她來，只像從前那樣瞎嚷嚷。倒是四小姐耐心十足，每回一來，總要作完一幅畫才走。那幾幅畫都留在老爺屋裡了，要不要小的拿來給您過目？」

戚明一揮手，「這些我已知道。」

並無異樣，只是被摹過無數遍的名畫。

第二十七片 丹青擾心

院中，戚明繼續交代徐管事。

戚明強調，「最緊要，是老爺萬一認得了四小姐，父女倆說些什麼話。」

徐管事唯唯諾諾，目送戚明走遠，罵道：「和我一樣都是狗，裝什麼人模樣。」

「雖然都是狗，他的主人比你的主人厲害，所以就能裝人模樣啊。」從旁閃出的人竟是劉莉兒，嬌嗔嫣笑著，見徐管事瞧直了眼，扭著腰肢湊近他面前，蔥指往他下巴一勾一抬，「怎麼樣？要不要換一個主人，讓你也能擺擺架子？」

徐管事不認得劉莉兒，雖愛其美豔，心卻紋絲不動，以為她是哪位夫人的娘家親戚，橫豎這種人劉府到處是，「小的如今開了眼，不是姓劉的，就算不得我主人。」

劉莉兒挺稀罕瞧著這人，「真稀奇，想不到家裡還有能說句真話的僕人，不過眼皮子太淺，連大小姐都不認識。」

徐管事一想，脫口而出：「劉莉兒？」

劉莉兒本是個驚世駭俗的女子，思想不比一般人，聽他喚自己全名，不覺冒犯，反覺好玩，「本小姐就是劉莉兒。你叫什麼名兒?本小姐越瞧你越順眼，就收你當心腹了吧！」

這話看似任性，其實深思熟慮。劉莉兒看出這男人心大，有所圖，正在擇主，而劉徹言身邊早就滿員，不差一個聰明人，他想要出人頭地，必須另選主子，才有飛黃騰達的機會。

詫異之後，徐管事垂眸，畢恭畢敬道：「能為大小姐做事，是小的福氣，只怕小的地位卑微，不過聽人吩咐辦差，幫不了大小姐。」心頭活泛，卻還要觀察。

劉莉兒也明白，「無妨，反正府裡上下皆知我劉莉兒想要的東西，怎麼也不能讓劉徹言一人獨吞了。我爹變成這樣，不可能不是劉徹言動的手腳，我想找出憑證，告他殺父奪產。你自己考慮清楚，若覺得我有勝算，儘管來投奔我。我說話算話，若是你立了功勞，等我當了家，你就是大管事。」這回，她才真走了。

徐管事回身，靜靜推開拱門，從門縫裡，能看到窗下的那位四姑娘。

她坐得那麼端正，在紙上一筆一筆，丹青上彩。初夏的槐花枝頭，落著一隻翠鳥，啾啾輕唱，卻引不起她抬眸。

這個府邸，他一直認定沒有一塊乾淨地，今日方知，人淨，地也淨。只是，純淨的人，在已經毒出沼氣的深潭裡，能生存多久？

耳裡清晰聽見門掩，夏蘇低轉眸。她不能施展輕功，但耳力、目力仍非同一般，門外人聲雖弱，還可聽個大概。

雖沒聽到什麼新鮮事，無非就是爾虞我詐，互相勾搭，可也知道看似清靜的院子裡，除了她和她爹，還有別人。

慶幸自己之前沒有輕舉妄動，夏蘇再度專心，想將神思放在畫裡。

嗒……嗒嗒……嗒嗒嗒……

沒過多久，忽聞極細小的敲打，她一抬頭，驚見躺在床上的爹瞪瞧著自己。手不由發抖，頓時畫壞一筆雀翅。

與劉莉兒不一樣，夏蘇不找劉徹言毒害父親的證據，以劉徹言作惡的能力，她自覺根本找不到他的錯漏。她要找的，是劉徹言也在找的東西。用這東西，抓住劉徹言的把柄，換取她的自由。

她笑，輕呵又爽快，「爹別嚇人啊，害我畫壞一筆，好好一隻鳥飛不起來了。」說著就拿了畫，坐到劉瑋床邊，「您瞧是不是？」

腳步聲聲入耳。

「紫姬……」劉瑋的眼皮子耷拉下來，「蘇兒又上哪兒頑皮去了？天分高，不用功，照樣會成廢物。我就這麼個像我的孩子，即便是女兒家，我也想把這身本事全教給她。妳這個當娘的，別只顧寵孩子，淨讓她玩那些沒用的，慈母多敗兒啊。」

「……」夏蘇本以為父親清醒了，因他剛才的目光實在嚴厲，和她記憶中的一樣，誰知會聽到這番話，突覺悲從中來，嗓子噎住了。

她才愕然，忽又聽爹喊：「劉蘇兒！我雖是妳親爹，也不用白養著妳！妳姐妹們至少能嫁得富貴，妳走路連頭都抬不起來，天生奴婢相到底是從了誰？還哭！哭什麼？……牡丹都描不像，妳還能有什麼用處？」

劉瑋將夏蘇手中的畫奪了過去，瘋狂撕成碎片，「滾！給我滾！一隻隻都是白眼狼。吃我的、用我的，還想喝老子的血、扒老子的皮？休想！休想……」

夏蘇被推到了地上，怔怔望著她爹發瘋，一陣怒吼後終因體虛而力竭，頹倒昏迷。

「來人。」好一會兒，夏蘇才從地上爬起。

也許猶豫該不該露面，過了半晌，才有個小廝跑進來，「四小姐……小的……小的……」還沒想好理由。

「老爺剛剛發過一通脾氣就暈了，你快去請大夫來瞧瞧，也許是恢復了神志。」夏蘇卻沒追究。

小廝鬆口氣，「四小姐不知，老爺這兩年一直這樣，亂喊亂叫，捉著姨娘的手喊姑娘的名，也聽不明白他的話，請大夫也沒用。今日發作得厲害些，大概是肚子餓了，脾氣大。」

「是這樣麼？聽到爹訓我，還以為他回過神來了。」夏蘇有些失望，但道：「既然你在這兒，那我就不等徐管事回來了，你照顧著吧。」

小廝巴不得夏蘇趕緊走，欸欸應了。

夏蘇回到自己的居所，正來回踱步的禾心趕忙迎上來。

「好姐姐，妳去哪兒好歹也給我留個便箋，嚇得我以為妳讓劉徹言捉了。」

「我不是已經讓他捉了？」這話說的。

「還沒捉到他屋裡啊。」禾心拍著心口，「真是急死我，這人到底什麼時候來……」啊、啊，說漏嘴了！

不料夏蘇置若罔聞，往寢屋裡走，「禾心，我歇個午覺。」

禾心悶悶應了好，坐進太師椅裡，蜷上兩腿，只覺百無聊賴，捉了自己一條辮子，數著頭髮自言自語，「狐真大人，夏姐姐疑心重，可我不怪她。有句話怎麼說來著？啊！路遙知馬力、日久見人心！她總有一日會相信我是真心把她當姐姐的。」

夏蘇的笑音傳出，「有那麼委屈嗎？那就進來看著我睡覺吧。」

禾心跑進裡頭，笑咪咪道：「總比一個人待著強。」

夏蘇也並非真的要午睡，而是從袖中拿出一片破破爛爛的葛絲，對著光，背著光，翻來覆去地瞧。

「這是什麼啊？」禾心問。

「我爹塞進我手裡的。妳幫我想想，可能會有什麼含意？」夏蘇一開始確實以為爹神志不清，誰知爹搶畫去撕，同時往她手裡塞了這絲片，那瞬間她感覺他的目光分外清明。

禾心想了不一會兒就愁眉苦臉起來，「一片巾子扯下來的破絲條，能有什麼啊？」

「巾子？」夏蘇突然笑，「……原來如此。禾心，妳可幫我的大忙了，一定要記得向趙青河邀功。」

禾心莫名所以，「欸？」又猛地想起趙青河的囑咐，大眼轉悠悠，「姐姐，我真是碰巧上妳的船。」

「碰巧就碰巧，只是在別人面前，我不能跟妳太親近。」當日禾心讓戚明領到船上，萬分出乎夏蘇意料，自然不相信禾心的巧合說，又很難認為某人昏迷不醒中還能把禾心送來。

不過，某人的推斷猜測，一直神準。

禾心訕笑，「我知道的。姐姐的兄長說善不可，說惡也怪。我不是去廚房了嗎？按姐姐吩咐，將大公子看過飯龕的事告訴了廚子，那廚子還挺不當回事，可沒一會兒，就見幾個武師跑進廚房，把每個人都揍了一頓板子。大公子到底是關心姐姐，還是討厭姐姐呢？」

「別說妳不明白，我也不明白。」從小到大，夏蘇都沒明白過劉徹言的陰晴不定，從前懼怕他，如今無視他。要說他的身世可憐，她的身世也不怎麼樣，卻並沒長成陰陽怪氣。可見，天生的性子。

「禾心，妳有沒有想過辦法出門？」

禾心嘆氣，「想過，可我一靠近外牆，就有武師晃過來。其他園子可能守衛鬆些，但都上了門鎖。劉府是不是很有錢，養那麼多家武護院？」

劉府巨富，府庫好似金山，怎能不花錢養守財人。當初夏蘇逃脫純屬僥倖，劉徹言不在家，各園夫人從暗鬥轉了明爭，看管鬆懈，才能順利逃出去。

「果然。」夏蘇既能回來，這點覺悟還是有的，「罷了，妳今後別再亂跑，若引人起疑，可能一點出門的機會都沒有了。」

禾心應聲，「不怕，還會有人來救姐姐的。」

夏蘇怎會不知禾心指誰，淡笑盈盈，不言語。

今日收穫很大，謎題的一半已經解開，劉徹言急切想找的東西，就在「葛巾」之中。然而，夏蘇現在又有新的疑惑。爹到底真病還是裝病？就算他偶有神志清醒，為何告知了她？

她不記得爹喜歡過自己。

日復一日、年復一年，他是她最嚴厲的師父，卻半點不是慈父。更何況，他還曾親口告訴她，她只是幫他賺錢的工具，其他諸項不如聰明的姐妹們，唯有仿真的畫藝，讓他能夠忍耐她的慢和怯。

而她爹剛才那番言談中，說自己是最像他的女兒，誇她有天分，他要傾囊相授……人之將死，其言也善？

京城丹青軒，門前車馬流水，賓客絡繹不絕，正是出新彩的日子。

自盛唐之彩七十餘種，經過南北宋，那場恨不得滅盡所有顏料，唯認黑與白，才生得出真正好畫的大風，到了今時，僅有二十多種色彩存續。

然而，用色輕，不代表顏料不重要，好的顏料更是難求。丹青軒一向是業內的佼佼者，出色品質上乘，且仍堅持研發推廣新品色彩，非一般顏料商可媲美。

丹青軒主的祖上，曾是翰林畫院的副院史。軒主本人才高八斗，年方二十就金榜題名，入仕而官運亨通，還成為天下廣知的大文豪，窮一生纂文修史，一手書法、一手畫，藝天高。因此，即便其子孫從商之勢大過官勢，也不影響這門盛名。

丹青軒主，姓崔。

崔劉崔劉，崔在前，劉在後。前者百年傳承，後者白丁起家；前者平素沉斂，後者張揚炫富。前者瞧不起後者，後者看不慣前者。總是你追我趕，眾所皆知的同行對手。

即便是對手，因丹青軒獨占鰲頭，劉家的鑑畫師們想要跟上彩料的趨勢，也得乖乖上門當個好客人。

丹青軒雖在崔老太爺名下，年事已高的老人家將軒中事務交給孫子們輪流管，這段時日正好輪到崔岩。

身為主人，看到對頭，雖不至於店大欺客，想要找找口頭的茬，絕對正常，更遑論崔岩和劉徹言這兩位，平時就互衝得厲害。所以，作為合格的掌事和夥計，從門口迎賓的，到出來接待的，個個打起十二萬分精神，像以往一樣，準備這場不可避免的衝撞。

崔九公子也確實沒讓大家白準備，一見劉大公子就冷哼兩聲，挽上一隻袖子正要上陣……卻驟然，偃旗息鼓。

眾人都不用思前想後，目光全盯住劉大公子身旁的嬌客，一致認定是這位姑娘的功勞。事後，離九公子最近的夥計證言，九公子當時十分喪氣地說了一句：「今日算了。」

崔家老九，不達目的不甘休的主，見到對頭從不清靜，何故會說出這樣的話來？不可能無緣無故。而那位嬌客又實在很特別，讓人一見難忘，所以順理成章就把她當成了九公子乖息的緣故。

嬌客特別在何處？

「劉大公子真是與眾不同，別人養家雀，你養金絲鳥，何不乾脆打個純金的籠子？」普通人問不出來的話，崔九公子問得輕而易舉，天生不知道皮薄。

有人可能要說，這還算偃旗息鼓？

崔家人會答，算。因為，平常可不這麼客氣，直接就罵土財主了。

劉徹言陰冷臉色，「九公子平時花叢裡沉著，還以為你很懂姑娘家的首飾。」

「首飾？」崔岩盯著夏蘇手腕上的細金鏈子，以及裙邊擺動時乍現的光芒，分明就是束手縛腳的鎖鏈。

他是告密者，也清楚能把妹妹嫁給太監的劉徹言是怎樣的人，可這會兒，親眼見到這姑娘被捉回來後的狀況，居然有那麼一點點懊惱。

「是啊，我家四妹大病痊癒，闊別三年方能歸家，本是好事，但算命先生說她命根弱似飄萍，需用貴重之物佩戴於手腳，最終才可留穩性命。九公子難道以為我綁了自家妹妹？若真如此，怎又會帶她出門來挑顏料呢？」劉徹言說謊一本正經，又轉頭對夏蘇道：「蘇兒，妳能回家來，也要謝謝九公子，多虧他贈我良方。」

夏蘇望一眼就垂了眸，原來崔岩告密在先，周嬸要脅在後，她想逃也難，不過，要她說謝謝卻很荒謬。

「蘇兒。」劉大公子則喜歡在外有面子。

崔岩欲打哈哈，這個好人但不由他做。

「四小姐，真巧！」聲音驚喜又客氣，一人上來作禮。

明眸皓齒，君子謙謙，如流風、如星辰，絕大多數北方男人所欠缺的靈秀溫雅，彷彿在此人身上發散著明光。

夏蘇真正吃驚，動作比腦子快，已然回禮，「吳二爺怎麼來了？」

吳其晗的目光也掃過夏蘇手上的鎖鏈，卻似毫不在意，「聽說這回丹青軒做出一款古唐彩，我自然是來開眼界的。」

包括劉徹言，也架不住對這款失傳唐彩的好奇，還帶了夏蘇出門，半討好半宣誓主權的打算。遇到崔岩，他不擔心，只是怎麼也沒想到還有認識蘇兒的男子。他雖能對蘇兒和趙青河的關係猜得八九不離十，但並不知吳其晗的存在。

此刻，劉徹言疑心洶湧，還不能發作，目光陰鷙盯著這個男人，卻發現對方是心裡無論怎麼想要貶低，也貶低不了的貴公子。

劉瑋曾罵他天生賤種，穿金鏤、戴寶石也無法遮掩他的窮酸相。他一直想否認，卻每每見崔岩而覺厭惡。眼前吳其晗這個人，一看即知，和崔岩是同類，含金湯匙出生，自小到大，要什麼有什麼。

「這位莫非就是四小姐的兄長？」吳其晗不為對方陰鬱森冷的目光所動，泰然若之，「劉大公子，久仰。在下吳其晗，經營一家書畫齋。」

劉徹言立刻知道這人身世，「原來是墨古齋大東家，失敬失敬。我四妹在江南養病，又愛弄墨，想是由此結識。」吳家在京城不算極貴極富，卻一門文官兒，四、五、六品的。江南祖宅那邊，倒是聽說買賣做得挺大。

「正是。」吳其晗答得順，「偶遇過四小姐幾回。今日再見四小姐，身子竟是大好了，可喜可賀。敢問明日劉大公子方便否？我本要差人投帖，想登門拜訪。」

夏蘇這時正想，這兩人皆為圓謊高手，三言兩語打發周邊聽熱鬧的，卻聞吳其晗要拜訪劉徹言，不由脫口問道：「所為何事？」

丹青軒此刻人來人往，吳其晗居然也不遮掩，大方回答：「終身大事。」

夏蘇神情不動。但她本來就反應遲鈍，也不引人往別處想。

崔岩一聽，吳其晗要和劉徹言說終身大事，劉府現在就只有一位沒出閣的姑娘，自然是要娶劉蘇兒的意思。

他忽然心思七拐八彎，最後笑聲朗朗，刻意嘹亮，「喔、喔，吳、劉若成親家，郎才女貌，家世相當，真是京城佳話。」

那些原本沒啥興趣的旁聽者，頓然豎直了耳朵。

誰？誰要娶劉公公退了婚的劉四小姐？吳二公子？吳尚書不愛讀書的二兒子？

劉徹言簡直目露凶光，恨不得當即拉著夏蘇就回去，但他深知今日客人多有頭有臉，自己面子上必須擺到最好看，呵笑道：「九公子莫隨意說笑，如此大事怎能信口開河？」

吳其晗已達目的，斂了朗氣，沉聲道：「大公子說得是，我明日過府再詳談。南北禮數略不同，一切照北方的儀式走也可，定要做到圓滿。」說得很穩重，也很保守，讓人無法論他不合規矩，而其中意味更不容錯辨。

吳其晗隨即又對夏蘇微施禮，「四小姐，吳某先進去了，願妳挑到好青好綠，作得好畫，改日再欣賞妳的墨寶。」

吳其晗進軒園去之後，一批瞧過了熱鬧的人也入了園子，丹青軒門庭剎那清靜下來。

崔岩冷望著森寒臉色的劉徹言，揮退自家的夥計們，當著夏蘇的面，譏諷他，「劉大公子何故心情不暢？都說南方規矩少，可依我看，吳公子還是十分懂禮數的。再者，四姑娘年紀不小，眼看婚事有了著落，還是上品的好兒郎，難道不是大喜？」

比起劉徹言，夏蘇覺得這位面上帶笑的崔九公子，突然多管閒事幫忙撮合她和吳其晗，完全猜不透他的心思。難道還是內疚了不成？想完，她自覺好笑，往園裡踏出一步。

「蘇兒，回府了。」劉徹言哪裡還待得住。

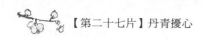

夏蘇卻不撤步，直言道：「兄長這會兒走了，豈非落人口實？還以為吳二爺與我有何見不得人的事。」

只要細想，就會感覺吳其晗今日之舉十分怪異。他向自己表過心跡，也說過給她時日考慮，但那時他還不知她的身世，只以為她是趙青河的義妹，小門戶的女兒。如今他一上來就明確了她的原名本姓，雖說不是很直白，卻在所有人面前暗示他對她有意。這麼做，在她看來，就是向劉徹言挑釁。

吳其晗一直溫文儒雅，砍價這樣的事，都可以表現得溫潤，今日所為十分突兀，別人或許瞧不出來，她卻是瞧得出來的。

他這樣，反倒像一個人。

一個袖裡乾坤，胸中丘壑，行動力絕不遜色於腦力，用不好聽的話說，是個很傲慢的人。

劉徹言想反問一句，她和姓吳的，是不是真有見不得人的事？然而，崔岩看好戲的那對眼珠子，令他感覺自己脖子上像掐了兩隻手，別說問不了，氣都喘不上。他甚至沒有正常的敏銳，對夏蘇異常冷靜全然不覺，到最後成了跟在夏蘇身後走。

崔岩在後頭，目光深深看著夏蘇的背影，告訴自己，他不是幫她，也不內疚，只是不想對頭好過。

「阿九。」崔老爺子從偏廳出來，外面的熱鬧一點兒沒錯過，「如我所料，劉家四娘擅畫，應該就是劉瑋藏的寶貝。」

「會畫畫而已。」崔岩未被說服。

「到底如何，等會兒試試便知。」老爺子算盤打得好。

不過，計劃趕不上變化，這場新色出品會，讓天子一道旨驚了，草草收場。

第二十八片 夏落青河

酷暑繁冗的京城，隨著朝中的風雲突變，也是忽雷忽雨，讓人摸不著頭腦。

其中，最大的消息是宰相換人當，支撐著朝廷的棟梁多數也跟著換，不僅牽扯外官，還牽扯到內宦。

高相上臺，出手就是重擊，聯合百官，將一位權傾朝野的大公公參了。皇上勵精圖治，又有皇太后全力相幫，決心十分大，立刻將人關押，再拿憑據細數罪狀。

一樹倒，連根拔，藤草無依。這時雖只捉拿一人，遲早會查到裙帶關係。

劉瑋就算為欽命皇商，也是先帝那會兒的事，後來主要同公公們打交道，更因收養了劉徹言的關係，劉家產業幾乎都成劉公公的私產。

這兩年，新帝登基，劉瑋又衰弱不堪，早就喪失他好眼、好筆的優勢，再不得帝王歡心。現如今，高相痛恨宦官專權，有心要拿之開刀，劉公公能不能安然無恙，實在不好說。

當然，和公公們關係密切的不止劉府，京城裡心慌慌的名門望族太多，自顧不暇，皆注目朝廷，準備隨時撇清自己。

劉公公那邊的情勢尚不明朗，劉府的白晝卻如一鍋沸水。各園夫人們，有娘家的要回娘

家，沒娘家的也要出府，探親的、祈福的、裝病的，花樣出盡，無非都是一個目的——要支大筆銀子脫身去。

劉徹言似乎很忙，忙得沒時間管家裡的事，和戚明連影子都不見。也不知道是不是故意的，如此避開了本要上門「求親」的吳其晗。

劉莉兒趁虛而入，樂得將那些女人統統打發走，就以大小姐的身分給帳房施壓。群龍無首之下，帳房倒是想聽她的，卻也為難。等她知道他們為難之處，第一個找的人，就是夏蘇。

禾心說四小姐在睡覺。

劉莉兒只以為搪塞她，直接衝進寢屋，才發現禾心沒撒謊，「喲，這算睡得哪門子覺？起了、起了，天塌了！」

夏蘇其實早被劉莉兒吵醒，「我以為大姐不會再找我。」累啊，在這家裡一直睡不好，就怕「鬼」壓床，即便睡著，也噩夢連連。

劉莉兒把夏蘇拉起來，親自動手給這位看似睡眼惺忪的妹妹穿衣服，連拽帶推來到府中金庫。但她立刻發現，讓她驚訝的場景，夏蘇居然一點都不驚訝。

「妳早就知道？」劉莉兒愕然。

夏蘇看著那些空空如也的銀箱，目測也就幾千兩白銀剩餘。對一般人家而言，這已是天數。對劉府而言，只供得起一個月開銷。

是的，她知道，這個家裡的金山已被挖盡，所以劉徹言才不敢對爹痛下殺手、才不遺餘力找她回來、才幹起殺人越貨的勾當。

「劉蘇兒，別給我裝高深，還不快說到底怎麼回事！是不是劉徹言把咱家的錢放進自己兜裡去了？」劉莉兒雖凶悍，本質上是個被寵壞的千金小姐，野心富餘，洞察力不足。

「他沒那個膽。」其實，她爹也好，劉徹言也罷，都是小鬼。

「什麼意思？」劉莉兒不開竅。

大鬼在宮裡，血盆大口，貪婪無比。

「是啊，四妹什麼意思？」數日不露面的劉徹言真會聽風聲，女人們吵著要分家這種八姑七婆的事不出現，金庫露了底，他立刻趕到。

到這時候，夏蘇也不想隱瞞，而且劉莉兒雖不幫她，作為見證，還是不錯的人選，「兄長賺的銀子都進了劉公公的口袋——這樣的意思。」

劉莉兒合不上嘴，半晌怒道：「劉徹言你這個吃裡扒外的東西！」

劉徹言突然大笑，「這會兒才當我是這個家的人？沒有我吃裡扒外，妳們還能嫁到金窩裡去？」頓然收了笑，冷颼颼盯住夏蘇，「還有吳其晗那樣的男子跟妳求親？」

「放你的狗臭屁！你把我劉家的財產搬空了，還要我們感謝你不成？」劉莉兒沒聽懂，只有一股大火。

「我想兄長是說，沒有他拿銀子討好劉公公，維持劉府皇商的名頭，這個家早不復風光，我們也不可能嫁給有錢有勢的夫君。」夏蘇卻明白得很。

「蘇兒果真聰慧不凡，難怪養父後來抱憾妳不是男兒身，說若是由妳掌家，不知比我能幹多少。」劉徹言眯了眯眼，「只不過我想知道，面對我大伯填都填不滿的胃口，又拿捏著劉家皇商的特權，除了餵銀子，妳還有更好的主意？」

夏蘇難得答得很俐落，「不作皇商就是了。爹經營多盤營生，皇商雖為主營，如果入不敷出，不如捨了，將別盤生意做大。」

劉徹言啞然。

劉莉兒眼神複雜，望著夏蘇。

「不過，兄長到底是劉公公的親姪，不會如此想罷了。」劉莉兒說得並不錯，劉徹言確實吃裡扒外，就算有些不情願，也是因他不把自己當成這個劉家人的緣故。

「劉莉兒，妳給我滾。」劉徹言雙手握拳，眼底陰雲迅速聚攏，要實施暴虐的前兆。

這樣的劉徹言，連劉莉兒也怕，平時必定拔腿就跑。只是這回，她猶豫了。她看看夏蘇，用力咬白了唇。

「大姐自管去。」夏蘇的神情很淡，聲音很柔。

不知怎麼，劉莉兒自以為夠狠的心，十分酸楚。她從前怎麼欺負這個妹妹的，都記得一清二楚，然而這時，她居然期望四妹能夠挽救劉家破敗的命運，哪怕需要將清白奉給惡鬼。她自覺不齒，又莫可奈何，最終決心自私下去，掉頭走了。

「四妹值得嗎？為這種家人挽救這種家？」劉徹言步步上前。

夏蘇不退，反而有點詫異，「誰要救這個家？」她哪句話有表明這個意思？

劉徹言以為她嘴硬，伸手撫上她的雪頸，那份細膩感令他煩躁的心頓然一蕩，「那妳為何乖乖回來？」

他不傻，稍過一些時日，就覺得她這回太乖覺了。不吵、不鬧、不反抗，從前那些激烈的行為，全然不見。她或許想讓他防心鬆懈？

「蘇兒……」他轉身將她拉進懷裡，心貼背，湊在她耳畔，親昵嗅香，把玩她的耳墜還不夠，陡然伸入她的肩衣，再無一層隔閡，還欲往她心口放肆，「這回，我下地獄，妳也得跟我一起下。」

「到此為止。」夏蘇腳下一動，劉徹言懷中已空。

她或許飛不高，卻不可能坐以待斃。

劉徹言完全沒看清她如何脫離自己掌控的，當下滿面陰鬱，「看來非要我用強，蘇兒方會就範。妳莫非認為嫁得成吳家公子？即便人人道才子佳人，也要由我這個兄長點頭，而我說了，這回死也要死在一起……」

夏蘇實在聽不下去，「我只是告訴你，你若想找爹藏起來的東西，就不要對我輕舉妄動。清白、名節、怎麼死法，身為劉家女兒，你覺得我真會在乎？」劉府，沒有禮教，唯心歡樂就好。她未必糟踐自己，若是萬般無奈失去了，也絕不會要死要活。

女子的名節，就像她手腳上這兩條鏈子，是男人強加的，一面由他們隨心所欲，一面說什麼最珍貴，其實皆是男權私利。

兩情相悅，自然沒有誰吃虧之論；而一方強奪，與施暴等同，都是身心受創，無需擴大傷害，為此尋死覓活。只要錯不在自己，就可堂堂正正，期待未來。

看清了，就覺對方以此欺辱的舉止幼稚可笑。

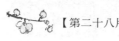

劉徹言越發看不清夏蘇，但他不及想，就被她第一句話震到，以至於輕佻不下去，「妳如何知道？」

「劉家富極時，出入都自帶明燈，何須點他家的蠟？劉家富極時，姨娘們悄悄賣了首飾古董就好，何須要向帳房討路費？劉家富極時，廚房山珍海味，即便是過夜的包子，也用最好的白麵。」在銀兩支不大開的趙府生活，夏蘇培養出了這點眼力，「……伴君如伴虎，你大伯父精明，將你放進我家，正是想要霸占我爹積攢的巨大財富，未雨綢繆。」

「巨大財富？巨大財富？」劉徹言連聲反問，忽然仰天大笑，又忽然直視入夏蘇的眼，「妳說得都對！那妳告訴我，妳爹把這筆巨大財富藏哪兒了？」

夏蘇有些捉摸不定他的反應，但答：「我怎麼知道？」

「妳怎麼可能不知道？妳爹那隻老狐狸，就算不告訴妳，也一定借妳的手藏了。」劉徹言神情竟顯得懇切真摯起來，「妳不也恨妳爹嗎？他雖手把手教妳畫畫，其實完全是利用妳幫他賺更多的銀子罷了。他就像這個家的皇帝，一切都歸他所有，就算是子女，也不能有半點分他財產的意圖。妳有多少未出世的兄弟被他扼殺，還有妳三個姐姐，草草嫁了出去，皆因他感覺到威脅。所以，即便是他最寵的女兒也配給人渣。他的話，何曾可信？蘇兒，妳聰明，只要妳仔細想，定找得出其中祕密。這筆財富到手，妳我遠走高飛，劉公公也好，這個家的人也罷，皆可拋卻，誰也不能阻撓我們。蘇兒，我待妳萬分真心。」

他待她，萬分真心？夏蘇想笑，卻笑不出來。

劉徹言有句話沒說錯。她爹老狐狸，話不可信。那麼，爹告訴她葛巾的暗示，究竟是什麼意圖呢？

唉，要是趙青河在就好了，他才真聰明，這些彎彎繞繞只要經過他的腦子，都捋得筆直，一眼就可以看到頭。

長日過去，終於夜了，慣於夜間活動的夏蘇，卻已覺得心累。

家裡來了貴客，劉徹言只好放過她，但以三日為限，讓她說出爹的藏富之地。要是說不出來，他就跟她行夫妻之實，一輩子扣壓著她，生來死去糾纏到底。顯然，他對於她不在乎清白那樣的話全不上心，仍以為這是最有效的要脅。

不論在不在乎，她都想徹底解決這個人。夏蘇反覆思量葛巾這條線索，最終決定再去看一回爹。

只是這回，她將多年練起的防備心層層包裹，不打算把那位當成風燭殘年的可憐老人。

到了爹的院子裡，卻是無人。小廝們不在，那位頗為個性的徐管事也不在，陰影裡不藏著鬼祟。不過，清靜了，反而不是常態，夏蘇的步子就成了龜步，身形就成了鼠形，蹭半天才踩進裡屋去。

外面有些古怪，裡面卻一切如常。面色枯槁的爹坐在床上，靠著高疊的被子，歪頭側臉，昏昏沉沉的模樣。旁邊矮几上放著一碗藥，還冒熱氣，藥香撲鼻。她作畫的桌案那兒則放下了千里江山的紗簾。大概窗開著，風吹簾動，時不時有輕微的拍打聲。她細細聽過，確認沒有他人聲息，才走到父親床前。

「爹。」她喚道：「不用裝了，除了你和我，這裡沒有別人。」

劉瑋的眼皮子動了動。

「為何是葛巾？」她不是玩得了心眼的人。

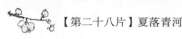

劉瑋睜開眼睛，那雙能從水墨色彩中分辨出真偽的眼瞳，此時失去了光澤，張口傻樂，流涎邋遢的樣子再真不過，很難讓人懷疑他是裝瘋賣傻。他不說話，直愣愣盯著夏蘇，好一會兒卻又無所謂地瞥開去，嘴裡咕嚕了一句。

夏蘇沒聽懂他說什麼，往前靠近一步，正想彎身。

一聲長歎……

「妹妹如此行夜怎麼得了？再寬的夜路，只要自覺身處險境，就該如履薄冰，不可掉以輕心。我若是妳，一，不會靠近神志不清之人；二，必探紗簾之後，看清楚有沒有人；三，原本一直有人防守的院子，突然沒人了，可能連進都不會進來。」

紗簾後，陡然亮起明光，一道影子扶搖直上，竟籠罩大半江山圖。

人未出，氣勢如虹。

夏蘇幽冷的雙眼頓然一熱，再不逼自己空洞。

這個人的影、形、音、氣，皆刻入她的骨，與夜相融，為夜添彩，只要她一息尚存，就不可能錯過。

「……」心潮澎湃，不會撒嬌，卻成了嗔怪，「你居然閉息？」

「這時候，妹妹需要和我討論人外有人、天外有天嗎？唉！」

強大的氣勢，為心愛的姑娘頻頻縮水，「虧得哥哥日思夜想，又自我安慰，想妳跟我學了不少，應該能夠自保，誰知一見面，妳這拖泥帶水，不瞻前也不顧後，還自以為防備有加的小聰明，一點點也沒改……」

江山拍浪風亂捲，青河磅礴，夏熾烈。

趙青河低頭望著緊抱自己的姑娘，嘴邊的話暫時嚥了下去，回抱住她，漸漸收緊雙臂，不自禁親吻她的髮。

待她仰面瞧來，他正好接收了小巧的蓮唇，俯注前所未有的狂潮，放肆自己，任她驚、任她躲、任她喘息、任她推拒，他寸步不讓，直到心頭攫滿了蜜甜，方才重新抱緊她。

遙望，遠想，魂牽夢縈，怎能解開思念的咒？

兩人縱然個性不熱，內心孤僻，因家人飽受痛楚，一旦有了心愛，卻也與天下有情人沒兩樣，想抱、想親、想相擁不分，守到天荒地老。

早就動心，卻掙扎。早就愛上，卻不安。直至分離，才知相思噬骨，萬般痛苦中滋養濃情。待到再相會，心意契合，別無扭捏，心動情動，熱烈迸發就是。

這一抱、這一吻，將之前所有模糊不清的曖昧落實，真正情定。

「夏蘇，妳今後再一個人出遠門試試。」趁他動彈不得，一跑出去就找不著家了。

夏蘇不知親吻還能這般放肆，感覺就像要被他吞進肚裡，心裡居然死都甘願，不想放手。唇，火辣辣；身，緊繃繃；心，甜蜜蜜。發麻的手指捉住他的衣襟，讓他按貼在胸膛，聽他心跳密集如擂鼓，紅臉才稍稍褪淺。

「瞧你中氣十足，想來毒拔乾淨了，腦袋也沒閉竅。」真好。

趙青河聞言，將夏蘇推直了端詳，一手拎起她腕上的鎖鏈，撇撇嘴，「我知道妹妹最怕哥哥變回笨蛋，不過，在我看來，妹妹所作所為也不見得聰明，好好的日子不過，偏要回來當囚犯。」

他再嘖嘖有聲，眼底焰氣騰騰，「手腳皆銬，怎麼不乾脆打個鳥籠子？」

夏蘇道：「崔九也這麼說。」

趙青河敗給她了，「那是因為旁觀者都知道替妳不值，妳還安之若素。」突然眼一明，「妳這樣也能跑？」

從劉瑋的床頭，到這張桌前，足有三丈遠，然而他眨眼之間，她已抱住他。

「自然。」

夜行初衷，原本就是修習輕功。三年前，她僥倖逃脫，嘗到甜頭，沒有一日不勤奮。三年後，飛天舞已經練成，不能飛，但能跑，小步大步沒差別，上房揭瓦也不難。鏈子，既然能讓劉徹言鬆懈，她就戴著。

趙青河拉拉她的髮尾，「怪不得妳膽子嘯天，敢送上門去。」

「我膽子小，不過……」夏蘇「謙虛」。

趙青河笑道：「妳膽小如鼠，不過仗貓先行，現在貓來了，麻煩妳讓個位吧！」

夏蘇這才正經了神色，急忙道：「趙青河，劉徹言在找我爹藏起來的財產，劉府已是空殼子了。」

「早知道了。」趙青河眼中自信，「妳可知，妳那位養兄殺了岑雪敏，吞下她最後一筆黑心錢。岑雪敏自視甚高，所有計劃都有後招，卻沒想到輸給了命，下場淒慘。」

「不是命。」夏蘇並不驚訝。

趙青河瞇了眼，「喔，莫非還是人算？」

「應是涵畫館的方掌櫃洩密給劉徹言，劉徹言才能找出岑雪敏的藏身處，也就是藏財處，將其劫殺。」一切有因有果，皆不偶然。

「妳如何得知？」總覺得這姑娘瞞了什麼，看來自己直覺不錯。

夏蘇有點心虛，看趙青河一眼就笑了笑，風水輪流轉，也有她討好的時候，「在西湖吃麵那晚，我不是夜潛涵畫館麼？瞧見方掌櫃在寫一封信，抬頭是『宇美』二字。宇美，是劉徹言的舊字，他從不提，我小時候卻在他家鄉的來信上，偶見過一回。」

趙青河立刻聯想到了一起，「方掌櫃是劉徹言的親生父親。」

夏蘇點頭，「應該不會錯。而且，離開蘇州前的那日深夜，劉徹言接報後就帶著一群武師下船，回來時我偷偷瞧過，親見鬍子賊船上的幾個人箱子被他們搬上來，箱子上還有血跡。我就猜岑雪敏可能出事了。」

趙青河愛極夏蘇的敏捷思維，關鍵時刻有驚喜，令他如虎添翼之感，「劉徹言如何處理箱子的？」

夏蘇還真答得上來，「那些箱子都是隔水防蛀箱，珍木訂製，放置古董字畫最好不過。箱子到府就進庫，但今日大姐拉我去看庫房，那些箱子已經不見了，連同裡面的東西一起。我要是劉徹言，一面想著從劉府多撈金銀，一面又要貢獻給劉公公，是不會再換箱子的。」

趙青河再同意不過，「很可能直接送給劉公公了，這樣就好。」岑雪敏雖死，還有兩個幫手活著，為了減罪，巴不得作證，「妹妹原本如何打算？」

「劉徹言懷疑我爹瞞藏了大筆錢財，以我爹的精明，是極有可能的。而且，劉家富可敵國也並非誇大，自我有記憶起，家裡窮奢極侈，金銀已是俗物，更曾見庫裡堆滿珍寶，每一件都價值不菲，絕非今日模樣。而我爹從不相信任何人，與劉徹言鬥了十年，無奈劉公公的勢力，藏寶很是合情合理。」紗簾那頭，父親的影子虛弱無形，夏蘇沉默片刻，「而最讓我奇怪的是……《溪山先生說墨笈》。」

趙青河劍眉一挑，「妳說過，《說墨笈》上多數畫都是假的，江南卷更是出自妳手。」

夏蘇笑得輕柔，「溪山先生是我爹杜撰出來的人物，無人見過他的真面目，因為這個人根本不存在。我爹不僅是識畫高手，也是造假高手，不然也不會有我這樣的女兒了。他以溪山之名在畫上留下鑑詩，不料讓溪山聲名大噪，他乾脆造假到底，暗地購置一所宅院作為溪山的居所，他神祕出入，再讓僕從散播消息，凡要鑑畫的人只管上門，畫留下，數日取，他只留評、留鑑。如此，溪山先生由虛化實。」

「妳爹也算得上傳奇。」高招。

夏蘇可不這麼認為，「起初或許是無心插柳柳成蔭，但就在劉公公要劉徹言接管礦山，我爹不得不雙手奉上之後沒多久，他開始籌備《溪山先生說墨笈》。《說墨笈》面世三年，不僅受到書畫藝界的推崇，連先帝都愛不釋手，向民間徵找《說墨笈》中的古畫。如今的皇上，雖不曾召見過我爹，卻受先帝影響，也將那些畫當成滄海遺珠，崇敬神龍見首不見尾的溪山先生，尊他為一代鑑賞大師。」

劉瑋的造假，到此達到最高境界。

第二十九片 情敵化友

夏蘇繼續向趙青河說起過往。

「當《溪山先生說墨笈》幾乎成為收藏家們必備的書冊時，我爹才讓我將裡面的小畫臨摹出來。」

趙青河倒是沒想到，「也就是說，書先出，後成畫。如此看來，不論利益，妳爹對妳的才能確實是肯定的，所以要等妳長大，筆力成器。」

夏蘇頭回聽到這種說法，微微一怔，半晌後又繼續道：「我爹平素就十分嚴厲，但對於《說墨笈》上的仿畫製作，簡直吹毛求疵。每幅畫，我至少畫了百遍有餘，整整兩年工夫才全部完成。再之後的一年裡，我被劉徹言約嫁給他大伯，我爹在府中已無實權，整日在外流連，間中更是昏於花樓，讓人抬回家來，至此身子就大不如前了。」

「妳畫的那些畫呢？」真是因果循環，成王敗寇。

夏蘇搖搖頭，「我每作成一幅，不管好壞，爹就會拿走，過不久便當著我面燒掉。我那會兒以為他全燒光了，如今想來，只是他讓我這麼認為而已。我爹的防心，比我大得多。」

趙青河也同意，「妳爹很可能留了一手。」且思考更深一層，「劉徹言是接掌劉家全盤

營生的人，少了一大筆財產，他肯定有所察覺。方掌櫃是劉徹言親爹，他帶著江南卷的八幅畫想跑，就不是貪財那麼簡單。」

「我也這麼想。畫是我畫的，劉徹言一日找不出答案，一日不會放過我。我回來，幫他……」話不可說太滿。

趙青河卻有點瞧不得的好笑意，「妹妹心腸真好，幫他？哈哈，換作是我，可不敢受用。」這姑娘，殺傷力無形，鼠膽龜步全是幻象。

「他要財，我要自在，各取所需，和心腸好不好無關。」夏蘇不以為然，自覺心誠就好，「我與劉徹言一樣，都覺得祕密在江南八畫上，因我爹最推崇南宋山水。但是，我爹以葛巾為暗示，讓我一時難以決斷。你來得正好，幫我想想，到底該不該信？」

「葛巾？牡丹[6]嗎？」趙青河問道。

「不錯。前幾日我爹突然塞給我一條葛色巾帶，言辭之中提到牡丹，我才解讀為葛巾。爹一直教我作山水畫，從不教花鳥，只挑選一些樣畫讓我自己揣摩，〈葛巾〉就是其中一幅，並無特別之處。所以，我不明白爹的意思，反怕他利用我，耍什麼同歸於盡的詭計。他和劉徹言一塊兒死不要緊，我卻不願賠上自己性命。」

她的性命彌足珍貴，她是娘的掌中寶，周叔及梓叔全力守護，泰伯與泰嬸關懷備至，更要為了眼前這個男子，她愛惜自己萬分。

「這態度好。」趙青河也算放下一半的心，掀起紗簾走出去，抱臂與神色茫然的劉瑋對視，「妳爹裝傻？」

「聽說神志不清，也難保一時清醒。」如果是這樣，倒還好。

趙青河真瞧不出所以然，嘗試引劉瑋開口，說道：「劉老爺，此時只有女兒、女婿在，大可說真話。」

情定是一回事，名分又是另一回事，夏蘇面皮厚不過趙青河，「胡說八道。」

趙青河咧開白牙，向夏蘇拋出桃心顆顆，「我卻覺得正是良辰吉時，高堂在上，書畫為媒，拜了天地就成為真真正正的夫妻，誰敢再打妳我的主意，都是歪不成理。」

夏蘇以為他不過鬧著玩的，豈料讓他一把拉著跪到床前，方才意識到他是說真的。

「趙青河！」她輕喝。

趙青河卻從沒如此正經，眼底鋒芒透露著決心，柔情滲揉酷俊的棱廓線，「夏蘇，無論貧瘠苦難，無論病痛老去，我趙青河都願作妳丈夫，與妳牽手到白頭。妳可願嫁我為妻？」

這番話好稀奇，不是唱禮，卻像誓言，只覺千萬斤重。然而，心頭沉甸甸，卻美若醇酒，芳香四溢，甜愉到醉人。

夏蘇想說，他還沒找出她許乾娘的婚約信物，就這麼拜堂，根本說不過去。

然而，她一出口卻是：「我願意。」

說罷，她立即捂嘴，眼睛睜圓，不相信自己居然應了，應得還滿心歡喜。

趙青河的眼瞇沒了，笑得真高興，再拉夏蘇起身，用力抱了抱她，才突然想起床上的岳

注釋——

6一葛巾紫：是傳統名貴的牡丹品種之一，為觀賞用花卉。《聊齋異誌》的〈葛巾〉篇即是描述洛陽書生和牡丹仙子葛巾結下姻緣的悲劇故事。

父，「小婿我出身不高，有爹等於沒爹，由娘艱辛帶大，暫時身無恆產，還要靠蘇娘的手藝過活，除了一顆真心，沒什麼拿得出手。岳父您老人家要是反對，趕緊說出來，不然這婚可就真成了。」

劉瑋眼神發散，喉頭滾動，一個音也出不來。

由此，情定，婚也成。

趙青河直眼望了片刻，轉頭對夏蘇道：「妳爹應該不是裝傻，否則我都說成這樣了，他怎會同意這樁婚事？」

夏蘇聽了，伸手去掐趙青河手臂，感覺卻是石頭一大塊，咬牙切齒也掐不動，只能打嘴仗，「敢情你是試探我爹真傻假傻，逗著玩呢。」

趙青河的口才可不輸她，「妹妹嫌這喜堂簡陋，想反悔卻也來不及了，夫妻名分既定，就差洞房……」見夏蘇凝脂般的玉頰染了鮮豔桃紅，他自然也生綺思，不過仍要分一分輕重，乾咳一聲，「妹妹想要熱鬧風光，等我們回了蘇州，再補辦婚禮就是。」

夏蘇一抬眼，望進趙青河灼目之中，剎那知曉他心渴。

這份灼意，她並不陌生，劉府裡常見，劉徹言眼裡也肆無忌憚。可是，同等熱切的目光，由不同的心引領，便有了不同的價值。後者，她棄如敝履。前者，她珍惜為寶。

她避開眼，吶吶言：「倒不是……」嫌簡陋。

趙青河笑道：「跟妹妹說實話吧。我瞧妳爹這樣，真不知能撐多久，萬一突然……與世長辭，妳要給他守孝，少則一年，多則三年，怎麼得了。」

夏蘇沒好氣，「你這是實話？」當她第一天認識他？

「好了，你不可能沒事來串門，有事快說，沒事就滾。皇上這回徹查的大宦臣，劉公公雖不屬他手下，貪贓枉法的事也沒少幹，人人替他覺得危機重重，府裡姨娘們才鬧著分錢走人。但她們不知道，夜深人靜時，劉徹言把值錢的寶貝一箱箱往外搬，可他一點兒都不高興。」一夜，還是她的天空。

「是給劉公公跑腿。可憐的，以為跳到米屯裡，到頭來不過一頭耕牛，幫人幹活還要幫人收割。」也是他的天空，「劉府的營生都在明面上，經過這些年，很難瞞過劉公公的耳目，要多少就得給多少。只有你爹藏起來的那一筆，可以盡歸劉徹言自己名下。」

「劉公公真會倒臺麼？」夏蘇挺想看到這種結果。

趙青河沉吟，「別說，這位公公比皇上正在查辦的那位聰明多了，明裡找不出他的錯漏。原先他在先帝跟前算得忠心耿耿，後來跟了皇太后，再派作內務大總管，掌管宮廷採買和制定歲貢，權力僅次於吃官司的傢伙。妳家被他掏空了，我們也明知他一定貪了鉅資，偏偏查不出來。沒有證據，就不能動他。他定然也是仗著這點，最後再搜刮一回。看來等這回風波稍微平靜，他就會提出告老，到時便動不得他了。」

夏蘇慢慢咀嚼著這段話。

趙青河也不催，等她消化完。

「抓住劉徹言就可以了。」片刻後，夏蘇說道。

「對，抓住劉徹言就可以了。」趙青河笑瞧著夏蘇，喜歡把她往自己那條路上領，希冀達到夫唱婦隨的境地，「怎麼抓？他做生意守法，納稅及時，接掌劉家家業之後十分勤勉，即便劉家敗了，也可說成他經營不善，揮霍無度，告取不了他的罪。劉公公要告老，自然不會留人話柄，劉徹言也必須離開。這會兒兩人在前園商量的大概也是這件事，不出幾日就會有所動作。劉徹言若順利離京，劉公公篤定能逃脫一切罪責。」

讓劉徹言不能忽略的貴客，非劉公公莫屬。

「劉徹言殺人劫財，就是死罪。」夏蘇那對寶石眼瞳冷冷斂起。

「又對。」趙青河實在欽慕極了這姑娘，那麼對他的胃口，心有靈犀一點通的妙感，「妹妹可信我？」

夏蘇毫不猶豫，聲音亦無畏，「說吧，我該如何做？」

她從他那兒學的，豈止膽色。

趙青河牽了夏蘇的手，還不忘同癡呆呆的劉瑋打招呼，「岳父早些休息，待小婿辦完了事，再來探望。」

兩人走出屋去，一切恢復靜謐，只是藥碗已空，紗簾復捲，風驚不動。

劉府前園花廳。

便裝潛出宮的劉公公絲毫不覺自己行蹤暴露，珍酒佳餚，美人美舞之後，才交代劉徹言後日就離開京城。

劉徹言雖有準備，仍然詫異，「這麼快？」

劉公公答非所問，「怎不叫四姑娘出來一舞？與她相比，天下舞姬皆平乏，我迄今記憶猶新，那段月下醉舞，萬物失色，唯獨夏蓮之葉飛天仙，光華奪心魂，願折我壽，求得駕雲同去。」

劉徹言答得小心，「四妹久病，舞技早已生疏，大伯要看，等我讓她重新修習一段時日，再獻給您。」

「只怕到時成了你的內眷，你捨不得獻出來了。」劉公公呵呵笑，卻不讓人覺得好笑。

劉徹言心驚膽顫，「姪兒不敢。」

難道大伯還惦記著蘇兒？如今即將告老隱退，之前的退婚要不作數嗎？

「你若真不敢，就不會用這麼幼稚的謊言搪塞我。久病？哼！分明是她逃婚出戶，你才把她捉回來。」當他權勢滔天是說說而已麼？劉公公陰陽怪氣女人腔，「我不過懶得同小東西計較，又看在你兢兢業業，就當賞了你，睜一眼閉一眼罷了。」

劉徹言跪下，「大伯，我……」

「起吧，不要為一個女人壞了大事。」到了劉公公這般地位，美人只是隨身一塊佩玉，戴著有面子，丟了卻也不可惜，「姓高的這回拿內官開刀，絕不會就此滿足。他與皇后聯手，而皇后身邊的大公公常德是我對頭，下一個必定對付我。只有你離開，他們就抓不住我任何把柄。」

劉徹言起身，坐於劉公公下首，「姪兒明白，只是劉府雜務甚多，突然離京也引人起疑。不過，如今謠言紛紛，倒可藉避暑的由頭出城，但不好顯得倉促，悠哉整理行裝，約莫需個四五日。這一避，就是三兩月，到那時，大伯也已離京，我再慢慢收了京城的營生。眾所周知，劉家做的是宮廷採買，大伯告老，採買權收回，遷居別地也屬常理。」

劉公公想了想，「你說得不錯，就這麼辦吧，先避暑出城。」

劉徹言應是，陪著小心，送劉公公出了小門。

但他一轉身，那副小心翼翼的神情就不見了，倨傲又陰狠，對戚明問道：「你那邊可有進展？」

戚明謹首不抬，「暫無。」

「不是暫無！是飯桶！一群飯桶！」劉徹言壓抑著怒氣，「那八幅畫到他們手上已有月餘，個個誇得自己天上有地下無，竟解不出其中半點奧祕。」

「或許……」戚明權衡之下還是說了出來，「或許祕密不在其中？」

劉徹言不怒反笑，森森寒，「你何曾見過劉瑋做無用之功？他在《溪山先生說墨笈》上用的工夫遠遠超過其他事，累月經年，將裡頭的畫捧成瑰寶，而江南卷八幅畫皆出自蘇兒之手，耗時兩年，對每一處細節都苛刻到極致。為何？」

「話雖不錯，既是祕圖，為何又要捧得盡人皆知，讓人人爭破了頭？難道不該放在自己手裡，才能保證錢財不失？」戚明問。

「劉瑋最聰明之處在於，他不僅可以藉這些假東西牟取暴利，還是最安全的障眼法，以寶藏寶，放在你眼前都瞧不見。這隻老狐狸，要不是貪杯好色，越老越糊塗，成就何止於此？」人最大的敵人就是自己，「看來，要解密就非蘇兒不可了。」

戚明頗實在，「不過，老爺未必會告訴四小姐。」

「不是未必，而是一定不會告訴蘇兒。」無論如何，劉徹言同養父生活了十多年，深知他狹隘私心，「然，蘇兒由劉瑋親手教出，畫思顯心思，不知劉瑋的心思，又如何能畫到令他滿意。她如今還想不到《說墨笈》，否則只要她肯用心，必能解得出來。」

「大公子說得是，只是五日內就要離開劉府，您打算何時請四小姐幫忙呢？」戚明待劉蘇兒不惡，至少在聽命主子之餘。

「幫忙？」劉徹言往幽暗的內宅走去，「她寧可幫一個賤丫頭，也絕不會幫我，可只要她不夠狠心，就逃不出我的手掌。你去，把那群沒用的傢伙打發掉，再把禾心那丫頭捆了。原本我給蘇兒三日，如今卻由不得她任性，只好再當一回壞兄長。」說自己壞，卻無內疚，理所當然。

戚明應了，隱沒入暗。

劉府某處屋頂上，雲靴點瓦，無聲速進，青燕振翅，很快飛離這座廣深的宅邸，落入密集城區，準確鑽進自家的馬車之中。不待喘氣，卻見車中不速之客，比他這個主人還安然，居然側臥著閉目養神。

趙青河喊聲大驢，驢腦袋一來，就連連賞他爆栗子，「吳二爺何等身分，你也好意思請他進咱們的破車？」

大驢很冤，「吳二爺何等身分，他要進咱們的破車，我敢不讓他進？」

「二位打住，這破車好像還是我家的。」吳其晗緊接著哈哈一笑，「有妙主，就有妙僕。趙三郎，你這是強將手下無弱兵，厲害啊！」

「怎麼也比不得興哥兒機靈，二爺要是不信，咱們換一換。」趙青河盤膝坐直，似笑非笑，「二爺所為何來？」

「不是你請我來的嗎？」吳其晗也坐了起來，等得太久才放輕鬆，「吳某自十五歲起獨立行商，就不曾照他人所言按部就班，只有趙三郎敢支派我，何時何地出現，連說什麼話都要照搬。我如此合作，趙三郎不覺得自己也該拿出點誠意來？」

丹青軒巧遇夏蘇，對劉徹言說的那番話，均出自趙青河的授意，並非碰巧。

趙青河要從蘇州出發的那日，吳其晗來拜訪，得知夏蘇入京就覺蹊蹺。他也聰明，提到京城裡父兄當著官，他也要去看一看墨古齋分號，問趙青河願否同往，還可居於他的別院，不大，勝在清幽。

趙青河沒猶豫，直接點頭道好。

有人提供食宿，自願貢獻力量，這樣都不答應，他就是拿喬了。他縱然覺得救一個人很容易，一勞永逸卻不簡單。夏蘇想徹底解決她的事，他怎能圖省力？把握既然只有七八分，他就需要借他人之力。

顯然，吳其晗是最好的人選。

第一，吳其晗待夏蘇真心。他這般的君子謙謙，為心上人做事，當甘之如飴，不求回報。第二，吳其晗要錢有錢、要人有人，是自己做得了主的，並非一到關鍵時刻就要看長輩臉色的滋養哥兒。

「二爺這話說得不對，我若不拿誠意，這會兒也不會住你的宅子、借你的馬車，更請二爺幫忙混淆視聽，聲東擊西了。等順利接出蘇娘來，讓她為二爺白作幾幅畫，權當謝禮，可好？」趙青河抱拳。

「聽起來，我這輩子只有當你家客人的份了。」吳其晗抬眉，卻一點不惱。

「二爺又生分，怎會只是客人？二爺不嫌棄，青河高攀你，從此就是好兄弟一家親。至於蘇娘，你當她妹子也好，弟妹也罷……」眼中湛明，不摻虛情假意，「青河不敢瞞騙二爺，就在剛才，我與蘇娘在劉老爺床前拜過天地，算是成婚了。」

吳其晗垂目，半晌呵然抬起，「輸給你，倒也不丟人，不過若近水樓臺的那個人是我，輸的人就是你了。」

意料之中，不吃驚，但心裡百般不是滋味，泛上苦澀酸楚。不過，看那些為情痛苦、不修邊幅、夜夜買醉的風流之士，自己雖失去了，似乎也不算痛苦。那時的吳其晗尚不知，情思剪不斷理還亂，是一種後勁十足，後遺症難癒，自我糾結綿綿無期。

吳其晗表現得大方，趙青河居然還不肯承讓，「那可未必，若兩人心不契合，住得近也只是有緣無分。」

吳其晗的語氣終泄三分氣，「記得趙三郎在我畫船上時十分謙懷，如今身分顯貴，分寸不讓，咄咄逼人，哪裡真當我是好兄弟呢？」

趙青河一笑，「並非我咄咄逼人，只不過蘇娘是我認定的一生伴侶，即便她遠至大邊，我也會將她找出來，並非就近才喜歡的緣故，而是唯一。有朝一日，二爺找到那樣的一個人，自會明白我今日的小雞肚腸。」

吳其晗斂眸定瞧了趙青河片刻，也笑道：「罷了，君子有成人之美，我還記住你這話，等著我小雞肚腸的那日。」

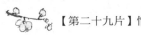

趙青河正經神色，「二爺特意找來，是張大人那兒有了消息？」

吳其晗言語之間似一直想拉開和趙青河的距離，卻其實很難不欣賞這個人。趙青河有本事，在江南就領教了，絕非能武不能文的莽漢子，心細如髮，不放過蛛絲馬跡地銳利，一出擊就中命脈要害，是難得的好對手。再看今日張大人來函稱趙姪，他方知，這個長相酷傲、話鋒犀利的北方男子還長袖善舞，滑溜如鰍，竟能和張江陵叔姪相稱。

張江陵是誰？

大名鼎鼎。

前宰相的右手、今宰相的左手，黨爭之中穩坐江心浪尖，看兩位相爺的人馬互相撕咬、互相掐架，這位卻是該幹麼就幹麼。他能和皇帝談心，受皇太后信任，二相怎能不看重，因為是真正的實力派，差事幹得一級棒，諫言從來代表自己。這等對事不對人的態度，令其超然於黨爭之外，聲名響亮，公認的賢臣，一大票自覺自發的追隨者，不需要刻意拉攏。

而這樣的人，稱趙青河為姪，非親非故，自然很不簡單。

趙青河很不簡單。

「張大人請你速去他府上。」帖上寫的是吳其晗的名，就如同他去丹青軒與劉徹言照面，皆為藏住趙青河的行跡。

「正巧，我也要拜見大人。」趙青河點頭，下一句卻終讓吳其晗感受了誠意，「二爺隨我同去如何？張大人對你相當好奇，說吳家還能出不愛讀書的兒子，必有過人之處。」

趙青河說得如此巧妙，即便名貴如吳其晗，也無法抵擋這誘惑，欣然應允。

第三十片 避暑尋寶

劉徹言走入夏蘇的園子。

正好夕陽瑰燦，如火捲雲，風晚拂，搖蓮葉，水珠若珍珠，轉悠悠，折出七彩虹色。花臺嵌在小小園子的一角，曾經種過花王，如今肆長成一大叢無名野花，生機盎然。青苔沿潮濕的臺邊鋪下，爬過陰暗的赭紅磚地，遇光乾縮，只留淡淡青影。

他還記得，那個叫紫姬的女人，在他流連到這裡時，總會給饑餓的自己一塊糕點、一碗熱飯、一個香噴噴的肉包子，以至於他後來會故意跑進來，說是找四妹玩耍。

紫姬死後，偌大的劉府，他再無別處可獲得同情，卻突然發現有人代替他成了出氣的倒楣鬼。

劉蘇兒！

她被大夫人和姨娘們呼來喚去，被姐妹們欺負嘲笑，一頓饑一頓飽，連下人們都不遺餘力踩扁她。

而他，除了養爹，就此少了很多雙盯著自己的惡毒眼睛，讓他可以吃得飽，專心對付爹之外，還能藉著踐踏小可憐的共同愛好，引起女人們的好感，由此走上一條康莊大道，再不

復以往。

女人心，好操縱，尤其他越長越俊，輕易讀解那些關在宅院裡的蕩漾情思，一經控制，劉瑋的言行舉止皆在他的掌握中，防範不再艱難，進攻只需等待時機。

都以為劉公公為他擋風遮雨，卻是師傅領進門，修行在個人。大伯也在觀望，看他夠不夠強大，一旦認定是朽木，立刻可以拋棄。他那個劉家雖貧苦，堂兄弟卻有一大堆，隨時有人願意頂他進來當大少爺。他在劉府站穩腳跟後，大伯才向劉瑋施壓，卻也是藉他搭著順風車，要由他先開出路來，再將九成的把握加到十成。

起先，他同情過蘇兒。他並非天生冷血，對於蘇兒娘親的恩情，心底感激，也有過報恩之念。然而他很快切身體會到，弱者同情弱者，只能相互陪葬。如此心路走下來，他成為劉府冷情的大公子，無法向任何人示弱，而蘇兒恨他入骨。

進了堂屋，不見人影，他的心頭猛跳，加快步伐，幾乎怒掀門簾，卻在見到纖美身影的瞬間，狂躁平息。

她還在！

「難得見蘇兒梳妝。」他可以傾心愛她，只要她幫他完成在劉府的最後一件事。這樣的心情，令劉徹言的聲音充滿愉快，「兄長雖不似蘇兒擅畫，畫眉卻是妙手，待我為妳添美。」

長步當風，衣襬輕快。

「只怕要讓兄長掃興，我不曾修過眉。」在這人面前，她的話自覺精簡，好像多說一句都浪費。她也不知劉徹言的心境，哪怕同樣記得小時候的一些事，這麼多年過去，卻已無波無痕。

銀鏡比銅鏡照影清晰，劉徹言看著鏡中的女子，視線慢慢掃過她一對天然美好的眉葉，「蘇兒的眉要淡些，普通眉筆太深，確實會畫蛇添足，等我買了淡色來，再畫也罷。」

夏蘇正想鬆口氣，不料劉徹言與她擠在一張凳上坐，還不容她閃，拽住了那根半長不短的手鏈。

他語氣份外親昵，「蘇兒雖不像紫姨那麼明媚，卻十分耐看，讓人越瞧越愛。」

夏蘇眸色清澄，無話可說。

劉徹言習慣她的沉默，自說自話也高興，「我伯父前兩日問起過妳，說妳當年一曲醉酒飛天舞，天下無人可比。伯父卻不知，蘇兒的舞技能如此精湛，還多虧了我。我早說過，女兒家畫畫不但無用，還是累贅，不獲男子青睞，反而是超然的舞技討巧，醉人迷心。要不是我親自督促小妹，請名師指點，她怎能讓大鹽商相中當了續弦。那位老爺年紀一大把，還巴著喊我大舅子。小妹不如蘇兒有天賦，也算手腳靈巧，今後定比妳三個姐姐好命。」

她自不會忘，他如何強迫她喝酒，日復一日染上酒癮，不得不練媚舞換取酒喝。劉公公五十大壽那日，她身穿輕薄舞衣，手繪彩蝶，被打扮成妖嬈的模樣，最後也是灌足了酒，才會上場獻舞。劉徹言說她天生舞骨媚姿，不經意就能吸引男子的心神。她逃出後就練成動作龜慢，鼠膽呆顏，儘量不把臉抬平。

至於小妹劉茉兒，大概是劉家五千金中最放得開，也最會看眼色的一個，早早選了劉徹言當靠山，撒嬌的本事很大，確實也得了最多好處。

這會兒聽劉徹言把白的說成黑，夏蘇也懶得反駁，只道：「若仍想我幫你解密，你還是自重些得好。」

劉徹言瞇起眼，笑得涼冷，「只怕蘇兒以此為藉口，不讓我親近而已。」

「是不想讓你親近。」夏蘇坦言，「不在意，也不代表不厭惡。」

劉徹言的臉色頓然青鬱，「劉蘇兒，妳可不要惹怒了我。」

「我不敢，只問你要錢還是要色？」這種話，換到從前，打死她也說不出來。

劉徹言雖訝異，終究還是錢財更誘人，立起身，退開兩步，「這樣蘇兒可滿意？」

夏蘇開始梳髮，慢條斯理，「我和兄長做個交易吧。」自從開始養家糊口，與吳其晗這樣的商家談買賣，她已非生手，「我幫你，你放我，從此山水不相逢，各走各路。」

劉徹言淡哼一聲，「蘇兒，我允妳任性，但我倆這輩子死也要死一塊兒了。」

夏蘇不相讓，「既然我怎麼做下場都一樣，那我幫你有何好處？」真好笑，當她還是受盡委屈也不吭聲的小可憐？

劉徹言噎了噎，「有我……」

夏蘇沒法聽他說完，「魚肉熊掌不可兼得，你還是再選一選吧。」

劉徹言目光寒冽，「劉蘇兒，妳擺脫不了我。」

是麼？夏蘇輕柔的音色偏冷，「你是爹正式認養之子，你我兄妹名分不同結義兄妹，與血親等同。你娶我，禮法不容，除非你想老死深山，再不出世。」

劉徹言似乎性情冷淡，卻其實愛極俗世鬧城，追享極致的物質生活。這一點，像足劉府裡的每個主子，更像足劉瑋，窮奢極侈，還嫌不夠多、不夠好。

然而這一日，一個不道四妹、一個不道兄長，都不想虛偽下去。

「禮法不容的是名分。」劉徹言之卑劣，由此更上一層樓。

夏蘇卻笑，乾脆直呼其名，「劉徹言，我分明警告你了，你要敢碰我，我不會耍死要活，你卻休想得到財富。劉公公已經掏空了劉府，你確定要我不要財？」

劉徹言一雙眼越瞇越緊。他怕夏蘇耍計讓自己上當，其實根本不知劉瑋的祕密，到頭來自己賠了夫人又折兵。又怕她說得真，脾氣倔起來，死也撬不開她的嘴。而她，當真有倔狠的時候，就算被揍得骨頭斷，也絕不讓他毫髮無傷。

於是，他採取激將之法，「劉蘇兒，妳根本一無所知。」

「總比恒寶堂新請的坐堂鑑師知道得多些，啊，或者是你請來解《說墨笈》江南八幅的高人？」拜劉徹言變態的炫耀感所賜，她不但去了丹青軒，還去過自家的古董書畫鋪了。

劉徹言睜急了雙目，全然不掩飾貪婪的嘴臉，陰森之中又顯喜色，「爹果然偏心，全都告訴了妳。」

「錯，爹沒告訴我任何事。我若知道他藏了一大筆財產，早就拿了遠走高飛，逃一輩子也心甘情願。」夏蘇太瞭解劉徹言的性子，說話必須滴水不漏。

劉徹言一想也是，「那妳如何知道地圖在江南卷的八幅畫裡？」

「地圖？」夏蘇搖頭，好笑看著劉徹言自以為失言的神情，「誰告訴你的？」

劉徹言怔住，思前想後，還是老實道：「藏財自然要有地圖，標示藏匿之處，不是理所當然？」

夏蘇笑得銀鈴般歡快，「你以為這是民間傳說麼？前朝古人留下巨大寶藏，誰能找到就歸誰？」

劉徹言感覺到自己被嘲笑，卻不敢發作，心裡不知轉了幾轉，「不是地圖，是什麼？」

夏蘇挑起淺葉眉，腳下鎖鏈叮叮響，走到書案後拿出一張紙，「你在上面按個手印蓋個印，我就告訴你。」

劉徹言上前看了，竟是一紙少見的官方婚書，寫明趙青河和劉蘇兒兩人名姓，男方下方有官印，女方還差戶長同意。

他幾乎立刻想到一種可能性，並被這種可能掀起暴怒，神色猙獰，「好一個不要臉的小賤人，怪不得開口閉口不在乎名節，原來已與男人攪和不清，做出下作之事。」早知如此，他根本不該憐惜她，白白便宜了別的男人。

夏蘇隨他想得齷齪，「你同意這樁婚事，我就告訴你圖中祕密。你得財，我得夫，任誰瞧了都不會覺得你吃虧。你想清楚，再來找我。」

她逐客。

「對了，你要想通了，這紙婚書就讓禾心送到官府去。」禾心一日未出現，不用想，都是劉徹言的手腳。

他的方法，老掉了牙。

「劉蘇兒，妳以為我耗不起？就算妳髒了，只要我拘著妳，一輩子也別想痛快。」劉徹言還要口頭的狠。

「我不痛快，你也別痛快，窮到你喝涼水墊肚皮，還只能跟我這樣的髒——人一起苦熬。我不得不失，原本就沒過過幾天好日子。」真不明白，挺公平的交易，這人非要跟自己過不去。

「妳……」不知道她能如此無賴。

「劉徹言，我還能告訴你，八幅圖就代表八個人，幫我爹看管財產的人。地圖之說，純屬無稽。不過，我雖然告訴了你，卻篤定你的幫手仍一籌莫展。」笑容漸斂，夏蘇神情沉冷，「爹的構圖，我的畫筆，江南八幅與滄海遺珠毫無關係，是父女聯手之作，你可訪遍名山大川，也肯定有天賦異秉的高人最終能解讀出來，不過你那時大概白髮蒼蒼，窮困潦倒，享受不到幾日富貴。」

劉徹言大步而出，等夏蘇這番話說完，成了慢步碎步，為著驕傲的面子到底走了出去。

只是，夜星朗朗時分，這人又來了，按手印蓋章，將原本用來要脅夏蘇的禾心放出了府，還滿心打著見不得人的小算盤，做出了自以為是的最好選擇。

馬車在行，原本還有燈光映入，漸漸漆黑一團，彷彿迷失了方向。

夏蘇看著對面的人，再度嘆口氣，閉上了眼。

「嘆什麼嘆啊？」劉莉兒卻不讓她眼不見為淨，「怕我壞了你倆的好事不成？」

夏蘇心想，以前覺得這位大姐手段挺狠，出遊三年回來，才看清這些手段皆仗爹的勢，爹倒了，自然也沒有用了。劉莉兒根本是外強中乾，怪不得鬥不過夫家正妻。歸根究柢，劉家出名厲害的女兒們根本都只是被寵壞的千金小姐，欺負弱者不留情，遇到心強者，完全不是對手。

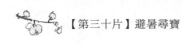

「說話啊，啞巴了？」劉莉兒心氣還特別高。

「我在想，二姐、三姐和小妹的日子大概也不好過。」一個比一個逞凶鬥狠，唇槍舌劍，施虐不留情，只是出了劉府，別家未必買她們隨心所欲的帳。在外生活了之後，夏蘇才明白，傻子真是少，聰明人處處是。

「那肯定的，我都這樣了，她們比我還蠢，難道好得過我去？」

瞧，這就是劉大姐的「蠻狠」，純粹自我滿足。

夏蘇還能說什麼，除了一句：「等會兒要是覺得不對勁，妳顧好自己就行了。」

劉莉兒撇撇嘴，手指彈夏蘇的腦門，滿不在乎看著她額頭上那一點紅印，「這句話該我說才對，劉徹言想捲銀子跟妳雙宿雙飛，妳別做夢。」

「……」再說下去，是她白傻。

夏蘇重新閉起眼，暗忖劉徹言什麼心思？發現劉莉兒跟車，不但沒有趕她走，還把她一塊兒帶上。

劉徹言莫非以為能用劉莉兒牽制自己？

她心頭冷笑，放空思緒，小睡養神。

不知過了多久，夏蘇忽聽劉莉兒一聲大叫：「劉蘇兒！」

她立時睜眼，見劉徹言要笑不笑的一張臉，還有橫眉豎眼的劉莉兒。

劉莉兒一副看白癡的表情，指責著她：「妳是豬啊？這樣都睡得著還罷了，居然讓我喊啞嗓子才醒。」

劉徹言溫柔得多，只是語氣非誠，「蘇兒這是養精蓄銳呢？把我當成敵人，一直提心吊膽，是會體力不支的。」

「你說得一點不錯，大敵當前，體力最重要。」是生是死，就待天明，夏蘇再不求清靜，出言又快又利，也不看劉徹言的老調子怒臉，逕自鑽出車去。

一江無聲夏水，青山有色，不遠處金瓦紅牆，飛鳳簷，蟠龍宇。

夏蘇作畫無數，對這處景致十分熟悉，脫口而出：「皇上的避暑山莊。」

「罩上斗篷。」劉徹言給夏蘇和劉莉兒一人一件，「我可是為妳們好，若驚動此處守衛的禁軍，必死無疑。」

劉莉兒糊塗跟來，不知劉徹言和夏蘇的真正目的，見夏蘇出神看著身後來路，問她怎麼了？夏蘇調回視線，神情戚戚，「千算萬算，算不到劉徹言這麼大膽……」隨即苦笑一聲，「罷了，若……我命也。」

劉莉兒還想再問，卻被劉徹言催促著上前。

三人皆身著紅斗篷，行至別宮小門邊，然後劉徹言敲了敲門。出來兩個全副武裝的禁衛，張口就問腰牌。他遞了一個玉製方牌，便順利過了關。

皇家避暑之地不是普通別院，比劉府還大些，劉徹言卻駕輕就熟，很快來到一座上鎖的庫房前，還發出咕咕幾聲喚。

劉莉兒往夏蘇身旁湊了湊，終於意識到危險，「我不該來，是不是？」

夏蘇一眼不眨，手緊握，目光隨一朵昏黃的燈花移動，直至光裡化出一道人形，瞧清那人穿著宮中統製衣裳，是一位年歲不大的小公公。

劉徹言顯然認識他，掏出一錠金子，「麻煩公公。」

「不麻煩，師傅還讓我告訴你，錯過明日船期，就要等半個月了。」小公公收好金子，開了庫房的鎖，「近來風聲緊，大公子早做決定，別連累我們。」

劉徹言瞥一眼夏蘇，對小公公頗客氣，「那就明日吧，有勞你稟報。」

小公公點點頭，站到門邊，「今夜輪值的禁衛都打點過了，不過還是老規矩，動靜不可太大，驚動其他人。」

劉徹言一手捉了劉莉兒、一手推著夏蘇，進到庫房中。

夏蘇的心怦怦跳得緊張，卻不忘打量四周。這是一間放置著夏日用品的大屋，還有一只只攏得整齊的箱子，皆是隔水密造，就放在門邊靠牆，好像隨時要上船一樣。當她看到岑雪敏那十來個花紋獨特的箱籠時，眼中發亮。

果然，劉徹言沒捨得丟。

「別看了，告訴妳們也無妨，皇上下個月要來避暑，隔年用物多要重置，每十五日就有專船進出。主管此事的公公早被我買通，幫我將妳們家庫房裡的東西運出京去。」

劉莉兒咬牙切齒，「劉徹言，你這條貪得無厭的狗……」

話沒說完，她悶哼一聲，翻白眼，居然暈了。

劉徹言手裡多了一根寸長金針。

夏蘇目不轉睛盯著它，正暗暗吃驚劉徹言何時會用這等手法，卻忽然視線模糊，感覺身子一歪，天旋地轉。

劉徹言接住她，「妳該明白，若非我疼惜，妳早就死了不下百回。睡吧，這也是我給妳的最後一回機會，再敢算計我，就別怪我心狠手辣。」

「……」夏蘇咬緊牙關，撐住一絲清明，「究竟是誰算計誰？」

劉徹言大手蓋住她的眼，「的確，這世上沒有不算計的事、沒有不算計的人，只有算計到和算計不到的差別。」一手挪開，望著已合眼昏睡的姑娘，神情奇冷，抱起她就往外走。

天微明，吳其晗的別園，花草鬱鬱芬芳。

劉莉兒怒瞪趙青河，「你這話何意？」

雖是個冷酷相的傢伙，她原本還挺感激他救了自己，不待他問，就把事情一五一十說得清楚。他不但面無表情，當她告訴他劉徹言一定上了宮船出城時，居然問她怎知劉徹言昨夜會出府，明明與劉蘇兒不合，為何又非要跟著？

「妳不用妄加揣測，只需如實回答我的問題。」趙青河淡然道。

淡然之下，一顆沸心。

料不到劉徹言帶夏蘇進了皇帝的避暑山莊，阻滯他的行動；料不到劉徹言離開京城，他布下的網沒有派上用場，失去夏蘇的行蹤。

他並沒有低估劉徹言，只是這一局劉徹言更勝他一籌。

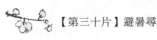

「劉徹言帶四妹出門，吵吵嚷嚷的，我怎能不知？他將我家財搬空，如今風聲緊，說不準什麼時候就要跑，我是盯緊他，而不是跟著四妹。如實回答！可以了麼？」

「趙三郎，照你這般問下去，小心錯過宮船出發的時辰，還是趕緊想辦法弄個搜船的文書。」一旁只聽不言的吳其晗終於打破沉默，「你一句話，我也好去請父親幫忙。」

劉莉兒心想，自從出嫁後，真是沒順利過，男人緣更糟糕透頂，但看四妹，一個不吝嗇寵愛的情哥哥、一位明蘭的世家公子，讓人羨慕的桃花運，莫非自己的性子確實惹人嫌？人說，一念天堂，一念地獄。

劉莉兒不帶嫉妒的這一念，將改變她今後的人生。此處不提。

趙青河想了又想，把劉莉兒看了又看，直到她的神情中再沒火氣，卻仍能坦然與他對視，才轉而對吳其晗道：「也好，多謝二爺了。至於劉大小姐，還請二爺多收留她一日。」

劉莉兒雖然開始檢討自身，不過一時半會兒改不了，小姐脾氣恁大，「我要回府。」

「大驢。」趙青河比劉莉兒霸道：「送劉大小姐去東廂，你守著門口，沒我吩咐，不准她出來。」

劉莉兒怎能不惱，「你敢囚禁我？」

「劉大小姐這話不對，像妳養兄對妳四妹所作所為，才是囚禁。」對名義上的大姨子，趙青河不打算討好，一招手，讓大驢把人押了下去。

吳其晗走後，趙青河仍坐堂中不動。

喬連禁不住問道：「少爺不去找張大人？」

「不急。」

不，急！不過，這份急到慌張，若是對手期待的，他就要緩一緩。

腦海中浮現夏蘇原地踩龜步的畫面，趙青河站起來，繞柱打起圈來，任喬連、喬生面面相覷。

朝陽蒸，萬枝筆齊齊渲彩，繪一卷江山如畫。

劉徹言兩夜好眠，即便對面的人兒精神氣不足，並且顯然是給他臉色看，也沒影響到他的好心情。

「蘇兒可還記得？以前妳娘親尚在，每年來避暑，妳們都住這裡，雖然景致差了些，但這泓山泉清涼，上面的竹亭可以望夕陽賞明月，不受打擾。還有妳我，荒草地裡捉蟋蟀，爬老樹捉松鼠，結果……」他一人吧唧地說著。

夏蘇默默吃完飯，擱好筷子，本不想打斷這人的回憶，但等一刻鐘也不見他停嘴，只好道：「劉莉兒到底在哪兒？」

一醒來，發現這是自家的避暑山莊，且徹底被看管，二十來個武師守住四面牆，過去兩日來，她只可在這方小園裡活動。

雖然夏蘇弄不明白劉徹言的心思，卻知計劃有變。若照趙青河與她說定的，前晚進皇帝的避暑山莊時，劉徹言就該被捉拿。

如今，要怎麼做？

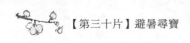

第三十一片　青蘇一舞

「妳何時這麼關心家裡人了？」

不知是山裡空氣清新，還是心境輕鬆，劉徹言的表情難得明朗，也不再賣關子，「放心，她死不了，這會兒在家裡絞盡腦汁，想著從哪裡弄銀子出來繳今年的稅呢。免得妳再問，我就一次說完，妳那位義兄趙青河，已經出城追船去了。那船是宮裡的，禁軍隨護，他沒轍攔，只能偷偷跟著，就算有本事混上去，也要過三四日。那時，蘇兒已離他千里之遙，今生都見不著面了。」

夏蘇才悟，「你故意說給劉莉兒聽的。」讓趙青河以為她被帶上了船，其實卻只是城南、城北的距離，從皇帝的地方轉到了自家的地方，仍在京中。

劉徹言十分得意，「聽說趙青河為了討搜船令，把張大人都得罪了。」

劉徹言並非知無不言，夏蘇也不愛刨根問柢，但她記憶力超群，想起上不系園那時，趙青河與一位叫張江陵的先生特別投契。難道趙青河早知那位先生的身分，才那般積極攀交，甚至為她回京建立人脈？若然如此，趙青河的謀略可是太驚人了。

劉徹言看夏蘇恍惚，就當她心繫情郎，不由一陣厭惡，恨不得虐她百般。她越痛楚，他

越痛快，從來如此，他卻不覺自己扭曲。

夏蘇卻一字不提趙青河，因她太明白要害，不必逞一時強。劉徹言在等她找出守財的八個人名，今夜就是最後期限，也是她給自己的最後期限。

到時，那人來不來，她都會走，豁出性命。

劉徹言見夏蘇絲毫不理會自己就要回屋，哪怕知道她可能是去解畫，心裡仍煩躁得不得了，手扣一片薄刃，正想朝她臉頰揮去，戚明卻前來報信，說劉公公召見。

劉瑋倒後，大伯反而成了自己最大的敵人。他鞍前馬後，勞心勞力，為大伯做盡一切，卻發現自己不過是大伯棋盤上的一粒過河卒。

劉家萬貫家財盡入大伯之手，一群堂兄弟如狼似虎惡盯著，大伯竟對他們說，他的繼承者還有待觀察。這話落到他耳裡，五雷轟頂，立刻清醒了。雖然大伯已掌握劉家所有財源，對劉瑋那本帳卻疏漏過去，他才能瞞得風雨不透。

這會兒還是要應付一下，劉徹言想著，立刻出了門。

日月轉輪，這夜悶潮，遠處烏雲蔽月，比夜空還暗，似墨將潑。

轟隆隆！

夏蘇猛地坐直，發現屋裡全黑，便慢騰騰打開窗。月光沒借到，忽迎來一陣大風，令她打個哆嗦，才知自己出了一身熱汗。

點了燭，卻被風捲熄。

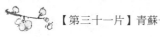

再點，再熄。

夏蘇瞇眼看進園中，恰巧一道電光劃過，霹靂一聲打在半山腰，剎那之間，將她視線裡的一切映亮。

一地死屍！

夏蘇倒抽一口冷氣，咬牙未喊，但切切實實往後退了兩步。

「把名單交出來。」

森森寒音，來自夏蘇身後。

夏蘇慢慢轉過頭，另一道閃電讓她看清屋中狼藉，而桌案不遠處分布數名黑衣人。

然後眾人清清楚楚聽到她發出懊惱的聲音：「老子竟睡得這麼死，不成毛病了麼？該改改了。」

一個姑娘，尤其還是個不難看的姑娘，自稱老子？

眾人呆怔之間，姑娘就這麼不見了。

殺手們大驚，紛紛竄出屋子要找，卻聽一聲怒吼。

「放開我！你們不要命，我還要命呢！」

皆見這樣一幅畫面：一姑娘雙手捉簷邊，地上卻有一管事拽住她腳上鏈子，一華衣公子立旁邊冷笑連連。

夏蘇這次回來總是平淡到無趣的臉，此時破例，又驚恐又咆哮，「劉徹言，你的人全死光了，還不放我逃命！」

劉徹言也剛回來，見園門沒人看守，雖生疑慮，卻沒想到全軍覆沒的狀況，而經夏蘇一嚷，他看到了屋門前的黑衣們。

「你們是什麼人？」劉徹言朝戚明使個眼色，後者急忙往門口跑。

門旁的假山花叢中，立刻站起十幾道影子，將戚明逼到角落。戚明沒跑成功，夏蘇也沒跑了，因為鏈子落進劉徹言的手裡。

夏蘇一轉念，鬆開手，保存體力。

劉徹言再開口時，語氣沉冷，卻是對夏蘇說話：「是那個趙青河吧？出手真狠，幾十條人命，說殺就殺。不過如此比較的話，我有何處不如他呢？同樣都是惡人。」

夏蘇白他一眼，「你說話前動動腦子，要是趙青河來了，我用得著上屋頂嗎？」

劉徹言從不曾讓夏蘇這麼搶白，一時愣住，不知這才是她的真性情。

「幾年不見四姑娘，竟是伶牙俐齒，活潑得緊啊。」一人走進門裡，身旁兩個小小子兒打著燈，大紅的袍子，錦繡宮帽。

「大伯父！」劉徹言驚得無以復加。

橫豎都被牽連了，夏蘇乾脆施禮，「劉公公。」

同時她想：有意思了，狗咬狗。

劉公公望著劉徹言的眼鋒冷峭，「學學四姑娘，榮辱不驚，禮不失，大家風範。我送你進劉府這麼多年，天生性子總是陰森森不討人喜歡的模樣。那也還罷了，至少你聰明識實務，跟我有些相像，都不服窮命，有一股志氣。只是我料不到，這股志氣變成忘恩負義了，居然敢欺瞞我。」

「忘恩負義？」事到如今，再低頭哈腰也是可笑，劉徹言面色鐵青，與一直高高在上的大伯父正目相對，「若不是我，劉府家財能盡歸了伯父？若不是我，伯父告老也能高枕無憂？我自認這些年對伯父忠心耿耿，從不曾有過二心，然伯父你呢？心裡恐怕當我一條狗。

或者，連狗都不如。叫我怎不灰心？怎能不為自己打算？」

雷聲動，電光劈，雨如豆，一顆顆打在園中，將燈光收映，折射交織出朦朧輕盈的一層金紗。

自有人給劉公公打傘，劉徹言沒想到避雨，被他緊緊拽著的夏蘇也只好淋著。但是，眼前這場好戲精彩，淋雨也無妨。

「徹言啊徹言，我當你狗又如何？沒有我，咱們家如今能有這麼好過的日子？我本以為你像我，終歸你還是你爹的兒子，父子倆皆不知感恩。你爹自以為是，不甘居我之下，跑得不見蹤影，而你說待我一心，卻在背地算計我的銀子。」勾心鬥角多了，劉公公面容顯老，眼浮皮垂，貪婪之色卻盛。

「你的銀子？」劉徹言笑一聲。

「當然是我的銀子。劉瑋年輕時固然機遇不錯，但他真正大富大貴卻是全靠了我。沒有我在宮中為他開路，他一介平民憑什麼保得住皇商之位，早讓人擠下去了。劉瑋的銀子當歸我，不管是明帳暗帳。而你，敢圖我的銀子，真是白日做夢。」人心不可信，唯金白之物簡單又有用，「自從你對四姑娘有貪心，三年前搪塞我開始，我就不再信任你，要從你堂兄弟中另擇義子。聰明如你，打個前陣還是可以的，最終卻要老實本分的人才能孝順我。我可不想跟劉瑋落得一樣的下場，讓兒子毒得神志不明，如同活死人一般。」

劉公公看向夏蘇，「四姑娘，我圖劉府之財，卻不圖劉瑋之命，令尊被害成如此模樣，全是劉徹言的歹毒心思。」

夏蘇不及回應，就讓劉徹言搶過話去，「蘇兒莫聽他花言巧語。他原本就有下手之意，恨不得妳爹立刻死掉，這回朝廷起風波，還怪我下手不夠狠，怕妳爹突然神志清醒，趁勢控訴其罪。」

夏蘇腦中一閃，語氣淡淡，「我不信他，卻也不信你，你將劉府府庫搬空，難道不是運到了劉公公手中？分明是一丘之貉，這會兒卻互相撕咬，誰能信呢？」

眼兒深邃，光芒內斂，她這回說給兩人聽，「兩位不必裝腔作勢。」

劉徹言想都不想，「我大伯身為宮中內務大總管，手中數十條貢船，我只將那些東西運到中轉碼頭，最後安置在哪兒，我卻半點不知。」

劉公公冷笑呵呵，「好你個吃裡扒外的東西，曝我的財路，還汙我的金銀，真是不殺你都不行！」

這一聲如同下了格殺令，黑衣人竄來。

劉徹言皺眉要退，卻覺手上一沉，讓不躲不閃的夏蘇拖累。眼看寒光森然劈來，他不得不先顧自己，放開鏈子，險險避開殺招，並喊戚明。

那個讓殺手們逼進死角的戚明，忽然身手大展，以迅雷不及掩耳之勢，不但反要幾名黑衣的性命，更護到劉徹言身前，手中多了一柄軟劍，劍尖顫如蛇吐信，嗡嗡鏗鏘之音不絕於耳。顯然，劉徹言這最後一道保命符，是強手中的強手。

雨豆成兵，傾若槍箭，園中局勢一變，頓然勢均力敵。

「抓住劉蘇兒！」劉公公卻不忘今日所為何來。

那是一筆巨大的財富。

「想得美！」劉徹言更不可能讓出。

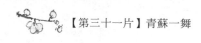

夏蘇立在大雨之中，髮絲滴滴嗒嗒落珠串匯成溪，卻絲毫不狼狽。燈光編織的金紗讓雨打沉，但眷攏她周身，令容顏灼灼生輝。

她哈哈大笑，好像要將所見的齷齪、所聞的卑鄙、所受的痛苦，統統傾倒入這一場暴風雷雨，從此再不必介懷。

笑不止，眼淚雨水交混，濕袖抹過，目光明澈似泉，面對兩邊來捉她的手，突將一個火摺子扔進身側屋窗。

桌案立時起火。

劉氏伯姪異口同聲，「滅火！」

「價值連城」的八幅畫，還在屋裡。

這時，劉徹言見夏蘇躍起。她的手腳明明鎖著鏈子，卻輕盈得彷彿一片飛羽。他衝上去就想再把人拽下來，感覺手上抓住了什麼，自以為身手敏捷，心頭還一喜。

「喲，你小子的手往哪兒摸哪？」

人，倒拽下一個來，卻是個大老爺們，狹細風流目，長得油頭滑腦，一身九品官衣。

劉徹言不認識這個人，自然大驚，卻不死心，抬頭往屋頂上看。

雨勢不減，夏蘇仍在，但她身上已淋不到雨。

一把青竹鐵骨傘，一個布衣灰白的男子，為之撐雨、為之撐天。

那個男子，劉徹言在蘇州見過，名叫趙青河。因為心厭，他不情願多看，此時對方卻不容無視，氣魄巍然，如山壓頂，令他喘不過氣。

「喂，別當我死人啊！」狹目男子姓董，官居蘇州府衙師爺，手持刑部捕令鐵牌，「兩位，今告你們強奪他人家產，陰謀殺人，貪贓枉法，呃……」

「妄顧倫常，不忠君不孝父，不仁德不義富，其心詭狡，冷血害命。」趙青河提醒。

董師爺不感激對方提詞，附送白眼一枚，「你這個平民老百姓，一邊看著，別插手本師爺官務。」

趙青河喔了一聲，表示明白收到，「既然不用我插手，那我帶蘇娘走了。」

董師爺大叫：「誰讓你走了？讓你一邊看著，關鍵時候……」嘿嘿一笑，「記得撈一撈兄弟我。」

劉公公見勢不妙，轉身要逃。

四圍牆上，刷刷豎弩，雨水澆得鐵箭發亮。喊殺陣陣，鐵甲兵士湧進小小園子，圍得無縫無隙。大驢、喬連、喬生，從屋頂上砰砰落地，與官兵們一起，同殺手們交戰。

「劉公公悠著點兒，你們伯姪剛才一番話，不止我，包括刑部尚書大人、閣部張大人，全聽見了。想不到啊想不到，您老位高權重，還是巨賈，可惜來路不正，要吃官司。」董師爺抓人，罪狀數落不清，說話冷嘲熱諷，氣死罪犯。

劉公公嚇得腿軟，呆坐雨坑中半晌，突然喊起冤枉來。

只是，無人理會。

戚明劍術卓絕，輕功也妙，這般鐵箍的包圍之下，手中的劍使如月華之輪，無箭穿透，將劉徹言帶上半山小亭。

年久失修，亭裡也下雨。

然而，青傘在後，青河之側夏舞天。

劉徹言雙眼恨到發紅，滿腔怒火令他吞不下一口氣，揮開戚明，回身瞪著對面一雙人。

「趙青河，你居然沒上當？」這一晚，三年籌謀成為鏡中花，輸誰都無妨，為何偏偏是這個男人？而夏蘇，雙手雙腳皆繫鏈，又為何行走從容？

趙青河笑眼但看夏蘇，「劉大公子不服，這當如何？」

心潮洶湧，夏蘇的動作卻靜，接過趙青河手中的傘，靜靜道：「那就說說清楚，讓他死也瞑目。」

她沒信錯他，他終於來了！

趙青河從善如流，向夏蘇小行鞠禮，才對劉徹言道：「蘇娘讓我說說清楚，她的話我不敢不聽。就從一開始說，某公公欺民霸女的案子，是我送交衙門的，哪知後來鬧得那麼大，嚇得你大伯父退婚，真是不好意思。不過，就此一件，之後高相上位，常大公公倒臺，跟我一點關係沒有，我只幫張大人打打下手，順帶提了提你大伯的事。」

劉徹言心驚，這麼算下來，趙青河豈不是比他還早到京城？

趙青河可不管他什麼臉色，繼續玩心理刺激，「我確實比你早到京城，心急火燎，沒日沒夜趕路，想來劉大公子明白的。至於吳尚書的二公子，也是我請動他幫忙說親，誰知那位老兄有私心，讓你誤會了，我已經說過他了，劉大公子見諒。」

夏蘇一旁淡哼，「怪不得吳二爺一番說辭糊里糊塗的，果真是你在背後指使。」一點不似吳其晗的做派。

趙青河陪笑，「妹妹聰明，今晚要不是妹妹與我心有靈犀，讓伯姪倆互相揭短，我們還不好動手呢。」

劉徹言見兩人旁若無人說笑，只覺刺眼。

戚明起急，「公子，再不走，可就走不了了，他們人多。」

「別啊，我還沒說完呢。」某種程度上，趙青河和董霖說話一個調——渾棒子調，「劉大公子故意引劉莉兒跟從，當她的面說箱子明日上船，其實就是想讓她給我們傳遞假消息。且不說宮裡專船不好搜，搜不出來，還會觸怒龍顏，可謂高招。只不過，劉大公子忘了一件事。只要劉公公沒讓你走，你就走不了，而你不走，蘇娘也不會走。我思來想去，你們應該還在京城。不得不說，劉大公子足智多謀，儘管我想通了，你也同時打亂了我的計劃，因我原本與蘇娘商定，由她用假線索引你上鉤，讓我們找出你殺人越貨的物證，以此罪捉拿歸案，再由你捉劉公公的短柄。好在蘇娘拖延了這幾日，讓我重新布局。」

夏蘇脫口而出：「是你告訴劉公公劉徹言隱瞞了藏寶之事？」

「不是我說的，我讓別人去說的。」謙虛，乃君子之道。

這不一樣嘛？夏蘇好笑。

「劉公公別的事不上心，劉大公子在他心上的分量卻十分重，他一聽此事，立刻派人查到此處，今晚更是親自出面。我呢，就撿了個現成便宜。劉府在京城有多間鋪樓宅院，一處處找，我沒那麼多人力，若讓你知道我還在京城，又會打草驚蛇。」

轟隆隆，轟隆隆，一電接一光，劉徹言臉色慘白慘青。

「想來劉大公子也聽得明白，我的計劃就此倒了過來。」

趙青河兩手一攤，表明說清楚了。

「鶴蚌相爭……」劉徹言苦笑。

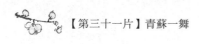

是的，都清楚了，趙青河藉藏寶之事引他大伯動手，等同大伯自己招認謀奪他人家產，再讓大伯證實他毒害養父。

「其實並不複雜。」趙青河應道。

不，複雜，要洞若觀火，明察秋毫，看穿破解整個局，還需行動及時，心靈相通。劉徹言咬得牙都快碎了，忽對戚明道聲走。

趙青河喝追，「哪裡走！」

就在這瞬間，劉徹言陡然回身，抬起手，袖口對準了趙青河的心口，面目猙獰得意，「死吧！」

一簇暴雨梨花射出，距離這麼近，趙青河絕對收勢不及。

然而，劉徹言才笑出半聲，就覺一陣疾風，趙青河便從他眼前消失了，暴雨梨花全部釘入亭柱。

「公子！」

劉徹言聽到戚明大叫，感覺戚明拉他，卻不知那聲淒厲是為何？直到他的視線，緩慢地落在亭外雨地。

那裡火把繁若星辰，一雙人，無可否認的一雙璧人，袖飛，劍飛，彷彿起舞，雨再大，也遮掩不去絕世風華。

幾乎同時，舞出的那道劍光沒入劉徹言心口。

甚至不覺得痛，他仰面倒亡，雙目難合。

眼見一幅年代久遠的小畫，小小四娘抓一枝老大的筆正揮墨，那時她還會對他笑，甜甜喚著兄長快來。

怎能合？

這夜，雷雨轉為淅瀝，一直下到破曉時分，罪血淨，青山清。

今夏，朝中大事頻發，肅弊政，清君側，人心鼓舞。新帝上位兩年，終於有所作為，光輝載入史冊。未載入史冊，但市井街巷傳得熱鬧紛呈，泰半與劉府有關。

劉徹言與其伯父謀奪其產，功敗垂成。劉瑋於睡眠中長睡故去。劉府成為女戶，由劉大小姐繼承家業。脾氣不好的女主人，一上來就打發了家裡大小夫人和刁奴們，據說已經在為宅邸找買家，打算遷居南方。

有好事者問起籍籍無名的劉四小姐，竟無人答得上來，好像這位姑娘從不存在一般。

秋麥轉黃的這日，城郊碼頭上，一艘江船正準備出發，船夫們要收舢板。

「等等！」

數匹快馬，疾停在船下，一位身穿紅斗篷的女子大步上船。

「趙青河，你一聲不吭就帶走我妹妹，小心我告你拐帶。」劉莉兒的聲音，潑辣不誤。

「趙青河，你乾脆和夏妹妹再借一回我的劍，讓這位大小姐跟那位仁兄一樣，永遠閉嘴得了。」董師爺的聲音，調侃不完。

那一招讓劉徹言自食惡果的反擊，董霖看得最清楚。

夏蘇輕功超然，將趙青河拉開。趙青河借他長劍，朝劉徹言擲去。劉徹言卻被戚明一推。這事到這兒本來就完了，不料趙青河擺出一個架式，夏蘇反應極快，踩趙青河的手掌疾飛出去，凌空一腳，將長劍轉了方向，正中劉徹言心口。

他不愛文謅謅用詞，而事後有旁觀的兵士誇大，稱其天舞之劍，就差沒把兩人供成劍仙了。不過，真要他說實話，最羨慕兩人心有靈犀，只可意會，不可言傳。

「我找我妹妹，關你姓董的什麼事？滾開！」雖然歷經諸事後心境再不同以往，劉大小姐的性子卻是難改。

「這會兒是妳妹妹了，讓我想想，妳不會也以為……」董霖壓低了聲，「妳爹真藏了一大筆銀子吧？」

劉莉兒說什麼，坐在窗後的禾心卻聽不清了，搖搖篩子，繼續挑揀著成色不好的肉脯乾，又時不時瞧著艙房另一邊的兩人，好笑連連。

一人畫另一人，不過拿畫筆的是趙青河，被畫的是夏蘇。

夏蘇聽到劉莉兒的聲音，就想出去看看。

「別動。」趙青河摩挲著下巴，濃眉蹙刻山川，嚴肅道：「妳姿勢擺得不好，就不能怪我畫得不好。」

夏蘇喔了一聲，卻滿滿嘲意，「那我最好還是動一動……」

話音未落，她已從桌前躍到桌後，看宣紙上一團妖怪臉，立即噗哧笑出來，「欸，真是我不好，坐了半個時辰，呼氣吸氣，動太厲害。」

趙青河把筆一擱，「妹妹知道就好。」

夏蘇挑眉，「趙青河，你皮夠厚。」

已是夫妻，稱呼仍如從前，說話方式亦不變，深情相愛，自在相處。

兩人牽了手，從側邊艙門出去，船頭吵鬧的劉莉兒和董師爺瞧不見。

「你還欠我……」夏蘇喜歡這般親昵，不過該討的東西，還是要討一討，以尊重她死去的娘親。

趙青河抬起手，大袖一落，腕上一串紅玉珠。

他眨眼，「謝妹妹贈情。」

「天下有你找不到的東西嗎？」居然真讓他找到了，她本來想告訴他的，她給乾娘的定情信物在……

「多的是。」他挺自負，卻沒那麼自負，「所以找到妳，實在大幸。」

她瞧了瞧，四下無人。

「妹妹可曾仔細看過這串珠子？」他沒注意她的小動作。

「怎麼？」她心不在焉，踮起足尖，手輕放上他的肩膀，悄悄靠來。

「珠子上刻有葛……」一偏頭，他窺破她的意圖，無聲大笑，將她抱進懷中，貼上那兩片蓮色潤澤的唇，全心捕捉他的妻。

錢財乃身外物，夠用就好。

風帆起，往江南，夜貓出沒，小心有鼠。

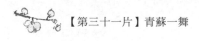

番外 下馬，換驢

蘇州片天下聞名，其中又以專諸巷、山塘街、桃花塢的作畫高手雲集，製畫工坊薈萃，精良之片無數，向海內外販售。

在民間無名，在同行盛名，青蘇坊就處在專諸巷深處。

外面是一間挺雅致的畫鋪子，裡面是坊園。門旁黑底金字一副對聯：說真說假莫聽人，無真無假本心珍。橫幅：就愛心頭一好。

外頭供遊客和一般書生觀賞購畫，裡堂接常客訂單，再往裡，就只有老客能進了。青蘇坊畫工們的仿片，最擅長大唐和北宋畫風，製作精巧，各道工序嚴謹，品質絕對有保證，一流入市面，頓如石沉大海，被收藏家們捂起。

要是客人非常挑剔，又不管什麼唐朝北宋，非要指定南宋、元四家[7]、明四家[8]的仿作，可以，只要捨得「金孩子」，就能套得著狼，還要有等上半個月、一個月的耐性，青蘇坊肯定滿足這份心頭好。

市井傳言，除了唐寅之作，就沒有青蘇坊仿不了的畫。

其實，不是仿不了，是某人特別崇拜唐寅，以前被逼是一回事，如今沒人逼了，就立誓不接「桃花居士」仿片的單子，以尊其師。

人吧，求之不得，更想得。於是，上門求唐寅仿片者花樣百出。

不過祭出錢、權都沒用，有人想了一招，賄賂趙三爺的宅裡人，尤其是枕邊人。趙三爺的宅子在太湖邊上，很好找。結果，一拿出禮盒就被盤問祖宗十八代，說得口乾舌燥，最後門房才說不接待生客，奉送閉門羹一碗。想跳牆進去，運氣不好，直接碰上孔武有力的家僕，被扔出來；運氣好，能看到一道纖纖身影，卻怎麼也追不上，直到被家僕發現，被扔出來。

青蘇坊每七日休鋪，客人來得不巧，只好下回請早。趙三爺說啦，賺錢事小，陪夫人事大，一個不小心，賠了夫人必折壽，他會短命的。

所以，全蘇州的人都說趙三爺怕家裡婆娘，估計趙夫人掌著鋪面、畫坊、家產，才能把霸氣沖天的三爺當老鼠一樣，捏在手心裡頭，事事以夫人說為第一要務。也有人說，和趙夫人訂了親的三爺，當年曾不顧一切迷戀過某某氏，不料某某氏竟然是作惡多端的夜盜婆娘，自此就虧欠不離不棄的趙夫人，這輩子唯命是從了。

蘇州說大不大、說小不小，江南對女子拘得不嚴，而趙三爺名聲響亮，偏偏他那位夫人的廬山真面少有人識得，大多數人以為她深居後宅，足不出戶。

再然後，就有一種奇怪的謠言，說自古英雄配美人，趙三爺相貌堂堂，武藝超群，怎麼可能只有一房糟糠妻。不少人親眼看到三爺身旁有美人，肌膚凝雪，眼若秋泓，身姿輕盈若飛仙，更有人聽到過她的聲音柔美酥骨。那才叫郎才女貌，天造之合。但凡細心者，就會發現以上謠言皆有一個共通處：所聞所見必在夜裡。

注釋——

7—元四大家：元代山水畫的四位代表畫家。一說為趙孟頫、吳鎮、黃公望、王蒙四人。另一說為黃公望、王蒙、倪瓚、吳鎮四人。

8—明四家：明代中葉的代表畫家沈周、文徵明、唐寅、仇英等四人的合稱。他們之間有師友關係，在繪畫藝術上各具風格。

這日，正是青蘇坊休鋪日，幾近傍晚。

趙三宅的正園亭裡，一群人圍著石桌，興奮地喊：「開！開！開……」石桌上蹲著大驢，昂昂昂笑，撩著一隻袖子，手裡高舉色盅，念咒一般：「大！大！大……」另一旁，一人五官棱角分明，坐朝對面的廂房，喝一口茶，就看一眼門，自言自語：「這麼吵還能睡？豬了，這是。」突然大聲一喝：「大驢！」

大驢落桌的手一抖，禾心眼明手快，打開盅蓋，噗嗤亂笑，「驢子耳長蹄子短，滑出三粒三點衰，哈哈哈，南海由你去啦！」

大驢立刻橫趴在石桌上，抱住色盅不放手，「不算不算，要不是三爺突然吼我，我手一抖，怎麼也不可能衰成這樣！重新來！」

「大夥兒說說，不聽使喚的驢子怎麼處置？」看來他吼也沒用了，趙青河冷笑一聲。

喬連道：「宰了。」

喬生道：「賣了。」

禾心最善良，「不用，咱們買匹千里駒，跟驢子養一起，讓他時時刻刻覺得自卑。」

大驢昂一聲，放掉色盅，飛撲住趙青河的靴子，「爺，我自小跟著您，忠心耿耿，有難同當，如今享福才幾天，您捨得趕我去蠻荒之地嗎？我倒是不要緊，橫豎從小吃苦過來的，不過那——麼——遠，天涯——海角——您要是思念我，突然想見見我，要半年我才趕得回來，多辛苦您啊。」

趙青河抬腳就踹，知道驢能打滾，根本踹不著，但道：「少噁心我。你自己開的局，自己收拾。大丈夫說一不二，說話不算話，以後還怎麼帶兄弟？」

門裡走出一名女子，看似靜月美好，實則與眾不同地靈動，微微打個呵欠，揉著眼笑，「聽到驢子叫得好不淒慘，這是終於要牽去宰了嗎？那要趕緊，一了百了，全家安寧。」她的身段比起從前豐滿些，尤其是肚子，明顯凸起。

大驢昂嗷長嘯，悲憤抹眼淚，「好啊好，平時我隨你們驢子驢子地叫，怎麼調侃我，我也不計較。如今個個沒良心，枉我當你們一家人，還終身不娶媳婦，以照顧小少爺、小小少爺為己任……」欸？爺呢？周圍的人呢？

抬頭一看，好嘛，全都圍著蘇娘去了。

大驢先是撇撇嘴，馬上想到一個可以不用出遠門的藉口，大叫，「我不能去那麼遠，去了，就趕不及蘇娘生產了，萬一有個好歹——啊！」後腦杓被重削一記。

「你自己說的，命屬陰水，特別容易招鬼。剛出生的娃兒最忌這個，本來我還想幫你說句好話，這麼看來，你還是趕緊出發吧。」泰嬸走過去，人群立刻分開。

趙青河送上夏蘇的手腕，讓泰嬸把脈，同時眼角吊高了，「再說，我是孩兒他爹，你趕不趕得及又有何干係？」

他又叫喬連、喬生，「你們兩個幫大驢收拾去，今晚飯桌上就可以少擺一副碗筷。」

喬連、喬生嘿應了，朝目瞪口呆的大驢走去，各出一隻胳膊，撈住大驢的肘子，將他架著往前園大步流星走去。

已經沒了影，大家還能聽到驢叫昂昂，那麼淒慘，簡直死不瞑目。只是沒人打算幫大驢鳴冤，家裡將有小成員，都忙得要命。

園裡漸漸清靜下來，趙青河扶著夏蘇在石子路上慢慢散步，看她還不算大的大肚子，心裡忐忑卻不好顯露。醫術昌明的千年後，女人生孩子仍是一腳踏進棺材裡呢，更何況這時候沒有外科、只有產婆。雖然內有老嬸、外有葛紹，可是生孩子時的有些意外，醫術再高明也難……

「其實，好好跟大驢說就好，何必故弄玄虛，還要禾心耍詐，大家合起來騙他呢？」夏蘇卻感覺得出來，但她也不說什麼。泰嬸說了，頭一回當爹，難免緊張過頭，讓他擔心好了，越擔心，越疼老婆。

趙青河從不會忽略她，立刻回應，「他的性子就跟驢一樣強，我剛提到一個呂字，他要麼裝傻充愣跑了，要麼打岔說別的事。我聽老嬸說，他爹當年入贅，新婦不願意養他，把他賣給人牙子當家僕，他爹竟沒來看過他一眼，就舉家南遷了。如今沒兒子送終，才想起他來，讓他趕回去見最後一面。換作是我，和他一樣，也不會想搭理的。要說，也是泰伯多事，搬到蘇州來，居然還偷偷寫信告訴了他爹。」

「泰伯沒做錯。我從前不知道這事，以為大驢是孤兒，現在知道了，再看他那麼不願意聽你說這事，多半心裡介意。這樣的死結，雖說不能完全解開，也還是面對得好。你和你爹的關係不是也緩和多了？再看看我。」必須直面出擊！

「妹妹沒瞧見我費盡心思？」他為了兄弟，可謂機關算盡，「他爹住在南海鄰州，大驢好奇心旺盛，不是兒子都會繞過去看看。」

什麼話？夏蘇笑搖著頭，「沒瞧見，只瞧見你玩得不亦樂乎。說起來，你最近有點閒欸，好久不見董師爺。」

她還沒有身孕之前，董霖三天兩頭來找趙青河。原本趙青河不想理，他和夏蘇的麻煩都已解決，懶得管蘇州府衙那點雞毛蒜皮的小案子。哪知杭州出了一樁全家滅口的大慘案，董霖沒來，林總捕來了，拿著上回的案子要換人情，趙青河只好出面。從此，一發不可收拾。她晚上忙得沒空喘氣，他晚上就查這個、探那個，白天到鋪子裡睡覺。但近來，竟無一人登門。

「難道上個案子你辦砸了？」變成孕婦，她的語速加快起來。

趙青河說，因為肚子裡的娃娃像他的緣故。

那也好，像他一樣，強大。

「不可能。是我放了話，妹妹沒生完孩子之前，誰也別再想拉我出去管閒事。而且他們動不動就找我，卻放自己的腦子生銹，這麼下去也不行。」趙青河說著說著，回過味兒來，「妹妹這是日日夜夜對著我，膩味了嗎？」

到底誰是孕婦啊？這麼神經過敏！夏蘇決定暫時不要撥弄他脆弱的神經，將他挽得緊緊地，笑得甜甜地，專心散步吧。

兩個月後，離蘇州很遠很遠，俗稱南蠻的地界縱深，很快將聞得到海潮。大驢站在一條岔路口，望著那塊南海郡和福縣的引路碑，仰天昂嘆：「少爺，你狠，算準我會好奇是不是？」他在馬背上扭來扭去，就好像渾身抽筋，實則心裡矛盾，然後大喊：「我脫褲子放屁，乾乾脆脆認輸！沒錯、沒錯！不去看看那個死老頭的死樣子，死不瞑目的人就是我了！」

大驢有大名，叫呂千雲。爹是個窮酸秀才，娘早死，後來有個家境不錯的寡婦女戶招贅，看中了呂爹斯文，只是不中意他這個拖油瓶，竟瞞著他爹要把他賣給牙人，幸好遇到趙青河的娘，從此待他如家人。呂爹知道時，親也成了，戶也入了，就再沒找過他。

一拽韁繩，大驢朝福縣策馬奔去。

半途中，有道山梁擋住，還好山勢不高，也不算險峻，他牽馬過山，卻突然陰沉沉的雲裡墜下雨豆，頃刻就成大雨磅礡。心裡正愁無處躲雨，忽聞一聲女子驚呼，他心實，顧不上大雨，急忙去找，就看到一人倒在一段滑坡下，一動不動。「要命！」大驢低咒。

他說什麼來著，命屬陰水，特容易招「鬼」上門，這女子不會已經沒氣了吧？但比起陰水的命格來，大驢更加仗義，抱怨歸抱怨，膽縮歸膽縮，還是下坡去探了探。

裹在灰冷披風下的女子十分瘦小，要不是他事先聽到呼叫，大概經過都只會當作一片山地。伸手探她鼻息，發現還有呼吸時，令他大大鬆口氣，至少不會招個女鬼了。他也沒多想，略打量女子一眼，覺得這麼小一張臉孔，分明就是個小姑娘。於是，將人打橫抱起，果真不費吹灰之力，輕得跟一片葉子似的。

重新沿了山道走，居然看到一座舊破的木屋，大驢大喜過望。本想著漏屋頂總比沒屋頂好，可等他走進屋裡，發現地方雖小，五臟俱全，也不漏雨。家具很簡單，一張鋪著乾草的木床、一張方桌，還有一個地爐可以燒水煮食，不像有人常住的樣子，多半是給山客和樵夫的歇腳處。

大驢將女子放在草鋪上，粗略幫她包紮一下腫起的腳踝，又抱了一些乾草去餵馬，再回屋子時，發現床上沒人了。正覺吃驚，卻覺後腦杓一疼，頓時天旋地轉，兩眼一抹黑。意識全散之前，他心裡罵：格老子的，還是招到女鬼了吧！

大驢最先恢復的是嗅覺，不知一股什麼味道，焦到嗆鼻，還有刺鼻的爛蒜味兒，臭得他想哭。這讓他心中油然生起強烈的求生慼，要死也讓他看上一眼，到底凶手有多惡毒，不但莫名其妙打暈他，又妄圖用臭味熏死他。

睜開眼，視線從木梁移到爐架邊，看到一姑娘趴在地上，基本上，他那個角度只能看到她的屁——呃——臀部，還能聽到她呼呼吹風的聲音。地爐裡張牙舞爪竄出濃烈黑煙，爐架上掛著的瓦鍋裡也竄出泥漿怪獸，綠哈哈、白哈哈的漿子沿瓦鍋流到地爐裡，再滋滋作響。

娘啊，他是遇到巫女了吧？聽說，南海深山有巫族，煉製奇奇怪怪的害人祕藥。不過，畢竟跟著少爺解決了好些凶惡的案子，驢膽賊大，而且一旦心生警戒，腦力就能配合上行動力，大驢將手腕上的繩索輕鬆掙開，緩緩坐了起來，轉轉脖子、扭扭腰肢，開始呵呵笑。

「女鬼也好、女巫也好，碰上我算妳倒楣！」他和少爺從小一起長大，也從小一起習武，天分雖差得遠，但勤能補拙，比喬連、喬生厲害得多了。只不過，他隨他的爺，以前不打女人。

「啊！」臀部的主人爬轉過來，讓煙熏黑的臉上，一雙細柳葉的眼睛出奇清澈，渾身瑟瑟發抖，「你……你……我……我綁……」

大驢坐著不動，拎起那段爛繩索，「下回用牢一點的繩子綁人。我說妳，究竟是什麼人啊？看妳摔暈了，我好心好意救妳，還給妳包紮，是驢肝肺……」呸呸兩記，「馬肝肺吧，妳！」驢和馬，是天敵。

小姑娘抖若篩糠，「我……我知道你救……你……你是男……男的。」

「廢話，我當然是男的！」大驢這會兒腦子好轉得很，一下子明白了，「喔，妳是說雖然知道我救妳，但因為我是男的，所以把我綁起來？」

小姑娘的腦袋如小雞啄米。

「少爺說得沒錯！男女授受不親的臭禮教，一棒子把好心人都打死了。」大驢深受趙三公子的潛移默化，視禮教為糞土，「妳一個十一、二歲的女娃子，還講男女有別啊。」

「十八。」女聲瑟瑟。

「想想我十一、二歲的時候，和少爺光屁股跳河裡洗澡，女娃子們還嘻嘻哈哈在岸上起鬨呢，世風日下啊……」

「我十八。」四肢爬地的姑娘坐直了。

「就是就是，十八那會兒……」大驢瞪凸了眼，「妳十八了？」這是地域差別嗎？北女矯健颯爽，江南女溫潤白美，南蠻女豆芽杆杆？

十八的姑娘吐口氣，每個女孩都有虛榮心，讓人當作十一、二歲，不可能一點不惱，但她早習慣用沉默對抗所有的偏見，把心裡的氣長吐出來就好。而且，這人約莫不壞，救了她，還給她包紮。她也是一時驚慌，怕遇到……

她從旁邊拿一個破口最不嚴重的碗，盛滿了瓦鍋裡的煮食，然後將碗放在桌上，又退回爐架邊，朝大驢指了指。

大驢眼皮子跳，指了指碗，「妳煮的是什麼東西？」看著很恐怖。

十八姑娘的臉上突現窘態，「看你乾糧袋裡有米，我就用了些煮……煮飯。」

飯？大驢眼皮子雙跳，「綠的呢？」

「煮著煮著就冒出來了。」十八姑娘盛了第二碗，給自己。

「慢著！」大驢叭跳過來，左拳打飛十八姑娘手裡的碗，「妳有沒有洗鍋子？」

十八姑娘想了想，老實答沒有，還把碗撿回來，接著盛第三碗，「原來是生了苔蘚，不妨事，煮得很熟了，可以食。」

大驢右拳再打飛那個碗，這回碎得徹底，確定盛不了一滴苔蘚粥。難怪這姑娘瘦得跟精怪一樣，不對，她能活著簡直神奇！

「行了，姑奶奶，我來煮，煩妳耐心等等。」他拎起瓦鍋走到外面，就著大雨洗淨，一邊哼哼說他真是命苦，在家當驢還不夠，出門還給人當驢，而且只要出門，必遇稀奇古怪事……

洗完了鍋，一回頭看到那姑娘捧了碗要出屋子，眼又瞪起，「妳幹麼？」

「還是我來洗吧。」聽他吧唧吧唧說個沒完，她坐不住。

「別動！」大驢飛步上前，搶過碗，把鍋子塞進她手裡，「姑奶奶，妳是哪家的大小姐啊，能把飯煮成苔蘚粥，肯定也沒洗過碗。放著，統統放著，小的不敢勞妳大駕……」突然看到她手腕上青青紫紫。

十八姑娘留意到了，連忙將袖子往下拽了拽，無奈舊衣裳早不合身，不但沒掩住腕上的青紫，甚至連小臂上的新傷舊痕也顯出來。她正怕這人問，卻見他蹲回身去洗碗。

「我剛……剛滑下山坡……傷的……」她不知道自己為何要編謊。

他沒再說一個字。從洗了碗再進屋，做出一鍋香噴噴的飯，再分給她幾片非常美味的肉脯，在離床最遠的角落搭一張地鋪，倒頭就睡，沒再說一個字。

一個為了救另一個，錯過日頭。一個因誤會打昏了恩人，處於等不等他醒的矛盾中，等到深夜。雨勢傾盆，一直沒停，誰也走不出這座屋子，不管無眠好眠，都得在一個屋簷下過一夜。既是萍水相逢，能不能做飯，會不會洗碗，到底挨了誰的狠手虐打，這樣的事更不用他來追究數落。大驢這麼想著，睡得迷迷糊糊，聽到十八姑娘悄悄開門關門的聲音，也無動於衷。世上處處是不平，他管不著，顧好自己就不錯了。

誰知，他想得很冷靜，恐怕連少爺都會誇他難得不蹶驢蹄子，但趕路下山時，看到十八姑娘走一步拖一步，就不由得替她感到累。一時沒忍住，待反應過來，這姑娘已被他請上馬背，自己甘願當牽馬童子了。

一夜無話，既然他先起了頭，大驢就不禁著自己的嘴了，問道：「我說，妳一個姑娘家跑到山裡做什麼？」

十八的臉已經擦乾淨，瘦得兩頰凹陷，面色飢黃，還不如熏黑了，至少眼氣兒算得上細美。

「採藥。」確定對方是好人，十八的結巴也好了。

「我看妳不是病瘦，是餓瘦，採藥沒用，頓頓吃昨晚那麼多，保準妳百病全消。」他煮飯絕對沒那麼好味道，不過他拿碗，她用鍋，他沒來得及盛第二碗，鍋就已被她刮得乾乾淨淨。而且直勾勾盯著肉脯的表情，跟餓狼是親戚。

「不是……」略一猶豫，心想那點事縣裡人都知道，他一進縣城就會聽說了，故而不瞞，「山裡有一種多子草，我婆婆叫我來採。」

大驢有點詫異，「十八姑娘妳成親了？」採多子草，是因為她生不出孩子？再聯想到她手臂上的傷，他眼底沉了沉。

十八姑娘沒糾正他對自己的稱呼，只是輕輕嗯了一聲，半晌才道：「謝謝大哥救了我，對不住，我昨日那樣對你。」

大驢受不了沉悶的調調，哈笑道：「沒啥，驢皮最厚，不疼不癢。倒是妳，不招妳婆婆待見，是因為妳可怕的廚藝吧？」

十八姑娘笑了。她從不知道，提到她怕得要死的婆婆，自己還有覺得好笑的一天。

「多笑笑好。我家老嬸說了，香火延續這回事，當作天大，就成了登天難事，要是當作沒那回事，就偏偏送上門來。簡單說，就是放寬心。」萍水相逢，也是緣分，不能白白受了那聲大哥。

「大哥好心人。」只不過，她在夫家一日也寬心不得。

大驢又是哈哈一樂，眼看官道上的人多起來，適時收聲，直到進了縣城，才問十八姑娘住哪兒。同時他陡覺周圍人集中過來的目光，或驚訝、或同情、或不懷好意，甚至交頭接耳的。

什麼呀？難道這位十八姑娘還是該縣名人不成？

十八姑娘也感覺到了，立刻跳下馬來，僵笑道：「多謝大哥，我家離這兒不遠了，可以自己走回去。」

大驢眉頭一皺，正想說什麼，就聽到一個聲音。這聲音，他曾以為自己忘乾淨了，此時此刻才知道壓根忘不了，還有不少恨。

「不知下作的小娼婦，打妳兩下就敢跑到外頭過夜，還敢跟野男人招搖過市。如今死的是我相公，我看妳當妳相公死了吧？肚子不爭氣，我馬家養妳十年，迄今蹦不出一個子兒，真不如養條狗，妳居然還嫌委屈？有本事，跟妳姘夫私奔啊！既然回來打老娘臉，老娘也鐵了心，不把妳告了宗族長老不甘休。」當街罵市，什麼醜惡嘴臉都不遮，自我為中心，別人皆屎。

大驢轉頭來看，見一肥胖婦人穿得好不臃腫，身後跟了婆子、丫頭也隨主人貌，個個惡犬模樣，殺氣騰騰衝過來，那婦人手裡更提了一條三尺長的鞭子，已然奔著十八姑娘叫囂而來。

十八姑娘睜著清澈的雙目，肩緊聳，捏雙拳，卻站立原地不動，眼看就要挨上鞭刺蒺藜，不料身前突然多出一個高大影子，輕易就抓住她最怕的東西。她還聽到婆婆的驚呼，然後看恩人把鞭子往上一拋，從背上的刀鞘中拔出一柄老寬的刀，朝天揮舞幾下。鞭子落地，成了七八段，彷彿只是孩子玩的小皮蛇，再無傷她的猙獰。

她眼淚都快出來了，但不能感激他。她侍奉馬氏十年，知道對方多跋扈，她若表現出感激，恩人大哥也會倒楣的。不但不可感激，她還從恩人的影子裡跑出去，低著腦袋，十分恭順地站到馬氏身邊，一言不發。

可惜，十八姑娘這麼做為時已晚，馬氏怒火狂捲，一心想找大驢的晦氣。

「你是什麼東西！誘拐我馬家兒媳，還敢砍老娘的鞭子？」

大驢對十八姑娘的「叛節」不以為意，盯著馬氏冷笑，「我，是頭驢子，平生最討厭馬——的驢子。既然這麼多人旁聽，我也說說清楚。我昨日過山道，巧遇這位滑下山坡的女子，她扭了腳踝，昏厥雨地，我順手幫了一把。夜裡雨大，山路難行，所以今早才進了城。誘拐？馬夫人不用告宗族長老，我建議直接告官吧。要是大明律判我有罪，那我就認了，從此不當好人，見人有難，我立刻避開走，不關我的事。」

他這一番言，又天生憨直忠厚的五官，再加上十八姑娘衣衫完整，一身泥濘狼狽，走路一瘸一拐，博得多人點頭。畢竟，馬家惡待童養媳的事，在這巴掌大的小縣裡可不新鮮。那些幸災樂禍的，多租馬家的鋪面做買賣，必須攀附。

馬氏先是噎了噎，隨即陰狠眼色，「你也承認了，孤男寡女在山上過了夜，管你什麼理由，橫豎也沒有旁證。我馬家家規嚴謹，女子寧死，名節不可損。我雖拿你沒奈何，但如何處置我兒媳，就是我馬家的事了。」一掐住十八姑娘的細胳膊，狠狠踹出一腳，喝她回家。

大驢喝得比馬氏大聲，「等等！馬夫人，咱同路，一道走吧。」

馬氏扠肥腰，「誰跟你同路？」

大驢笑了，驢相其實藏奸，「馬夫人恁地健忘，連我都不認識了？我是呂千雲，來給我爹，也就是妳過世的相公，奔喪上香。」

死了啊。那個一直背對著他的窮酸秀才爹。從來都由他娘支撐著家裡，她過世才數月，就入贅馬家的爹。也好，他本來還挺為難的，怕在他爹病床前擠不出眼淚。父子之情，原來還是有那麼一點點的，現在，不說謊，真只剩一個念頭，看看拋棄他的這個人過得好不好。

馬氏被臉上肥肉擠小的眼睛瞪得死大，「呂……呂……」

「沒錯，馬夫人不要跟我這麼客氣，叫我大驢行了。」大驢走上前，嘻嘻一笑，「貴府往哪個方向走啊？」

馬氏訥訥，麻木著表情，扭著肥臀走過大驢身旁，瞥過冷冷一眼。

大驢跟得不緊不慢。

看好戲的眾人如鳥獸散，不出一個時辰，馬氏已故丈夫的兒子來奔喪，這樣的消息傳播到城中每個角落。小城如福縣，像馬府這樣的財主家，一舉一動都是大家的談資，更何況馬夫人潑婦，呂相公羸弱，馬夫人和前任丈夫所生的天傻兒子，被虐了十年的童養媳，可謂故事多多，三天三夜也說不完。

大驢雖沒趕上見最後一面，至少看到他爹躺在棺材裡的樣子，比記憶中老，卻比記憶中安詳。馬氏請僧人做道場，七七四十九日，還差三兩日，做滿就下葬。千里迢迢來的，多待幾日也無妨，他本想住客棧，後來改了主意，自說自話讓馬氏安排了客房給自己，不介意天天看人白眼，就在馬府裡住下來。

於是，大驢把十八姑娘的遭遇看得更清楚了。

馬氏怎麼使喚她兒媳婦，除了不用煮飯，馬府裡的活兒幾乎讓這位兒媳婦包下。天傻的馬少爺動輒喊「我要騎馬馬」，騎著他媳婦在花園裡「駕得兒駕」。全家人都睡得跟豬一樣的深夜，只有這姑娘還在幹活。大驢住了幾天，這姑娘就在柴房睡了幾天。這種情形，要能懷孕生娃，那才是見鬼了。

這夜，大驢照舊在馬府的屋頂上「散步」，明日出殯，馬氏已明確下了逐客令，所以對他而言，也算「告別式」。至於這夜遊的毛病，不言而喻了，全是他的爺和蘇娘帶壞的。這毛病吧，要麼就沒有，得了就上癮，很難治好。

這不，就讓他聽到馬氏和手下惡婆子的深夜對話。

「明晚就動手，把迷昏的人往墳前一吊，神不知鬼不覺。」馬氏面目陰森，「死鬼生前就常護著晴娘，如今他死了，我讓晴娘服侍去，也算待他好了。」

惡婆子附和，「可不是嘛。晴娘如今名聲臭不可聞，我聽好些人議論，說她肯定是讓野男人睡了，我都替她害臊。偏她還一本正經，裝無辜呢。咱馬府可是福縣有頭有臉的人家，早前婆子瞧夫人不動聲色，還以為心軟了。」

「我想過了，浸豬籠反而鬧大了事，徒讓人笑話，不如暗暗弄死她，對外說她為了孝順公公，自願殉死陪葬，誰也覺得理所當然。對了，我讓妳物色好生養的姑娘，可開始找了麼？」馬氏冷笑之後就問。

「這有何難？二百兩的聘禮，那些窮鬼還不爭著賣閨女。夫人放心吧，包在婆子身上。」惡婆子拍胸脯保證。

大驢蓋上瓦，無聲離去。

第二日，大驢背著包袱捧著牌位送葬。到這時候，讓他當孝子，他就當，總比讓某傻子當孝子好。送完葬，他就走了，一聲招呼也不打，但馬氏心裡舒快得多。

不知怎麼，每每讓大驢瞧著，馬氏心裡就直發虛，氣都喘不上來。當初又瘦又小的男娃子，賣他時被他直瞪，她一點不懼，如今卻膽寒，感覺他的身影撐得起天，很不能得罪。

她心情好，就沒在意晴娘頹喪的神色裡竟有一抹絕望。

到了夜裡，馬氏看婆子往湯飯裡下迷藥，又目送婆子給晴娘送去，一回屋就聞到一股香，剎那暈倒在地，當然沒看到梁上跳下一個高大的影子，更沒看到他手裡一根銀閃閃的針，將給她一份永生不忘的紀念禮。

且說那奉命行事的惡婆子，將迷暈的晴娘運到呂相公的墳地旁，就命車夫掛上布繩，把晴娘吊上去。

戴著大斗笠的車夫就說：「小的看婆子跟少夫人的身高差不多，不妨先自己墊塊石頭試試高低，不然繩子吊太高，官府判了他殺，而不是自盡，怎生是好？」

惡婆子想想是這個理，搬一塊石頭上去，捉了繩套邊伸脖子試。

說時遲，那時快，車夫突然一腳將石頭踹開，飛身將婆子一掌劈昏，連頭帶一隻胳膊鎖捆在繩套裡，又把另一頭布繩拉得老高。

扔了斗笠，冒充車夫的大驢這才定定心，走到晴娘身邊，給她餵一粒老嬸獨家密製的解毒丸。他坐在邊上，布置好筆墨，看她幽幽醒轉，咧大嘴一樂，嘿一聲，「十八姑娘，醒啦？」

十八姑娘又驚又喜，驚的是自己怎麼在公爹的墳邊，喜的是恩人大哥還沒走。

「時間緊迫，咱倆先辦正事。」大驢指指一旁白紙，「勞煩姑娘寫封遺書，簡單點，就說自己被惡婆婆和刁奴聯手暗害上吊，並非是自願為公爹殉葬。今遇驢仙人，用移花接木之法救得性命，看破紅塵，一心求道去也。」

十八姑娘看看吊昏在半空的婆子，剎那明白一切，眼都睜紅了，不多問一個字，提筆就寫，寫完遞給大驢，「呂大哥請看，我寫得對嗎？」

大驢嘿笑，「我不大識字。」說完將紙放進信封，壓在石下。

「姑娘還是叫我大驢吧，就像我喜歡稱妳十八，而不是晴娘。雖說名字不重要，不過至少要聽得自己舒坦，妳說是不是？」大驢背對著她，蹲下身來，「走吧，離開這個鬼地方。我跟妳說，我命裡屬陰水，特別招鬼喜歡。妳有沒有感覺陰風吹耳？我耳裡簡直是呼嘯之聲啊，太恐怖了。」

十八？真好！十八抹一下眼角，趴上他的背，扶上他的肩，全然信任他。她不問他要帶自己去哪兒，只覺心中從未有過的溫暖平寧，終於能夠自在呼吸。

「十八啊……」大驢步子突然小了。

「嗯。」十八應。

陰風呼嘯驟停，她的呼吸溫和，逼退所有陰森鬼氣。哈哈，他找到他命缺的陽火啦！

「沒事沒事，妳就這樣，勾緊我的脖子，千萬不要鬆手，也不要回頭看。我跟妳說，馬絕對沒有驢好，既然下了馬換了驢，就騎一輩子吧。」他看不到背上姑娘紅彤彤的臉，繼續嘮，「我帶妳回我家。上有天堂，下有蘇杭，知道吧？我家就在蘇州。家裡人不多，少爺、少夫人、泰伯、泰嬸、喬大、喬嬸、喬連、喬生，還有禾心，心地沒得說，而且我們家重女輕男，多半會待妳比我還好。所以，妳放一百個心，實在不行，也能分家過……」

背心濡熱，十八的眼淚啊，流也流不止。

不久，福縣有傳聞，馬夫人的惡行惡狀終有報，讓驢仙人施仙法，臉上刻出「惡婆婆」三字，密謀殺害兒媳的事也被廣為知曉。馬夫人再也不敢上街。手下婆子瘋癲了，逢人就說「賣女兒來、賣女兒來，有來無回」，誰還願意把女兒送進馬府啊。不出一年，天傻馬少爺沒了「騎馬馬」，非要騎真馬，把馬抽疼了瘋跑，結果摔個倒栽蔥，當場死了。自此，馬府漸漸破落。

三個月後，大驢和十八姑娘到家了。

「所以，你沒去南海。」聽大驢拉拉雜雜扯一個時辰，趙青河得出結論。

「沒去，十八身上都是傷，我急著回來讓老嬸治。」大驢一邊回答，一邊瞅著那邊被圍坐著的十八，結果喬連、喬生兩兄弟將他的視線擋住。

趙青河要笑不笑，「南海可能有劉老爺藏的一大筆金銀，你只要找到了，別說請好大夫，給你家十八換一身好皮都行。」

「少爺，你別欺我傻，沒聽說過換皮的，再說南海根本沒有金銀，你就是誆我去看我爹的，還裝什麼裝啊。」

大驢噘噘驢嘴，「別說南海沒有，喬生、喬連去的那兩個地方也沒藏什麼金銀。要是有，你和蘇娘前年大鬧京師，早就找出來了。十八說，劉老爺故弄玄虛，可能壓根就沒藏什麼錢財。」

趙青河喔一聲，抬了抬眉，頭一回正眼打量了那邊的十八姑娘，「十八說的？」

大驢承認得無比快，驢頭抬得驕傲。

「你這個小子……」趙青河沉吟片刻，「傻人有傻福。」

大驢沒在意其中意味，「少爺，我過去陪坐一下？十八怕生，架不住咱家人的熱情。」

「滾過去吧。」趙青河放人，誰知連帶喬連、喬生也坐了過去。

好在夏蘇疼丈夫，過來補位，「你幫大驢找個好日子成親吧。」

趙青河聳聳肩，把玩腕上香珠，每顆香珠上都雕有葛巾牡丹，技藝高超。

「我看他自己什麼都能搞定，哪裡用得著我？不過，他倒是找了一個聰明媳婦。他媳婦說了，妳爹沒藏錢。」

「喔？」夏蘇笑了，「這麼聰明，一猜就中。那你還派不派喬連、喬生再出門找？」

趙青河輕擁夏蘇的肩，「派啊，不出門怎麼能長見識，不長見識怎麼帶得回媳婦來呢？人驢他爹的信上提到十八時，我就靈機一動……」

夏蘇突然哎呀一聲，說肚子疼了。

趙青河大叫：「要生了、要生了！」

驚得一家子一大跳！

入夜，母子平安，娃娃小名寶葛。

有人問，劉父到底有沒有藏寶？

趙青河和夏蘇商量的結果是，葛巾為紫，如紫姬之名，紫姬生一女，劉父老來才幡然醒悟，遂親刻一串手珠，示意葛巾，告知女兒，她就是劉家的至寶無雙。

你信嗎？

（完）

綺思館028

舞青蘇：夜貓公子愛捉鼠〔卷二〕（完）

國家圖書館出版品預行編目資料

舞青蘇：夜貓公子愛捉鼠/ 清楓聆心著. -- 臺北市
：晴空出版：家庭傳媒城邦分公司發行,
2015.12
冊； 公分. --（綺思館028）
ISBN 978-986-92184-6-7（2冊：平裝）

857.7 104019102

城邦讀書花園
www.cite.com.tw

作　　者　清楓聆心
封面繪圖　MOON
文字校對　劉綺文
責任編輯　高章敏
國際版權　吳玲緯
行　　銷　艾青荷　蘇莞婷
業　　務　李再星　陳玫潾　陳美燕　枻幸君
副總編輯　林秀梅
副總經理　陳瀅如
編輯總監　劉麗真
總 經 理　陳逸瑛
發 行 人　涂玉雲
出　　版　晴空
城邦文化事業股份有限公司
104台北市中山區民生東路二段141號5樓
電話：（886）2-2500-7696　傳真：（886）2-2500-1967
E-mail：bwps.service@cite.com.tw
發　　行　英屬蓋曼群島商家庭傳媒股份有限公司城邦分公司
104台北市中山區民生東路二段141號2樓
書虫客服服務專線：(886)2-2500-7718；2500-7719
24小時傳真服務：(886)2-2500-1990；2500-1991
服務時間：週一至週五09:30-12:00；13:30-17:00
郵撥帳號：19863813　戶名：書虫股份有限公司
讀者服務信箱E-mail：service@readingclub.com.tw
晴空部落格　http://sky.ryefield.com.tw
香港發行所　城邦（香港）出版集團有限公司
香港灣仔駱克道193號東超商業中心1樓
電話：852-2508-6231　傳真：852-2578-9337
E-mail：hkcite@biznetvigator.com
馬新發行所　城邦（馬新）出版集團【Cite(M)Sdn. Bhd.(45832U)】
411, Jalan 30D/146, Desa Tasik,Sungai Besi, 57000 Kuala Lumpur, Malaysia.
電話：(603) 9056-3833 傳真：(603) 9056-2833

美術設計　陳涵柔
內頁排版　洸譜創意設計股份有限公司
印　　刷　沐春行銷創意有限公司
初版一刷　2015年12月
定　　價　260元
I S B N　978-986-92184-6-7